Dominadas

SYLVIA DAY

Dominadas

São Paulo
2022

Scandalous Liaisons
Copyright © 2006 Sylvia Day
All Rights Reserved. No part of this book may be reproduced in any form or by any means without the prior written consent of the publisher, excepting brief quotes used in reviews.

© 2014 by Universo dos Livros
Todos os direitos reservados e protegidos pela Lei 9.610 de 19/02/1998.
Nenhuma parte deste livro, sem autorização prévia por escrito da editora, poderá ser reproduzida ou transmitida sejam quais forem os meios empregados: eletrônicos, mecânicos, fotográficos, gravação ou quaisquer outros.

Diretor editorial: **Luis Matos**
Editora-chefe: **Marcia Batista**
Assistentes editoriais: **Aline Graça e Rodolfo Santana**
Tradução: **Felipe CF Vieira**
Preparação: **Grazielle Veiga**
Revisão: **Carolina Zuppo e Nathália Fernandes**
Arte: **Francine C. Silva e Valdinei Gomes**
Capa: **Zuleika Iamashita**

Dados Internacionais de Catalogação na Publicação (CIP)
Angélica Ilacqua CRB-8/7057

Day, Sylvia
Dominadas / Sylvia Day; tradução de Felipe CF Vieira. – 2. ed. – São Paulo: Universo dos Livros, 2022.
352 p.

ISBN: 978-65-5609-275-1

Título original: *Scandalous Liaisons*

1. Literatura americana 2. Romance erótico 3. Sexo I. Título II. Vieira, Felipe CF

14-0716   CDD 813.6

Índices para catálogo sistemático:
1. Literatura americana

2ª edição – 2022

Universo dos Livros Editora Ltda.
Avenida Ordem e Progresso, 157 — 8º andar — Conj. 803
CEP 01141-030 — Barra Funda — São Paulo/SP
Telefone/Fax: (11) 3392-3336
www.universodoslivros.com.br
e-mail: editor@universodoslivros.com.br
Siga-nos no Twitter: @univdoslivros

Para meus filhos, Jack e Shanna.
Eu amo vocês.

AGRADECIMENTOS

Tenho muitas pessoas a quem gostaria de agradecer por suas contribuições. A lista a seguir é apenas o começo.

Muito obrigada a:

Lori Foster, por me oferecer o prêmio Novella Contest e escolher minha história como finalista. Agradeço sua generosidade e conselhos. Você é preciosa.

Morgan Leigh, por gostar da minha história o bastante para passá-la a Lori, e por ser uma grande pessoa.

A todos que votaram para tornar "Prazeres roubados" a história vencedora do Reader's Choice. Muito obrigada.

Meu agente, Evan Fogelman, que me aguenta tanto. Pobre coitado.

Minha mãe, Tami Day, que me ensinou a gostar de romances e que é minha maior incentivadora.

Meu marido, Kevin, que sempre acreditou em mim.

Samara, por ser minha amiga e minha irmã. Eu te amo.

Grandes abraços para minhas parceiras de crítica Annette McCleave, Jordan Summers, Sasha White e Celia Stuart, cuja ajuda e apoio inestimáveis ajudaram a dar forma às histórias deste livro.

Minha eterna gratidão para minha fabulosa editora, Kate Duffy. Não tenho palavras para descrevê-la. Ela tem sido maravilhosa para mim.

E por último, mas não menos importante, quero agradecer às centenas de leitoras que visitaram meu site, inscreveram-se na lista de discussão e divulgaram minhas histórias enquanto eu ainda aspirava ser uma escritora. Sua fé em mim foi o que me impulsionou. Obrigada, do fundo do meu coração.

SUMÁRIO

Prazeres roubados ··· 11

A aposta de Lucien ··· 121
A duquesa louca ··· 235

PRAZERES ROUBADOS

CAPÍTULO 1

Índias Ocidentais Britânicas, Fevereiro de 1813

Uma noiva. Ele roubara uma noiva.

Sebastian Blake apertou o cabo da adaga até seus dedos embranquecerem, e manteve o rosto impassível. Se fosse verdade o que a linda mulher à sua frente dizia, ele roubara *sua própria noiva*.

Sebastian notou quando ela ergueu o queixo e o encarou com seus olhos negros e desafiadores. Ela era alta e magra, com mechas loiras escapando do penteado desfeito. Seu adorável vestido azul-claro estava rasgado no ombro, oferecendo um tentador vislumbre do seio branco como porcelana. Um borrão de fuligem marcava a pele dela e, incapaz de se conter, Sebastian esfregou gentilmente a marca com o polegar. Ela contraiu os músculos e o afastou, mesmo com as mãos atadas. Ele a encarou e não desviou o olhar.

— Diga seu nome outra vez — ele murmurou, sentindo a mão formigar só de tocar sua pele aveludada. Quando ela lambeu os lábios, o sangue de Sebastian ferveu ainda mais.

— Meu nome é Olívia Merrick, Condessa de Merrick. Meu marido é Sebastian Blake, Conde de Merrick e futuro Marquês de Dunsmore.

Ele ergueu as mãos dela e analisou o anel em seu dedo, notando o brasão de sua família encrustado na aliança simples e dourada que ela usava.

Sebastian esfregou o rosto e se virou, procurando a janela mais próxima e respirando fundo o ar carregado de maresia. Olhando para a água, ele observou seu navio avariado flutuando entre as ondas.

– Onde está seu marido, Lady Merrick? – perguntou, ainda de costas para ela.

Um tom esperançoso surgiu em sua voz.

– Ele me espera em Londres.

– Entendo – mas não era verdade, nem de longe.

– Há quanto tempo está casada, milady?

– Não vejo por que isso é...

– Há quanto tempo? – ele insistiu.

– Quase duas semanas.

Seu peito se expandiu em um profundo suspiro.

– Devo lembrá-la que estamos nas Índias Ocidentais, Lady Merrick. É impossível que você tenha se casado há apenas duas semanas. Seu marido não poderia esperá-la em Londres se isso fosse verdade.

Ela permaneceu em silêncio atrás dele até que Sebastian enfim se virou para voltar a encará-la. Mas isso foi um erro. Sua beleza o atingiu com a força de um golpe no estômago.

– Poderia me explicar isso? – ele perguntou, aliviado por sua voz sair inalterada.

Pela primeira vez, a confiança dela se abalou; seu rosto ficou corado de constrangimento.

– Nós nos casamos por procuração – ela confessou. – Mas posso assegurar: ele lhe pagará qualquer resgate que quiser, apesar da circunstância incomum de nosso casamento.

Sebastian se aproximou. Seus dedos calejados roçaram o rosto elegante dela e se entrelaçaram em seus cabelos. O ar fugiu dos pulmões de Lady Merrick e seus lábios se separaram em resposta àquele toque tão gentil.

– Tenho certeza de que ele pagaria uma fortuna por uma beleza como a sua.

Em meio ao cheiro de fumaça que ainda pairava pelo ar, Sebastian pôde distinguir o aroma delicado de mulher, tão acolhedor e sensual. Ele apanhou a adaga presa à coxa e a desembainhou.

Ela se encolheu.

— Calma — ele sussurrou.

Sebastian ergueu a mão e esperou pacientemente até ela dar um passo à frente. Quando fez isso, cortou a corda que amarrava os pulsos dela, guardou a adaga na bainha e então esfregou as marcas nas delicadas mãos de Lady Merrick.

— Você é um pirata — ela murmurou.

— Sim.

— Você roubou o navio de meu pai e toda a mercadoria.

— É verdade.

Ela inclinou a cabeça para trás e o encarou de cima a baixo, com seus olhos castanhos se derretendo como chocolate.

— Então, por que está sendo tão gentil comigo, se pretende me estuprar?

Sebastian apanhou os dedos dela e os colocou sobre o anel de ouro que ele usava.

— Acredito que um homem não possa estuprar a própria esposa.

Lady Merrick olhou para o anel e ofegou diante do brasão idêntico ao que adornava sua própria aliança. Seus olhos dispararam para o rosto dele.

— Onde você conseguiu isto? É impossível que você seja...

Ele sorriu.

— De acordo com você, sim, eu sou.

Olívia encarou aqueles intensos olhos azuis e teve certeza de que seu coração explodiria no peito. Não conseguia acreditar que o notório Capitão Phoenix afirmava ser seu marido.

Ela tentou se afastar depressa, e ele apanhou seu corpo quando ela cambaleou. Deixou escapar um gemido ao sentir o toque escaldante de Sebastian. Os eventos do dia a abalaram, mas era o lindo rosto do infame pirata que fazia suas pernas tremerem.

Ele era alto e tinha os ombros largos; sua presença tomava todo o ar da apertada cabine onde estavam. Seus cabelos negros eram descuidados e compridos, e a pele bronzeada denunciava o tempo que passava ao ar livre. Sebastian era selvagem, indomado: um homem de instintos.

Lady Merrick assistira, fascinada, quando ele abordou seu navio e tomou o controle em questão de momentos. Phoenix executara o ataque com brilhante precisão – nenhum homem se feriu seriamente, e ninguém morreu. Por ter passado a maior parte da infância nos navios de seu pai, Olívia era capaz de reconhecer as habilidades do pirata.

A maneira como ele brandia a espada e gritava ordens, o modo como os cabelos esvoaçavam sobre o rosto, a maneira como as calças delineavam cada curva de suas coxas musculosas – ela nunca experimentara algo tão eletrizante. Tão excitante.

Até sentir seu toque. Então, Olívia descobriu o que era excitação de verdade.

Agora, ela vislumbrava, boquiaberta, seus dedos longos e elegantes abrindo os laços do colarinho da camisa. Phoenix puxou o tecido de dentro das calças e tirou a camisa, passando-a sobre a cabeça.

– Minha nossa – ela ofegou, surpreendida pelo calor que se espalhou por suas veias quando o peito dele foi revelado. Seus seios se tornaram pesados e os mamilos sensíveis.

Phoenix sorriu, ciente do efeito que estava causando nela. Seu corpo se movia com uma graça arrogante, os poderosos músculos flexionavam sob a pele esticada. Pelos escuros se espalhavam sobre seu peito, concentrando-se em uma fina linha que descia pelo abdômen até desaparecer debaixo da cintura da calça. Seus braços incharam quando ele sacudiu a camisa e se aproximou dela.

Olívia nunca vira um homem sem camisa antes. Mesmo na plantação de seu pai, os trabalhadores eram obrigados a permanecerem vestidos; era a maneira de seu pai vigilante protegê-la de suas sensibilidades femininas. Mas, apesar da falta de experiência, ela tinha certeza de que nenhum outro homem poderia fazer frente à forma magnífica de Phoenix.

Ela fechou a boca de repente e esperou até ele se aproximar o bastante para sentir o calor irradiando de sua pele. Precisou reunir todas as forças para não tocá-lo, para resistir a mergulhar o rosto em seu peito e sentir seu cheiro. Ele cheirava maravilhosamente bem; era um macho em seu ápice, aquecido pelo sol e marcado pelo sal do oceano. Suas mãos foram na direção dela e seu olhar encontrou a curva do seio exposto.

– Inferno! – ele rosnou quando sentiu a lâmina da adaga encostar no membro excitado.

Incrédulo, Phoenix olhou para a mão de Olívia, depois voltou a olhar para seu rosto. Soltou um longo suspiro.

– Não recomendo me castrar, minha querida. Afinal, um de seus deveres é carregar meu herdeiro.

Ela respirou fundo.

– Não acredito nem por um instante, Capitão, que você seja Lorde Merrick.

Mas a ideia não era tão ruim. Noções românticas e fantasias femininas: Phoenix cumpria as duas coisas, e muito mais. O pai de Olívia nunca aprovaria este homem, um pirata muito distante do conde que havia sido escolhido com cuidado para ela e o qual esperava encontrar. O pirata não agradaria o pai de ninguém, mas ele convinha muito bem com seu desejo secreto.

Phoenix ergueu uma sobrancelha, sarcástico.

– Mas você não pode ter certeza. Já se encontrou com seu marido?

A mão com que ela segurava a adaga vacilou, e ele estremeceu.

– Cuidado, meu amor – ele alertou. – Um dia você poderá desejar o membro que está ameaçando com tanta fúria.

– O único membro dessa natureza que eu desejarei é o do meu marido – ela retrucou.

Olívia assistiu atenta ao sorriso que se abriu grandioso no rosto dele, revelando uma covinha no lado esquerdo de sua boca exuberante. *Como podia um pirata ter uma covinha?*

– Fico aliviado por ouvir isso. – sua voz era grave e sedutora, ronronando como um felino predador. – Eu não aceitaria uma esposa adúltera.

– Não sou sua esposa! – ela contestou, atordoada pelo charme dele e pela resposta do próprio corpo.

– Se o que diz é verdade, então você é mesmo minha condessa. E, apesar de sua apresentação charmosa – ele lançou um olhar para a adaga –, você não ficou descontente comigo como seu marido.

– Como pode dizer isso?

– Não fui eu quem disse. Foram seus mamilos. Estão rígidos e querendo meu toque, deliciosamente apertados contra seu espartilho.

Com um olhar horrorizado, Olívia cobriu os seios, e Sebastian tomou com facilidade a adaga de suas mãos. Então, ele entregou a camisa para ela.

– Aqui. Use isto para se cobrir até eu encontrar suas malas. Não quero você exibindo seus fartos encantos para meus homens. Estamos no mar há meses, e já não é fácil controlá-los.

Ele a olhou de cima a baixo por um longo momento, depois riu.

– Faça como quiser.

Ela se endireitou, imaginando se Phoenix não achava sua conduta atraente, e sentiu-se perturbada ao perceber que se importava com isso. Por toda sua vida, ela acompanhara seu pai em suas frequentes viagens para Londres. Com a percepção de uma criança, logo entendeu que a alta sociedade os menosprezava por causa de suas origens humildes e do trabalho do pai como mercador. Para proteger seus sentimentos, Olívia aprendera a não se importar com a opinião dos outros. Mas a opinião do pirata importava. Mais do que deveria.

– Posso cuidar muito bem de mim mesma – ela disse, em um tom defensivo.

A covinha apareceu outra vez e, como consequência, sua habilidade de pensar desapareceu.

– Não estou reclamando – ele lhe assegurou. – Conheço seu pai, minha querida. Estou ciente de que é um homem muito ocupado. E fico contente em ver que você é independente e destemida.

Ele andou até a porta, aparentemente sem se afetar com a atração que parecia acabar com a razão dela.

– Espere! – ela gritou.

Olívia não queria ficar sozinha. A tripulação era composta de homens grosseiros. Eles a beliscaram e a apalparam, puxaram seu cabelo, arruinaram seu vestido. Por mais que fosse destemida, não tinha gosto algum em ser maltratada.

– Você não pode me deixar aqui sozinha!

Phoenix parou debaixo da porta e suas feições suavizaram.

– Ninguém entrará nesta cabine sem minha permissão. Você ficará segura aqui.

Ela balançou a cabeça. Suas mãos começaram a tremer enquanto agarrava a camisa, ainda aquecida pelo corpo dele e exalando seu aroma.

– Não me deixe.

– Preciso ir – ele respondeu, gentil – Preciso dar ordens para minha tripulação, avaliar o estado de seu navio e localizar suas malas. – Ele franziu as sobrancelhas. – Onde está a procuração?

– Foi enviada de volta para Londres logo após a assinatura.

– Quem assinou por mim?

Olívia se encolheu diante do tom de voz irritado dele, e as primeiras sementes de dúvida entraram em seus pensamentos.

– Lorde Dunsmore – ela sussurrou.

Phoenix cerrou os olhos.

– E você não achou estranho que seu marido não fosse buscá-la imediatamente? Nunca ficou pensando por que ele não podia, ou não queria, ao menos assinar a procuração, não se dando ao trabalho de casar-se com você de modo adequado?

Os lábios de Olívia tremeram diante da súbita intensidade, e ela os mordeu para esconder a reação. Mas Phoenix era muito observador. Praguejando baixinho, ele voltou a se aproximar. Acariciou a boca dela com o polegar, afastando os lábios dos dentes. Seu olhar permaneceu fixo no lugar onde a tocou. Olívia não conseguia respirar. Seus lábios pareciam queimar.

– Você é uma mulher linda e atraente – ele murmurou. – Por que se acomodar e se casar com um homem que nunca encontrou?

– Eu não chamaria um casamento com um marquês de "acomodação" – ela sussurrou.

Ele se endireitou e tirou as mãos dela.

– Entendo. Então, foi por causa do título.

Olívia balançou a cabeça. O título era importante para seu pai. Tudo que ela queria em um casamento era paixão, assim como seus pais tiveram.

– Foi desejo de meu pai que eu me casasse com Lorde Merrick. Eu não poderia questioná-lo.

Olívia era tudo que restara para seu pai. Ela não aguentaria desapontá-lo ou entristecê-lo.

Phoenix analisou seu rosto por um bom tempo. Depois se virou e saiu da cabine sem dizer mais nenhuma palavra, levando consigo toda a energia que emanava.

Sebastian avaliou os estragos do navio do sogro e praguejou contra seu pai por colocá-lo nessa situação. Ele se apoiou na beirada do casco e fechou os olhos enquanto a brisa soprava em seus cabelos.

O mar havia sido sua amante exigente e temperamental por cinco anos. Ignorando seu passado, o recebera de braços abertos. Acalmou as feridas que o fizeram fugir de casa e ofereceu uma existência o mais longe possível da pessoa que o magoou tanto. Agora, uma nova vida fora criada para ele sem seu consentimento. Por mais miserável que fosse admitir, Sebastian não tinha dúvida de que Olívia falava a verdade.

Não entendia o que exatamente o marquês pretendia ao arranjar esse casamento. Ele não falava com ninguém de sua família há anos. O que pretendiam falar à pobre garota quando ela chegasse em Londres e descobrisse que não havia marido algum?

Ele riu. "Garota" não era a melhor palavra para descrevê-la. Olívia Merrick era uma mulher. Sua mulher. Sua esposa.

Mas que inferno! Sebastian chutou uma espada abandonada e praguejou tão alto que todos os homens no convés olharam para ele.

Para todos os efeitos, ele estava casado. Com a mais linda mulher que já conhecera, filha de Jack Lambert, um dos mercadores mais ricos do mundo. Se quisesse se casar, ele estaria muito satisfeito. Mas não queria. Não tinha desejo algum de voltar a Londres e assumir o papel que deveria ser de seu irmão, Edmund.

– Phoenix.

Sebastian se virou para Will, seu primeiro oficial, um homem corpulento cujo físico enorme contrastava com o nome que soava tão inofensivo.

– O que foi? – ele disse, com a voz seca.

– Nós encontramos as coisas de milady. – o bigode farto de Will tremeu – Nunca vi nada igual. Uma cama, uma banheira, água fresca armazenada. Mas quando tentamos levar as coisas para sua cabine, ela quase atirou na orelha do Ruivo.

– *Atirou* nele?

– Sim, com a *sua* pistola.

Sebastian apertou os olhos em uma tentativa de acalmar uma dor de cabeça. Maldita, ele pensou, mas um sorriso relutante surgiu em sua boca. Olívia possuía fogo e espírito, qualidades que admirava em suas parceiras.

Bom Deus! Horrorizado, ele afastou esse pensamento. Não. Não iria nem pensar em levá-la para cama. Fazer isso significaria ter que ficar casado com ela, e Sebastian de jeito nenhum faria isso com Olívia. Ela merecia mais do que um mero pirata.

– Eu cuido disso – ele resmungou. – Ordene aos homens que comecem a reparar o navio. Quero devolver Lady Merrick para seu pai o mais rápido possível.

Ele ficou surpreso pela facilidade com que usou seu título para se referir a ela, depois afastou esse pensamento.

– Sim, Capitão. – a risada de Will o seguiu pelo convés.

Sebastian bateu na porta da cabine.

– Milady? Sou eu.

Ele entrou com cuidado, olhando em busca de sua forma bem torneada. Encontrou Olívia sentada em sua escrivaninha, vestindo sua camisa folgada e mirando uma pistola. A mera visão dela fez Sebastian sentir uma pontada no peito. Dourada e determinada, ela era uma tigresa.

– Você sabe como usar isso? – ele perguntou.

– Sim, é claro.

Ele fechou a porta e se aproximou do armário para servir-se de uma bebida muito necessária. O olhar dela queimava em suas costas, provocando um sorriso em seu rosto.

– Gostaria de beber algo, minha doce esposa?

– Existe alguma prova de que você é meu marido? – ela perguntou, seca.

– Existe alguma prova de que você é minha esposa? – ele retrucou, enchendo uma taça de licor para ela, esperando que isso acalmasse seu mau humor.

– O anel...

Sebastian levantou a mão sobre o ombro e balançou o dedo com o anel para ela.

Olívia riu.

– Quem ensinou a você como usar uma pistola? – ele perguntou, enquanto esquentava a bebida em uma vela.

– O capataz da fazenda de meu pai.

Quando ele se virou para encará-la, encontrou a arma sobre a escrivaninha e Olívia olhando pensativa pela janela.

– Seu pai aprova isso?

– Meu pai não sabe. Eu queria aprender. Não havia razão para preocupá-lo.

Segurando um sorriso, Sebastian se aproximou dela, admirando seu perfil elegante, com o nariz empinado e queixo obstinado. O lábio inferior estava preso entre os dentes, e a ideia de possuir aquela boca exuberante em várias partes de seu corpo quase o deixou ereto. Ele baixou o licor sobre suas cartas náuticas e apoiou o quadril na escrivaninha.

– Em que está pensando, meu amor? – ele perguntou, gentil.

Olívia estendeu a mão para a taça sem tirar os olhos da janela, e Sebastian empurrou a bebida até ela.

– Estou pensando que você deveria vestir uma camisa.

– Estou muito confortável assim, mas fico grato por sua preocupação de esposa.

Ao dar um grande gole, Olívia engasgou. Ele bateu em suas costas até ela erguer a mão.

– Estou bem! – limpando as lágrimas dos olhos, ela o encarou – Quais são suas intenções, Phoenix?

Sebastian se aproximou devagar, dando tempo para ela se afastar. Mas não se afastou. A pulsação em sua garganta acelerava enquanto ele tocava a manga da camisa, roçando a ponta do dedo deliberadamente sobre o pulso nu de Olívia. Ele a sentiu tremer e precisou esconder sua satisfação. Pelo visto, a atração era mútua.

– Meus homens começaram os reparos necessários para seu navio. Deverá ficar pronto em uma semana, então partiremos para o porto mais próximo. Eu deixarei meu navio e partirei com você para a Inglaterra. Quando chegarmos em solo britânico, encontraremos nossos pais e desvendaremos esse desastre. Depois, poderemos obter uma anulação para continuarmos nossos caminhos.

– Oh... entendo. – Olívia olhou outra vez para a janela.

Sebastian permaneceu tenso diante do silêncio dela.

– E se eu não quiser a anulação do casamento? – enfim ela perguntou.

Ele ergueu as sobrancelhas.

– Você deseja continuar casada com um criminoso procurado?

O breve olhar de soslaio que ela deu era intrigante e excitante, mostrando uma surpreendente falta de medo. Ela deveria estar aterrorizada, mas parecia muito calma. Olívia tomou um gole da bebida, observando distraída a luz que se refletia na taça.

– Lorde Merrick não é um criminoso procurado.

– Então você acredita que sou Merrick?

Olívia encolheu os ombros.

– Estou adiando esse julgamento por enquanto.

Ele terminou seu conhaque e depois se aproximou da rede pendurada no canto. Subindo nela, Sebastian apoiou a cabeça com as mãos.

– Você parece muito confortável para uma mulher que está na cabine de um pirata.

Ela afastou uma mecha de cabelo do rosto. Quando a mecha voltou a cair no mesmo lugar, Olívia soltou todo o seu glorioso cabelo. O corpo de Sebastian enrijeceu imediatamente. Olívia Merrick era uma mulher belíssima.

– Ao que parece, não tenho muita escolha, e até agora você se comportou muito melhor do que seus homens.

– Peço desculpas por isso – ele disse, assistindo enquanto ela trançava os longos cabelos. Nunca observara isso antes e ficou surpreso ao perceber que gostava de compartilhar essa intimidade – não vai acontecer de novo.

Jogando a trança terminada sobre o ombro, Olívia tomou o resto do licor em um único gole. Seus olhos lacrimejaram e ela os abanou com as mãos.

Sebastian não conseguiu conter a pergunta óbvia.

– Por que você deseja manter o casamento?

Um momento se passou antes que ela encontrasse sua voz e, quando falou, uma rouquidão surgiu por causa da potente bebida. Aquela voz excitante fez a ereção de Sebastian pulsar contra a calça.

Ele imaginou por um instante que ela estava rouca por gritar apaixonadamente seu nome, em sons de prazer que ele arrancava dela em estocadas profundas de seu pau naquele corpo exuberante. Sebastian já sabia que ela estaria quente e molhada. Olívia era uma mulher passional mesmo em coisas comuns do dia a dia. Na cama, talvez queimasse um homem vivo.

– Por todas as razões que concordei em me casar em primeiro lugar. – ela murmurou – Para agradar meu pai, para administrar meu próprio lar, para ter filhos e a segurança do nome de um homem. – correu a ponta do dedo sobre a delicada sobrancelha antes de olhar de novo nos olhos dele – Ninguém conhece seu segredo, e eu com certeza não contarei a ninguém. Terei a proteção e o status do seu nome, sem nenhuma das inconveniências de ter um marido. Na verdade – ela disse, obviamente gostando cada vez mais da ideia – se você é mesmo Sebastian Blake, a situação me agrada muito mais que antes.

Ele passou as mãos no centro do peito, notando a maneira como os olhos famintos dela seguiram o movimento.

– Você cuidaria da minha casa, do meu nome, dos meus filhos?

– É claro. – ela respondeu, corando ao voltar a olhar em seu rosto – Estou ciente das minhas responsabilidades como sua... hum... como a esposa de Lorde Merrick.

– Você teria que me aceitar em sua cama. – ele fez uma pausa enfática – Com frequência.

As sobrancelhas dela se ergueram.

– Se você é quem afirma ser, eu o receberia com ardor.

Sebastian congelou ao ouvir aquilo. A imagem que as palavras dela suscitaram fez seu membro pulsar.

– Meu título lhe deixaria ardente?

– Não sou tão superficial assim. – ela disse, erguendo o queixo.

– Então, é meu corpo que você acha atraente?

Olívia riu.

– Atraente? Você é um bárbaro.

Ele se ergueu imediatamente, fazendo a rede balançar de um jeito perigoso.

– Um *bárbaro*?

– Sim, olhe para você. – ela fez um gesto em sua direção – Seu cabelo está comprido demais. Quase tão comprido quanto o meu.

– Não está nem de longe tão comprido quanto o seu – ele disse, irritado.

– E seus músculos... – ela continuou, ignorando-o.

– O que têm os meus músculos? – ele rosnou.

– São enormes. Você parece um selvagem. – Olívia se levantou da cadeira e se aproximou da janela.

– Um *selvagem*? – ele repetiu, batendo o pé no chão com força.

– Sem dúvidas. – ela tossiu, tremendo os ombros.

Sebastian se aproximou a passos largos.

– Saiba que a maioria das mulheres me considera irresistível.

– É mesmo? – ela disse, soando pouco impressionada.

– Sim, é mesmo. Eu partia muitos corações quando morava em Londres. – ele se gabou, inexplicavelmente chateado por ela não gostar de sua aparência.

– Tenho certeza de que isso é o que você pensava. – ela respondeu – Ou talvez você fosse mais civilizado naquela época.

Sebastian cerrou os olhos, depois contornou Olívia até ficarem de frente e descobriu que ela estava rindo; seus adoráveis olhos brilhando com divertimento.

– Você está zombando de mim. – ele sorriu contra sua vontade.

– Apenas um pouco – ela ofegou, segurando a barriga.

Olívia ou estava louca por causa dos eventos do dia ou... estava encantada. Sebastian sentiu-se arrebatado por esse momento de intimidade, o resto de seus problemas desaparecendo ao longe. Ele ergueu a mão e traçou uma linha pela curva de seu nariz, que ela franziu quando ele alcançou a ponta.

Ela o encarou com admiração nos olhos, aliviando o golpe no ego que ele sentira alguns momentos atrás.

– Um selvagem com uma covinha deliciosa – ela murmurou, passando a ponta do dedo sobre o rosto dele. – Por que você escolheu esta vida? – ela perguntou, quase sem ar – Você, um nobre com vasta fortuna e prestígio. Por que se tornou um pirata?

– Ah... – ele queria abraçá-la. Com a garganta apertada, Sebastian baixou a mão até seu ombro – Então você acredita em mim.

Ela riu de novo, de um modo que não combinava com sua educação, mas que ele achava encantador.

– Por enquanto estou disposta a agradá-lo e acreditar no que você diz.

– Milady, você deveria prestar mais atenção nas palavras que usa. Você não sabe o que é preciso para me agradar de verdade.

Diante do olhar confuso de Olívia, Sebastian esclareceu:

– Não sou um cavalheiro.

– Você é um conde, milorde.

– Isso é apenas um título, Lady Merrick, e não tem nada a ver com meu caráter.

– Você foi treinado e criado para servir seu...

– Fui amaldiçoado. – ele disse, seco – Meu irmão mais velho, Edmund, deveria ser a pessoa que receberia o título, mas ele foi assassinado em um duelo há cinco anos.

– Um duelo? – ela repetiu, arregalando os olhos – Que horror! Sinto muito.

– Sim... também sinto muito, acredite. Principalmente porque ele estava defendendo minha honra. – Sebastian soltou uma risada irônica – Como se eu tivesse alguma...

– Ele devia amá-lo muito.

– Edmund amava o título – Sebastian ironizou.

Olívia encarou seus olhos intensos sem vacilar.

– O que aconteceu?

Ele queria fazer algum comentário sarcástico para desviar sua curiosidade. Queria zombar dela, assustá-la e afastá-la. Mas suas próximas palavras serviriam do mesmo jeito.

– Eu, tolamente, violei uma jovem garota. Quando seu irmão mais velho foi me procurar para exigir que nos casássemos, recusei. Ela não era nenhuma inocente, como descobri em primeira mão. E a maneira como fomos flagrados não deixou dúvida de que eu caí em uma armadilha.

Olívia cobriu a boca com a mão e Sebastian exibiu um sorriso irônico.

– Em vez de exigir compensação de mim, o irmão dela procurou Edmund, cujo maldito senso de honra o impedia de recusar. Fiquei sabendo sobre o duelo apenas quando já tinha acabado. Meu pai me acordou com a notícia. – Sebastian nem tentou esconder a amargura que permeava sua voz – Ele me humilhou gritando parabéns para mim, como se eu tivesse planejado a morte de Edmund. – Sebastian fechou os olhos – Edmund foi criado para receber o título. Eu, por outro lado... – Sua voz se perdeu.

Por que estava dizendo essas coisas para ela? As palavras que saíram de sua boca nunca antes haviam deixado seus lábios.

– Você, por outro lado, é selvagem e indomado demais para um título desses. – Olívia completou.

Sebastian abriu os olhos e a encontrou olhando para a janela, permitindo a ele um instante de privacidade para se recompor. Ele se moveu para ficar ao seu lado, perto o bastante para sua respiração balançar os fios de cabelo no topo de sua cabeça, e o aroma liberado aquecer suas veias. Ele apertou os punhos com força.

– Aposto que você foi uma criança selvagem – ela continuou, com sua voz melosa reverberando pelas costas de Sebastian, endurecendo seu pau. – Provavelmente não conseguia prestar atenção nas aulas, se sujava sempre, beijava garotas por aí e desafiava seu pai apenas para irritá-lo por ter um primogênito tão perfeito... um irmão a quem você nunca poderia se comparar.

Impressionado com sua percepção, Sebastian encarava a janela com um olhar perdido.

– Estou perto? – ela perguntou.

– Perto demais – ele admitiu. – Como esta conversa progrediu tão depressa para um terreno tão pessoal?

– Seus lindos olhos denunciam sua natureza impiedosa e sua inquietude. Estive pensando que circunstância poderia levá-lo a viver uma vida como esta. – ela se virou para encará-lo – Por acaso seu pai disse a você o quanto lastimava que não tivesse sido você naquele duelo em vez de Edmund?

Sebastian soltou a respiração entre os dentes cerrados. Olívia enxergava através dele, dentro de seu ser, observando coisas que não tinha o direito de ver. Os olhos dela se encheram com uma simpatia que ele não queria. Desejo, sim. Paixão, admiração... queria tudo isso dela. Mas piedade...

Seus dentes se apertaram até seu queixo doer.

– Você está determinado – ela continuou, castigando-o com aquelas palavras – a provar a ele e a todo mundo que estavam mesmo corretos e você é apenas um "filho sobressalente" imprestável que não serve para o título da família. E sendo o homem que é, não consegue fazer nada pela metade. Não, você precisa se rebelar da pior maneira possível. Talvez até tivesse esperança de ser preso por seus crimes. Pois, assim, a humilhação de seu pai seria completa. Por que outra razão você usaria o anel com o brasão que o identifica?

Sebastian queria quebrar algo, queria destruir alguma coisa. Furioso, completamente exposto pela crítica de Olívia, agarrou seus ombros e a puxou para perto. Sua voz saiu grave e cheia de desprezo.

– Suas palavras revelam a profundidade de sua ingenuidade.

Seu adorável rosto corou com o menosprezo dele.

– Não dei motivo para você ser cruel.

– Talvez eu seja sempre cruel – ele ironizou, apertando os dedos na pele macia do braço dela. – Você não conhece nada sobre o homem que sou.

Ela ergueu o queixo, com os olhos cheios de raiva.

– Solte-me, Phoenix. Agora. – Olívia disse.

Ele a puxou para mais perto.

– O que você sabe sobre se rebelar? – ele rosnou. – Você, a filha obediente, casando com um homem que nunca viu apenas para agradar seu pai. Aposto que você nunca se rebelou em sua vida!

– Não é verdade! – ela gritou, debatendo-se com fúria. Seus lábios, vermelhos e molhados, se abriram com sua respiração ofegante.

Ele arqueou uma sobrancelha incrédula, seu corpo todo rígido com raiva e um desejo feroz.

– Quando?

– Agora mesmo. – e então, ela puxou sua cabeça e deu-lhe um beijo ardente.

CAPÍTULO 2

Ele não estava beijando de volta.

Olívia notou esse fato imediatamente, mas sua teimosia não permitia que ela desistisse, embora seu orgulho implorasse que ela parasse com essa tolice.

– Maldito seja, beije-me!

Ele causara essa febre nela com seu corpo seminu e olhos ardentes. Phoenix estava levando Olívia à loucura, atraindo-a ao mesmo tempo em que a afastava.

– Não blasfeme! – ele resmungou.

E então ele a abraçou e sua boca se moveu faminta sobre a dela. A língua lambeu seus lábios, provocando, incitando. Ele tinha sabor de conhaque e safadezas, e a boceta dela pulsou em resposta. Os lábios de Olívia se abriram em um soluço ofegante, e ele aproveitou o convite para deslizar dentro deles. Suas línguas se tocaram, digladiando-se, encontrando partes sensíveis e acariciando-se com lambidas suaves.

Oh. Meu. Deus. Aquele homem sabia como beijar. Os dedos dos pés de Olívia se curvavam dentro dos sapatos.

Com raiva e possessividade, faminto e ousado, Phoenix roubou seus sentidos com uma habilidade flagrante. Incapaz de resistir, ela se entregou a ele, querendo mais. Mais dele.

– Calma – ele murmurou, apoiando o corpo de Olívia, a grande mão se movendo até o pescoço dela e aninhando sua cabeça no ombro, mantendo-a no lugar para o deleite de sua boca.

Olívia gemeu quando a outra mão de Sebastian deslizou por debaixo da camisa e encontrou um seio, envolvendo a parte de baixo, avaliando o peso. Seu polegar o acariciou com movimentos gentis, provocando-a. De novo e de novo Phoenix circulou o mamilo, causando centelhas de prazer que irradiavam e desciam até o meio de suas pernas.

Oh, por que ele não a tocava onde ela mais queria?

– Quero que me toque. – ela agarrou o pulso dele e impulsionou o mamilo ereto em sua mão. – Aqui. – Olívia gemeu enquanto seu corpo se derretia. – Oh, Deus... toque em toda parte.

– *Olívia.*

Seu beijo perdeu o leve traço de gentileza que restava. Ele a devorou, sua língua se movia frenética na boca dela, os dedos beliscavam e puxavam o mamilo, até ela pingar de prazer. O corpo de Olívia estava sensível em toda parte. Sua pele parecia tensa e quente demais. Ela queria rasgar as roupas e pressionar sua nudez contra ele. Em vez disso, ele acariciou sua pele, apertando os músculos, deleitando-se com a maneira como seu corpo tremia contra o dela.

Deus, ele cheirava como o paraíso, como a brisa no oceano, como paixão e masculinidade pura. Quando alguém bateu na porta, Olívia nem registrou o som até Phoenix se afastar.

– O que foi? – ele gritou com a voz rouca, com uma mão ainda trabalhando no seio enquanto a outra apertava o rosto dela contra sua garganta.

– Capitão, estamos tendo problemas com a outra tripulação – Will gritou do outro lado.

Phoenix rosnou sua frustração.

– Estarei no convés em um momento.

Passos pesados se afastaram da porta.

– Não... – ela protestou, perdida no aroma de sua pele, no calor de seu toque, no sabor de sua boca. Ela daria qualquer coisa por um descanso da loucura que tomou conta de sua vida, e Olívia sabia que Phoenix era a cura.

Ele pressionou um beijo rápido e forte em seus lábios.

– Preciso ir, minha querida, enquanto ainda posso.

— Não. — Ela puxou o pescoço dele em direção a sua boca aberta, e a princípio ele resistiu, mas depois a apertou contra seu corpo, com força suficiente para ela sentir o calor e a rigidez de seu desejo através das saias. Olívia o beijou com desespero, sensualmente, querendo deixá-lo tão irracional quanto ela própria estava.

Phoenix a empurrou praguejando.

— Você está flertando com o diabo — ele disse, áspero. — Pare, ou você vai se queimar.

Ela estremeceu quando ele bateu a porta ao sair.

Olívia não sabia quanto tempo havia se passado, mas o sol havia atravessado uma boa parte do céu, portanto sabia que o dia estava chegando ao fim. O vento estava mais forte, soprando uma brisa agradável dentro da cabine, refrescando o ar e seu sangue. Horrorizada com a lembrança de seu comportamento, seu rosto ficou corado e ela se encolheu na cadeira.

O que havia de errado com ela? Nunca em sua vida Olívia havia beijado um homem, muito menos tocado ou implorado para ser tocada. E ainda por cima com o Capitão Phoenix! Um homem com a reputação de ser tão mortal quanto uma víbora. Por que ela não sentia medo dele? Por que ela desejava ficar nua para ele e entregar seu corpo para qualquer coisa que ele desejasse?

Alguém bateu na porta, e ela foi rapidamente para a escrivaninha, onde apanhou a pistola.

— Sim? — ela gritou, sentindo o coração disparar. Será que Phoenix havia retornado?

A porta se abriu.

— Milady, sou eu, Maggie — disse sua dama de companhia.

Olívia suspirou, embora um pouco desapontada. A jovem criada entrou, seguida por três marinheiros. Dois deles carregavam baldes com água quente, e o terceiro trazia sua pequena banheira. Eles despejaram a água, depois trouxeram seus baús. Olhando desconfiados para a pistola, os piratas se retiraram da cabine com pressa, e Maggie fechou a porta atrás deles.

– Você está bem? – Olívia perguntou com preocupação, imaginando como a jovem garota se saiu na companhia dos homens de Phoenix.

– Hum? – Maggie perguntou distraída enquanto abria os baús e buscava entre as roupas. – Oh, sim. Muito bem. Milorde assegurou meu bem-estar.

A dama de companhia se aproximou dela e puxou com facilidade a camisa sobre sua cabeça. Quando a manga prendeu na pistola, Olívia a deixou sobre um baú e colocou a camisa ao lado. De repente, sentiu falta daquele tecido repleto do aroma de Phoenix.

Maggie começou a soltar os laços de seu vestido. Olhando sobre o ombro, Olívia perguntou:

– E se ele voltar?

A criada riu baixinho.

– Duvido que isso aconteça. Ele está consertando o mastro principal.

– *O quê?* – Olívia olhou preocupada para a janela. O vento continuava a soprar cada vez mais forte. – Por que ele não delegou essa tarefa?

– Ele disse que era perigoso demais com o vento soprando dessa maneira.

– Meu Deus! – Olívia se dirigiu para a porta. Ele poderia morrer. E por alguma estranha razão, ela não podia suportar essa ideia.

– Milady! Você não pode sair agora. Seu vestido...

Olívia apertou o espartilho e saiu correndo do quarto. Quando chegou ao convés, olhou para o céu horrorizada. Ainda descamisado, Phoenix se agarrava ao mastro, seus músculos poderosos flexionados com força, os cabelos sedosos soltos batendo em seu rosto. De seu ponto de vista, sua grande forma parecia pequena, mas mesmo assim ele estava à vontade no meio da turbulência. Seus movimentos eram eficientes e confiantes enquanto lutava contra as velas, sem medo evidente em suas ações cuidadosas. De fato, ninguém ao redor parecia preocupado. No entanto, o coração dela batia em um ritmo cheio de pânico, pronto para escapar pela garganta.

Ela percebeu a grande presença que chegou ao seu lado, e se virou para encarar o homem ruivo que quase recebera um tiro dela mais cedo.

– Você não deveria estar aqui no convés – ele resmungou. – Os homens ficarão olhando para você, e o capitão não vai gostar disso.

– Eu tentei dizer isso a ela – Maggie murmurou ao chegar atrás dela.

– Que diabos ele está fazendo? – Olívia disse, com os cabelos soprando com o vento em seu rosto quase sem conseguir enxergar mais nada. – Não pode esperar até o vento diminuir?

O ruivo encolheu os ombros.

– Com certeza. Mas ele já estava lá em cima, então é melhor terminar de uma vez.

Com mais uma rajada do vento, ela voltou a olhar para Phoenix. Olívia gritou quando ele perdeu o equilíbrio e ficou pendurado precariamente pela corda. Ele estava suspenso lá em cima quando o vento soprou de novo, e então ele começou a escorregar. Incapaz de continuar olhando, Olívia se virou para o ruivo e mergulhou o rosto em seu peito, agarrando sua camisa com força. Ninguém poderia sobreviver sendo prensado ao mastro daquele jeito igual uma bandeira.

– Maldito tolo estúpido! – ela gritou no peito do pirata enquanto os homens no convés corriam para ajudar.

Esse horrível medo que apertava seus órgãos vitais e torturava sua mente era irracional. Phoenix era um estranho que mal conhecera há apenas algumas horas. Mas trocaram intimidades. Ele a tocara de maneira que ela própria nunca se tocara. Ele a fez sentir-se selvagem e inconsequente. Ele a fez sentir-se viva.

Mãos quentes agarraram seus ombros e a viraram, pressionando seu rosto em uma pele nua e salgada.

– Calma, meu amor. – a voz grave de Phoenix ressoou em seu ouvido, sua respiração quente roçando em seu pescoço, os cabelos soprando ao redor.

Olívia se aninhou em seu corpo sentindo-se aliviada. Os dedos dela agarravam suas costas e o puxavam para mais perto.

– Seu maldito idiota! – ela repreendeu.

Ele riu.

– Não blasfeme, minha querida. Estou bem.

Ela afastou o rosto e deu um leve tapa em seu peito.

– Mas não estará quando eu terminar com você! Você está *louco*? O que estava fazendo lá em cima com um tempo desses?

Foi então que ela viu seu braço, sangrando e machucado pela corda que salvou sua vida.

– Oh... olhe para seu braço. – ela tocou a ferida, e seus olhos disparam para seu rosto.

– Não é nada – ele disse, esfregando, distraído, o lugar onde ela havia dado o tapa.

Maggie se aproximou.

– Posso fazer um chá que minha avó me ensinou. Demora um pouco para preparar, mas funciona muito bem.

– Sim, faça isso. – Olívia voltou a olhar para Phoenix quando a criada se afastou. – Tenho um pouco de bálsamo para colocar aí. Volte para a cabine e me permita cuidar disso.

O azul de seus olhos se tornou mais sombrio.

– Creio que você vai insistir, depois me ameaçar com uma arma.

– Se for preciso.

Ele ofereceu uma reverência irônica.

– Depois de você.

Segurando o espartilho, Olívia se apressou até a cabine, tentando acalmar as batidas de seu coração. Seu rosto inteiro ficou marcado com o cheiro dele. Salgado e picante, era um aroma intensamente masculino. Cada vez que respirava, ela sentia as notas de seu perfume e de seu cheiro único.

Olívia abriu a porta e correu para o menor de seus baús, ao mesmo tempo em que sentia a presença do pirata atrás dela. Procurando ao redor, encontrou um pequeno jarro de bálsamo medicinal e se virou para encará-lo. Ele estava de pé em frente à porta, atento, observando-a. A cabine parecia encolher até não existir mais nada além de Phoenix, Olívia e a poderosa atração entre os dois.

– Chegue mais perto – ela disse.

Ele franziu as sobrancelhas ao olhar para baixo. Olívia seguiu seu olhar, percebendo que o espartilho aberto oferecia uma vista desimpedida dos seios. Ela se cobriu depressa, sentindo o constrangimento aquecer seu rosto. Phoenix continuava parado como pedra, uma estátua de algum deus esculpida em carne e osso.

Virando as costas para ele, Olívia abriu o jarro e apanhou a camisa que ele havia dado a ela mais cedo.

– Se você esfregar isto em seu...

Ela caiu em silêncio quando ele apareceu ao seu lado.

Como um homem tão grande quanto Phoenix poderia se mover de maneira tão discreta? Ele estava tão perto que ela podia sentir o calor de sua pele e a respiração que soprava em seu ombro. Ele agarrou a camisa das mãos dela e a jogou para longe. Sem dizer nada, Phoenix apanhou o jarro e o abriu, retirando uma pequena quantidade do bálsamo. Arrebatada pela proximidade, Olívia observou imóvel quando ele deixou o jarro de lado e pegou suas mãos. Então ele começou a esfregar o bálsamo nos pulsos machucados de Olívia, com um toque forte, mas gentil e carinhoso. O gemido que surgiu na garganta dela escapou sem ela perceber.

– Você gosta do meu toque – ele sussurrou –, não é mesmo?

Sentindo-se impotente, ela ergueu o rosto e encarou seus olhos, engolindo em seco.

– Seu toque queima minha pele.

Phoenix assentiu, com um olhar malicioso.

– Quero sua boca. – embora sua voz fosse suave, não havia dúvida de que aquilo era uma ordem.

Enfeitiçada, Olívia abriu os lábios quando ele baixou a cabeça em sua direção. Ao primeiro contato, seus joelhos enfraqueceram. Ela teria caído se ele não a tivesse abraçado. Seus sentidos foram inundados com o sabor dele, seu corpo se derreteu instintivamente contra o dele. Phoenix inclinou a cabeça, encontrando o encaixe perfeito, e seu gemido torturado fez Olívia sentir vertigens.

Com os braços envolvendo sua cintura, Phoenix a ergueu do chão e a carregou até a pequena mesa no canto. Chutou a cadeira para o lado e a deitou sobre a superfície polida. Não desfez o contato de suas bocas em momento algum, movimentando a língua com lambidas carinhosas.

Agarrando a gola do vestido, ele rasgou o tecido com um puxão impaciente. Suas mãos logo alcançaram os seios, apertando os bicos, torcendo--os, do jeito que sentia que ela queria. O sexo dela se inundou. Ele a estava desonrando, pilhando e saqueando, e era exatamente o que ela queria que ele fizesse, o que desejava desde que ele abordara seu navio.

Olívia gemeu contra sua boca.

– O que você está fazendo comigo?

– O que *você* está fazendo comigo? – ele retrucou. – Eu a conheço apenas há poucas horas, e você já consegue me levar à loucura. – Ele roçou o nariz em sua garganta, depois percorreu um caminho ardente com beijos até chegar aos seios. – Quero devorar você, preenchê-la com meu pau, arruinar você.

– Phoenix...

Ela tentou se afastar daquelas sensações que eram tão novas, mas não conseguia escapar dele. O pirata a mantinha presa no lugar, com o corpo rígido pressionado entre suas pernas abertas. Ele sugou um mamilo em sua boca faminta, e o efeito combinado das lambidas e da sucção rítmica fez Olívia agarrar os cabelos dele convulsivamente. Incapaz de resistir, ela se arqueou e esfregou o corpo contra o membro rígido de Phoenix. Um prazer se espalhou por ela, quente e abrasivo. Atordoada, ela desabou de costas na mesa.

– Não – ele ordenou com a boca em seu seio. – Não pare...

Phoenix continuou esfregando seu pau nela, levando sua atenção para o outro seio, e Olívia gemeu alto, sentindo o corpo pegar fogo. Ele se afastou apenas o suficiente para empurrar o amontoado de saias para fora do caminho. Sua mão passou sobre os cachos molhados da boceta dela, e então ele ficou imóvel.

Seu olhar se moveu até os olhos dela enquanto ele deslizava um longo dedo através da maciez de seu desejo e abria sua dobras suaves. Ele circulou e esfregou o pequeno ponto onde ela era mais sensível, fazendo ela soltar um grito enquanto suas costas se curvavam ainda mais. Gemendo, ele a penetrou lentamente. Olívia murmurou um protesto abafado, mas seus quadris se ergueram por vontade própria, indo na direção daquela invasão perversa.

– Você é tão quente, tão apertada.

O dedo dele deslizou até o fundo. Com a mão livre, ele ergueu a perna dela até pousar seu pé sobre a mesa. Então ela empurrou o joelho para o lado, abrindo-se inteira para a visão dele. Phoenix olhou vidrado para sua fenda e retirou seu dedo. Olívia assistiu, fascinada, quando ele o levou até a boca e o chupou.

– Hum... – ele ronronou, em um som sexual.

Phoenix ergueu a outra perna do mesmo modo que a anterior. Olívia corou, sabendo que parecia uma devassa, com seu vestido rasgado, os seios expostos, o sexo aberto e brilhando com o desejo que sentia por ele.

Phoenix levou ambas as mãos para o meio das pernas dela – uma para abrir seus lábios enquanto a outra deslizava seu longo dedo caloso para dentro. Ele começou a movimentá-lo para dentro e para fora, incapaz de tirar os olhos daquela visão. As mãos dela agarraram os cantos da mesa, e os dentes morderam os lábios enquanto lutava para permanecer em silêncio. Ela queria gemer e gritar alto. A sensação era tão maravilhosa que mal conseguia aguentar. A tensão aumentou, acumulando-se no ventre e irradiando em ondas de calor. Ela não entendia, mas seu corpo sabia o que fazer, erguendo os quadris em contrapartida aos movimentos de Phoenix.

Olívia estava tão molhada, tão selvagem, que podia ouvir os sons de succão de seu corpo enquanto tentava prender o dedo que a invadia. E então, não era apenas um, dois dedos a penetravam, mergulhados em seu néctar, entrando e saindo. Ela soltou os lábios e gritou ao mesmo tempo em que seu corpo começava a tremer.

– Por favor... – ela implorou, mas não sabia pelo quê.

– Você gosta disto, não é mesmo? – ele rosnou. – De me sentir dentro de você. Você gostaria que fosse meu pau, não é, minha querida? Alargando você, preenchendo o vazio que meus dedos não conseguem preencher.

Com os olhos azuis vidrados onde a penetrava, ele começou a descer vagoroso pelo corpo dela, sem parar o tormento que provocava com os dedos. Lambeu os lábios, e sua intenção escandalosa ficou visível.

– Não... – ela sussurrou em um protesto frouxo.

– Você não vai me negar isto – ele ordenou. – Será apenas uma pequena degustação do paraíso antes que te devolva.

Olívia sabia que a decência obrigava que ela o impedisse, que o empurrasse para longe, mas ela não conseguia, não quando Phoenix a olhava daquela maneira. Ela se apoiou nos cotovelos e observou a boca e a língua dele deslizando como fogo entre as pétalas de seu sexo.

Ela, impaciente, roçava os quadris sobre a mesa. Era horrível, maravilhoso e safado. E ela adorou, adorou a sensação, adorou observá-lo tão concentrado nela. A língua habilidosa lambia sua boceta ardente de um jeito que acalmava e excitava ao mesmo tempo. Olívia abriu mais as pernas, impulsionando-se contra a boca dele, sentindo-se vazia assim como ele afirmara que ela se sentiria, apesar dos dedos que a penetravam com rapidez. Com um entendimento assombroso, ele parecia saber exatamente o que ela precisava, sua língua permanecia rígida quando acertava na fonte de seu tormento, na fonte de seu prazer. Phoenix ajoelhou-se, concentrando toda sua habilidade para intensificar esse prazer. Mais e mais ele se pressionava sobre ela, soltando sons eróticos contra sua pele, até ela não conseguir mais aguentar. Os dedos dele aceleraram, a língua apertava mais forte, os rugidos tornavam-se cada vez mais altos...

O orgasmo de Olívia a fez gritar, seu corpo todo se estendia pela mesa e tremia enquanto ela se contorcia na boca de Phoenix.

Ele permaneceu entre suas pernas, deslizando os dedos para fora e preenchendo o súbito vazio com sua língua até ela recobrar o controle da respiração. Só depois disso ele se levantou e cobriu o corpo dela com o próprio.

– Phoenix...

Ele a puxou para mais perto de seu corpo rígido e molhado de suor. Mas Olívia sabia que ele não sentira o mesmo prazer que ela.

– Diga o que devo fazer – ela implorou contra seu pescoço. – Diga como posso dar prazer a você.

– Você já me deu prazer – ele a assegurou em um sussurro áspero. – Sentir você gozando em minha boca... foi uma experiência extraordinária, meu amor.

– Eu quero...

– Eu sei o que você quer – ele a interrompeu bruscamente.

– Por favor. Eu quero retribuir o prazer.

– Não.

Olívia fechou os olhos e desviou o rosto para longe da boca dele.

– Você não me quer... dessa maneira.

– Olhe para mim. – Phoenix agarrou sua cabeça e a forçou a olhar para ele. Seus olhos azuis pareciam queimar com determinação. – Não é questão de querer você, mas sim de querer o melhor *para* você. E eu não sou bom para você.

Ela sentiu lágrimas se acumulando; suas emoções estavam dispersas e confusas.

– Eu só quero agradar você.

Ele suspirou.

– Você pede por mais controle do que eu posso entregar.

Ela analisou seu rosto, tão austero, bonito e corado de paixão. Algo em seus olhos – uma suavidade cautelosa – fez o coração de Olívia se apertar. Ela passou a ponta dos dedos sobre sua boca, e ele os beijou com urgência. Tocando seus cabelos, ela moveu as mechas para envolverem seu rosto.

– Você é a criatura mais bela que já conheci. Quero tocar você em toda parte, quero usar minha boca em você, quero torná-lo selvagem por mim...

– Olívia... – A voz dele era apenas um sussurro dolorido enquanto fechava os olhos. – Maldita seja.

Phoenix se levantou e abriu a calça, movendo-se tão rápido que ela não teve tempo de observá-lo. Ele se inclinou sobre ela, e Olívia o sentiu, quente e rígido, tocando a fenda entre suas pernas. Ela estremeceu, e seu corpo logo renovou sua excitação.

– Abrace-me forte.

– Sim... – Ela o agarrou como se estivesse se afogando.

E então ele girou os quadris, movendo o pau suavemente por seus lábios escorregadios. Olívia contraiu os músculos, esperando dor, esperando ser esticada, mas nada disso aconteceu. Ele começou a se mover sobre ela, em um ritmo acelerado, esfregando os quadris contra os dela. O pau estava quente e duro enquanto deslizava entre as dobras de sua boceta, com as bolas batendo contra sua abertura molhada. Mas ele não realizava a consumação completa que ela ansiava.

– Ponha as pernas ao meu redor – ele ofegou. – Mexa junto comigo... sim... – A pele dele se aqueceu sob as mãos dela, sua respiração saía cada vez mais pesada de seus pulmões.

O peso daqueles movimentos febris entre as coxas dela reacendeu o fogo dentro de seu corpo. Querendo experimentar aquele prazer mais uma vez, Olívia se contorcia debaixo dele, arranhando suas costas enquanto chegava cada vez mais perto do precipício. Ela soluçou quando o paraíso abriu suas portas, e então Phoenix tensionou-se, rígido como pedra, pressionando-se contra ela. Jatos quentes inundaram a barriga de Olívia em disparos pulsantes.

Ele gritou seu nome enquanto estremecia em seus braços.

Sebastian mergulhou o rosto na curva perfumada do pescoço de Olívia e amaldiçoou a si mesmo por ser um cafajeste sem coração. Seu controle era fonte de orgulho para ele, mas hoje esse controle não existiu.

Desde o momento em que a vira no convés do *Seawitch*, com seu queixo erguido em uma postura desafiadora e uma espada pesada demais nas mãos, ele se sentira cativado. E à medida que o dia passava, ele se tornava cada vez mais encantado com ela. Sua beleza era impossível de resistir, mas o fogo, a paixão... Tentar não tocá-la era como tentar parar de respirar.

Ela tentara ajudá-lo com seus ferimentos, como ninguém nunca fizera. E ele retribuíra encarando seus seios com luxúria nos olhos e arrancando a camisa que a cobria. Olívia estava disposta, querendo, mas ele deveria ter se afastado para o bem dela. Phoenix nunca poderia ser o marido que ela merecia. Apesar disso, ele a atacou como um selvagem, em um banquete para um homem faminto, e a desonrou com seu toque voraz.

Mas o pior era que ele queria fazer tudo de novo. O quanto antes fosse possível.

Sebastian se apoiou nos cotovelos e olhou para o lindo rosto de Olívia, corado de paixão. Ele quase perguntou se ela estava bem, mas seu olhar vidrado já respondia sua pergunta implícita. E a expressão dele devia ser semelhante.

Com um rápido e firme beijo em seus lábios, ele a soltou. Olívia exalava calor e desejo, uma mulher passional que, mesmo em sua inocência, proporcionara um prazer quase insuportável. Inexperiente e intocada, ela não possuía a malícia para ocultar suas reações ou dissimular suas ações. Sebastian sentiu-se desejado, de um jeito que ninguém nunca o fez sentir.

Olhando para o umbigo dela, que brilhava com seu sêmen, ele foi arrebatado por uma onda de possessividade. Sebastian queria marcá-la dessa maneira em toda parte para que nenhum outro homem sequer pensasse em tocá-la. Os olhos sonolentos de Olívia o procuraram com tanto afeto que ele sentiu a garganta apertar. A maneira como ela o olhava, seu pânico palpável quando ele escorregara no mastro... há quanto tempo alguém não se importava com ele desse jeito? Ele mal conseguia se lembrar. Apenas a gratidão que sentia agora o impediu de levá-la à ruína completa.

Sebastian sofreu ao pensar na ideia de devolvê-la a seu pai, desejando poder levá-la para longe e protegê-la das escolhas de seu passado, escolhas que impossibilitavam que eles ficassem juntos. Nunca antes ele se arrependera de qualquer coisa. Agora, se arrependia de tudo.

– Eu ofereceria o banho – ela murmurou –, mas a água, sem dúvida, já esfriou.

Olhando para a pequena banheira, ele sorriu.

– É perfeito. Obrigado.

Ele apanhou uma toalha na estante e a mergulhou na água fria. Depois voltou e limpou sua luxúria do corpo dela; seu pau endureceu outra vez quando os mamilos dela se eriçaram sob seu toque. Olívia era tão pequena comparada com ele, tão miúda, perfeitamente doce. E ele a atacara como um animal.

Praguejando em silêncio, Sebastian se afastou daquela visão excitante e tirou as calças. Com um leve chiado, mergulhou na água gelada. Olhando para sua esposa, segurou um sorriso quando ela deslizou para fora da mesa e começou a olhar pela janela como se estivesse encabulada.

– Você não está curiosa para ver a parte de mim que sentiu tanto prazer por sua causa? – ele perguntou.

Ela corou. Mantendo os olhos afastados, Olívia se aproximou de seus baús, segurando o vestido rasgado contra os mamilos inchados. Aquela visão era demais para ele, e seu corpo já estava querendo repetir a dose. Sebastian se encolheu na pequena banheira e se concentrou na temperatura da água para tentar esfriar suas próprias veias. Usar água fresca para esse fim era um teste de sua força de vontade.

Ele franziu as sobrancelhas quando encontrou um sabão francês ao lado. Com aroma de almíscar e bergamota, era, sem dúvida, um item de banho masculino.

– Por que você possui um sabão de homem? – ele perguntou, áspero.

Maldição. *Ele estava com ciúmes!*

Os olhos de Olívia perderam um pouco do brilho.

– É o sabão preferido do meu pai. Ele não sentirá falta de um. – ela se virou, mas não antes de Sebastian perceber a mágoa evidente em suas feições delicadas.

Sebastian quase se desculpou, mas pensou duas vezes. Seria melhor que Olívia não gostasse dele, uma circunstância que se tornou mais provável pela intensa paixão que eles haviam acabado de compartilhar. Era melhor manter distância – para o bem de ambos. Ao que parece, ele estava desenvolvendo sentimentos por esta mulher – *sua esposa* – que eram ameaçadores demais para se considerar.

Apressando o resto do banho, Sebastian se vestiu em silêncio, ansioso para fugir das intensas emoções que Olívia despertava. Quando estava saindo, ele parou na porta.

– Pedirei para meus homens jogarem a água fora e esquentarem mais água para você. Pelo amor de Deus, não atire em ninguém quando eles aparecerem. Vai demorar um pouco para...

– Eu entendo. Obrigada. – ela permaneceu focada em ajeitar as roupas que já estavam arrumadas dentro do baú.

Ele observou suas costas eretas e não conseguiu evitar sentir um aperto no peito. Sebastian forçou a si mesmo a segurar as palavras tranquilizadoras que ela obviamente queria, e merecia, ouvir. Em questão de minutos eles compartilharam uma proximidade íntima, e agora não passavam de meros estranhos constrangidos. Em vez de acalmar sua agitação, essa distância estava acabando com ele.

Sofrendo, ele foi embora sem dizer nenhuma palavra, fechando a porta com um clique que parecia pôr fim a tudo.

Olívia acordou ao sentir uma leve brisa. Pela janela, era possível ver que eles haviam içado as velas. Ela olhou ao redor da cabine e constatou que estava sozinha. Phoenix não havia voltado na noite anterior, nem mesmo após ela ter dormido.

Alguém bateu na porta, e seu coração acelerou quando ela se apressou para atender, ansiosa por ver Phoenix novamente. Mas era apenas Maggie. A dama de companhia entrou com um grande sorriso no rosto, sem saber da decepção de sua senhora.

Olívia tentou segurar a língua, mas a curiosidade venceu a luta.

– Você se encontrou com o Capitão Phoenix hoje?

– Sim – Maggie disse, com tom de voz cheio de alegria. – Logo de manhã, antes de ele embarcar no *Seawitch*. Nós estamos seguindo nosso caminho, milady. A tripulação disse que vamos atracar em Barbados dentro de alguns dias.

No *Seawitch*. O coração de Olívia afundou até seu estômago. Phoenix embarcara no navio de seu pai para se afastar dela, isso era doloroso e óbvio. Ela sentiu o rosto corar com constrangimento. Ele deve ter pensado que ela era o pior tipo de devassa. Mas não era isso mesmo que ela merecia por se comportar daquela maneira?

Devastada, ela balançou a cabeça. Olívia estava enlouquecendo por causa daquele desejo, mas o pirata certamente não sentia o mesmo. Ele teve a presença de espírito de não tirar sua virgindade, em um gesto que deixou clara sua falta de desejo de tomá-la como sua esposa. Phoenix iria levá-la até a Inglaterra para obter uma anulação e depois partiria sem olhar para trás. Ela, por outro lado, passaria o resto de seus dias amargando a situação.

Olívia passou os três dias de viagem até Barbados sem sair da cabine de Phoenix. Entediada e chorando miseravelmente a cada vez que se lembrava de seu comportamento inadequado, ela começou a bisbilhotar ao redor para se distrair. Vasculhando por suas gavetas, escrivaninha e armários, encontrou cartas do Marquês de Dunsmore endereçadas a Sebastian Blake. Encontrou documentos legais que exibiam seu brasão e cartazes prometendo recompensas para quem encontrasse o pirata. É claro, ela tinha grandes suspeitas de que ele estava dizendo a verdade sobre seu nome, ou então não teria se entregado daquela maneira. Mas, ao fim dos três dias, ela não possuía mais nenhuma dúvida.

Estava casada com um pirata. E esse pensamento era eletrizante.

Agora, precisava descobrir uma maneira de ficar com ele.

CAPÍTULO 3

Sebastian esperava Olívia na prancha de desembarque com impaciência. Fazia uma semana que não a via, e isso já era demais. Antes de embarcar no *Seawitch*, ele ordenou que Will assegurasse acomodações para ela na estalagem local quando atracassem, certo de que ela gostaria de dormir em uma cama após passar várias noites em uma rede. Olívia provavelmente estava exausta. Ele estava. Ficar na cabine dela no *Seawitch* foi o inferno na terra, um quarto decadente com uma enorme cama forrada de veludo.

As noites foram torturantes, os lençóis de seda exalavam o perfume de Olívia, em um aroma que queimava através de suas veias. Sonhara com ela nua e estirada debaixo ele, com seu pau pulsante penetrando fundo seu corpo, e um mamilo intumescido preso entre sua língua e o céu da boca.

A esmagadora vontade de transar o forçara a buscar na cidade uma boa meretriz solícita. Encontrou várias, deu uns amassos em algumas, beijou outras, mas dispensou todas. Nem a mais habilidosa prostituta conseguia se comparar a Olívia, que o beijara como se pudesse morrer se não o possuísse.

Ele estava louco por ela, enfeitiçado.

Sebastian girou os ombros, tentando aliviar a tensão. Esfregou a nuca e depois olhou para a estalagem, agradecendo aos céus por ter trazido uma bengala, pois seus joelhos enfraqueceram quando sua esposa apareceu.

A cidade inteira pareceu congelar, o barulho das ruas sumiu, restando apenas os sons das gaivotas voando ao redor. A multidão se abriu, revelando os cabelos dourados de Olívia. Suas ricas madeixas estavam presas sobre a cabeça em cachos amarrados sem muito cuidado, mas muito charmosos. Seu vestido marrom-escuro era feito da seda mais fina, brilhando sob o sol como a luz que se reflete no oceano. O vestido acentuava com perfeição os seios fartos, a cintura fina e a pele suave. Ela também usava um largo chapéu de plumas em um ângulo garboso que cobria a maior parte de seu rosto, mas revelava por inteiro a boca vermelha que havia arruinado qualquer outra mulher para Sebastian. Ele ficou sem palavras, sem fôlego, agonizante e excitado, e tudo isso apenas por vê-la. Olívia era um diamante precioso. E, por enquanto, era seu diamante.

Pela primeira vez na vida, Sebastian ficou grato por seu pai.

Durante as últimas noites mal dormidas, quando não conseguia tirá-la da cabeça, ele pensara sobre as circunstâncias. Olívia queria manter o casamento, se ele pudesse provar sua identidade. E Sebastian entendia que os benefícios dessa união seriam numerosos para os dois. Mas ela merecia alguém muito melhor do que ele, é claro. Ele tentara dizer isso a ela. Mas se ela insistisse no casamento, quem seria tolo para dispensá-la? Tolice não era um de seus defeitos. Imprudente e egoísta, talvez, mas sem dúvida não era um tolo.

Sua esposa parou diante dele e, para seu espanto, fez uma reverência tão baixa que sua testa teria tocado o chão se não fosse pelo chapéu.

Sebastian franziu as sobrancelhas. *Que diabos ela estava fazendo?*

– Milorde – ela murmurou em um tom muito respeitoso.

A cidade logo retomou as atividades frenéticas.

Estendendo o braço, ele fez Olívia endireitar-se. Ela manteve os olhos afastados dele com a aba do chapéu, em um gesto de docilidade que não combinava com sua natureza ardente. Ele queria, com todas as forças, enxergar aqueles adoráveis olhos e admirar seu lindo rosto. Irritado com seu comportamento, Sebastian disse, áspero:

– Qual é o seu problema?

Ela baixou ainda mais a cabeça, até o topo do maldito chapéu ser tudo que ele podia enxergar.

— Peço desculpas por tê-lo desagradado de novo, milorde. Não tive a intenção de ofendê-lo.

De novo? Do que ela estava falando?

Sebastian agarrou seu cotovelo e a arrastou pela prancha de embarque, parando apenas quando chegaram na cabine dela, onde ele a jogou para dentro e fechou a porta com força atrás deles. Frustrado com aquele chapéu, ele o arrancou e jogou para o lado. Seu adorável rosto foi revelado, assim como suas lágrimas. Imediatamente, Sebastian se arrependeu. Ele era um cafajeste.

— Por que está chorando? — ele perguntou, puxando-a para um abraço.

Olívia permaneceu tensa por um instante antes de se derreter em seus braços.

— Você está bravo comigo.

— Não — ele disse, acariciando suas costas. — Estou apenas confuso.

Ela mergulhou o rosto em seu peito e começou a soluçar.

— Você acha que sou uma devassa.

Ele continuou confuso, mas sua boca se curvou em um sorriso entre os cabelos dela.

— Talvez um pouco.

Ela soluçou ainda mais alto.

— Mas gosto disso — ele logo acrescentou.

— Não, não gosta! — ela retrucou com a voz abafada. — Você me deixou para que eu não me jogasse em cima de você. Mas não farei isso. Juro que nunca mais farei isso.

Ah! Sebastian sorriu como um idiota. Ele manteve a voz baixa e calma.

— Eu teria feito muito mais coisas com você, Olívia, se o oceano não estivesse entre nós. Mas você estava perturbada. Seu navio havia sido atacado, você foi maltratada, e seu marido se revelou um criminoso. Seria desonroso da minha parte tomar o seu corpo naquelas condições. Já foi ruim o bastante eu ter tomado as liberdades que tomei.

Ela se debateu e se afastou dele. Seus olhos faiscavam perigosamente.

— Você não é um homem honroso! Você mesmo disse isso. Recusou-se a se casar com uma mulher de quem tirou a virgindade, mas a mulher com quem está casado deve permanecer virgem? — ela bateu com o pé no chão. — Não sou tola! Admita a verdade!

– A verdade? – Ele ergueu uma sobrancelha. – Como quiser, minha querida. A verdade é que quero você desesperadamente. Quero tomar seu corpo exuberante e fode-lo até você não conseguir mais se mexer. Quero invadir sua preciosa virgindade e arruinar você para qualquer outro homem. Quero ouvi-la gemendo meu nome enquanto goza no meu pau. Quero preenchê-la com minha porra e então de novo e de novo, até você não pensar em mais nada além de mim e em como sei te dar prazer.

Arregalando os olhos, Olívia molhou os lábios com a língua.

– Oh, céus...

– Sim – ele ronronou. – O paraíso é uma boa forma de descrever isso.

– Você possui o direito de... fazer essas coisas... se deseja mesmo isso. Sou sua esposa.

Sebastian cruzou os braços.

– Tem certeza disso? – Ele segurou um sorriso. Sua intenção era deixá-la curiosa, e aparentemente conseguiu.

Ela ergueu o queixo.

– Sim, tenho certeza.

– Você vasculhou minhas coisas.

Ela confirmou.

– E o que você acha disto?

Olívia levou as mãos ao peito, movendo os seios até quase pularem para fora do espartilho. A boca dele ficou seca como o deserto, e sua luxúria e desejo já estavam evidentes no meio de suas pernas. Talvez, quando seu ardor diminuísse, ele se arrependesse de se apossar de sua esposa, mas não conseguia pensar nisso agora. Não conseguia pensar em mais nada.

– Ainda bem que você gosta da minha devassidão, pois estou prestes a me tornar ainda mais devassa. – ela deu um longo suspiro. – Quero que você me seduza agora. Faça de mim sua esposa de fato, para que não me deixe de lado quando voltarmos para a Inglaterra.

O coração dele parou de bater. Ou, na verdade, parecia ter caído entre suas pernas, onde batia energicamente.

– Por quê? – ele perguntou, querendo que ela admitisse que o desejava tanto a ponto de querer perder a virgindade com ele. – Você está tão determinada assim a agradar seu pai? Ele já se orgulha de você do jeito que está. Aos olhos dele, você nunca fará nada de errado.

– Eu nunca fiz nada de errado! – ela retrucou. – Sob os olhos dele ou não.

Sebastian segurou sua resposta, impressionado com a intensidade de Olívia. As mãos dela estavam brancas de tanto apertá-las.

– Minha mãe morreu ao me dar à luz. Como eu poderia recusar qualquer coisa a meu pai, se ele perdeu o amor de sua vida por minha causa?

– Entendo.

Não deveria importar por que Olívia queria permanecer casada. Ele nunca quis uma esposa e não possuía uma vida a oferecer. Mas sentiu seu estômago dar um nó, e um suor frio desceu por sua testa.

– Então você obedece a tudo que ele manda, incluindo casar-se com um estranho.

O olhar dela parecia queimar.

– Sim, eu me casei com você porque meu pai pediu, mas não é por isso que quero continuar casada. Agora, eu me importo apenas comigo mesma e com o que *eu* desejo.

Sebastian permaneceu parado, com o peito apertado, sentindo a opressão de sua proximidade, mas incapaz de resistir aos seus encantos. Tomou uma decisão sem pensar, apenas pela emoção.

Olívia oferecia tudo que um homem poderia querer: uma família, alguém para gostar dele e sentir saudades quando estava longe, um lar para retornar, um corpo passional onde podia mergulhar, uma beleza a apreciar, uma força de espírito para admirar. Por anos ele desdenhou desses confortos, jurando que precisava apenas de sua esperteza e força de vontade para sobreviver. Nunca permitia a si mesmo desejar coisas que não merecia. E, então, Olívia apareceu em sua vida com a promessa de uma felicidade da qual ele não era digno. Mas, egoísta e egocêntrico como era, Sebastian não conseguia recusar.

– E o *que* você deseja? – ele perguntou em um sussurro rouco.

– Oh! – ela jogou as mãos para cima e andou tensa até a janela. – Vá embora, Merrick. Eu já me constrangi o bastante para uma vida inteira.

Sebastian retirou seu casaco e colete, depois tirou a camisa por sobre a cabeça.

– Vá embora, milorde – ela disse com frieza, ainda de costas para ele.

– Não. – Ele se sentou na beira da cama e tirou as botas dos pés. Quando a primeira atingiu o chão, Olívia se virou para ele.

— O-o que está fazendo? – ela balbuciou.

— Estou me despindo – ele respondeu. – Roupas atrapalham durante o sexo. – Sebastian deixou a outra bota cair, depois retirou as meias. Ele se levantou e arrancou as calças, libertando seu membro que já estava dolorosamente excitado.

Olívia quase engasgou com a visão.

— Minha nossa!

Seu pau era enorme. *Meu bom Deus do céu.*

— Isso – ela apontou com o dedo – não vai caber!

Junto com o frio que congelou seu estômago, uma excitação tomou conta de seu corpo. Desde a primeira vez em que vira o charmoso pirata, ele causara esse efeito nela. Olívia não podia negar a sensação eletrizante de saber que ela causava um efeito similar sobre ele. Ao que parecia, sua audácia peculiar não era tão desagradável para Sebastian, afinal de contas. Saber disso a encheu de alívio.

O brilhante olhar azul de Sebastian se acendeu com divertimento, e sua boca se curvou, revelando a charmosa covinha.

— Obrigado, meu amor. Você acabou de me dar o maior elogio que uma mulher pode conceder ao seu homem.

Olívia congelou. Seu homem. Seu marido. *Seu.*

Ela queria mais dele, uma vida inteira com ele. Sebastian Blake – criminoso, pirata e lorde – poderia realizar todas as suas fantasias. Se existia alguma dúvida antes, agora não existia mais.

Ele era lindo. Completamente nu diante dela, Sebastian era a própria perfeição. Coberto de músculos, irradiando desejo, lânguido com excitação – a boca de Olívia se encheu de água com aquela visão.

Ela forçou seus olhos para longe do pau duro e ardente e olhou para aqueles intensos olhos azuis.

— Então, você irá me possuir?

— Com prazer, já que está tão determinada assim. – o rosto dele suavizou. – Não se preocupe com o tamanho – ele a acalmou. – Eu deixarei você úmida e faminta por mim, meu amor. Tão voraz e molhada que meu pau vai deslizar profundamente dentro de você como faca quente passando na manteiga, e você vai se derreter da mesma forma.

Uma umidade se espalhou entre suas coxas.

— Sua voz é incrível — ela murmurou. — Parece que meu cérebro para de funcionar quando você fala.

— Olívia...

— Solte seus cabelos — ela o interrompeu. — Eu gosto mais quando fica solto.

Sebastian se aproximou dela, soltando seu coque pelo caminho. Seus cabelos não eram tão longos quanto os dela, mas chegavam até a metade das costas e, quando ele andava, as mechas sedosas se ondulavam sobre os ombros. Ele parecia um deus pagão, bronzeado e esculpido para o prazer.

Para o prazer dela.

— Eu não sou um marido troféu — ele alertou. — Nenhum tipo de troféu.

— Você é um tesouro. — Olívia deu um passo hesitante em sua direção. — Exatamente do jeito que é.

Sebastian ofereceu a mão, e ela voou até ele, atirando-se em seu abraço quente. Ela agarrou sua nuca e puxou seus lábios sorridentes para um beijo profundo.

Quente e doce, sua boca voluptuosa roçou suave contra a dela. Olívia tentou puxá-lo para mais perto para sentir melhor seu sabor, mas ele a impediu com facilidade, muito mais forte do que ela.

— Temos uma longa viagem pela frente, meu amor — ele a lembrou gentilmente. — Você terá todo o tempo do mundo para me possuir por completo. Não é preciso me devorar em uma mordida só.

Experimentando a sensação nova de possuir um poder feminino sobre um homem deslumbrante, Olívia decidiu testar seu novo domínio.

— Você é meu, milorde. Posso fazer o que quiser com você.

Os braços de Sebastian se apertaram ao redor dela, exalando o ar entre os dentes como se ela queimasse sua pele.

Ao segurar o rosto dele, Olívia estudou sua expressão.

— Ninguém nunca declarou propriedade sobre você antes — ela murmurou, ponderando o que acontecera em sua vida para moldá-lo no homem que era hoje: um homem procurado. Ela deveria estar aterrorizada por juntar seu destino ao dele, mas sentia apenas uma profunda fascinação. – Faço isso agora com muito orgulho.

Seu marido a recompensou com um beijo ardente, agarrando sua bunda trazendo o corpo dela contra seu pau latejante. Ele a soltou rápido demais e deu a volta ao redor dela, aumentando sua excitação apenas com o olhar. E então, parou atrás dela, em silêncio, com a respiração ofegante dos dois sendo o único som no quarto.

Olívia esperou. Esperou ele se mexer, esperou seu toque... qualquer coisa que ele fizesse. Quando já estava se frustrando, ela sentiu suas mãos, determinadas e habilidosas, tocando os laços de seu vestido. Sem ar, ela estremeceu sob o leve roçar dos dedos de Sebastian, dedos que já estiveram dentro de seu corpo, penetrando até ela alcançar o paraíso. Com um suave toque de sua boca no ombro dela e um puxão ousado dos braços, ele arrancou vestido e espartilho, jogando-os no chão.

Por um instante, apenas um instante, Olívia sentiu ciúmes de sua óbvia experiência em tirar as roupas de uma mulher, mas depois já não era mais ciúmes, sentiu mero conforto. Ela estava em boas mãos, em mãos habilidosas. Mãos que conheciam todos os segredos do corpo de uma mulher e os lugares que provocavam mais prazer.

Com uma lentidão infinita, aquelas mãos especialistas deslizaram sobre os seios, desceram até a cintura e alcançaram o topo de suas coxas. Agarrando a fina camisola que ela ainda vestia, seus dedos roçaram gentilmente sobre sua boceta quando subiram o tecido pouco a pouco.

O peito rígido de seu marido foi pressionado contra suas costas, seus ombros a envolveram, seu calor a consumiu, sua respiração soprava áspera contra sua orelha. Ele era extremamente poderoso e muito maior do que ela. Sebastian era um gigante, mas Olívia não tinha medo, ao contrário, sentia conforto em sua força e alento na ternura de seu toque. Roçando, deslizando, os dedos calosos dele provocavam sua boceta até ela se derreter soltando um gemido de súplica. Os seios incharam e tornaram-se pesados, sua umidade pingava entre as pernas.

Quando ela tinha certeza de que seus joelhos iriam falhar, aquelas grandes mãos agarraram seu tronco, roçando contra seus mamilos intumescidos antes de arrancar a camisola sobre sua cabeça. Ela se aninhou em seu peito, amando a sensação de suas peles nuas se tocando. Sebastian mal a havia tocado, e ela já estava à beira do abismo. Malicioso, ele riu em seu ouvido. Ele sabia o que causava nela.

– Quero ver você – ele sussurrou, lambendo sua orelha antes de virá-la.

Olívia forçou-se a permanecer parada enquanto seus luminosos olhos azuis a apreciavam de cima a baixo. Suas grandes mãos percorreram os ombros dela antes de descer pelos braços, provocando arrepios por onde passavam. Seus dedos se entrelaçaram, e Sebastian a puxou para mais perto de si.

– Linda – ele sussurrou antes de beijar sua testa. – Você é a criatura mais encantadora que já conheci.

Ele soltou suas mãos e deslizou os dedos pelas costelas de Olívia até finalmente... *finalmente!* tocar os seios excitados. Ela gemeu, mergulhando em sua habilidosa sedução. Olívia sabia que seu pirata seria assim, focado e determinado, tomando conta dos sentidos dela com seu toque, sua voz, sua proximidade.

Sebastian apertou o mamilo intumescido, puxando-o e torcendo-o, antes de baixar a boca e lamber sua ponta enrijecida.

– Olhe para mim – ele ordenou.

Olívia forçou a si mesma a olhar em seus olhos, aquecidos pela necessidade que queimava lá em baixo. Ela lambeu os lábios agitada, e ele gemeu, aproximando o rosto até beijar sua boca. A língua penetrou fundo, indicando o que estava por vir. Uma das mãos apertava um seio, enquanto a outra agarrava seu pulso e levava a mão dela até seu pau.

Olívia ofegou quando sentiu o volume duro e sedoso queimar em sua palma. Não era o que ela esperava; era mais suave e liso do que a seda mais fina, porém era quente e pulsava com vida. Ela imaginou qual seria a sensação de receber aquilo dentro dela. Será que queimaria com o calor? Será que mexeria suavemente? Olívia estremeceu com expectativa. Mas ela sabia que seria prazeroso. Tudo sobre seu marido causava prazer nela.

Sebastian cobriu os dedos dela com sua mão e conduziu os movimentos sobre seu membro em um ritmo rápido e forte que logo o deixou tremendo. Assim que ela aprendeu o ritmo, ele a deixou trabalhando sozinha e levou sua mão entre as pernas dela.

Sebastian parecia estar em todos os lugares ao mesmo tempo: em sua boca, contra os seios, em sua mão, dentro de sua boceta. Aquilo era demais para ela, mas também era pouco. Ela queria...

– Mais – Olívia sussurrou.

Ele sorriu contra seus lábios.

– Você é uma sereia sedutora. Apareceu no meio do oceano, e agora me atrai para o casamento.

Olívia se afastou, soltando seu pau.

Outro dedo de Sebastian deslizou para dentro de sua boceta quente, e então ela estava presa, empalada no lugar.

– Não estou reclamando – ele a acalmou num sussurro.

Envolvendo sua cintura com um braço, Sebastian a ergueu do chão, com os dedos ainda enterrados nela enquanto a carregava para a cama. Ele se virou e deitou-se primeiro, cobrindo seu próprio corpo com o dela. Olívia fechou os olhos em um gemido enquanto seu corpo apertava aquela invasão prazerosa. Desesperada, ela se contorcia na mão dele.

Olívia sentia suas veias se aquecendo, fazendo-a suar. Ela deixou a cabeça cair no peito dele e sentiu o mamilo roçar seu rosto. Virou-se levemente e sugou-o para dentro de sua boca, assim como ele havia feito com ela. Sebastian ofegou, e seu corpo enrijeceu debaixo dela. Alcançando seu pau, ela voltou a manuseá-lo, com a força e rapidez que ele ensinara. Olívia se sentia uma safada, uma mulher selvagem em seus braços. Seus quadris roçavam contra a mão dele, empurrando-o ainda mais fundo dentro dela.

– Não mais – ele rosnou. Rolando o corpo dela até ele ficar por cima, Sebastian separou suas pernas usando os joelhos. Ele fez uma pausa, com os pelos de seu peito roçando a ponta dos mamilos de Olívia. Retirando os dedos, espalhou sua umidade ao redor de sua boceta inchada. Depois, subiu e esfregou o clitóris escorregadio, fazendo Olívia se contorcer e implorar debaixo dele.

– Sebastian...

Ele mergulhou o rosto em seu pescoço.

– Diga meu nome outra vez.

– Sebastian... me ajude... estou queimando...

– Sim, meu amor – ele encorajou, deslizando os dedos mais rápido. – Queime por mim.

As costas dela se dobraram, os olhos se abriram de repente, ela estava quase... *tão perto... tão perto...*

Olívia praguejou quando a mão dele deixou sua boceta e se moveu até seu joelho.

– Paciência – ele murmurou. – Eu a levarei até lá.

Puxou as pernas dela até sua cintura, e o pesado calor de seu membro duro roçou na abertura molhada de Olívia. Sebastian a olhou nos olhos, sua testa pingava suor. Ele baixou a cabeça e murmurou:

– Desculpe, meu amor. – depois penetrou forte e fundo dentro dela.

Olívia abafou um choro, assustada com a dor que suprimiu seu prazer. Ela permaneceu parada debaixo dele, sentindo as lágrimas se acumularem em seus olhos e rolarem pela face.

Sebastian lambeu suas lágrimas devagar, acalmando-a mesmo quando a penetrava sem piedade.

– Se eu fosse mais devagar – ele explicou –, a dor seria pior. – Embalou a cabeça dela em seus braços, com os olhos suaves e cheios de arrependimento. – Há um lado bom para o desconforto que você sente agora.

– E qual é? – ela perguntou, quase sem voz. Olívia podia ver sua preocupação e sentia a reverência em seu toque.

– Estou totalmente comprometido. Você terá que se casar comigo, ou estarei arruinado.

Incapaz de se segurar, Olívia riu, mesmo no meio da dor.

– Sorte sua, milorde, que já estamos casados.

– Ah. – ele se retirou depois penetrou outra vez, franzindo o rosto quando ela estremeceu. – Sou um homem de sorte. Minha reputação está salva.

A dor começou a diminuir e então ele enfim penetrou seu pau até o fundo. O gemido áspero que Sebastian soltou fez Olívia se arrepiar. Baixando a cabeça até o peito dela, ele chupou um de seus seios.

Seu grande corpo flexionava os músculos quando ele começou um ritmo marcado, penetrando-a inteira, com seus cabelos negros caindo para os lados. Sua boca era mágica, e a língua circulava ao redor da ponta eriçada do mamilo. O membro rígido de Sebastian começou a queimá-la por dentro, em uma sensação maravilhosa que se intensificou com os sons eróticos que ele fazia.

– Abra suas pernas – ele implorou, ofegando com óbvio prazer quando ela obedeceu, melhorando o acesso de suas estocadas. – Aperte seu corpo contra o meu. Deus, sim... Livy...

O feroz Capitão Phoenix estava completamente sob seu domínio.

Olívia impulsionou os quadris para cima, sentindo suas peles grudarem com o suor. Ela agarrou o traseiro dele, maravilhada com a sensação dos músculos flexionados e duros como pedra. Ele circulou os quadris, roçando na fonte de seu prazer. Arrepios se espalharam pelo corpo dela, corando toda a pele. Ele meteu nela outra vez, repetindo o movimento, enchendo seu corpo de sensações novas.

Os quadris de Sebastian empurravam e circulavam em intermináveis ciclos, várias e várias vezes. Seu toque era estranhamente gentil, apesar da fúria de seus movimentos. Sua ternura encheu o coração de Olívia, trazendo lágrimas a seus olhos. Ela gemia baixinho, perdida naquela entrega. A sensação que ele proporcionava era tão boa, a fricção tão profunda, o jeito como a esticava era tão incrível.

– Sim, meu amor.... – a voz dele, grave e arrastada de prazer, a inflamou. – Isso é tão... é tão bom...

Ele a preenchia com rápidas e fortes estocadas, incapaz de continuar sendo gentil, mas ela não se importava. Agora, Olívia não queria mais gentilezas. Ela queria paixão: a paixão que ele tinha para dar.

Lá no fundo, seu ventre começou a apertar, depois tremeu em espasmos. Arqueando as costas com um grito, ela explodiu, com seus músculos internos agarrando avidamente aquele pau enorme. Sebastian a prendeu no lugar pressionando seus quadris, aumentando seu prazer até ela pensar que fosse morrer. Apenas quando ela desabou exausta no colchão é que ele a acompanhou, estremecendo sobre ela, gritando seu nome, enchendo-a com um calor escaldante.

Quando tudo terminou, Olívia permaneceu deitada e atordoada, agarrando seu marido como se fosse a única âncora em um redemoinho de prazer decadente.

Demorou uma eternidade até ele falar alguma coisa, com a voz ainda rouca de paixão.

– Comprometido até a alma – ele murmurou, e logo caiu em um sono profundo.

Sebastian, apressado, cruzou o cais iluminado pela lua. Ele estava atrasado para seu encontro, mas isso não era muito importante. Tudo que importava no momento era sua esposa que dormia e o pânico que ela sentiria se descobrisse que ele não estava no quarto com ela.

Olívia não tinha confiança em seu comprometimento com ela, assim como ele próprio, mas ela oferecera seu corpo mesmo assim, confiando que ele se comportaria como um cavalheiro e a tomaria como sua esposa. Nada poderia forçá-lo a fazer a coisa honrosa. Ele tinha certeza de que poderia retorná-la para seu pai e anular a procuração. Olívia era inteligente, e ele fora honesto sobre sua história, mas ela o recebera em sua cama apesar dos riscos.

Ela era a primeira pessoa em sua vida disposta a conceder-lhe o benefício da dúvida, a primeira pessoa que o desejava de verdade, não apenas para uma ou duas horas de prazer, mas para o resto da vida. Sebastian se recusava a perder o respeito dela. Principalmente por causa da tarefa desagradável de que precisava cuidar agora.

Ele entrou na taverna à beira-mar e parou debaixo da porta, permitindo aos seus olhos se ajustarem à luminosidade interior.

– Você está atrasado, Phoenix.

Ele virou a cabeça em direção àquela voz.

– Pierre – ele disse, frio.

– Dominique.

Os piratas franceses estavam relaxados perto da porta, e Sebastian sentiu uma pontada de satisfação. A posição deles era excelente. Afinal, talvez precisasse fugir rápido após dizer o que pretendia. Antecipando problemas, ele ordenara que seu próprio navio zarpasse pela manhã, diminuindo os alvos que pudessem prejudicá-lo.

Os dois gêmeos idênticos permaneceram sentados, observando-o com olhos desconfiados. Sebastian sabia que a maioria das prostitutas na cidade considerava os irmãos Robidoux atraentes, mas nenhuma delas ousava servi-los. As preferências carnais sádicas dos irmãos eram conhecidas por todos.

Ele retornou o olhar com aversão. Por muitas vezes no último ano se arrependera de sua decisão de se juntar a eles. Certa noite, embriagado e miserável, odiando sua vida e o quanto ele afundara, Sebastian compartilhara uma garrafa de vinho com os franceses, e eles propuseram uma ideia: alternar viagens e dividir os lucros. Na época, aquilo soou como um plano razoável, que diminuiria seus riscos.

Agora estava claro que aquela tinha sido uma decisão lamentável. Enquanto ele fazia todos os esforços para poupar vidas, e até hoje nunca havia matado alguém que não estivesse tentando matá-lo em primeiro lugar, já Pierre e Dominique matavam e torturavam apenas por diversão.

– Dizem por aí que vamos dividir um saque incrível – Dominique disse com sua voz arrastada. Para olhos desatentos, ele parecia o mais civilizado dos irmãos. Mas Sebastian sabia que era o mais perverso. – Eu vi parte do espólio cruzando o cais até você hoje à tarde. Um artigo de primeira. A reverência que ela prestou a você foi um toque interessante. Você a treinou muito bem, Phoenix, embora eu prefira um pouco de atitude nas minhas amantes.

Sebastian sentiu o estômago se revirar com uma violência reprimida, e sua mão deslizou até o cabo da adaga presa em sua coxa. Só de pensar nesses homens perto de sua esposa já ficava doente. Ele sabia que esta conversa seria difícil, mas falhou em avaliar o risco para Olívia, assumindo que ela estava longe da barganha do diabo que aceitara há tanto tempo.

– Houve uma mudança de planos – ele disse. – Vou pagar a parte de vocês em dinheiro.

Pierre levantou-se imediatamente, jogando a cadeira para trás.

– Bastardo! – ele jogou um olhar furioso para seu irmão. – Eu disse que não podíamos confiar nele!

– Acalme-se – Dominique rosnou. – Vou me assegurar de que você receberá sua parte.

– Dane-se você! – Pierre retrucou, baixando o tom de voz, mas com a raiva ainda evidente. – Vou receber minha parte agora mesmo. Ouvi as histórias sobre a mercadoria naquele navio que você pilhou: finos tecidos franceses e conhaques, vasos e louças orientais, ricos materiais, especiarias exóticas, baús de ouro. Há mais de um ano que não encontramos um tesouro dessa magnitude, e pode demorar outro ano até encontrarmos algo semelhante. – O francês exibiu um sorriso feroz para Sebastian. – Se você se recusar a dividir as riquezas, meu amigo Judas, eu terei que apanhá-las pessoalmente.

– Gostaria de vê-lo tentar – Sebastian zombou. – Atearei fogo ao navio antes que isso aconteça.

Dominique pousou a mão sobre o ombro do irmão e olhou para Sebastian com uma expressão especulativa.

— Você está quebrando as regras, Phoenix. Eu diria que está cortando a própria garganta. É isso mesmo que você quer?

Sebastian riu.

— Você sempre foi dramático, Robidoux. — então jogou duas bolsas pesadas sobre a mesa. — Tomem seu dinheiro e sejam felizes. Vocês deveriam me agradecer. Eu os poupei do trabalho de vender a mercadoria.

Pierre apanhou uma das bolsas e mediu o peso na mão. O brilho em seus olhos denunciou seu prazer com a quantia, mas não era suficiente.

— Quero a mulher também.

— Não! — Sebastian disse, rápido demais. Ele respirou fundo e praguejou mentalmente por ter revelado um interesse que deveria ser mantido em segredo.

Dominique cerrou os olhos ao apanhar sua bolsa.

— Dê a mulher para ele, Phoenix, e nós ficaremos quites.

— Ela não está disponível a vocês, cavalheiros. — ele deu um passo repentino para trás, ansioso por voltar para Olívia.

— Ela possui uma criada — Dominique disse, com os olhos brilhando com malícia. — E as roupas dela são caras. Uma beleza de mulher. Aposto que ela é valiosa para alguém. Beleza como aquela custa muito dinheiro, você não acha, Pierre?

— Sim, com certeza — Pierre concordou. — Uma pequena fortuna.

Sebastian fez uma pausa de alguns segundos.

— Deixe a mulher fora disso. Vocês já receberam suas partes. Nossa transação está completa.

— Mas sinto como se tivesse tirado o palito menor — Pierre reclamou. Depois, sorriu. — Pagarei por ela, Phoenix. — Ele abriu a bolsa dada por Sebastian. — Quanto você quer?

— Ela não está à venda — ele respondeu, áspero, sentindo o suor descer pela testa. A situação estava fugindo depressa de seu controle.

A criada da estalagem se aproximou, deixando duas canecas cheias sobre a mesa.

— Célia — Dominique ronronou. — Sua irmã trabalha aqui na estalagem, *non*?

Ela olhou para o pirata com desconfiança.

— Sim.

– Hum. E que fofocas ela nos contou sobre os hóspedes? Mais especificamente, o que ela disse sobre a mulher que...

Sebastian sacou sua adaga e a fincou na mesa com tamanha fúria que a madeira rachou no centro.

– Não haverá mais conversas sobre a mulher! – ele rugiu. – Esqueça que você a viu, esqueça que ouviu sobre ela, esqueça que ela existe. – Então agarrou Pierre pela nuca e bateu o rosto dele na mesa. O francês olhou para a adaga, que estava fincada a apenas alguns centímetros de seu nariz. Sebastian se abaixou sobre ele. – Estou sendo claro, Robidoux?

– S-sim! – Pierre respondeu.

Sebastian o jogou no chão e arrancou sua adaga da mesa.

– Já terminei aqui.

Saiu da estalagem sentindo o coração martelar. Dobrando a esquina, correu para o *Seawitch*. Ele deu o alerta quando pisou na prancha de embarque, e a tripulação entrou em ação. Zarparam, aproveitando a leve brisa da noite e se afastando do embarcadouro com torturante lentidão.

Ele não relaxou até a ilha se tornar um mero borrão distante no vasto oceano. Sebastian sabia que o assunto não estava encerrado. Os irmãos Robidoux ainda causariam problemas, pois, quando Pierre se irritava, não parava de importunar Dominique até seu irmão fazer alguma coisa. E Dominique Robidoux era um homem a ser temido.

Sebastian seguiu até a cabine de Olívia e se despiu em silêncio. Deslizando entre os lençóis, ele se encolheu abraçando as costas dela enquanto dormia. Ao primeiro contato de suas peles, ele ficou ereto e completamente excitado, desejando o conforto de seu corpo. Ergueu uma perna dela sobre seu quadril e ela despertou, mas não protestou.

Então mergulhou a mão entre as pernas da esposa, sentindo seu grosso líquido cobrir a boceta e as coxas de Olívia. Sendo o animal que era, Sebastian sentiu uma profunda satisfação nessa posse primitiva.

– Você gostaria de... – ela sussurrou.

– Não. – ele mergulhou o rosto em seus cabelos, inalando seu aroma. – Sim. Mas você está dolorida. Posso esperar.

– Não quero que você espere.

– Mas no futuro você irá mudar de ideia. Logo irá implorar para que eu pare com minhas constantes demandas.

– Nunca vou me cansar de você, milorde – ela o assegurou em um murmúrio sonolento que fez Sebastian abraçá-la com um gemido. Olívia o abraçou de volta, roçando o traseiro exuberante contra a o pau duro e inflamado em um movimento que deixou Sebastian sem fôlego.

Seu estômago deu um nó. Ela confiara sua própria vida a ele, e ele já a colocara em perigo. Agora, precisava pôr o máximo de distância entre eles na primeira oportunidade que tivesse.

– Quem é ela, Dominique? – Pierre perguntou, olhando para o navio que se distanciava.

– É a Condessa de Merrick. Quanto você quer apostar que Phoenix irá pedir uma fortuna de resgate e não irá compartilhar nem um centavo conosco?

– Não faço apostas com você. Você sempre ganha.

Dominique sorriu.

– E nós também ganharemos desta vez.

– Como assim? – Pierre perguntou, curioso.

– Você verá, meu irmão. Você verá.

CAPÍTULO 4

Sebastian pisou no convés e se virou antes de avistar Olívia. Sentada em um barril na proa, ela olhava pensativa para o mar. Ele se dirigiu até ela com passos pesados para não assustá-la e sorriu quando Olívia ergueu uma garrafa até os lábios.

– Poderia me dar um gole, meu amor?

Ela entregou o vinho.

– Como foi seu jantar com o capitão?

– Não sei. Eu estava distraído.

– É mesmo? Posso perguntar o que o distraiu tanto?

– Visões de você, nua na cama, jantando sem mim.

– Até parece que eu jantaria nua – ela zombou. – Ainda mais na cama. Não gosto de migalhas entre meus lençóis. – A boca dela se curvou em um sorriso contente. – Você nunca pensa em mais nada além de sexo?

– Claro que sim. Hoje mesmo eu estava pensando o que você estava fazendo nas Índias Ocidentais.

O sorriso dela murchou.

Era a primeira vez que um deles tocava no assunto de seus passados. Até então, mantinham um acordo silencioso para viverem no momento, mas agora Londres se aproximava. Em breve, eles se apresentariam para o mundo como Lorde e Lady Merrick, porém, eram pouco mais do que estranhos íntimos. Ele conhecia o corpo dela minuciosamente, mas seu passado e visões sobre o futuro permaneciam um mistério.

Olívia suspirou.

– Meu pai possui uma plantação lá.

– E você prefere ficar lá em vez de morar em Londres?

– Gosto da liberdade.

Sebastian franziu as sobrancelhas. Ela não estava contando alguma coisa.

– E quanto à sua vida social? Você é uma preciosidade, meu amor. Com certeza seria muito popular.

Mesmo antes de terminar de dizer essas palavras, seu estômago já congelava. Homens iriam perseguir sua esposa como abelhas no mel, e o casamento a deixaria ainda mais desejável. A ideia de outros homens babando sobre Olívia enquanto ele estava no meio do oceano despertava seus instintos assassinos.

Ela voltou a observar o mar, evitando os olhos dele.

– No passado, aproveitei a vida social. Mas neste ano, apenas não tive vontade.

Havia outras coisas, ele sabia disso, no entanto, Sebastian hesitou e achou melhor não pressionar mais. O tempo que passaram no navio foi caloroso, e ele não queria arruinar isso. A dura realidade já iria invadir suas vidas muito em breve.

– E agora que se casou, pretende fazer de Londres sua casa?

Essa pergunta fez Olívia voltar a olhar para ele.

– É claro. A sua casa agora é a minha casa.

– Minha casa é o oceano.

Olívia assentiu mostrando que entendia a situação, causando uma dor aguda no peito de Sebastian.

E o que ele esperava? Que ela fosse chorar e implorar para ele permanecer com ela? Afinal, ele não havia se entregado apenas para saciar sua luxúria, com a vantagem adicional de adquirir uma esposa e herdeiros que seu maldito título exigia? Só porque seu desejo era insaciável não significava que sua esposa sentisse o mesmo.

Ele pousou a mão sobre o ombro dela e, distraído, acariciou seu pescoço com o polegar.

– Eu a visitarei com frequência. – Sebastian sentiu, mais do que ouviu, o profundo suspiro que ela soltou.

Olívia se encostou nele.

– Quanto é "com frequência" para você?

– Sou eu quem deveria perguntar isso a você, minha querida – ele respondeu, passando a decisão para ela, embora na verdade soubesse que a desejaria como um homem sedento procurando por água. – Estamos juntos neste casamento.

Ela hesitou antes de falar.

– Se decidir voltar para casa ao menos a cada seis meses, poderá se certificar se eu estarei reproduzindo ou não.

Sebastian congelou. *Reproduzindo.* Meu Deus. Ele podia visualizar claramente: a barriga de Olívia crescendo com seu filho.

– Você está me machucando – ela sussurrou, empurrando os dedos dele de seu ombro.

– Desculpe. – atordoado, ele entregou a garrafa de vinho e começou a esfregar as marcas deixadas por seus dedos. – Você me assustou.

– Percebi. Mas foi você mesmo quem disse que um dos meus deveres seria carregar os seus herdeiros.

Dever. Não prazer. Herdeiros. Não filhos.

De repente, havia uma distinção entre eles que o irritava e o deixava inquieto.

Sebastian ofereceu a mão para ela.

– Gostaria de me deitar agora.

Virando, ela analisou seu rosto. Ele podia sentir o ar se alterando ao redor, transformando-se, assim como sua relação parecia mudar. *O que estava acontecendo?* Sebastian permaneceu rígido sob aquele olhar atento. *O que ela via com aqueles olhos negros que pareciam enxergar através dele?*

Ele se sentiu muito aliviado quando ela apanhou sua mão e o seguiu até o quarto, onde prazeres inebriantes e distrações sensuais os esperavam.

Sebastian olhou para o dossel da cama e suspirou satisfeito.

A respiração quente de Olívia soprava sobre a cabeça de seu pau.

– O que você está pensando? – ela perguntou.

Ele olhou para baixo, onde sua esposa deitava entre suas pernas. Ela passara a última hora examinando em detalhes seu membro, traçando cada veia, acariciando cada centímetro de sua extensão rígida usando as mãos e a boca, ronronando como uma gata feliz. Ela o fazia sentir-se extremamente masculino; um homem admirado por sua parceira, e essa admiração era um descanso merecido após uma vida inteira sentindo-se insignificante. Ao menos nesta situação, como marido de Olívia, ele não era imperfeito.

– Estou pensando em você – ele respondeu. – Nesta cama. Em nosso casamento.

Ela cruzou as mãos sobre a coxa dele e apoiou o queixo sobre elas.

– Você se arrepende de alguma coisa? – ela perguntou em um tom de voz tranquilo, embora seus olhos mostrassem preocupação.

Ele estendeu o braço para acariciar seus cabelos.

– Não. Venha aqui.

Olívia começou a engatinhar subindo pelo corpo de Sebastian, os seios balançando em um movimento sensual. Ela se tornara muito confortável com a própria nudez durante as últimas semanas, e ele gostava dessa crescente familiaridade.

Ela gemeu de prazer quando desceu o corpo, cobrindo o dele. Ele moveu os cabelos dela para o lado para poder beijar seu pescoço.

– Sebastian?

– Hum?

– Conte-me sobre sua família.

Ele suspirou.

– São um bando de abutres, minha querida. Todos eles.

– Mas com certeza tem alguns membros de que gosta, não é?

– Gostava muito do meu irmão, Edmund.

Ela franziu as sobrancelhas.

– E quanto à sua mãe?

Ele voltou a encarar o dossel da cama.

– Não há nada para contar, com exceção de que ela era muito bonita, e sei disso apenas porque vi seu retrato. Não me lembro dela.

– Como ela morreu?

Sebastian deslizou as mãos entre as mechas de Olívia e envolveu sua nuca.

– Não sei se ela está morta. Fugiu quando eu ainda era um bebê.

– Oh, Sebastian. – percebendo a amargura na voz dele, ela usou um tom cheio de compaixão.

Ele riu um pouco.

– Não fique com pena de mim, Olívia. Não quero e não aceitarei isso.

– Não ficarei – ela o acalmou. – Sei como é crescer sem ter mãe. Você e eu somos iguais, das maneiras mais inesperadas. – As mãos dela subiram para tocar em seu rosto. – Você sabe por que ela fugiu?

– Eu diria que o casamento com meu pai foi o motivo. Não existe pessoa mais fria e perversa do que ele.

– Isso é algo que nem posso imaginar. – Olívia ficou em silêncio traçando círculos sobre o peito de Sebastian. – Quando foi a última vez que encontrou seu pai? – ela perguntou.

Ele não queria pensar no marquês.

– Há cinco anos.

– Você está preocupado em encontrá-lo de novo?

Sebastian considerou aquilo por um momento.

– Acho que não. Afinal de contas, estou retornando com a esposa que ele escolheu. Não poderá reclamar, ao menos nada além do normal, o que abrange tudo mais sobre mim.

Olívia respirou fundo, e o movimento pressionou seus seios sobre o peito dele com mais firmeza.

– Agora, diga o que você está pensando – ele pediu, quando o silêncio se estendeu.

Ela hesitou, mas então sua franqueza natural voltou a aparecer.

– Você me escolheria como sua esposa? Ou você...

– Sim – ele interrompeu, deduzindo o resto da pergunta. – Se quisesse me casar, com certeza, escolheria você sobre qualquer outra mulher. E não. O que existe entre nós dois não tem nada a ver com meu pai. Se continuar pensando nisso, meu amor, perceberá que, para continuar me rebelando contra meu pai, eu ganharia mais se a dispensasse.

Ela suspirou e ofereceu um sorriso aliviado.

– Quando chegaremos a Londres?

– Em uma semana, talvez.

– Só isso? – o sorriso dela diminuiu, depois desapareceu por completo. Sebastian franziu o rosto.

– Por que ficou tão séria de repente, meu amor?

Com um movimento dos quadris, ela posicionou-se sobre seu pau e o engoliu com facilidade, já molhada.

Ele exalou o ar entre os dentes cerrados quando um prazer quase doloroso se espalhou por suas veias.

– *Meu Deus* – gemeu. Era como ser envolvido por um punho de veludo, e cada vez era mais arrebatadora do que a última.

– Você pretende me deixar assim que chegarmos? – Olívia sentou-se, fazendo o pau duro entrar mais fundo, até os cachos de sua boceta encostarem na barriga de Sebastian. A combinação visual e física fez ele inchar ainda mais dentro dela, esticando-a até ela soltar um gemido de prazer.

– O-o quê?

Ele não conseguia pensar direito.

Ela se ergueu em seus joelhos, depois desceu de novo sobre seu membro, matando-o devagar.

– Você irá me deixar em Londres imediatamente?

Ele acariciou a pele sedosa de suas coxas, sentindo o corpo inteiro consumido por aquele calor.

– Não... Não sei... – ele ofegou quando ela o cavalgou outra vez. Um lampejo atingiu sua coluna e irradiou pelo corpo.

– O que você quer... que eu faça?

Olívia ondulava para os lados, para frente e para trás, passando os dedos sobre os mamilos de Sebastian. Ela já se sentia tão familiarizada com seu corpo que o usava com a habilidade da melhor cortesã. Sabia muito bem onde tocá-lo e como se mexer para fazê-lo se derreter em suas mãos.

– Quero que você fique comigo, apenas um pouco. – ela se mexeu de novo, mais devagar desta vez, envolvendo seu membro pulsante com um calor molhado e sedoso. Sebastian cerrou os dentes e suas costas se dobraram contra sua vontade. – Teremos bailes e almoços em nossa homenagem. Receberemos muitas visitas. Não quero passar por tudo isso sozinha.

Ela apertou seus músculos internos ao redor de seu pau e torceu seus mamilos. O membro respondeu enrijecendo ainda mais, derramando gotas quentes. Maldição, ele já estava pronto para explodir, mas ela estava apenas começando.

– É claro, meu amor – ele gemeu, disposto a concordar com qualquer coisa que ela quisesse. – Não há pressa... para eu zarpar. Ficarei com você... pelo tempo... que achar melhor. Apenas faça isso de novo... oh, sim... de novo...

O sorriso de Olívia era triunfante quando ela pousou as mãos sobre seu peito e começou a cavalgá-lo com vontade, subindo e descendo em um ritmo marcado, gemendo de um jeito que o deixava maluco. A parte de seu cérebro que ainda funcionava percebeu que ela o manipulou usando o corpo, mas a parte que sentia o prazer simplesmente não se importava. Ela adorava seu pau – adorava cavalgá-lo, beijá-lo, chupá-lo – e ele adorava entregar isso a ela. Sebastian estava louco por ela, louco por seu prazer, louco por seu toque.

Quando o corpo dela começou a ter espasmos e ela gritou seu nome, Sebastian também percebeu que não se importava de ser manipulado. Ele agarrou os quadris dela, segurando-a no lugar enquanto a penetrava, prologando seu prazer. Apenas quando a cabeça dela caiu para frente com exaustão é que ele permitiu a si mesmo gozar, disparando seu sêmen em espasmos intermináveis contra o ventre de Olívia, sentindo um prazer tão grande que apagou qualquer outro pensamento com exceção de um: Olívia queria que ele ficasse com ela.

– Que diabos você está fazendo? – Olívia exclamou ao entrar na cabine.

A faca na mão de seu marido caiu na jarra de água sobre a penteadeira, espalhando água e sabão para todo lado. Sebastian estava de pé em frente ao espelho, nu da cintura para cima e impossivelmente belo. Como sempre, o coração dela parou de bater diante daquela visão.

Nas últimas semanas, ele compartilhou seu dia a dia com ela de todas as maneiras que um marido faria com sua esposa. Ele a observara no banho, nas refeições, e até a auxiliou a se vestir. Por sua vez, ela se fascinava ao observar suas tarefas masculinas. Olívia adorava escovar os cabelos dele e costurar suas roupas. Adorava cuidar dele e dar-lhe o afeto que ele não teve por tanto tempo. Sebastian absorvia cada gota disso com uma gratidão que causava aperto no peito dela.

— Maldição – ele praguejou, limpando a água espirrada em seu abdômen com uma toalha. – Não me assuste assim, mulher!

— Vou assustá-lo muito mais se você tentar fazer isso de novo!

Ele respirou fundo. Olívia cruzou os braços e começou a bater o pé no chão.

— Você mesma disse que meus cabelos estão longos demais – ele explicou, ainda segurando os cabelos.

— Isso é verdade.

— Bom, nós vamos chegar em poucas horas.

— Sei disso.

E ela odiava esse fato, odiava saber que logo perderiam a maravilhosa intimidade de sua longa viagem e os intermináveis dias de prazer na cama. Dentro de horas, ela estaria sorrindo e fazendo reverências para os abutres da sociedade, os mesmos que a atazanaram até os ossos no ano passado. E ela teria que compartilhar seu querido marido com eles, um homem que carregava feridas ainda abertas. Esse pensamento revirou seu estômago.

— Portanto, vou cortá-lo – ele disse.

— Não, não vai.

Seus olhos azuis cruzaram com os olhos dela, exibindo um tom de confusão.

— Explique-se, Olívia, e rápido!

Ela suspirou e se aproximou dele, parando apenas quando seus corpos se encontraram. Ela envolveu os braços ao redor da cintura de Sebastian.

— Gosto dos seus cabelos assim como estão.

O rosto dele exibiu toda sua incredulidade.

— Gosto de correr os dedos entre suas mechas quando está sentado ao meu lado. Gosto de encontrar fios soltos em meu travesseiro. Gosto de jogá-los para trás dos meus ombros quando você está me penetrando fundo. – Com dedos gentis, ela apanhou as mechas que ele segurava com força e as esfregou no rosto.

— Eu iria cortar por sua causa – ele disse com a voz rouca.

— Deixe como está por mim — ela sussurrou, olhando em seus olhos. — Quando estivermos em um baile lotado, verei seu coque e saberei que você é meu. Eu me lembrarei do quanto você é selvagem, o quanto você luta por sua vida, e então eu pensarei, "ele me escolheu como sua esposa". E isso me fará feliz.

Ela passou as mãos sobre o abdômen definido de Sebastian até chegar ao seu coração, que batia em ritmo acelerado, como se estivesse em pânico.

— Meu Deus, Olívia — ele sussurrou. — Você tem ideia do que provoca em mim?

Com um passo para trás, ela apanhou sua mão e o arrastou para a cama.

— Ainda temos algumas horas. Por que você não me mostra?

Sebastian observou a confusão e a sujeira que era o cais de Londres e, apesar de se esforçar, não conseguiu impedir que seu estômago embrulhasse. Ele deixara Londres para trás no dia da morte de Edmund e nunca mais retornara, nunca quis retornar, e isso ainda valia. Suspirando, ele se conformou ao pensar em Olívia. Não estaria sozinho nisso. Sua esposa era muito bem treinada nas artes sociais.

— Meu Deus! — ela exclamou atrás dele.

Franzindo as sobrancelhas, ele girou nos calcanhares.

— O que foi, meu amor?

Olívia estava parada em frente à escadaria, resplandecendo em seu vestido azul-damasco com espartilho e mangas rendados. Um tremor se espalhou no corpo de Sebastian diante daquela visão divina.

Ela segurava a mão sobre o peito.

— Você... meu Deus... — ela balançou a cabeça lentamente. — Maldição, você fez meu coração parar por um momento.

— Não blasfeme — ele disse, revirando os olhos.

Sua esposa havia passado tempo demais no mar junto com marinheiros de boca suja, o que era compreensível, considerando o trabalho de seu pai. Embora sempre a repreendesse, ele achava isso adorável. Esse pequeno ponto fraco a deixava menos perfeita e mais real, mais *dele*. Afinal, ele era um homem de inúmeros defeitos.

Sebastian esperou paciente que ela explicasse o motivo de sua aflição. E então, ele notou a admiração feminina que acendeu seus olhos e o sorriso que curvou sua boca exuberante. De fato, agora que estava prestando atenção, ele precisava admitir que ela parecia enfeitiçada. *Por ele*. Sebastian então sorriu.

– Pelo jeito, você aprovou minhas roupas.

Olívia se aproximou com movimentos elegantes.

– Você está muito charmoso. Está magnífico, na verdade.

Ela o abraçou, sem se importar com os marujos que enchiam o convés e os pedestres que andavam pelo cais lotado. Olívia deslizou as mãos pelas lapelas de seu fino casaco de algodão, descendo pelo colete bordado e passando pelo volume de seu pau até alcançar a curva de seu traseiro. Felizmente, seu toque desbravador estava escondido das vistas de todos pelo longo casaco que ele usava.

– Você, meu lindo pirata, fica ótimo quando se arruma. – agarrando seus quadris com firmeza, ela o puxou mais para perto, sorrindo com malícia. – Seu pau está duro. Você nunca se cansa do sexo, Capitão Phoenix?

Segurando sua nuca, ele beijou sua testa ardentemente.

– Isso é impossível, com uma esposa tão sedutora como a minha. – ele franziu o rosto ao ouvi-la usando seu codinome, pois isso o lembrou da tarefa que não havia terminado. – Espere um minuto, minha querida. Preciso falar com o capitão.

Olívia olhou para ele com curiosidade, mas obedeceu sem fazer perguntas.

Levou apenas um instante para localizar o homem que procurava.

– Capitão, você teve uma oportunidade para conversar com sua tripulação sobre minha identidade?

O sorriso do capitão apareceu debaixo de sua grossa barba.

– Sim, milorde, mas como já lhe disse antes, os homens são leais a Lady Merrick. Nós trabalhamos com o pai dela, o Sr. Lambert, desde que ela era um bebê. Em se tratando de piratas, sua tripulação era a única que conseguiria nos pegar. Você manteve os danos ao mínimo, e não machucou a dama mesmo antes de saber que era sua esposa. Os homens deste navio respeitam isso.

Sebastian assentiu, aliviado.

Um grito vindo do cais e seu nome gritado por Olívia fizeram Sebastian correr para a prancha de embarque. Ao se aproximar dela, notou suas costas eretas, a bolsa balançando em seus punhos fechados, e o homem bem vestido que cobria o rosto com as mãos, praguejando muito. Estava evidente que ela fora abordada de alguma maneira que considerou ofensiva.

Cheio de uma fúria possessiva, Sebastian se lançou para cima do homem sem pensar duas vezes. Dois rápidos socos, um no rosto e outro no estômago, deixaram o maldito gemendo no chão.

Satisfeito, Sebastian ajeitou seu casaco e se aproximou de sua esposa.

— O que aconteceu? — ele perguntou com delicadeza, procurando por qualquer coisa errada com ela. O rosto de Olívia estava pálido.

— Aquele homem — ela apontou o dedo para o agressor — deve estar louco! Ele me *beijou*, depois me chamou de *esposa*!

Sebastian lançou um olhar curioso para o homem no chão e então seu queixo caiu. Agora que seu rosto não estava mais coberto, a figura era muito familiar.

— Maldição, Carr! Que diabos acha que está fazendo com minha esposa?

— Você o conhece? — Olívia perguntou com surpresa enquanto Sebastian ajudava Carr a se levantar.

— Infelizmente, sim — ele murmurou. — Este maluco é Carr Blake, meu primo.

Carr olhou para Sebastian, depois para Olívia, com os olhos cheios de lágrimas.

— Maldição, Merrick! O que está fazendo aqui?

Sebastian ergueu uma sobrancelha.

— Estou levando minha esposa para nossa casa. O que *você* está fazendo aqui? E ainda por cima beijando minha esposa! Está louco?

Carr engoliu em seco.

Sebastian olhou para o lado e avistou a carruagem que esperava. Era uma carruagem nova, uma que ele não reconhecia, mas o brasão na porta era dele.

— Você esteve usando minha carruagem?

Olívia pousou a mão sobre seu braço.

— Ele me chamou de esposa. — a voz dela falhou. — Ele apareceu em sua carruagem.

Sebastian olhou para ela, percebeu suas feições pálidas, e sentiu sua boca se abrir quando as peças se encaixaram em pensamento.

– Oh, inferno!

Ele se virou para Carr, com os punhos apertados e se segurando para não partir para cima de seu parente.

– Diga-me, primo, que você não está fingindo ser eu.

Carr estremeceu por um segundo antes do soco de Sebastian apagar tudo ao seu redor.

Olívia não disse nada durante a viagem até Dunsmore House. Não conseguiria falar nem se quisesse, com sua boca seca como o deserto e a garganta apertada com apreensão. Seu desconforto só piorou quando a carruagem parou em frente à mansão imponente.

Sebastian desceu e olhou para a elegante fachada.

– Fique aqui.

– Não – ela retrucou. – Quero ficar do seu lado. Não vai enfrentar seu pai sozinho.

Ele olhou sobre os ombros.

– Não quero você perto dele!

– Também não quero que você fique perto dele, mas você insistiu em vir. – ela ergueu o queixo. – Se você entrar sem mim, juro que vou segui-lo de qualquer maneira.

O rosto de Sebastian ficou sombrio enquanto ele a ajudava a descer. Olhando para o cocheiro, ele disse:

– Espere aqui.

Olívia estremeceu diante das feições severas de seu marido. Ele a conduziu para dentro, ignorando o mordomo horrorizado. Subiram as escadas e seguiram direto para o escritório, onde vozes masculinas podiam ser ouvidas. Sua mão estava firme nas costas dela, apesar do turbilhão interno que ela sentia que ele carregava. Olívia nunca o tinha visto dessa maneira, como se tivesse uma raiva assassina, e agora entendia como ele havia ganhado sua reputação feroz.

Eles entraram na sala, mais uma vez sem bater, e Olívia parou, congelada na porta, chocada por encontrar seu pai sentado em uma poltrona em frente à lareira. À sua frente havia um homem que se parecia muito com Sebastian e nada com o homem miserável e decrépito que ela imaginara.

Jack Lambert se levantou, com seus cabelos dourados cintilando sob a luz do fogo.

– Livy, minha querida! – ele se aproximou e beijou os dois lados de seu rosto. – Você está algumas semanas atrasada. Eu estava muito preocupado. Agentes da marinha ficaram de olho no *Seawitch*. Seu marido se apressou para recebê-la quando soubemos que você havia atracado no porto. – Ele olhou atrás dela e encontrou Sebastian. – Onde está Lorde Merrick? E quem é este cavalheiro?

Sebastian apertou a mão do pai de Olívia e baixou a cabeça de maneira respeitosa.

Olivia lançou um olhar contundente ao marquês.

– Lorde Merrick, deixe-me apresentar meu pai, Jack Lambert. Papai, este é Lorde Merrick.

O pai dela fechou o rosto.

– Que diabos você está dizendo?

– Você foi enganado – Sebastian explicou suavemente.

O Sr. Lambert se virou para o marquês, franzindo as sobrancelhas em óbvia confusão.

Lorde Dunsmore se levantou com arrogante indiferença. Ele era tão alto quanto seu filho, porém mais magro e elegante em seu porte. E era quase intimidador demais, com uma boca cruel e olhos endurecidos pelo tempo.

– Sebastian – ele murmurou. – Pelo visto sua inclinação em estragar os melhores planos continua em evidência.

O braço de Sebastian ficou tenso sob o toque de Olívia.

O rosto do Sr. Lambert se tornou vermelho como sangue.

– Explique-se, Dunsmore!

O marquês ergueu uma sobrancelha irônica, e as profundezas de seu olhar não mostravam emoção alguma por ver o filho que estivera ausente por tantos anos.

– Vou deixar as explicações para Merrick.

Sebastian ficou parado por um momento, com seu rosto como um espelho impassível do rosto de seu pai enquanto os dois homens encaravam um ao outro. A animosidade era palpável. Olívia puxou o braço dele para voltar sua atenção ao pai dela. Ele respirou fundo.

– Sr. Lambert. É um prazer conhecê-lo. Agradeço por oferecer a mão de sua filha, a quem eu estimo muito.

O pai da moça encarou Sebastian com um olhar penetrante. Ela sabia o que o pai enxergava: um homem alto e forte com o bronzeado e músculos de um trabalhador manual. Com os longos cabelos e expressão gelada, Sebastian era intimidador.

– Você está satisfeita com esta união, minha filha? – Sr. Lambert perguntou, áspero. – Pude verificar o caráter do homem que pensei que fosse o conde, mas este homem ao seu lado é um estranho para mim.

Ela deu um sorriso trêmulo.

– Estou muito satisfeita, papai. Merrick tem sido maravilhoso para mim.

Sr. Lambert lançou um olhar cético.

– Pesquisei Sebastian Blake minuciosamente antes de assinar a procuração de casamento. Ele era conhecido por ser um arruaceiro na juventude, um garoto incorrigível. Mas o homem que conheci era educado e civilizado.

Ficou implícito que Sebastian não era nenhuma dessas coisas, e Olívia não deixou de notar a insinuação. Assim como seu marido.

Ela estremeceu, sentindo uma dor no peito, e apertou o braço de Sebastian com mais força.

– Podemos pedir uma anulação, Livy – o pai dela sugeriu. – Quero que você seja feliz.

– Não quero uma anulação – ela disse com firmeza, sentindo o corpo de Sebastian ficar ainda mais tenso.

– Se conheço meu filho – o marquês disse –, já é tarde demais para pedir uma anulação. Não reclame, Lambert. Você comprou um conde para sua filha, e foi isso que recebeu. Está tudo certo.

Olívia quase engasgou diante do insulto, lembrando-se do quanto os nobres podiam ser cruéis com aqueles que consideravam inferiores. *Ela* não significava nada. Para o marquês, ela não era nada além de uma reprodutora com muito dinheiro. Apesar de ter passado a vida inteira tentando ser indiferente, Olívia não podia negar que a grosseria do marquês a machucou.

Sebastian olhou para ela. Sintonizado com seus sentimentos após semanas de profunda intimidade, ele se lançou para sua defesa.

— Maldito seja! — ele rosnou. — Você estava tão desesperado assim para ter um herdeiro e preservar o seu precioso título de nobreza? Enviar Carr para minha esposa... — Ele deu um passo em direção ao seu pai, que permaneceu onde estava. — Eu mataria vocês dois se ele tocasse nela em meu nome. Deus, já quero matar você de qualquer maneira.

— Sebastian, não! — Olívia exclamou quando reparou em seus punhos fechados. — Ele não vale a pena.

O marquês dispensou a fúria de seu filho com um imperioso gesto das mãos.

— Você nem sabia que estava casado. Não mostrou interesse algum nas terras de Dunsmore, nos inquilinos, ou nos deveres de seu título. Era preciso fazer alguma coisa.

Sebastian riu, em um som amargo e forçado.

— Essas são responsabilidades suas até você morrer.

— Você precisa aprender o seu lugar! — o marquês retrucou. — Precisa se acostumar com seus deveres futuros e sua condição.

Sebastian balançou a cabeça.

— Fique longe da minha vida e dos meus negócios. Fique longe da minha esposa. Não vou dizer de novo.

O pai de Olívia estendeu a mão para ela.

— Venha, minha filha. Vamos embora.

— Ela não vai a lugar algum sem mim — Sebastian alertou sem tirar os olhos de seu pai. — Você é bem-vindo aqui em minha casa se quiser ficar, Sr. Lambert, mas o lugar de Olívia é com seu marido. *Comigo*.

— Eu nem o conheço! — Sr. Lambert exclamou. — Como posso confiar os cuidados de minha filha a você?

— Papai! — ela o repreendeu, alarmada por sua combatividade. Ela não queria desafiá-lo, mas agora Sebastian era sua vida. Rezava para que não fosse forçada a escolher entre as únicas duas pessoas que importavam em sua vida. — Por favor!

– Você terá muitas oportunidades para me conhecer melhor – Sebastian disse quando voltou para o lado dela e retomou seu braço, em uma óbvia declaração de posse. – Meu pai está certo. É tarde demais para uma anulação.

Sua afirmação era clara: ela já não era mais virgem. Olívia corou, horrorizada.

Sr. Lambert, cheio de preocupação, analisou seu rosto.

– Livy?

– Venha conosco, papai. – ela olhou para Lorde Dunsmore. – Acho que não consigo ficar nem mais um segundo aqui.

Sebastian assentiu.

– Concordo. Já terminamos nossos assuntos aqui. – ele fez um gesto com a mão livre em direção à porta. – Sr. Lambert. Você vai se juntar a nós?

– É claro. – ele jogou um olhar furioso para o marquês. – Ainda não terminei com você, milorde. Você deveria ter mais cuidado com sua reputação. Eu me importo apenas com Olívia.

Dunsmore arqueou uma sobrancelha irônica.

– É claro. Você se importa tanto com sua filha que aceitou casá-la com um estranho sem nem apresentá-lo antes. Você é a síntese do afeto paternal.

O rosto de Sr. Lambert se avermelhou.

– Eu considerei o bem-estar dela. Você se importa apenas com o seu próprio bem-estar.

Olívia encarou o marquês e teve certeza de que nunca conhecera um homem tão destituído de emoções. Ele parecia não se importar nenhum pouco com a animosidade dirigida a ele de todos os lados. Ela tremia apenas por estar na mesma sala que ele, e ficou imaginando como um homem tão afetuoso e vibrante como seu marido poderia ter uma pessoa assim como pai.

– Onde está sua gratidão, Sebastian? – o marquês perguntou. – Encontrei uma linda esposa para você com uma bela herança. É claro, ela é apenas a filha de um mercador, mas já que não estava presente para cuidar do assunto, você deveria me agradecer. De fato, você parece grosseiramente apaixonado, o que combina muito bem com o resto da sua aparência.

O ódio que irradiava de Sebastian envenenou todo o ar ao redor.

– Você pode me insultar o quanto quiser, mas não diga nada sobre minha esposa. É apenas minha... *apreciação* por ela que me impede de parti-lo ao meio com minhas próprias mãos.

O marquês riu.

– E acredito que você poderia fazer isso. Olhe para você! Parece um selvagem. Pele bronzeada, cabelos longos, musculoso como um macaco.

Olívia gemeu de agonia, sabendo que Sebastian estava sangrando com ferimentos que ela ajudara a infligir. Ela o havia provocado com as mesmas descrições, mas agora ele se sentiria menosprezado, quando na verdade era o homem mais digno que já conhecera.

– Ele é lindo – ela disse. – Você é um tolo por não conseguir enxergar o quanto ele é maravilhoso. Quem perde com isso é você mesmo. – Ela abraçou Sebastian com mais força.

Com um aceno de cabeça, ele indicou para o pai dela conduzi-los para fora.

Eles foram embora tão rápido quanto chegaram, e o Sr. Lambert os acompanhou na carruagem. Quando começaram a andar, Olívia se moveu para sentar-se ao lado de Sebastian, envolvendo os braços ao redor de seu corpo tenso.

Ela observou pela janela enquanto a Mansão Dunsmore ficava para trás, dando graças a Deus por deixar aquela mansão e o homem lá dentro longe de sua vida.

CAPÍTULO 5

Sebastian andava de um lado a outro em seu quarto, com passos furiosos, praguejando contra si mesmo por ser um tolo em pensar que poderia voltar à Inglaterra e sair ileso. Ele revivia os eventos daquela tarde em sua mente várias e várias vezes. O que teria acontecido se ele não tivesse interceptado o navio de Olívia? Ela teria sido enganada ao desembarcar, pensando que Carr era seu marido?

Aquela farsa não duraria muito tempo. Seu pai com certeza planejara que Olívia fosse direto para Dunsmore House. Ele esperaria alguns meses para assegurar uma gravidez, e então ela ficaria devastada demais para ir embora caso descobrisse alguma coisa. Essa ideia o deixou enojado, era um plano odioso demais. E ele trouxe sua esposa para o meio dessa latrina. Agora, ela sabia o quão vil podia ser o sangue que corria em suas veias.

A porta compartilhada se abriu devagar atrás dele. Quando Sebastian se virou para encarar Olívia, ele congelou, devastado ao vê-la vestida com um robe e uma camisola branca de rendas que deviam ser parte de seu conjunto de noivado.

Os olhos negros dela o olharam de cima a baixo, notando que ele ainda estava vestido.

– Você vai embora... – ela disse, sem emoção nenhuma na voz.

Ele permaneceu em silêncio e sua pele logo se cobriu com suor. Queria dizer algo, *qualquer coisa*, para apagar a mágoa que transbordava dos olhos dela, mas sua boca estava seca demais.

– Quando? – ela perguntou em um sussurro doloroso. – Agora?

A voz de Sebastian saiu mais fria do que ele pretendia.

– Você disse que queria um marido ausente.

– Eu sei o que disse. – ela o encarou, com o coração à flor da pele.

Contra sua vontade, Sebastian estendeu a mão para ela, e Olívia correu para seus braços, envolvendo seus sentidos com aquele aroma e maciez que o enlouqueciam. *Como pôde pensar que isto seria fácil?*

– Não quero deixar você – ele murmurou em seus cabelos, depois odiou a si mesmo por admitir a fraqueza.

– Não pode esperar? – ela implorou. – Dê-me tempo para aliviar as preocupações de meu pai. Uma semana ou duas, no máximo, e depois seguirei com você.

Sebastian sentiu o peito se apertar dolorosamente e seu membro cresceu com o desejo represado.

– Você faria isso? – ele perguntou com dificuldade. – Viver em um navio comigo, sem possuir um lar?

– Meu lar é com você. – os dedos magros de Olívia envolveram o pulso de Sebastian e levaram sua mão até o meio das pernas dela. – Você está tão tenso, parece inquieto como uma pantera enjaulada. – Ela impulsionou os quadris sobre a mão dele, esfregando seu sexo contra os dedos de Sebastian. – Deixe-me acalmá-lo e ajudá-lo a relaxar. Podemos conversar sobre todo o resto pela manhã.

De olhos fechados, ele pressionou a boca nos cabelos dela.

– Não confio em mim mesmo perto de você. Não neste momento.

Ele estava tão furioso e indignado que mal conseguia respirar, e com o corpo dela ondulando em sua mão, tudo que queria era jogá-la na cama e transar até não conseguir mais pensar nem sentir mais nada.

– Sei que está com raiva e frustrado, mas você nunca me machucaria.

Com uma necessidade perversa de discutir, ele respondeu de maneira áspera.

– Você não sabe nada sobre mim. Ataquei seu navio apenas por diversão. Talvez eu até teria estuprado você, se não estivesse tão solícita.

– Oh, Sebastian. – Olívia suspirou. – Se você quer discutir em vez de fazer amor, posso atender seu desejo. Mas pelo menos seja honesto. Você tomou meu navio sem provocar nenhuma morte. E estupro? – Ela lançou um olhar zombeteiro. – Um homem com sua beleza não precisaria disso. Sorte sua eu ser a sua esposa, ou *eu* teria estuprado *você*.

Ele fechou o rosto, embora sua alma desejasse abraçá-la.

– Você disse que eu era um selvagem de cabelos compridos.

– Céus, você acreditou naquilo? – ela se afastou de seus dedos e se dirigiu até a pequena mesa no canto. Serviu uma grande dose de conhaque e levou a bebida até ele com um provocativo balançar dos quadris, suas longas madeixas douradas chegando até a cintura.

– Você é o homem com a aparência mais decadente que já conheci, Sebastian Blake. Moreno como o pecado, mais bonito e sedutor do que o próprio diabo. Não mudaria nada em você. Fico admirada todas as manhãs quando acordo e vejo você ao meu lado. Eu me belisco regularmente para ter certeza de que não estou sonhando e que você é meu de verdade, que possuo seu nome e seu título. – ela olhou em seus olhos e baixou o tom de voz, sedutora. – E que carregarei seus filhos.

Sebastian aceitou a taça oferecida e, com as mãos trêmulas, tomou o conhaque em um gole só.

– Você fala como se tivesse recebido a melhor parte desse acordo.

– E recebi mesmo. – afastando-se, Olívia retirou o robe e o deixou cair no chão. Ela foi até a cama e se encostou na beirada. – Considerando o volume em suas calças, imagino que queira que eu permaneça em seu quarto nesta noite.

As mãos dele caíram para o lado, o punho quase despedaçando a taça.

– Fique se quiser. Eu vou sair.

– Com seu pau tão duro como uma pedra?

Ele sorriu, irônico. Era melhor que ela testemunhasse até onde ele poderia descer agora. Tal pai, tal filho...

– Você não precisa se preocupar com meu pau.

– E quem mais se preocuparia com isso? – ela perguntou com uma leve risada. – Você não pode sair pela cidade nessas condições.

– Não pretendo apenas sair.

Os olhos dela se arregalaram quando entendeu o que ele quis dizer.

– Pretende encontrar uma prostituta para saciar seu desejo?

– Talvez. – Sebastian encolheu os ombros. – Talvez eu encontre duas. Meu desejo está feroz hoje.

Olívia se levantou e fechou as mãos em dois pequenos punhos.

– Por quê? Se estou sempre ansiosa por você?

Ele riu.

– Sim, você gosta mesmo do meu pau, não é?

– Sim, e não tenho vergonha de admitir. – ela ergueu o queixo e seus olhos queimavam. – Possua-me, Sebastian, e poupe seu dinheiro.

Lá no fundo, sua consciência se contorcia com um sentimento de culpa, mas ele se esforçou para não demonstrar emoção alguma.

– Mas, após anos de pirataria, minha querida, tenho dinheiro sobrando. Ou já se esqueceu o que eu sou?

Ela cerrou os olhos.

– Sei muito bem o que você é. Você é meu marido, e se sair por aquela porta para apanhar uma prostituta, será meu marido apenas no papel, para o resto miserável da sua vida. Considere isso, milorde, antes de sair. – ela se virou e se dirigiu para a porta compartilhada.

Sebastian precisou de todas as forças para manter o rosto impassível, pois por dentro sentia um profundo abismo. Estendeu a mão em direção às costas dela e, em sua mente, ele estava gritando para que ela voltasse, seu coração implorava por seu perdão. Mas, quando ele abriu a boca, apenas amargura saiu.

– Pensei que já tínhamos conversado sobre isso quando nos encontramos pela primeira vez. Posso tomar o seu corpo sempre que eu quiser. A lei diz que um homem não pode estuprar a própria esposa.

Olívia girou para encará-lo.

– Estou me *oferecendo* para você! Você não tem motivo para procurar uma prostituta.

– Eu quero uma.

– Eu serei uma.

A afirmação dela o atingiu como um golpe.

– Como é?

– Se quer uma puta, serei uma para você. – ela se aproximou, lambendo os lábios e balançando os quadris como uma cortesã. – Como vai ser, cavalheiro? Uma rapidinha? Ou você prefere que eu chupe seu pau?

A taça vazia caiu de sua mão e rolou pelo chão.

– Pare com isso.

Ela segurou os seios e apertou os mamilos.

– Você pode brincar com eles se quiser, meu senhor. Custa só uns trocados.

Ele agarrou os ombros de Olívia e a sacudiu.

– Pare com isso!

Ela o olhou profundamente nos olhos, cheia de raiva e mágoa.

– Me foda.

Praguejando, ele a jogou para longe.

– Você não é uma puta, Olívia. É minha esposa. Comporte-se como tal.

– Serei aquilo que você necessitar – ela disse em desespero. – A alternativa é você ir embora e nosso casamento acabar aqui. Apesar da maneira como está agindo, sei que não é isso que quer. Você está magoado. Permita que eu lhe ajude a se sentir melhor.

Maldita. Ele poderia suportar qualquer coisa, menos perdê-la, e ela sabia disso. Porém, o monstro dentro dele estava determinado a afastá-la.

– Não quero fazer amor, Olívia. Quero foder. É isso que você quer? Quer ser fodida?

Os lábios dela se abriram, e ele observou quando ela engoliu em seco. O desejo se misturava a outras emoções nos olhos dela.

– Então, que seja. – Sebastian agarrou a braguilha e abriu a calça com fúria, aliviando aquela compressão insuportável. Seu pau, duro e inchado, saltou para fora. – Erga a camisola e deite-se de bruços.

Os olhos dela se arregalaram.

– Sebastian...

– Agora – ele rosnou. Sebastian assistiu com uma satisfação primitiva quando Olívia se apressou a obedecê-lo. Suas veias se aqueceram ainda mais quando as pernas torneadas e o traseiro exuberante dela apareceram. Ele se aproximou e acariciou a sua coxa sedosa, esfregando o pau duro no vão entre seu traseiro. Abaixando-se para morder a orelha dela, ele sussurrou: – Vou usar seu corpo todo, minha esposa. Com força. Fundo. Por toda a noite. Você não conseguirá andar amanhã.

Olívia gemeu, contorcendo-se na beira do colchão. Ele ergueu a mão e lhe deu um forte tapa. Surpreendida, ela gritou.

– Abra as pernas. Mais. – Sebastian notou o quanto sua xoxota estava molhada. Ele passou o dedo para sentir. – Hum. Sempre pronta para mim. – Ele a estapeou outra vez, admirando a marca deixada por sua mão. Sebastian estava cheio de uma necessidade violenta de possuí-la, de provar para os dois que era já tarde para voltar atrás. Por mais horrível, perturbado e indigno que ele fosse, seus destinos estavam entrelaçados. Para sempre.

Sebastian lambeu o rosto dela.

– Está com medo, minha querida?

Engolindo em seco, ela balançou a cabeça.

– E-eu...

– Você o quê? Está gostando?

– Faça o que quiser comigo... – ela sussurrou. – Gosto de tudo que você faz...

– Boa garota.

Ele deslizou o pau no meio das coxas dela, movimentando para frente e para trás, cobrindo o membro duro com sua umidade. Ela impulsionou os quadris contra aquela carícia erótica, e ele a recompensou penetrando-a levemente, e então a provocou retirando-se por completo, adorando a maneira como ela protestou.

Sebastian deslizou as mãos por suas costas tensas, levantando a camisola e lambendo suas curvas.

– Minha doce Olívia. Obedece ao papai sem reclamar mas, por dentro, quer um homem safado para dominá-la. – a voz dele abaixou até se tornar um sussurro rouco. – Um pirata, talvez?

Ela ofegou e se esfregou contra seu pau ardente.

– Por favor... não provoque...

Ele passou a mão sobre o traseiro da esposa. Pressionando um beijo forte em seu rosto, Sebastian se afastou quando ela virou a cabeça para alcançar sua boca. – Não serei gentil – ele alertou. – Não sou capaz disso agora. Diga para eu parar se não for isto que você quer. – Ele meteu até a metade de sua boceta molhada, estremecendo ao pensar em se retirar caso ela pedisse.

Olívia se contorcia debaixo dele, suas longas unhas deixando marcas de arranhões pelo cobertor de veludo.

– Apresse-se, maldito!

– Não blasfeme – ele rosnou, e depois a penetrou por inteiro.

Olívia soltou um grito de prazer agonizante quando Sebastian meteu fundo nela. A força da estocada empurrou seus quadris com força na beira do colchão. Ele se retirou e depois entrou de novo, esticando-a quase até não aguentar mais. Ela se sentiu uma completa devassa, com os pés tocando o chão e as pernas bem abertas para melhor acomodar os movimentos frenéticos do marido. Ela estava indefesa, como um recipiente para a luxúria de Sebastian.

Ele estendeu o braço e a agarrou pelos cabelos para segurá-la no lugar enquanto a penetrava. Os puxões nas madeixas enquanto ela se movia com as fortes estocadas apenas aumentavam o prazer de Olívia.

— Eu te amo — ela murmurou.

— Céus... Olívia... — o ritmo dele desandou, e ela sentiu seu pau queimando quando parou dentro dela.

— Eu te amo — ela repetiu, estremecendo quando ele inchou até quase doer. Meu Deus, ele era enorme. Olívia estava tão excitada que seu néctar escorria pelo corpo, provocando um doce som de sucção quando ele se retirou dela. Impulsionando os quadris para trás, ela tentou colocá-lo de volta.

— É isto que queria, não é mesmo? — ele gemeu, com as coxas tremendo contra ela. — Você gosta quando fico à sua mercê e desesperado por você. — Sebastian tirou o pau e depois a penetrou de novo, agarrando a cintura dela com força, deixando marcas.

— Sim, meu amor — ela gemeu. — Seja selvagem comigo.

E ele foi.

O prazer logo se acumulou nele, e suas pesadas bolas batiam repetidamente contra ela, até Olívia pensar que ficaria louca com isso. Os olhos dela se fecharam quando o corpo inteiro começou a tremer.

Sebastian rugiu, e ela sentiu os fortes espasmos de seu pau quando ele começou a gozar em investidas ardentes contra seu ventre. A mão na cintura dela seguiu para o meio das pernas e começou a esfregar com energia o botão enrijecido que tanto desejava seu toque. Ela gemeu com aquele prazer arrebatador, com o rosto enterrado no cobertor, perdida na sensação do sêmen quente inundando seu ventre e dos movimentos habilidosos dos dedos de Sebastian. Inacreditavelmente, ele aumentou o ritmo, e ela seguiu de orgasmo em orgasmo sem nenhuma pausa. Quando ele por fim desabou nas costas dela, Olívia tinha certeza de que não conseguiria andar por dias, assim como ele havia ameaçado.

Demorou vários segundos até o peso de Sebastian sair de suas costas, e o ar esfriou a pele que estava tão aquecida pelo corpo dele. De alguma forma, ela encontrou forças para estender o braço para trás e agarrar a mão dele.

— Não me deixe sozinha.

A mão calejada de Sebastian fez uma carícia na cintura dela quando ele se levantou.

— Permita que eu tire minhas roupas, minha querida.

Ela se virou para encará-lo e notou a maneira como ele desviou os olhos. Deduzindo a causa, Olívia tentou acalmá-lo.

— Estou bem.

— Fui muito bruto... — ele murmurou.

— Você se arrepende?

Ele tirou o casaco, depois começou a desabotoar o colete.

— Não.

Olívia puxou a camisola pela cabeça e a jogou para o lado.

— Então pare de agir assim. — ela entrou debaixo das cobertas e virou de lado, ouvindo os sons de seu marido se despindo.

— Você se arrepende do que falou? — ele perguntou quase sem voz.

Ela escondeu um sorriso no travesseiro.

— Não.

O corpo rígido de Sebastian se encolheu nas costas dela, e a boca beijou seu ombro. Segurando a mão dele em sua barriga, ela adormeceu.

Mais tarde, ela acordou ao sentir as mãos de Sebastian passeando por suas curvas, o corpo quente e molhado atrás dela. Seus dedos habilidosos deslizaram entre as pernas dela, mergulhando no sexo ainda coberto com seu sêmen, e começou a acariciá-la até ela gemer de prazer. Ele beijou sua orelha, e Olívia se arqueou em sua direção.

A voz de Sebastian soou áspera enquanto ele respirava em seu pescoço.

— Diga de novo.

— Eu te amo.

Segurando-a pela cintura, ele deslizou para dentro dela por trás, preenchendo-a inteira. Penetrando-a devagar, ele usava as mãos para massagear os seios e beliscava os mamilos com os dedos calejados. Ela implorava para que ele acelerasse, mas Sebastian continuou a se mexer com movimentos preguiçosos, sussurrando palavras baixas e carnais em seu ouvido que a deixavam louca de paixão. Quando ele enfim permitiu que ela gozasse, o orgasmo a surpreendeu com sua força e ela gritou alto. Sebastian enrijeceu atrás dela e depois a encheu com calor, sua voz suave ofegando e gemendo o nome dela no meio da escuridão do quarto.

Saciado, ele a abraçou com força.

– Desculpe – ele sussurrou encostado em sua pele. – Eu nunca faria as coisas que disse antes.

Olívia entendeu o que ele quis dizer.

– Eu não suportaria compartilhar você com mais ninguém.

– E isso nunca acontecerá, eu juro.

O crepúsculo invadia as pesadas cortinas de veludo quando Sebastian a procurou de novo. Ela rolou para seu abraço por instinto, sonolenta, mas sentindo o quanto ele precisava dela.

– Sinto muito – ele sussurrou. – Eu não mereço você.

– Shh...

– Diga de novo.

– Eu te amo. – e o coração dela doía por ele, este lindo e maravilhoso homem que recebeu tão pouco amor em sua vida que agora sentia necessidade de implorar a ela. – Eu te amo, Sebastian.

Com os olhos fechados, Olívia se concentrou em seus outros sentidos: olfato, tato, paladar. Cada curva e formato do corpo de seu marido já era familiar para seus dedos. Ele sussurrava sons incoerentes para ela que a faziam sentir-se segura e adorada. O puxou para mais perto, com um desejo tão feroz quanto o dele, até que ele subiu sobre ela e bloqueou os poucos raios de luz que invadiam o quarto.

Ele apoiou a coxa dela sobre seu quadril e a penetrou com habilidade. Várias e várias vezes ele a levou ao clímax, conhecendo seus prazeres, entendendo seus desejos como apenas um amante especialista e atento entenderia. Ela podia sentir sua ternura se espalhando em cada toque, cada movimento. Soltando um grito agudo, Olívia sentiu o paraíso se derramar sobre ela, através dela e passando para Sebastian, que estremecia contra ela e soltava um longo e grave gemido.

Olívia acordou horas depois e esfregou os olhos sonolentos. Sua mão esquerda parecia pesada, ao olhar em sua direção, ela despertou ao enxergar a enorme safira que adornava seu dedo anelar. E então, sentiu o coração se apertar. Não precisava olhar ao redor para saber.

Sebastian não estava lá.

Quando abriu de repente a porta do quarto de seu pai, Sebastian não estava preocupado em ser discreto. O aroma de Olívia exalava de sua pele conforme suas veias aqueciam. Seu pai havia planejado deliberadamente sua destruição para conquistar seus objetivos. Sebastian não iria tolerar que isso acontecesse outra vez. E seu pai saberia disso com clareza em questão de minutos.

Ele observou com satisfação quando o pai levantou de repente da cama, assustado pelo barulho da porta batendo contra a parede. O marquês olhou ao redor com olhos arregalados.

– Sebastian! O que pensa que está fazendo?

– Que apropriado. A última manhã em que nos encontramos foi muito parecida, só que era eu na cama e você era o invasor indignado entrando pela porta. – a lembrança ainda causava um nó em sua garganta. Ele sorriu, sombrio, quando viu seu pai ficar pálido. – Ah... então você já percebeu minha intenção. – Ele pulou sobre a cama e prendeu o marquês no lugar, apertando as mãos ao redor de seu pescoço.

Sebastian não deixaria sua esposa à mercê desse monstro.

– Você tem sorte por eu não ter desejo algum de me tornar um marquês, ou o mataria agora mesmo e acabaria com isso tudo de uma vez.

Os olhos do marquês se arregalaram diante do rosto que tanto se parecia com o seu. Que destino estranho. Edmund se parecia com a mãe, compartilhando seus cabelos ruivos e olhos verdes.

– Sebas... Pelo amor de Deus... – Dunsmore se debatia loucamente, arranhando os pulsos de Sebastian, arrancando sangue, chutando desesperado debaixo do cobertor.

– Ouça. – Sebastian baixou o rosto até ficar cara a cara com seu pai. – Você ficará longe da minha esposa. Não chegue perto dela por motivo algum. Se eu descobrir que você ou Carr chegaram perto dela, vou matar você. – Seus dedos se apertaram ainda mais, até que toda sua mão doeu com a força que usava. Então, soltou seu pai e saiu de cima da cama.

O marquês rolou para a beira do colchão e vomitou no tapete Aubusson.

– E-eu... vou... deserdá-lo... – ele disse em meio aos espasmos do estômago.

Sebastian riu ironicamente.

– Pena que isso não mudará nada. Toda a herança está limitada a seu dinheiro, e eu não preciso dele. Gaste, queime, faça o que quiser. Não me importo.

Seu pai cuspiu no chão.

Sebastian apenas se dirigiu até a porta.

– Lembre-se, meu pai. Fique longe da minha esposa.

Após fazer os arranjos necessários para sua esposa com o procurador, Sebastian embarcou no *Seawitch*, onde observou a costa londrina se afastar enquanto ele deixava a Inglaterra. Como um covarde, queria fugir da bagunça que era sua família, e lutou contra a tentação de ceder àquele anseio. Seria tão fácil deixar toda aquela feiura para trás e nunca mais voltar, seria fácil escapar da vida que ele não desejava e encontrar uma nova em outro lugar. Mas agora ele possuía Olívia, e sofreria qualquer provação, realizaria qualquer feito, viajaria para qualquer lugar, desde que pudesse tê-la ao seu lado e ficar com ela todos os dias.

Porém, Sebastian precisava antes se libertar de seu passado: precisava liberar seus homens, preparar seu navio e cortar os laços com os irmãos Robidoux. Ele não sabia como sobreviveria às próximas semanas sem sua esposa, mas era perigoso demais trazê-la com ele.

Enquanto assistia à Inglaterra sumir de vista, Sebastian sabia que retornaria assim que fosse possível.

Ele deixara seu coração para trás, e não conseguiria viver sem Olívia.

Olívia mal conseguiu se arrumar pela manhã, consumida por um vazio profundo. Ela estava tão certa de que conseguiria convencer Sebastian a ficar, ou ao menos levá-la junto, mas parte dela não estava surpresa por ele ter partido sem dizer nada. Ele tinha esse hábito muito antigo de fugir dos problemas. Em sua juventude, ele usara bebidas e mulheres como escape. Mais tarde, passou a usar o mar e, por um tempo, o corpo dela. Mas, pelo visto, ela não era suficiente.

Ela ficaria na cama se pudesse, lamentando no meio dos lençóis que agora possuíam o cheiro da pele de Sebastian e do sexo que fizeram, mas o pai dela estava aqui e ela precisava cuidar de sua estadia. Olívia não conseguia imaginar como conseguiria sobreviver ao dia, mas era preciso fazer esse esforço.

Na sala de jantar, ela encheu seu prato com o café da manhã. Depois, seguiu o criado até o saguão, onde seu pai lia o jornal sentado na poltrona.

— Bom dia, Livy — ele a cumprimentou jovialmente.

— Bom dia, papai. — ela o beijou no rosto, depois se dirigiu para a cadeira no canto. Quando o criado deixou seu prato e suco sobre a mesa, ela o dispensou com um sorriso.

— Você parece melancólica — seu pai comentou. — Está tão apaixonada assim por seu marido?

— Eu... sim. — ela esteve apaixonada, antes de ter seu coração partido por ele, mas Olívia não diria isso a seu pai. Era impossível ele saber o que aconteceria quando arranjou o casamento para que ela recebesse um título de nobreza. E, verdade seja dita, toda essa confusão não era culpa dela mesma? Ela sabia como Sebastian era quando decidiu ficar com ele. Foi tolice sua esperar por mais.

— Eu tenho que dizer, tive minhas dúvidas quando o vi pela primeira vez — Jack admitiu. — Conheço esse tipo, selvagem e rebelde. Não é o tipo de marido que um pai escolheria para sua única filha. Mas, depois de conversar com ele nesta manhã...

O coração dela disparou.

— Você conversou com ele?

– Sim. Nós tomamos café da manhã juntos. Ele não parece ser o patife que achei que fosse, embora se pareça com um. A maneira como lidou com a situação ontem me impressionou. Ele parece ser muito protetor em relação a você, até um pouco possessivo. Gosto disso. Ele também conhece como ninguém as artes náuticas e não desdenha do meu trabalho como comerciante... bem, enfim, acabei gostando dele muito mais do que aquele primo que me enganou dizendo que era Lorde Merrick.

Olívia segurou um gemido ao lembrar-se da situação. Como se já não tivesse problemas suficientes, ela agora estava intrinsicamente ligada à família Blake, e o que vira dela até agora deixava um gosto amargo na boca.

– Por acaso Merrick compartilhou seus planos com você?

Seu pai dobrou os jornais e olhou para ela com curiosidade.

– Ele disse que deixou um bilhete. Você não leu?

Ela se levantou e gritou pelo mordomo. Ele chegou correndo, ofegando por causa da pressa. Mas não sabia de bilhete algum, então Olívia ergueu as saias e correu escada acima. Ao chegar no quarto de Sebastian, encontrou uma criada arrumando a cama.

– Bom dia, milady – disse a jovem criada fazendo uma reverência rápida.

– Você encontrou um bilhete para mim?

A garota assentiu e andou até a mesa, voltando com um papel dobrado na mão. Olívia murmurou um agradecimento e voltou para seu aposento para ler o bilhete com privacidade. O conteúdo era simples e comovente.

Confie em mim. Eu voltarei.
Seu,
S.

Ela desabou no chão e chorou.

CAPÍTULO 6

Londres, Inglaterra, Junho de 1813

Tentando conter um bocejo, Olívia analisou o salão de baile com olhos críticos. O evento acontecia em um salão apertado, portanto estava quente demais e, apesar das inúmeras flores, cheirava mal. Ela não tinha desejo algum de estar ali, mas Dunsmore insistira em sua presença.

Alguém poderia pensar que os últimos quatro meses mudariam a maneira como eles se sentiam em relação ao outro, considerando o quanto trabalharam juntos para assegurar o sucesso social de Olívia. Mas não foi o caso. Ela detestava aquele homem horrível tanto quanto no primeiro dia em que o conhecera. Infelizmente, deixada com seus próprios recursos, ela não tinha outra escolha a não ser procurar a assistência do marquês. Ela pediu sua ajuda para se estabelecer como Lady Merrick. Sem ele, não conseguiria a aceitação social de que precisava.

Pessoalmente, Olívia não se importava com a estima do mundo social e, se pudesse escolher, permaneceria em casa lambendo suas feridas em paz. Por outro lado, seu filho merecia um começo adequado na vida, e essa era a única razão pela qual ela fingia interesse no circo da sociedade.

Seu trabalho duro foi recompensado com um inequívoco sucesso. Até mesmo Dunsmore estava impressionado, e Olívia notara uma quase imperceptível suavização de sua atitude em relação a ela. Ele ficaria entusiasmado quando soubesse que estava grávida; todas as suas maquinações tiveram o resultado desejado, mas essa informação era preciosa demais para compartilhar. Ela suspeitava que ele sentiria um prazer perverso em saber disso antes de Sebastian, por isso Olívia se recusava a dar-lhe a satisfação. E isso seria o último ato de bondade que ela concederia a seu marido errante.

Ela ficou devastada quando ele partiu, chorosa e deprimida. Depois, ficou furiosa.

E permaneceu furiosa.

Olívia deixou seu copo de limonada sobre uma bandeja. Sebastian havia quebrado sua promessa, deixando-a sozinha no meio dos lobos enquanto ele fugia de seus problemas. Ela nunca o perdoaria por isso. Nunca.

"Confie em mim", ele escrevera. Há! Ele se recusava a confiar nela. Então, por que ela deveria ser a única nesse casamento a oferecer essa cortesia?

— Milady, seria esperar demais que você estivesse disponível para uma dança?

Olívia se virou ao ouvir a voz familiar e soltou um suspiro ao encontrar Carr Blake. Aquele homem não era tão perverso quanto seu tio, apenas era ingênuo e manipulável. Mesmo assim, ela ficava atenta com ele e mantinha uma rígida distância de suas propostas amigáveis demais. Ele havia tentado enganá-la da maneira mais odiosa possível, e Olívia nunca se esqueceria disso. Porém, ela precisava manter as aparências, e uma delas era uma fingida proximidade com a família Blake, por mais desagradável que fosse.

— Com certeza. Na próxima música.

Seus olhos azuis brilharam com entusiasmo.

— Sou um homem de muita sorte.

Mais uma vez, ela se admirou com a semelhança entre Carr e Sebastian. Eles se pareciam muito, ambos com cabelos negros sedosos e olhos azuis brilhantes. Mas as semelhanças eram apenas superficiais. Carr era mais como um cachorrinho bonito, enquanto Sebastian era mais como uma pantera à espreita.

Olívia esticou os ombros para trás e forçou um sorriso, já que a maioria dos olhos no salão recaía sobre ela. Sua incansável busca pela última moda foi responsável em grande parte por seu sucesso, conquistado através do dinheiro deixado pelo marido.

Ela deu um longo suspiro. Olívia trocaria tudo isso se pudesse conquistar o amor de seu marido. Mas era tarde demais para isso agora.

– Lady Merrick, acredito que a próxima música já estava reservada para mim.

Olívia se virou.

– Sim, acho que está certo, Monsieur Robidoux.

O elegante francês fez uma longa reverência e apanhou a mão de Olívia. Sua beleza dourada lhe conferia muito respeito no meio social. Já Olívia era indiferente a isso, mas ela exibiu seu melhor sorriso mesmo assim.

Ele sorriu de volta enquanto a conduzia para a fila de dançarinos no meio do salão.

– Você está ainda mais sedutora do que o normal, milady.

Ela ergueu uma sobrancelha.

– Obrigada, monsieur.

Robidoux não era tímido com suas avançadas sobre ela desde que chegara em Londres, há um mês, sugerindo passeios no parque ou encontros na cidade. Olívia recusara todos os convites. Sempre que se encontravam em locais públicos ela já se preparava, pois a determinação dele em ficar sozinho com ela a deixava muito desconfortável.

– Lady Merrick – ele ronronou com sua voz melosa demais.

– Ouvi dizer que o título de Dunsmore é muito antigo e respeitado. Porém, o conde que o herdará não está presente. Na verdade, ninguém viu nem ouviu o sujeito em mais de cinco anos.

Ela riu – parte por diversão, parte por exasperação. As fofoqueiras estavam cheias de especulação sobre o paradeiro de seu marido. Afinal de contas, era estranho que um homem ausente de repente adquirisse uma esposa. Foi por causa dessa circunstância anormal que a ajuda de Dunsmore fora necessária para estabelecer sua credibilidade.

– Eu lhe asseguro que Lorde Merrick não é um fragmento de minha imaginação.

Robidoux apertou ainda mais a mão de Olívia.

– Uma linda mulher como você não deveria ser negligenciada.

Ela segurou uma risada nada educada. Os avanços daquele homem estavam se tornando cansativos.

– Não sou negligenciada, Monsieur Robidoux.

– Então, onde está seu marido? Gostaria muito de conhecê-lo.

– E você conhecerá. Tudo em seu tempo.

A dança começou, e ela soltou um suspiro aliviado.

O sorriso do francês não possuía charme algum enquanto eles percorriam a extensão da fila.

– Você gostaria de passear comigo pelo jardim quando a dança acabar?

– Não, obrigada.

Olívia deu graças a Deus quando a primeira parte da música terminou. Havia mais uma parte, mas ao menos ela estava mais perto de escapar da companhia de Robidoux. Algo sobre aquele homem a deixava inquieta. Seus sorrisos nunca atingiam seus olhos, havia um fingimento neles, e a maneira como a olhava a fazia se sentir... dissecada.

– *O honorável Conde de Merrick* – anunciou o mordomo, de repente, com sua voz de barítono.

O salão inteiro congelou, um silêncio pesado pousou sobre os convidados como uma névoa espessa.

Olívia se virou, com os olhos arregalados e boquiaberta. Quando os acordes da dança seguinte começaram, seus olhos se fixaram na figura alta e bronzeada que descia pelas escadas.

Sebastian descia os degraus com sua graça arrogante costumeira. Parecia quase impossível, mas sua pele estava ainda mais escura, bronzeada de um jeito que fez os joelhos dela tremerem. Seu jeito de andar prometia horas de delícias e prazeres carnais. Apesar de sua raiva enraizada, a boca de Olívia se encheu de água, os seios incharam, e seu sexo se contraía a cada passo que ele dava.

Os convidados, deixando a surpresa para trás, se aproximaram para cumprimentá-lo, mas Sebastian ignorou a todos, com seus intensos olhos azuis fixos sobre Olívia. O calor que irradiava entre eles, mesmo a distância, fez a pele dela se cobrir de suor. Ela conhecia muito bem aquele olhar e entendeu que estava sobre perigo iminente de ser arrastada para a cama mais próxima, e mesmo assim não conseguia se mexer. Levou apenas um instante para que ele a alcançasse, mas pareceu uma eternidade.

Ele lhe ofereceu a mão, e Olívia hesitou apenas um instante antes de aceitá-la, quase sem respirar com tanta expectativa. Sebastian levou a mão dela aos lábios. Através da luva, ela sentiu a centelha que disparou da boca dele e correu por seu braço até chegar em seu sexo. Ela estremeceu.

Uma satisfação curvou os lábios de Sebastian.

– Senti saudades, meu amor.

Os convidados se calaram esperando, ansiosos, a resposta dela, e a música pareceu alta demais nesse momento.

Respirando fundo, ela deixou sua fúria transparecer em seus olhos, depois se abaixou em uma elegante reverência.

– Milorde.

Em seguida os convidados começaram a sussurrar freneticamente.

Sebastian a ergueu, com uma expressão possessiva e confusa.

– É hora de ir.

Ela procurou por Robidoux, pronta para apresentar-lhe seu marido, mas franziu as sobrancelhas. O francês havia desaparecido na multidão sem se despedir.

– *Agora*, Olívia.

– Você acabou de chegar – ela disse. Ficar sozinha com Sebastian apenas causaria problemas.

Ele ergueu uma sobrancelha arrogante.

Ela abriu a boca para protestar, mas logo a fechou. Seu marido não era homem que aceita ser recusado passivamente. Ainda mais quando parecia estar prestes a levantar suas saias e se enterrar em seu corpo ali mesmo no meio do salão.

Dando um aceno de cabeça quase imperceptível, Olívia permitiu que Sebastian enlaçasse seu braço. Ela segurou a língua até chegaram à privacidade da carruagem, mas, no momento em que ele se moveu para tocá-la, Olívia deu um tapa na mão dele.

– Maldição! – ele gritou.

Ela sorriu.

– Você nunca me tocará de novo, eu juro.

Sebastian olhou para a esposa arredia com um misto de admiração e orgulho ferido.

Ele notara as mudanças em sua pessoa imediatamente. Por alguma razão, ela parecia mais endurecida, os olhos pareciam mais furiosos, a boca exuberante estava tensa. Ele esperava uma recepção calorosa e ansiosa. Ao invés disso, sua esposa jurou que ele nunca mais a tocaria. *Que diabos estava acontecendo?*

— Que diabos está acontecendo? — ele rosnou.

Olívia lançou um olhar incrédulo.

Mas que maldição, ela deveria estar feliz em vê-lo!

— Olívia, meu amor...

— Oh, por favor — ela murmurou. Olhando para a janela, Olívia soltou um suspiro irritado. — Você não sabe amar. Só quer sua visita conjugal.

— Minha visita conj...? Mas que inferno! Do que está falando?

— Oh, sinto muito — ela retrucou com uma inocência debochada. — Por acaso eu ofendi você? Quis dizer "direito de procriar".

— Meu *"direito de procriar"*? — ele cruzou os braços sobre o peito. — Isso é ridículo.

— Você acha?

Sebastian permaneceu calado e confuso. Ele fora direto para casa ao desembarcar no cais, apenas para descobrir que ela tinha saído. Após o mordomo dizer que ela havia se dirigido ao baile da família Dempsey, ele se trocara com rapidez e se apressara para encontrá-la.

Ele tinha dúvidas sobre se apresentar à sociedade como Lorde Merrick em um evento tão grande, e o silêncio do salão em sua chegada o deixara momentaneamente desconcertado. Mas então encontrou Olívia e tudo deixou de importar. Lidaria com o resto do mundo amanhã. Agora, tudo que queria, tudo que desejava, era o corpo de sua esposa e seus olhos cheios de alegria por sua volta.

— O que fiz para deixá-la tão irritada? — ele indagou.

— Não acredito que você precisa perguntar. Você me deixou aqui sozinha — ela disse, seca — No meio dos abutres, depois de me prometer que ficaria ao menos tempo o suficiente para me apresentar à sociedade. Mas você não teve nem coragem de se despedir de mim. Bem, milorde, se não consegue honrar suas promessas, também não irei honrar as minhas.

– Inferno – ele murmurou. – Foi por causa da minha promessa que fui obrigado a partir.

Olívia cerrou os olhos.

– Você não vai perguntar o que eu estava fazendo? – ele resmungou.

– Não. É tarde demais para isso. Você deveria ter discutido seus planos comigo *antes* de partir.

Sebastian observou a beleza luminosa de sua esposa, e quis gemer de frustração. Ela não poderia ter deixado de amá-lo. Ele morreria se isso acontecesse.

– Você me ama.

Olívia riu.

– Você é otimista demais.

– Mas você ama – ele insistiu. – E, por Deus, você irá admitir!

– Não farei nada disso!

– Sim, irá admitir!

Oh, ele parecia uma criança, e era assim que se sentia, repreendido e ansioso para ganhar de volta o amor que completava sua vida. Ninguém nunca o amou além de Olívia. Bom, talvez sua mãe o amasse, mas de que isso servia se não podia se lembrar?

A carruagem parou e, antes que ele pudesse se mexer, Olívia desceu e correu em direção à casa. Sebastian a seguiu, assustando o cocheiro. Ela passou correndo pelo mordomo que, assustado, segurava a porta aberta, depois subiu as escadas apressada.

– Olívia – Sebastian gritou. Ele quase a alcançou, mas tropeçou nos degraus e acabou perdendo segundos preciosos. Ela alcançou seu quarto e bateu a porta, trancando a fechadura. Praguejando, ele se virou e entrou em sua própria suíte.

Então, ela queria trancá-lo para fora? Ele não deixaria barato. Sebastian se dirigiu à porta compartilhada, que não possuía tranca.

E então, percebeu que a porta já não existia mais.

Ela havia selado a maldita porta e coberto a parede com um forro cor de damasco, sem deixar vestígios. *Maldição, essa foi a gota d'água!*

Sebastian saiu para o corredor com passos raivosos e chutou a porta do quarto da esposa com toda a força que possuía, gritando um palavrão quando a porta não cedeu nem um milímetro.

— Você não conseguirá derrubar a porta! — ela gritou do outro lado. — Está bloqueada.

— Bloqueada? — ele gritou de volta, incrédulo.

— Sim, bloqueada. Agora, vá embora!

O peito dele subia e descia com a respiração furiosa.

— Olívia... — ele alertou em uma voz calma que não mostrava toda sua indignação.

— *Vá embora!*

Olívia sentou-se na beira da cama, com o coração martelando e os braços envolvendo um travesseiro enquanto olhava apreensiva para a porta. Longos momentos de silêncio se passaram, e ela continuou com medo do retorno de Sebastian.

Ficou assustada ao perceber que subestimou o poder de atração de seu marido. Nos quatro meses de sua ausência, Olívia se convencera de que aquela paixão eventualmente diminuiria. Agora, ela sabia que isso não aconteceria. Seu amor por ele não iria permitir.

Porém, ficou satisfeita por conseguir impedir seus avanços amorosos, mesmo que só por uma noite. Ela mal sobrevivia a cada dia, sofrendo em seu coração com a ausência dele. Sebastian sem dúvida merecia qualquer desconforto que ela pudesse jogar sobre ele.

Após um tempo, Olívia relaxou, até um pouco decepcionada por ele ter desistido tão fácil. Suspirando, ela se levantou, jogou o travesseiro para o lado e começou a se despir, uma tarefa nada fácil com a infinidade de botões descendo por suas costas. Ela estava indo bem, se contorcendo, até que dedos impacientes afastaram suas mãos. Assustada, ela gritou e se virou, deparando-se com o marido, que olhava para ela com uma fome sensual e uma frustração que mal se continha.

— Como você... — ela olhou ao redor do grande quarto, encontrando o topo de uma escada apoiado no parapeito da varanda. — Meu Deus. Que audácia!

Erguendo uma sobrancelha, Sebastian tocou sua gravata.

– Sou um pirata de profissão, minha esposa. Uma porta bloqueada não é impedimento para mim.

– O que está fazendo? – ela exclamou enquanto ele habilmente retirava seu colete, jogando-o sobre o casaco que já estava no chão.

– Eu já conquistei. Agora é hora de reclamar meu prêmio. Neste caso, *você*.

Ele arrancou a camisa, revelando seu poderoso tronco e abdômen definidos. Sua pele estava mesmo diferente e agora exibia um lindo bronzeado mais escuro do que antes. A boca dela se encheu de água.

Minha nossa, desse jeito, ela iria babar.

– Vista suas roupas! – ela disse, apertando o espartilho contra os seios. – Estou furiosa com você!

Ele grunhiu.

– Já percebi isso. – Sebastian abriu a braguilha com força e empurrou as calças para o chão.

– Oh, maldição... – ela murmurou quando o membro dele se libertou, inchado e duro como aço. Os mamilos dela enrijeceram-se instantaneamente. Olívia se forçou a olhar nos olhos dele e enxergou sua satisfação masculina. Sebastian conhecia muito bem o efeito que seu corpo nu tinha sobre ela.

– Ah, veja o quanto eu senti sua falta, minha querida – ele ronronou com sua voz sedutora. – Já faz tanto tempo desde a última vez que estive dentro de você.

Ela engoliu em seco.

– Não quero você.

– Mentirosa.

– Estou com raiva – ela reclamou, sentindo sua resistência se derreter quando Sebastian apanhou seu pau e começou a apertar o grande volume sedoso.

– Foi assim que passei minhas noites, Olívia. – seus dedos envolveram o membro rígido e começaram carícias mais fortes. – Visões de você me deixavam implorando por um prazer que me era negado. Dormir naquela cama onde passamos tantas horas prazerosas foi uma tortura. – Suas pálpebras se tornaram pesadas enquanto ele se masturbava. – Todas as noites eu me aliviava pensando em imagens suas. Você não sentiu minha falta da mesma maneira?

Olívia lambeu os lábios, com os olhos vidrados na mão de Sebastian que tocava o próprio pau. Ela o desejava tanto que até doía. Ela o amava. Apesar de tudo, ela ainda o amava.

– Isso não muda nada – ela sussurrou. – É apenas sexo.

O sorriso dele foi triunfante, e isso atingiu o orgulho dela. Sebastian podia pensar que venceu neste encontro, mas ela provaria o contrário.

Olívia cruzou a curta distância entre eles e se ajoelhou. Agarrando seu membro duro, ela o puxou para a boca e o sugou para dentro, girando a língua sobre a cabeça inchada. O gemido de prazer que ele soltou e a maneira como agarrou seus cabelos mostravam o poder que ela possuía. Após impulsionar os quadris algumas vezes, as coxas de Sebastian já tremiam com dificuldade para mantê-lo em pé.

– Pobrezinho – ela murmurou contra a cabeça molhada de seu pau. – Talvez seja melhor se deitar antes que desabe no chão.

Puxando-a para cima, Sebastian se apossou de sua boca, enfiando a língua fundo assim como havia feito com seu pau. Suas mãos habilidosas acariciaram as curvas dela com uma familiaridade que abalou Olívia. Em questão de momentos, ela estava entregue a seus braços, ofegando de tanto prazer. Ele rasgou o vestido dela, lançando botões para todos os lados. Uma excitação disparou pelas veias dela, mesmo com sua mente ainda tentando protestar.

– Isso não muda nada – ela repetiu.

– Tente se lembrar disso quando eu terminar – ele rosnou com arrogância, baixando o vestido dela até o chão. Ele girou seu corpo e terminou de tirar suas vestes, arrancando espartilho e saias sem se preocupar em preservar as roupas caras.

– Sebastian...

– Hum... diga meu nome de novo, minha querida. Adoro o jeito como você diz.

Ela se derreteu.

– Sebastian.

Ele puxou a camisola sobre sua cabeça e a jogou para o lado antes de erguê-la e carregá-la para a cama, beijando sua testa com firmeza.

— Senti muito a sua falta.

Olívia balançou a cabeça, sentindo os olhos queimarem com lágrimas represadas. Ela puxou a fita que amarrava o coque de Sebastian e libertou seus cabelos sedosos.

— Eu deveria ser mais forte. Deveria resistir. Você me magoou demais. Talvez se eu tivesse uma adaga ou uma pistola...

— Nada disso poderia me manter longe de você...

Então, por que ele ficou tanto tempo longe? E, mais importante, ela precisava saber por que ele voltara.

— Eu te amo, Olívia.

Com o corpo tenso, ela se inclinou para trás para olhar em seu rosto. Sebastian a encarou de volta com afetuosos olhos azuis, e Olívia engoliu um soluço. Ela ansiava por seu amor e desejava muito acreditar que era real. Mas não podia confiar nele e, por causa disso, em vez de alegria, aquelas palavras trouxeram apenas dor.

— Por que você ficou tão chocada, meu amor? Com certeza já suspeitava dos meus sentimentos. — ele a deitou na cama como se ela fosse o mais valioso dos tesouros.

— Você voltou porque me ama? — ela perguntou com um tom de voz amargo. — Apenas um tolo acreditaria nisso.

— Eu não voltei porque te amo.

Ela franziu as sobrancelhas, confusa.

— Eu *parti* porque te amo.

Sebastian se posicionou por cima dela e baixou os lábios, silenciando com eficiência as perguntas de Olívia com beijos devastadores. Sua boca forte e hábil se movia sobre a dela, enfraquecendo suas defesas, lembrando-a do prazer que podia encontrar em seus braços. Ele rolou, levando-a junto consigo, liberando as mãos para a explorarem com ternura. Lambidas quentes acariciavam o céu da boca de Olívia. *Deus, ela quase esquecera como esse homem sabia beijar bem!*

Sua boca era divina, safada, e ele beijava como se estivesse degustando o sabor dela. Olívia sentiu seu ventre se contrair à beira do orgasmo. Ela mexeu os quadris até encaixar o membro duro na entrada molhada de seu corpo.

– Espere! – ele ofegou, desfazendo o contato do beijo, mas ela o ignorou, deslizando no pau pulsante com um gemido de prazer. – *Olívia!*

Então o tronco dele se levantou da cama, erguendo o corpo dela junto, e Sebastian gozou profundamente dentro dela, gritando com a voz rouca enquanto seu sêmen disparava em espasmos escaldantes. Seus braços a envolveram em um abraço esmagador, e seu corpo inteiro estremecia com poderosos abalos.

Olívia o abraçou com força, maravilhada com a sensação de tê-lo dentro de si, quente, rígido e pulsante. Quando ele se esvaiu, ela o acompanhou de volta para os travesseiros.

– Ah, minha querida – ele murmurou, acariciando suas costas. – Desculpe. Não consegui me segurar. Fazia tanto tempo.

– Eu entendo.

– Preciso de um momento para recobrar os sentidos, e então darei prazer a você até o sol raiar.

Suas palavras, que pretendiam excitá-la, a encheram de temor. Ela deslizou de cima de seu corpo enquanto ele ainda estava saciado demais para impedi-la. Sentada na beira da cama, Olívia passou a mão nos cabelos, retirando as presilhas.

– Você me deixou sozinha, Sebastian.

– Eu tinha uma boa causa – ele insistiu, virando para poder olhar em seu rosto. – Originalmente, eu havia concordado em ficar apenas pelo curto tempo que você pediu para mim. Mas, quando você disse que me amava, tudo mudou. Entendi que eu também te amava e queria ficar com você, mas precisava cuidar dos meus homens e meu navio. Precisava desfazer meus laços com eles antes que pudesse recomeçar minha vida com você.

Olívia limpou uma lágrima que escapava, depois respirou fundo. Havia tanto ressentimento, medo, e até mesmo um toque de esperança dentro dela que suas emoções estavam sobrecarregadas.

Ela olhou sobre o ombro para o marido, com o coração doendo diante de sua nudez resplandecente e seus cabelos adoráveis, espalhados sobre os travesseiros rendados. Por algum motivo, a decoração feminina da cama apenas enfatizava sua potente masculinidade. Mas era seu olhar que mais devastava Olívia, um olhar cheio de desejo, amor, e um toque de medo. Ela desviou os olhos, incapaz de aguentar mais daquilo.

– Você ficou longe por quatro meses.

Ele acariciou suas costas.

– Eu entreguei meu navio para o Will e acertei as contas com minha tripulação. Minha intenção era voltar imediatamente para você.

– Mas não voltou.

– Não – ele concordou. – Por uma boa razão. Tenho vergonha de dizer que me associei com dois irmãos gêmeos, dois piratas. Eu os irritei, e eles não são homens que perdoam algo assim. Na noite em que deixamos Barbados, eles exigiram você como pagamento da minha dívida.

– *Eu?*

– Sim, você. Will me informou que a criada da estalagem onde você se hospedou foi abordada por um dos irmãos. Ele perguntou coisas sobre você, Olívia. Descobriu sua identidade. Eu não podia permitir que a situação progredisse. Você estava em perigo por minha causa.

Ela virou para poder encará-lo.

– O que você fez?

Sebastian buscou a mão dela e entrelaçou seus dedos.

– Esperei os piratas retornarem para a ilha e, quando chegaram, lutei contra o irmão mais perverso e o matei. O outro conseguiu escapar. Fui atrás dele, mas ele conseguiu se esconder. Tenho muitos motivos para achar que ele continuará escondido. Pierre nunca foi motivo de preocupação sem Dominique ao seu lado.

Olívia contornou os desenhos do tapete com o dedo do pé.

– Você poderia ter me contado sobre seus planos.

– Você estava dormindo – ele explicou defensivamente. – Eu a mantive acordada a noite inteira e achei que era melhor deixá-la em paz. Então, escrevi uma carta.

Ela se levantou e começou a andar em frente à cama.

– Aquilo não era uma carta, milorde. Eram apenas algumas linhas de palavras apressadas.

– Eu estava relutante em escrever mais – ele admitiu.

Ela fez uma pausa.

– Por quê?

Sebastian a olhou nos olhos com tanta sinceridade que o coração de Olívia se partiu outra vez.

– Se eu demorasse demais, se tentasse dizer adeus, não conseguiria deixar você, ainda mais se implorasse para me acompanhar, como eu suspeitava que faria. Negar você seria impossível, e era perigoso demais para você ir junto. – sentando-se, ele cruzou suas longas pernas. – Olívia. Minha esposa. Meu amor. Você pode entender? – Ele estendeu a mão para ela, implorando por sua compreensão.

– Não, Sebastian. – ela balançou a cabeça. – Você foi embora por razões próprias. Não foi por minha causa. Você...

– Isso não é verdade!

– É sim! Você fugiu porque é isso que sempre faz. Passou a vida inteira fugindo: de sua família, de suas responsabilidades, de tudo. Desta vez, você estava fugindo de mim. – ela rosnou de frustração e fechou os punhos. – Você é um homem lindo, mas também é uma pessoa que sofreu na vida e nunca se recuperou de suas feridas. Pensei que poderia curá-lo, pensei que poderia salvá-lo, mas a verdade é que não posso.

Ele saltou da cama e agarrou os ombros dela.

– Ouça-me.

– Não, ouça você! – ela bateu o pé no chão. – Você partiu meu coração, Sebastian Blake. Você me deixou para os lobos enquanto se recuperava e recompunha suas defesas... *contra mim!* Eu estava chegando perto demais, estava me tornando muito importante, você...

– *Importante?* – ele disse, sacudindo-a. – Você é *tudo* para mim. Desisti de tudo que eu possuía por você!

Ela riu com ironia.

– Bom, você não deveria ter feito isso. Você jogou fora aquilo que nós possuíamos.

– *Não.* – ele empalideceu debaixo da pele bronzeada. – Não diga isso. Deus... Olívia... nunca diga isso!

– Não posso confiar em você.

– Você pode – ele prometeu. – Nunca deixarei você de novo. Eu juro. Não poderia deixar você assim como não posso parar de respirar.

– Você já quebrou uma promessa antes. Como posso acreditar em você agora?

Ela não sobreviveria se ele a magoasse de novo.

– Maldição... – ele deslizou as mãos pelos braços dela. – Minha querida. – Sua voz aveludada se tornou tranquilizante e sedutora. – Eu te amo, Olívia.

– Mas não o bastante. – ela se afastou. – Fugir é muito conveniente para você. Não existe nada para ancorá-lo a mim.

– Nosso casamento, nosso amor. Eu *sei* que você ainda me ama.

– Aparentemente, meu amor não foi o bastante – ela sussurrou com amargura. – Ou o seu.

Quando Sebastian a apanhou de novo, ela podia sentir o desespero em seu toque.

– Tem que ser suficiente, Olívia. Pois isso é tudo que me resta.

Erguendo seu corpo, ele a carregou de volta para a cama.

– Você não pode escapar disso com sedução.

– Talvez não – ele murmurou. – Mas posso melhorar seu humor.

Sebastian observava o dossel da cama e ouvia os sons da respiração acelerada de sua esposa. Ele fez amor com ela até a exaustão, mas não estava mais perto de reconquistar seu coração do que antes.

É claro que não seria tão fácil. Desde quando as coisas em sua vida eram fáceis?

Soltando um suspiro, ele admitiu que isso não era inteiramente verdade. Ganhar o amor de Olívia foi fácil, e perdê-lo foi quase fácil demais. *Deus, em que grande confusão ele se metera. Se o amor dela não existisse mais...*

Não, ele nem pensaria nisso.

Ela murmurou algo em seu sono, mexendo-se inquieta. Sebastian estendeu o braço e a cobriu com o cobertor.

Olívia era sua esposa. Olhando para a mão esquerda dela, ficou satisfeito ao ver o anel de safira de sua mãe. Na verdade, ele possuía o resto da vida para ganhar seu amor de volta. Mas a verdade era que ele não conseguiria esperar todo esse tempo.

Ele precisava de seu amor. Agora.

Olívia mostrara a ele o que é ser feliz, ser amado, não apenas no exterior, mas no fundo da alma.

Ele não poderia aguentar mais o desprezo dela. Já havia superado o abandono de seu pai na infância, mas Olívia... Sua querida e amada Olívia... A raiva e o distanciamento dela o estavam matando.

Sebastian passou a mão agitada sobre os cabelos dela. Olívia dissera que não havia nada que o ancorasse a ela. Mas ele mudaria isso.

Ele iria se vincular a ela, às terras, à sua maldita família. Iria provar que ele podia mudar, desde que ela pertencesse a ele.

Desde que ela o amasse novamente.

CAPÍTULO 7

Olívia acordou com um sobressalto, sentindo o grande corpo de seu marido envolvendo-a possessivamente. Ela congelou por um momento, considerando o que fazer.

– Bom dia, meu amor – ele murmurou em um delicioso tom de voz rouco e sonolento.

– Sebastian – ela sussurrou, ainda sentindo os mamilos sensíveis e o corpo dolorido. – Eu...

– Shh... nada de discussão hoje. – ele se mexeu e a libertou.

Ela pulou para fora de seu abraço e se protegeu atrás de um biombo, com o coração saltando de alegria por encontrá-lo em sua cama outra vez.

Coração tolo e estúpido, sempre sedento por sofrimento.

Enquanto ela se limpava com a água fria da bacia, Olívia o ouviu se levantar. Quando alguém bateu na porta, ela apanhou seu robe para vesti-lo, mas parou no meio do movimento surpreendida ao ouvir Sebastian pedir água quente para ela tomar o banho, além de café forte. Ela ouviu a leve risada da camareira e olhou rapidamente através do biombo. Seus olhos se arregalaram de horror ao avistar Sebastian na porta vestindo apenas o lençol enrolado ao corpo. Furiosa, ela correu até ele, empurrando-o para longe da porta.

Ele segurou um sorriso convencido e ergueu uma sobrancelha.

– Sim, meu amor? – seu olhar examinou toda a extensão do corpo molhado e ainda nu de Olívia. – Estou sempre ansioso para obedecer aos seus desejos carnais. Você não precisa me perseguir assim.

– Oooh! – ela virou de costas para ele, fechando os punhos com força. – Chamar os criados até aqui quando não está vestido é indecente!

Ele riu.

– Eu teria apanhado um roupão em meu quarto, mas parece que alguém se livrou da porta compartilhada.

Olívia se virou para encará-lo outra vez, o que logo se mostrou um erro. Sebastian havia descartado o lençol e agora se aproximava dela com óbvia intenção sexual, deixando o membro ereto liderar o caminho.

– Maldição! Cubra essa coisa!

– Eu pretendo fazer isso – ele ronronou. – Usando você.

Ela jogou as mãos para cima.

– Depois da noite passada, como ainda pode querer isso? Você mal deixou que eu dormisse. Estou exausta.

– A culpa é sua – ele retrucou. – Eu estava tranquilo até você começar a perambular pelo quarto nua.

– Eu não estava perambulando! – ela protestou, correndo para a relativa segurança do biombo e de seu robe. – Eu estava apenas repreendendo seu flerte ridículo. Ela é apenas uma jovem garota...

– Isso mesmo – ele interrompeu, agarrando sua cintura e a dominando com facilidade. – E minha esposa é mulher mais do que suficiente para mim. Com ciúmes e tudo mais.

– Não estou com ciúmes!

Ele se ajoelhou graciosamente e deitou o corpo de Olívia. Subiu sobre ela, seus longos cabelos se arrastando entre eles, e Olívia parou de se debater, hipnotizada pela magnífica beleza de Sebastian. Deslizando a mão entre as pernas dela, ele sorriu malicioso.

– Ah, já está pronta para mim. – Separando as coxas dela, ele a penetrou. – Hum... Senti falta desta sensação. Você é ainda mais suave e cheia de curvas do que me lembrava. – A boca dele tomou um dos mamilos.

Olívia ofegou quando ele a preencheu por completo, produzindo um prazer inebriante em seu corpo.

– O tapete...

– Compraremos outro. – ele se retirou e a penetrou de novo. Com força.
Ela se contorcia debaixo dele.

– Os criados...

– Eles podem esperar. – puxando as pernas dela sobre sua cintura, ele começou um ritmo feroz e quase brutal. – Deus... Olívia... eu te amo...

– Sebastian, você...

– Espere, mulher! Pare de falar.

Ele tomou sua boca com beijos desesperados, com seu corpo flexionando sobre ela e dentro dela. Olívia agarrou o traseiro musculoso dele e gemeu, adorando a sensação de seu corpo a invadindo. Lá no fundo, ela podia senti-lo enquanto a preenchia, esticando-a e atingindo-a com habilidade infalível. Com braços sobre os joelhos dela, Sebastian a manteve aberta enquanto a penetrava, levando-a à beira do abismo e depois empurrando-a para a queda. Ela estava gritando seu prazer quando alguém bateu na porta.

Horrorizada, Olívia empurrou seus ombros molhados de suor.

– Espere! – ele rugiu, aumentando o ritmo até estocar dentro dela sem piedade.

– Sebastian! – ela disse quase sem voz. – Eles vão nos ouvir!

– Sim – ele ofegou. – Goze para mim de novo, e deixe toda a casa ouvir você.

Ela gemeu, arqueando-se debaixo dele, dissolvendo-se em um êxtase voluptuoso. Quando o orgasmo a atingiu, ela gritou novamente, incapaz de se segurar. Sebastian praguejou quando também gozou, seu corpo todo estremecendo antes de se derreter em poderosos espasmos.

Saciado, ele beijou o pescoço dela.

– Eu te amo – ele sussurrou.

E apesar do silêncio de Olívia, ele sabia que o coração dela tinha respondido da mesma maneira.

Sebastian espiou sua esposa durante o café da manhã sobre o jornal e se esforçou para não rir. Olívia se recusava a olhar nos olhos dos criados, corando até as orelhas quando algum deles falava com ela. Ele achou isso fascinante. Afinal de contas, aquela mulher já o ameaçara com uma adaga e apontara pistolas para piratas veteranos. Mas, aparentemente, essas eram coisas com as quais estava acostumada. Agora, ter dois criados e uma camareira ouvindo seus gritos de paixão era mais do que sua dignidade podia suportar.

Ele lambeu um pingo de mel dos lábios e se sentiu satisfeito. Nenhuma mulher poderia reagir a um homem como Olívia fez e permanecer impassível. Sem desmerecer a fúria dela, ele a merecia, afinal. E pagaria qualquer punição que ela exigisse.

Ela era educada com todas as habilidades sociais que ele não possuía, mas ao mesmo tempo ficava à altura do homem selvagem e bárbaro dentro dele. Olívia era sua cara metade, sua alma gêmea, no entanto ele a magoara demais, uma ofensa que considerava imperdoável. Mas ele conseguiria consertar esse erro. Precisava conseguir isso.

– Quais são seus planos para o dia, meu amor?

Ela ergueu os olhos de repente.

– Eu... eu tenho um encontro para esta tarde. Depois, vou até o alfaiate para tirar minhas medidas.

– Excelente. Também tenho um compromisso. A que horas você vai ao alfaiate? Acompanharei você.

Ela ergueu tanto as sobrancelhas que chegou perto da linha dos cabelos.

– Perdão?

– Bom, preciso me encontrar com nosso contador e preparar minha visita às propriedades de Dunsmore. Será uma viagem adorável. Vamos tirar alguns meses de férias e visitar todas as propriedades.

– Uma viagem? – ela repetiu, surpreendida.

– Foi isso que eu disse.

Olívia encarou seu rosto completamente confusa.

Sebastian mordeu a língua para não abrir um sorriso.

Ela abriu a boca, depois fechou de novo.

– Às duas da tarde.

– Ótimo, é tempo suficiente para eu cuidar dos meus assuntos. – ele empurrou a cadeira para trás e deixou o jornal cair sobre o prato. – Então encontrarei você mais tarde. – Sebastian agarrou o encosto da cadeira de Olívia e a inclinou até que ela olhasse diretamente para ele.

– Sebastian! Meu Deus, os criados...

Ele a beijou com intensidade.

– Eu te amo.

Após endireitar a cadeira, ele deixou a sala antes que ela pudesse responder, assoviando enquanto apanhava seu chapéu e bengala entregues pelo mordomo e saía pela porta. Depois, subiu na carruagem que o esperava. Não demorou até chegar ao discreto escritório de seu contador.

– Milorde! – Benjamin Wilson logo abriu a porta. – Eu não sabia que você tinha retornado.

– Cheguei ontem à noite. Como você está, Wilson?

– Muito bem, milorde. E você?

– Estou bem. Você contratou o investigador que pedi? – Sebastian entregou a bengala e o chapéu para seu cocheiro, depois entrou no escritório, desabando em uma poltrona em frente à mesa do contador.

– É claro! – Wilson o assegurou, um pouco ofendido. – Mas sinto dizer que o homem que contratei não conseguiu reunir muitas informações. Após sua partida, Lady Merrick se tornou uma pessoa muito popular, deixando quase impossível investigá-la com alguma discrição.

Wilson abriu uma gaveta trancada em sua escrivaninha e retirou uma pasta com vários recortes de jornais.

– A maioria das informações veio daqui.

Sebastian não se mexeu para abrir a pasta.

– Mais tarde analisarei com mais calma. Por favor, faça um resumo para mim agora.

– É claro. – Wilson se recostou em sua cadeira. – O primeiro ano de Lady Merrick após debutar passou sem nenhum grande acontecimento. As colunas de fofoca fizeram poucas menções a ela além de referências casuais sobre sua beleza e estilo. O trabalho de seu pai no comércio talvez a tenha feito inaceitável para a maioria dos membros da alta sociedade, e todos sabiam que Lady Crenshaw apenas a acolheu por causa da grande dívida de Lorde Crenshaw com o Sr. Lambert.

Sebastian sorriu.

– Aposto que muitos nobres se arrependem disso agora, não é?

– Sem dúvidas, milorde – Wilson concordou. – Você fez uma escolha sábia.

– Acho que preciso agradecer meu pai por isso algum dia desses. – Sebastian suspirou. – Enfim, por favor, continue.

– A popularidade de Lady Merrick aumentou muito durante seu segundo ano após debutar, quando despertou a atenção de Lorde Haversham.

– O que está dizendo?! – Sebastian exclamou, endireitando as costas na poltrona. Haversham fora seu amigo nos tempos de Oxford. Mas, quando Sebastian se tornou um cafajeste inútil e imoral, Haversham logo se distanciou dele.

Wilson franziu as sobrancelhas.

– Sim, Lorde Haversham cortejou obstinadamente Lady Merrick durante toda a temporada. Havia forte especulação que ele a pediria em casamento.

– Que inferno! – comparado com o angelical Haversham, ele era o próprio diabo.

– Mas, no fim, o Visconde de Haversham não propôs casamento. Ele a dispensou de modo inesperado em favor de Lady Chelsea Markham, a filha mais jovem do Conde de Radcliff. Por sua vez, ela o dispensou em favor de Lorde St. Martin. – Wilson balançou a cabeça, triste. – O escândalo desse caso muito público arruinou Lady Merrick. Ela deixou Londres pouco depois e não retornou até voltar como sua noiva.

Agora ele entendia por que ela estava escondida nas Índias Ocidentais e por que o pai dela arranjou um casamento por procuração. Olívia também estava fugindo.

Sebastian se sentiu um tanto inquieto ao pensar que ele não fora a primeira escolha dela para se casar, mas logo desviou esse descontentamento. Agora, ela era sua esposa; seu passado não significava nada.

Levantando-se, ele se dirigiu à porta da frente.

– Milorde! Os recortes!

– Queime-os. Já tenho o que preciso. Bom trabalho, Wilson. Entrarei em contato. Marque os encontros com os representantes dos inquilinos para as próximas semanas.

Sebastian entrou na carruagem que esperava e seguiu para casa.

Olívia pousou a mão sobre a barriga e respirou fundo. O bebê estava começando a se mexer, eram pequenas ondas de vida que a deixavam emocionada e maravilhada.

– Você está pronta, meu amor? – Sebastian perguntou encostado na porta.

Ela rapidamente baixou a mão.

– Já está na hora? – Olívia passou por ele, apanhando o chapéu e luvas oferecidos pelo mordomo.

– Sim. – agarrando seu cotovelo, ele olhou para o rosto dela com ar de preocupação. – Você está se sentindo mal? Está pálida.

– Estou bem. Apenas um pouco cansada.

Ele corou, e ela escondeu um sorriso. Não era justo ele parecer tão descansado quando ela estava exausta.

O toque dele era gentil e solícito enquanto a ajudava a subir na carruagem. Acomodada a seu lado, Olívia queria que a viagem até Pall Mall fosse mais longa. Se pelo menos pudesse convencê-lo a ficar com ela para sempre... Contra seu melhor julgamento, ela tinha esperança de que ele ficasse.

Como se pudesse ouvir seus pensamentos, Sebastian a abraçou mais forte e disse:

– Nunca mais vou deixá-la. Vou prometer isso em todos os minutos de todos os dias até você acreditar em mim.

– É bom mesmo você fazer isso – ela respondeu, acomodando-se em seus braços.

– Então, eu farei, meu amor. Eu farei.

E com essa promessa sincera de Sebastian, ela sentiu suas esperanças se renovarem. Encostou a cabeça contra seu peito e sorriu.

– Eu me sinto terrivelmente cativada por você.

– "Cativada." – ele grunhiu. – Você é louca por mim. – apertou-a e baixou o tom de voz. – Assim como sou por você.

Ao chegarem à rua movimentada, desceram da carruagem e começaram a andar, parando pelas vitrines enquanto percorriam a calçada.

– Lorde e Lady Merrick.

Os dois viraram ao mesmo tempo e Olívia sorriu para o casal que se aproximava.

O homem, alto e em grande forma, exibia olhos da mais surpreendente cor. Algo entre púrpura e um profundo azul, eram devastadores. A mulher que enlaçava seu braço, magra e graciosa, oferecia um sorriso luminoso.

— Remington — Sebastian cumprimentou, estendendo a mão. — Como está, meu velho?

Remington apertou sua mão e sorriu.

— Pensei que fosse você, Merrick, mas sem a presença de Lady Merrick para confirmar, eu não teria arriscado. Está parecendo um pirata. Só falta um brinco para completar a imagem. — ele apontou para sua companheira. — Julienne, este é o filho pródigo, Lorde Merrick. Merrick, permita-me apresentar-lhe minha esposa, Lady Julienne.

Lady Julienne sorriu e ofereceu a mão, lançando um olhar divertido para Olívia.

— Então, existe mesmo um Lorde Merrick.

Olívia segurou uma risada, mas Sebastian não se deu ao trabalho: ele riu em alto e bom som.

— Olívia, meu amor. Você já conhece Lucien Remington e sua adorável esposa?

Ela assentiu.

— Sim, já fomos apresentados.

— Tenho um favor para pedir, milorde — Remington disse. — Preciso de alguns cavalos novos e gostaria que você me acompanhasse até Tattersall's amanhã.

— Sem dúvidas. Você está querendo encontrar algo em particular?

Com um rápido aceno de cabeça, Lady Julienne chamou Olívia, e as duas deixaram seus maridos para conversarem a sós. Julienne Remington era uma das raras pessoas genuínas que ela conhecera desde que voltara a Londres. Elas compartilhavam uma pequena afinidade, pois as duas já tinham sido condenadas ao ostracismo pela sociedade. Julienne, filha de um conde, havia se casado com o notório Lucien Remington, filho bastardo de um duque. Fora um escândalo de proporções drásticas, ao menos foi isso que Olívia ouviu dizer. Mas, pelo visto, Julienne tomara uma sábia decisão. Era claro que Remington era completamente apaixonado por sua linda esposa.

— Agora entendo por que você o manteve em segredo — Julienne disse com um sorriso malicioso enquanto elas caminhavam. — Merrick é capaz de enlouquecer uma mulher, não é mesmo?

Olívia riu.

— Sim, ele, com certeza, pode.

Julienne parou em frente a uma loja de roupas e olhou para dentro.

— Veja aquilo! Não é adorável?

Olhando para o chapéu cheio de plumas, Olívia assentiu.

— É muito bonito.

— Preciso comprar. — Julienne se dirigiu para a entrada da loja bem quando um carrinho de doces passou ao lado. Seduzida pelo delicioso aroma de tortas de pêssego, Olívia de repente se sentiu faminta. Seu estômago roncou. Alto.

Julienne riu.

— Pobre querida. É isso que a gravidez faz com você.

Os olhos de Olívia se arregalaram.

— Como você sabe?

— Já tive dois filhos, Lady Merrick. Sei reconhecer os sinais. — ela acenou para o vendedor. — Vá comprar seus doces, e eu entrarei na loja para comprar meu chapéu. Depois nos encontraremos aqui.

— Ótima ideia — Olívia disse. Foi até o carrinho e comprou um pedaço de torta, com água na boca pela expectativa.

— É um lindo dia, não é mesmo, Lady Merrick?

Reconhecendo a voz, ela revirou os olhos antes de se virar.

— Boa tarde, Monsieur Robidoux.

Enquanto o vendedor se afastava, o francês fez uma reverência e gesticulou em direção a um banco próximo. Olívia olhou para Sebastian, que ainda conversava distraído com Lucien Remington. Relutante, ela começou a andar até o banco.

E então sentiu o cano da pistola pressionado em suas costas.

Ela congelou, sentindo o coração martelando em seu peito.

— Que diabos está fazendo?

— Não faça barulho, *petite*, e não se machucará. Grite, e eu apertarei o gatilho.

O tom de sua voz não deixava dúvida sobre sua determinação. Ele falava muito sério.

O que estava acontecendo? Ela não fizera nada para irritar este homem, na verdade, fizera de tudo para ser educada com ele. Não havia motivo para abordá-la desse jeito, ainda mais com uma arma. Olhou assustada para Sebastian, que havia se mexido e agora estava de costas para ela.

Suas luvas ficaram molhadas de suor. O bebê chutou em sua barriga, assustando-a ainda mais. Em qualquer outra circunstância, ela gritaria e lutaria por sua vida. Mas agora precisava considerar seu filho, e não faria nada que colocasse sua preciosa vida em risco.

— Vá! — ele mandou, machucando suas costas com um forte empurrão da pistola.

Olívia cambaleou para frente.

— Existem muitas pessoas ao redor, *monsieur*. Alguém vai nos ver.

— Não me importo. Depois de hoje, poderei deixar este país horrível e nunca mais voltarei.

— Se algo acontecer a mim — ela alertou —, Lorde Merrick irá caçar você onde estiver.

Ele riu com desdém.

— Phoenix estará morto.

— Lorde Merrick!

Sebastian se virou em direção à voz cheia de pânico, surpreendido ao ver Lady Julienne correndo em sua direção, segurando as saias em uma mão e uma caixa na outra.

— Sim? O que foi? — ele olhou para trás dela. — Onde está Lady Merrick?

— Eu a vi sendo levada por aquele francês esquisito. — Ela se virou para o marido, estalando os dedos. — Oh, como é mesmo o nome daquele homem? O francês loiro com aquela voz melosa?

Sebastian ficou tenso, sentindo um aperto no peito.

— Robidoux?

— Sim, é isso! — ela gritou. — Dominique Robidoux.

Ele congelou.

— Você quer dizer Pierre. Pierre Robidoux.

– Não, milorde – Remington corrigiu, franzindo o rosto. – Julienne está certa. O nome do homem é Dominique.

Sebastian olhou ao redor da rua lotada. Se o que estavam dizendo era verdade, ele eliminara a menor das ameaças e permitira que o irmão mais perigoso se aproximasse de seu coração.

– Para que lado ele foi?

Julienne apontou para a rua.

– Naquela direção, apenas um momento atrás.

Sebastian correu, ignorando os pedestres espantados com a cena que ele provocava. Ele não se importava com ninguém. Nunca se importou. A única pessoa que importava era Olívia.

Com o sangue bombeando nos ouvidos, ele quase não percebeu o grito que ela soltou. Sebastian parou de repente e entrou em um beco, derretendo de alívio quando avistou Robidoux e Olívia esperando do outro lado. No instante em que viu o rosto do francês, soube que cometera um erro fatal. Matara Pierre, não Dominique. Sua mão desceu até a coxa, onde discretamente procurou pela adaga, que não estava lá.

– Solte-a – ele ordenou, dando um passo para frente. – Sou eu quem você quer.

Robidoux riu com amargor.

– Imagine minha surpresa ao descobrir que a mulher que Pierre desejava era sua esposa.

As mãos de Sebastian se fecharam em punhos, seu coração acelerava em um pânico enlouquecido. Olívia estava parada como estátua, mas seus olhos negros denunciavam seu medo.

– Pagarei o que você quiser se permitir que ela saia ilesa.

– Quero meu irmão de volta. Você pode me dar isso?

Sebastian cerrou os dentes e deu outro passo à frente.

– Você sabe que não posso.

– Então, que seja. – Robidoux empurrou Olívia para ele e ergueu a pistola. – Sua esposa morrerá em seus braços, assim como Pierre morreu nos meus.

– *Não!*

O grito agonizante de Sebastian ecoou através do espaço apertado quando ele se jogou para apanhar Olívia. Ele a agarrou e girou, desesperado para protegê-la com suas costas. O barulho do tiro foi ensurdecedor, e ele se contorceu quando uma dor lancinante atingiu seu ombro, poupando sua esposa por muito pouco.

De repente, Remington apareceu empunhando uma pistola e empurrando os dois para fora do caminho. O segundo tiro deixou um horrendo zumbido nos ouvidos de Sebastian, abafando os soluços de Olívia. Uma rápida olhada para trás o assegurou de que Robidoux estava morto.

Baixando os olhos para a mancha de sangue que se espalhava com rapidez em seu casaco, Sebastian analisou o ferimento com uma das mãos.

– Não é nada – ele a tranquilizou.

Olívia agarrou as lapelas do casaco dele e tentou sacudi-lo, formando palavras que ele não conseguia ouvir, mas que mesmo assim entendia.

– Mas que diabos, você está maluco?

– Não blasfeme – ele a repreendeu, revirando os olhos. Depois, Sebastian a beijou enlouquecido.

EPÍLOGO

Olívia levantou da poltrona ao lado da cama e sentiu um pouco de tontura, algo que acontecia cada vez mais conforme a gravidez progredia. Sebastian apareceu a seu lado imediatamente.

— O que foi? Você está pálida. — ele a conduziu de volta para a poltrona com sua mão livre.

— Você deveria estar na cama, descansando — ela o repreendeu.

— Ficar na cama o dia todo é uma chatice. Estou usando uma tipoia, não estou morrendo. Você, por outro lado, parece estar doente de verdade.

— Não é nada, meu amor. De verdade. — ela estava tentando encontrar o momento certo para contar a ele sobre o bebê, mas nos três dias desde que ele voltara, tanta coisa acontecera que ela mal conseguia recuperar o fôlego.

Sebastian cerrou os olhos.

— Vou acreditar quando um médico disser a mesma coisa.

— Não é necessário chamar um médico.

— Você não está bem — ele insistiu. — Você sempre aparentou muita saúde.

— Estou completamente saudável, Sebastian. Se você sossegar por um momento...

— Não está não! — sua linda boca se contraiu com obstinação.

— Estou grávida... — ela confessou, suspirando.

— *O quê?* Oh, Deus! — ajoelhou-se diante dela e beijou sua testa com reverência. — Maldição, por que não me contou antes?

– Não tive tempo. Com seus avanços persistentes e os eventos de ontem, que oportunidade eu tive? – ela se inclinou para frente, afundando o rosto em seu ombros, aspirando o aroma de sua pele.

– Olívia. Meu amor. – Sebastian beijou seu pescoço. – Eu te amo. Por favor. Você precisa acreditar nisso.

– Eu acredito.

– Nunca vou deixar você de novo. Se eu precisar viajar para qualquer lugar, você irá comigo.

Ela assentiu.

– Estou começando a acreditar em você, meu amor.

– Sim. Acredite em mim. – ele afastou o rosto para observá-la, com seus intensos olhos azuis cheios de ternura. – Não sou mais o homem que era quando nos encontramos. Você me deu uma razão para mudar e para ter esperança. Uma razão para amar.

As pequenas mãos de Olívia acariciaram suas costas.

– Não diga mais nada, meu amor – ela o tranquilizou, tentando conter o fluxo de palavras febris. – Você está extenuado.

– *Extenuado?* Homens não ficam extenuados. *Eu* não fico extenuado.

Olívia tomou seu rosto nas mãos, segurando um sorriso.

– Meu lindo e doce Sebastian. Ofendi suas sensibilidades delicadas?

Ele fechou o rosto.

– Sensibilidades delicadas?

– Sim, meu amor. Peço desculpas. Terei mais cuidado no futuro quando lhe contar novidades como essa. Você é tão temperamental.

– Temperamental? – ele soltou um suspiro frustrado. – Mas que maldição, você está louca.

Ela pressionou seus lábios sorridentes sobre a boca dele.

– Não blasfeme – ela o repreendeu.

E então, o beijou com intensidade.

A APOSTA DE LUCIEN

CAPÍTULO 1

Londres, 1810

— Que diabos você está fazendo no meu clube?

Julienne mirou sobre a grande escrivaninha para olhos de um tom de azul que ela nunca vira antes. Algo entre púrpura e um azul profundo, eram emoldurados por grossos cílios negros que pareciam desperdiçados nos olhos de um homem.

— Preciso encontrar meu irmão — ela disse, erguendo um queixo desafiador.

Uma sobrancelha negra se ergueu.

— Seria mais fácil deixar uma mensagem com o porteiro, Miss...

— Lady. Julienne. E tentei deixar mensagens. Ainda estou esperando respostas.

Ela se ajeitou na cadeira: as calças grossas que usava estavam arranhando a delicada pele de seu traseiro. A peruca também pinicava, mas ela se recusava a passar mais vergonha se coçando.

— Vestir-se de homem foi um toque muito original.

Ela ouviu a risada daquela voz aveludada e fechou o rosto.

— E de que outra maneira eu conseguiria entrar no seu clube de cavalheiros?

Julienne resistiu ao impulso de fugir quando Lucien Remington se levantou e deu a volta na escrivaninha. Ela precisou lamber os lábios que secaram de repente quando observou sua altura e a largura de seus ombros.

Ele era ainda mais devastador de perto do que quando ela o vira em salões de baile lotados. Cabelos negros e pele bronzeada combinavam perfeitamente com seus extraordinários olhos. Um queixo poderoso e a boca generosa evidenciavam sua natureza sensual, que era elogiada pelas mulheres satisfeitas que tiveram o prazer de conhecê-lo na intimidade.

– Exato, Lady Julienne. Um clube de *cavalheiros*. Suas roupas não disfarçam o fato de que você é mulher. Ridgely deve estar bêbado, ou maluco, por não ter notado. – seus olhos pararam sobre os seios dela antes de subirem para encará-la.

– Ninguém notou – ela murmurou.

– *Eu* notei.

E era verdade. Notara quase imediatamente. Ela estava no clube fazia pouco mais de cinco minutos quando ele a agarrou pelo cotovelo e arrastou até o escritório. Por outro lado, ela precisou só de cinco de minutos para arranjar confusão.

A voz dele suavizou.

– O que é tão urgente para você tomar uma medida tão drástica para conseguir falar com seu irmão?

Quando ele se encostou sobre a mesa em frente a ela, o tecido de suas calças se esticou sobre os músculos firmes de suas coxas. Ele estava tão perto que ela conseguia sentir o calor emanando de seu corpo. Julienne sentia um cheiro de tabaco e linho engomado, e outro aroma delicioso que só podia ser dele próprio.

Remington limpou a garganta, chamando sua atenção. Julienne corou diante do sorriso que curvava os lábios dele.

Ela endireitou as costas, recusando-se a intimidar-se, apesar de toda sua beleza a deixar nervosa.

– Tenho minhas razões.

Remington se abaixou, trazendo sua boca a centímetros do rosto dela.

– Quando suas razões incluem meu clube, me reservo o direito de saber quais são.

O olhar de Julienne estava grudado em seus lábios. Se ela se inclinasse apenas um pouco, poderia tocá-los com a própria boca.

Será que eram tão macios quanto pareciam?

Ele se afastou, depois se agachou e colocou as grandes mãos sobre os joelhos dela. Julienne teve um sobressalto com o calor que queimou através do tecido.

– Quem é seu irmão? – ele perguntou.

A boca de Julienne secou no instante do toque, tornando difícil falar alguma coisa. Lucien Remington era simplesmente deslumbrante. Ela sempre achou isso, sempre comparou seus pretendentes a ele e o considerava incomparável. Ninguém era tão lindo, ou tão interessante, ou tão... safado.

Ela usou a língua para molhar os lábios e os olhos dele seguiram seu movimento. Uma ansiedade surgiu no meio de suas pernas. Julienne tentou empurrar as mãos dele para longe mas, quando tocou sua pele, suas palmas queimaram. Ela afastou as mãos depressa.

– Um cavalheiro não coloca as mãos em uma dama – ela o repreendeu.

Ele deslizou as mãos sobre as coxas da mulher, apertando-as de leve, exibindo um sorriso malicioso.

– Nunca disse que eu era um cavalheiro.

E não era mesmo, disso ela sabia. Sua determinação e implacável sagacidade para os negócios eram lendárias. Se não fosse proibido por escrito, Lucien Remington faria. Ele não mostrava brandura quando se tratava de expandir seu império. E era amplamente menosprezado por sua "vulgar busca por dinheiro", mas Julienne achava isso muito excitante. Ele não se importava nem um pouco com o que os outros pensavam, em uma indiferença que ela própria desejava possuir.

– Agora, sobre seu irmão...?

– Lorde Montrose – ela disse.

Um sorriso diabólico se insinuou nos cantos da boca de Remington.

– Isso explica por que ele não estava respondendo seus recados, meu anjo. O conde me deve muito dinheiro. Acho que ele está me evitando.

Ela não disse nada, mas fechou os punhos. A situação parecia pior do que ela pensava. Era comum Hugh farrear por vários dias com seus amigos patifes. Por experiência, ela sabia que ele talvez não estivesse em perigo. Mas isso não aliviava suas preocupações. Ou seu apuro.

– Por que você não me diz do que precisa? – Remington disse, com seus longos dedos acariciando as coxas dela. – Talvez eu possa ajudar.

As sensações que ele provocou se espalharam pelas pernas até chegarem aos seios, aquecendo sua pele. Os mamilos se enrijeceram.

– Por que você faria isso?

Ele encolheu seus poderosos ombros.

– Você é uma linda mulher. Gosto de lindas mulheres. Principalmente quando estão com problemas e precisam da minha ajuda.

– Para você poder tirar proveito delas? – Julienne se levantou, sentindo uma agitação em sua mente e em seu corpo, e as mãos dele caíram para o lado. – Eu não deveria ter vindo aqui.

– Não, não deveria – ele concordou, em um tom de voz suave.

Remington se levantou, agigantando-se sobre a mulher. O topo da cabeça dela mal chegava aos ombros dele, e Julienne precisou inclinar a cabeça para trás para poder olhar em seu rosto.

Ela se virou para ir embora, mas ele agarrou seu cotovelo, impedindo-a de continuar. Um calor irradiava de seus dedos e se espalhou pelo corpo de Julienne.

– Solte-me! – Julienne exigiu com a voz trêmula. – Quero ir embora.

Não era inteiramente verdade, mas ela precisava. A proximidade de Remington estava causando coisas terríveis nela. Terríveis e maravilhosas. Coisas que ele devia causar em incontáveis mulheres.

Ele balançou a cabeça e abriu um sorriso.

– É uma pena, já que você não vai a lugar algum. Não até amanhã de manhã. Você já causou confusão demais, derramando conhaque em Lorde Ridgely. Voltar para o salão, por mais breve que seja, iria recomeçar toda a confusão. Você feriu o orgulho dele, e Ridgely não é de deixar barato.

– Então, o que você sugere?

Ele parecia estar se divertindo com tudo aquilo.

– Você passará a noite em um dos quartos do andar de cima. Eu irei entreter Ridgely e seus comparsas até que se esqueçam de tudo.

Julienne ficou boquiaberta.

– Você está louco! Não posso permanecer neste estabelecimento a noite toda!

Remington riu. O som rico e profundo a envolveu como um abraço, fazendo-a tremer. Mas não era de frio. Para seu espanto, ela estava sentindo cada vez mais calor. Com a maneira como ele a olhava, não podia evitar. Julienne conhecia esse olhar. Mas nenhum homem teve a audácia de dirigi-lo a ela.

E a verdade era que ela estava gostando muito.

— Você passou por muitas coisas para chegar aqui — ele sussurrou. — E agora quer ir embora assim tão rápido?

Julienne tentou se desvencilhar, mas ele não a soltou.

— Minha situação era dramática. Sinto muito por qualquer problema que...

— Você não parece sentir tanto assim.

— Vou embora agora — ela ofereceu.

— Você vai embora pela manhã. Já é tarde da noite. As ruas não são seguras.

— Minha tia vai ficar preocupada — ela argumentou.

— Mandarei um recado para Lady Whitfield dizendo que você está bem.

Julienne ficou parada e cerrou os olhos.

— Como sabe quem é a minha tia?

— Sei tudo sobre todos os membros do meu clube. Principalmente aqueles que gostam de linhas de crédito. — O polegar de Remington começou uma carícia distraída no cotovelo dela. Julienne sentiu o calor do toque chegar até seus ossos.

— Sei que seus pais morreram quando você era muito jovem e sua tia Eugênia se tornou sua guardiã. Você e Montrose estão sempre passando por cima dela. Seu irmão é impetuoso, impulsivo, e jovem demais para as responsabilidades de seu título. Você está sempre tirando ele de um problema atrás do outro. E agora sei o quanto você leva essa responsabilidade a sério.

Ela desviou os olhos, constrangida por ele saber detalhes tão íntimos.

— Você também sabe o quanto estou cansada dessa tarefa? — ela enfim disse, surpreendendo a si mesma com essa admissão.

A voz dele se tornou suave e cheia de compreensão.

— Entendo. Mas você fez um trabalho admirável. Não existe nem um pingo de escândalo sobre o nome da família La Coeur.

Julienne olhou para ele, abalada com sua proximidade. Ela se sentia levemente bêbada, mas não podia culpar o conhaque. A maior parte de seu drinque estava agora na camisa de Lorde Ridgely.

Remington a conduziu pela sala e tocou um sino.

— Vou pedir para uma das cortesãs emprestar-lhe uma camisola. Você ficará confortável. Minha hospitalidade é lendária.

Ela fechou o rosto.

— Não é só isso que é lendário.

Sem se deixar perturbar, ele soltou uma piscadela. Uma mecha de cabelo sedoso caiu sobre sua testa, e Julienne lutou contra a vontade quase incontrolável de tocá-la com os dedos.

Um criado apareceu, e Remington o puxou para o lado. Quando foi embora, ela tentou argumentar com ele novamente.

— Sr. Remington, devo insistir para você me deixar ir embora. Não é adequado para uma dama passar a noite aqui.

— E entrar vestida de homem por acaso é adequado? – o olhar brilhante de Remington se endureceu com determinação. – Você criou uma inconveniência para mim, Lady Julienne. O mínimo que poderia fazer agora é diminuir os danos.

Tudo que diziam sobre aquele homem era verdade. Teimoso. Determinado. Implacável. É claro, ela podia tentar fugir. Ela era boa nisso...

— Nem pense em fugir – ele alertou. – Já instruí o criado. Você não vai conseguir ir muito longe.

— Mas que petulância! – ela exclamou.

De repente, a parede se abriu, revelando uma passagem secreta e uma jovem mulher vestida com pouca roupa.

— Acompanhe minha... – ele a olhou de relance e riu – ... amiga até o Quarto Safira, Janice. Arrume uma camisola e um prato do jantar para ela.

Os olhos da cortesã se arregalaram ao estudar Julienne com óbvio interesse. Pousando a mão em suas costas, Remington a empurrou na direção da passagem. Ele se abaixou, roçando os lábios em sua orelha.

— Fique no quarto até eu enviar um criado pela manhã. Odiaria que alguém a visse sem o seu disfarce.

Julienne ficou olhando para a passagem secreta.

— Você não possui uma dessas passagens para sair daqui...?

– Não. Esta vai daqui para meu quarto. Para mais nenhum lugar.

Ela estremeceu quando a respiração dele soprou perto de seu pescoço, em uma sensação tão íntima que mais parecia uma carícia.

– Sr. Remington, existe algum jeito de convencê-lo da indecência desse arranjo? Sinto muito mesmo por ter perturbado você.

Seus olhos azuis tornaram-se sombrios, e ele abriu a boca para falar. Mas então, a fechou e balançou a cabeça.

– Agora, vá – ele mandou em um sussurro rouco. – Tenho trabalho para fazer.

Resmungando, Julienne seguiu Janice pela passagem secreta, sentindo os olhos de Remington sobre ela até desaparecer de vista. Levou apenas alguns instantes até alcançarem o corredor do andar de cima, onde a cortesã a conduziu até um aposento opulento. Assim que entrou, Julienne congelou, hipnotizada.

O Quarto Safira era o aposento mais adorável que ela já tinha visto. As paredes eram cobertas de seda listrada em azul e creme, a enorme cama estava forrada com um exuberante veludo vermelho, e o chão era coberto com ricos tapetes Aubusson. Ela girou lentamente, tentando imaginar Remington ali.

– Milady?

Julienne se surpreendeu diante do uso de seu título de cortesia.

– Como você sabia?

Janice sorriu.

– É impossível esconder um bom berço. Agora vou arrumar algo para você vestir e comer. Voltarei logo.

– Obrigada. Ficarei muito contente em me despir destas roupas.

Após a cortesã se retirar, Julienne jogou a peruca no balde de carvão e desabou em uma poltrona, mais uma vez admirando o aposento luxuoso. O Clube de Cavalheiros de Remington era um antro do prazer, um guardião do conforto e pecado masculinos. Hugh havia mergulhado nesse ambiente, cercando a si mesmo com romances eróticos e escandalosas cabines de *peep-show*, além de um círculo social constituído apenas com patifes pervertidos. Ela fora forçada a estudar o inimigo só para saber o que precisaria enfrentar.

Bom, isso não era inteiramente verdade. Julienne precisava admitir que estava curiosa sobre as relações carnais. Ela odiava ficar no escuro sobre qualquer coisa, e a tia Eugênia não ajudava em nada, atrapalhando-se sempre que perguntavam algo de natureza sexual. Os livros e as cabines responderam muitas dúvidas de Julienne mas, nesse processo, suscitaram muitas outras e infelizmente não ajudaram a descobrir uma maneira de remover Hugh desse caminho de autodestruição.

Levantando-se, ela caminhou até a janela e olhou para o horizonte noturno de Londres. O clube de Remington era o estabelecimento favorito de Hugh e, após conhecer o interior do famoso clube, Julienne pôde entender o motivo. Ele esteve ausente por uma semana, o que não era incomum, mas os credores que a perseguiam estavam deixando-a maluca. Na maioria das vezes, o próprio Hugh lidava com eles, usando seu charme para conseguir mais alguns dias. Ela, por outro lado, nunca sabia o que dizer e, embora os credores se esforçassem para serem educados com ela, estavam se tornando cada vez mais impacientes.

Hugh iria pagar caro quando aparecesse de novo. Mas, enquanto isso, ela estava começando a pensar que sua aventura valera a pena, considerando os breves momentos roubados na companhia de Lucien Remington. A verdade era que a possibilidade de vê-lo de perto, de ouvir sua voz, de observá-lo ao seu bel prazer, fora o que a impeliu a colocar em prática seu plano. Encontrar Hugh seria um bônus.

Sob nenhuma outra circunstância Julienne seria apresentada a Remington. Ela sabia muito pouco sobre ele, já que não era um pretendente adequado para uma dama solteira. As fofocas que ouvia aqui e ali apenas aguçaram seu apetite para saber mais. Mas havia uma coisa que ela sabia com certeza: Lucien Remington era um homem safado.

E ela gostava muito disso.

Ele sabia como se divertir sem mergulhar de cabeça na pobreza. De fato, os rumores diziam que ele era um dos homens mais ricos da Inglaterra. Ela esperava que Hugh pudesse aprender como se controlar e cuidar das finanças assim como Remington.

Exalando um longo suspiro, Julienne se virou em direção à cama. Às vezes ela realmente odiava ser a filha de um conde e todas as restrições sociais que vinham junto com o título. Ela queria poder ser como sua dama de companhia, que namorava o cocheiro do vizinho e estava muito apaixonada. Em vez disso, Julienne seria forçada a se casar por prestígio e dinheiro. Não era mesmo justo. Mas bancar a coitadinha não era de sua natureza. Hugh criava seus próprios problemas, e ele deveria consertar tudo sozinho. No entanto, ela sabia que isso não aconteceria.

Mas ela podia sonhar. E se esses sonhos envolvessem Lucien Remington e seus sorrisos safados, isso não era da conta de ninguém.

Lucien andou até a cristaleira, serviu dois dedos de conhaque e jogou o líquido ardente goela abaixo.

Ele perdera a cabeça. Não havia outra explicação para forçar Lady Julienne La Coeur a passar a noite em seu clube. Sua mão desceu até a frente da calça e esfregou a extensão de seu membro pulsante. Sua excitação era ridícula. Pelo amor de Deus, ela estava vestida com roupas de homem!

Fechando os olhos, ele relembrou o balanço de seus quadris naquelas calças grossas quando saiu pela passagem secreta. Seu pau latejou em resposta.

Mas que maldição! Ele deveria jogá-la porta afora. Com gentileza, é claro, mas sem hesitar. Em vez disso, ele a enviou para o quarto anexo ao seu. Ela era inocente, isso estava dolorosamente óbvio, mas, apesar de sua ingenuidade quanto ao sexo, ela sabia muito bem o que era o desejo. Julienne olhara para ele como se quisesse devorá-lo vivo. E, Deus, ele adoraria deixá-la fazer isso. Com muito pouco esforço, Lucien podia imaginar como seria deslizar seu pau para dentro e para fora daquela deliciosa boca. Seria como um veludo quentinho...

Ele gemeu quando sua calça ficou ainda mais desconfortável.

Praguejando, Lucien deixou o copo vazio sobre a mesa e andou até a prateleira de livros. Procurando rápido entre os títulos, encontrou o arquivo do Conde de Montrose. Toda a história financeira do conde podia ser encontrada ali, desde a quantia que ele devia para seu alfaiate, até o saldo em sua conta bancária.

Lucien sabia que o conde estava apostando demais. Qualquer outro cliente teria perdido seus privilégios de crédito há muito tempo. Mas Lucien deixara aberta a conta do jovem conde por uma simples razão: ele queria Julienne La Coeur. Ele a cobiçara em muitos salões de baile lotados.

Miúda, mas tentadoramente voluptuosa, com cabelos de um tom loiro-escuro e olhos inteligentes, Julienne lhe tirou o fôlego à primeira vista. Ele quis se aproximar dela antes, quis implorar por uma dança para tê-la em seus braços. Mas sua reputação como um notório libertino devasso, assim como seu trabalho como comerciante, o tornavam inadequado até mesmo para ser apresentado, pior ainda para dançar uma valsa. Por isso, ele permitira a Montrose, sua única conexão com Julienne, que continuasse jogando, para mantê-lo por perto até Lucien encontrar uma maneira de se aproximar de sua irmã.

Lucien não tinha certeza sobre o que faria com Julienne quando a apanhasse. Talvez pudesse seduzi-la e assim aliviar seu desejo. Talvez um caso mais longo fosse necessário. Ele, de fato, não sabia o que queria. Apenas sabia que a queria. Muito.

Nunca em seus pensamentos mais selvagens (e sua imaginação podia ser muito selvagem) ele pensara que Julienne viria até ele. E ainda por cima vestida de homem.

Mas gostou disso. Era preciso uma vontade formidável para assumir um risco tão grande. E ela não se acovardou diante dele, coisa que muitos nobres não conseguiam. Julienne La Coeur não era nenhuma mocinha indefesa.

Agora, ela estava no andar de cima, preparando-se para se deitar em uma de suas camas. Ele podia imaginar seus cabelos espalhados pelos travesseiros cobertos de seda, a cabeça jogada para trás enquanto ele a penetrava fundo e forte. Ela estaria toda sensual esparramada pela cama e...

Pare com isso!

Ele estava deixando a si mesmo maluco.

Antes que ficasse excitado o bastante para fazer algo de que se arrependeria depois, Lucien devolveu o arquivo para a prateleira e saiu em direção ao salão de jogos. Perambulou entre os cavalheiros da alta sociedade, ficando de olho em quem estava ganhando e quem estava perdendo. Enviou as cortesãs em direção àqueles que pareciam precisar de um pouco de diversão, e sinalizou para os criados completarem os drinques que estavam secando. Socializou com os clientes que o abordavam, e prestou atenção na quantidade e qualidade da comida servida.

Ocupado com seu trabalho, ele conseguiu passar algum tempo sem uma ereção inconveniente. Mas, enquanto as horas passavam e mais clientes faziam uso das cortesãs, seus pensamentos voltavam-se para Julienne.

A linda e intocável Julienne.

Ele observara nos salões de baile quando ela tirava garotas tímidas de suas conchas, e transformava os dragões intimidadores da alta sociedade em gatinhos mansos.

E cobiçava o respeito gentil que ela tinha com as pessoas.

Lucien deixou o salão principal e subiu para o andar de cima. Antes que percebesse, estava dentro do quarto que reservava para usar quando ficava muito tarde ou a exaustão tornava impraticável voltar para casa. Ele hesitou diante da porta compartilhada com o Quarto Safira. Sua ereção estava de volta, quente e pulsante no confinamento apertado de sua calça. Pousou de leve a testa na porta, sabendo que Julienne estava do outro lado, tão perto. Tão dolorosamente perto.

Fez uma pausa e respirou fundo. Então, levou a mão até a maçaneta e ficou satisfeito quando girou. Julienne não havia trancado a porta. Seria sorte, ou seria um desastre? Lucien não sabia. Um cavalheiro se afastaria. É claro, um cavalheiro não subiria até ali em primeiro lugar.

Mas ele nunca disse que era um cavalheiro.

Antes que pudesse pensar melhor, Lucien abriu a porta e entrou.

CAPÍTULO 2

Julienne acordou sentindo a presença de mais alguém no quarto. Ela tinha o sono leve, sempre tivera, e continuou deitada em silêncio, tentando descobrir quem havia entrado.

– Você está acordada.

Ela congelou. Aquela voz aveludada era inconfundível. Sentando-se na cama enorme, ela segurou o lençol sobre o pescoço e olhou para a porta. A luz entrava ao redor do contorno alto de Lucien Remington, deixando metade de seu corpo coberto pelas sombras. Ele parecia o diabo encarnado, todo poderoso e emanando uma masculinidade sombria e lasciva.

– Você me acordou – ela reclamou com voz sonolenta e o corpo tenso como um arco pronto para disparar. Seus sonhos foram repletos de imagens dele. Suas mãos sobre o corpo dela, os lábios colados aos seus, o corpo rígido prendendo-a no lugar certo... Eram fantasias noturnas que ela se permitia com o mínimo de culpa. – Isto não é apropriado, Sr. Remington – ela disse, áspera, escondendo a excitação inebriante que sentia. – Por que está aqui?

Lucien se aproximou dela com longas passadas, como um predador sexual em movimento. Parando ao lado da cama, ele acendeu a vela no criado-mudo. Sua boca se abriu quando a luz fraca revelou Julienne.

– *Meu Deus!* Você está nua! – ele exclamou, cambaleando para trás.

– Razão pela qual você não deveria estar aqui. – Julienne puxou o lençol mais para cima e fez um gesto com o queixo em direção à camisola transparente pendurada em uma cadeira. – Ficar nua não parecia melhor nem pior do que vestir aquilo.

Ele não tirou os olhos dela.

– Eu deveria ter deixado você ir embora – ele murmurou, sacudindo a cabeça.

Ela corou.

– *Você* deveria ir embora. Não tem o direito de entrar no meu quarto.

Ele havia cambaleado para trás quase até atingir a porta quando ela o impediu de continuar.

– Meu irmão já chegou? – ela perguntou ansiosa, tirando os cabelos da frente do rosto.

Remington parou imediatamente.

– Não – ele resmungou. – Montrose não está aqui. – Ele a encarou por um longo tempo antes de continuar. – Você está confortável?

– Se eu estou...? – Julienne franziu as sobrancelhas, confusa pela repentina mudança de assunto. – Sim, eu estava muito confortável.

– E a comida? Você gostou?

– A comida estava excelente. – ela sorriu. – Seu estabelecimento é incrível. É claro, eu conhecia os rumores, e Hugh... quer dizer, Montrose nunca parava de elogiar a beleza deste lugar, mas nada se compara a ver com meus próprios olhos. É mesmo impressionante. Admiro o que você conseguiu aqui.

– Você ad...? – ele engoliu com dificuldade. – Obrigado. Estou contente por ter gostado.

– Você deve ouvir isso com frequência.

– Na verdade – ele admitiu –, essa foi a primeira vez, com exceção dos meus pais, que alguém expressou admiração por mim.

– Oh. – Julienne não sabia o que dizer. Ela sabia o que os outros diziam sobre ele, mas ficou entristecida ao perceber que ele também sabia. – É por isso que veio aqui? Para checar se estou bem?

Um silêncio desconfortável se estendeu.

– Talvez eu tenha vindo para seduzi-la – ele, enfim, assumiu.

Ela quase engasgou, depois começou a rir alto, embora tivesse um nó no estômago.

— Essa é a coisa mais ridícula que já ouvi.

Os olhos de Remington se arregalaram.

— Por quê? Você não acredita que eu gostaria de seduzi-la?

Julienne esfregou a testa e balançou a cabeça, tentando descobrir se estava sonhando com esse encontro maluco.

— Sr. Remington, você é o homem mais lindo de toda a Inglaterra. Conheço muito bem sua reputação. Estou ciente de que um libertino como você não teria interesse em uma debutante ingênua como eu.

Ele se aproximou dela outra vez com dolorosa lentidão, como se fosse atraído contra sua vontade.

— O homem mais lindo da Inglaterra? — ele perguntou suavemente. — Essa é a sua opinião pessoal ou você está apenas repetindo o que os outros dizem?

Ela girou a cintura quando ele chegou perto, escondendo suas costas nuas.

— Os dois — ela admitiu. Julienne então ergueu uma sobrancelha. — eu não achava que você era um homem vaidoso, Sr. Remington, mas, se for o caso, e se precisa da minha confirmação sobre sua beleza, eu ficaria mais do que lisonjeada em ajudar... *pela manhã*. Neste momento, gostaria que você...

— Estou curioso, milady — ele interrompeu, curvando a boca em um sorriso íntimo. — Como você confirmaria minha beleza?

Julienne desconfiou do brilho nos olhos dele; era o mesmo olhar que ele exibiu em seu escritório. Ela gostava daquilo, mas, Deus do céu, ela estava nua! A situação toda era... excitante... mas muito além de sua experiência. Agarrando com firmeza o lençol em uma das mãos, ela ergueu a outra para impedir o avanço dele. Remington parou imediatamente.

— O que você quer?

— Quero fazer de tudo com você.

Ele disse de um jeito tão simples, a expressão tão honesta, que ela ficou sem palavras por um momento. Oh, ele era safado. E muito mais interessante do que os homens que ela conhecia.

— Você pode ter qualquer mulher que desejar.

— Não. — seu sorriso era melancólico. — Não posso ter você.

Julienne perdeu o fôlego.

– Você é muito bom no que faz – ela disse, enfim. Nunca havia encontrado um conquistador tão talentoso. – Charmoso, com aparência sincera. Posso ver como conseguiu tantas conquistas. Mas, francamente, não valho o esforço, posso assegurar, embora fique lisonjeada.

Remington riu.

– Minha doçura, você é incrível. Se veste como homem para invadir meu clube, tolera minha extorsão para passar a noite aqui, e depois se sente lisonjeada quando entro em seu quarto e digo que quero fazer de tudo com você. – sua voz suavizou quando ele continuou. – Gostaria de poder ficar com você.

A expressão no rosto dele fez o coração dela acelerar. Julienne sentiu tonturas e a cabeça leve. Então, foi atingida por um pensamento que fazia sentido, diferente de todos os outros que giravam em sua cabeça.

– Você andou bebendo demais?

Ele andou casualmente até a poltrona e se sentou.

– Diga por que você quer encontrar seu irmão, e eu direi por que vim até aqui.

– Se você está interessado em conversar comigo, poderia ao menos deixar que eu me vista?

Seus olhos azuis brilharam com entusiasmo.

– Com a camisola ou com as calças?

A boca dela se abriu. Isto tinha de ser um sonho. Um sonho estranho, bizarro e maravilhoso.

– Não sei lidar com um homem como você, Sr. Remington. – ela estava fora de seu ambiente.

– Você pode começar me chamando de Lucien – ele sugeriu. – Depois, provavelmente deveria começar a gritar. A maioria das debutantes teria saído correndo deste quarto a essa altura. Sou um estranho para você, com exceção de minha reputação escandalosa, que me retrata como um sedutor hedonista de mulheres.

Ela sorriu.

– Não tenho medo. Você não precisa se forçar para cima de uma mulher.

– Quem disse que eu teria que forçar você? – ele ronronou sedutor.

– Meu Deus – ela murmurou, revirando os olhos. –, você cultivou essa imagem de propósito, não é mesmo? Aposto que não é tão ruim quando dizem.

Um lado da boca dele se curvou com divertimento.

– Não. – ele concordou – Sou muito pior. Se você não fosse a coisa mais pura, mais doce, mais linda que já vi, eu já teria colocado você de costas na cama com as pernas abertas.

A boca de Julienne se abriu com surpresa, e ela desviou os olhos, sentindo o rosto corar. Ele era um perfeito cafajeste ao dizer esse tipo de coisa, mas ela não se importava. Forte, viril e devastadoramente bonito, Lucien Remington era sua fantasia ganhando vida. Foi assim desde a primeira vez que o viu no baile da família Milton.

Mais alto do que a maioria dos homens e musculoso como um trabalhador braçal, Lucien conseguira invadir para sempre as memórias de Julienne quando inclinou a cabeça em direção a ela e deu uma piscadela charmosa. Desde então, não passou uma noite sequer sem sonhar com ele de maneira imprópria para uma dama sonhar com um homem, mesmo se fosse seu marido.

Ah, o que ela não daria para ser desejável e atraente, mesmo que fosse apenas por um momento. Julienne adoraria ser o tipo de mulher que consegue reter o interesse de um homem como Lucien. Essa ideia a fez suspirar alto.

– Maldição.

Ela ergueu os olhos e foi surpreendida pela expressão angustiada no rosto dele.

– O que foi? – ela perguntou. – Por que você está assim?

Lucien se levantou e deu a volta, deixando a poltrona entre eles como se ela fosse alguma ameaça para sua pessoa.

– Por que *você* está *assim*! Sei o que está pensando, e precisa parar com isso. Agora.

– Meus pensamentos não são da sua conta. – ela fez um gesto para a porta. – Já está tarde e estou cansada. Estou nua e...

– Quero assistir você dormindo.

Julienne piscou incrédula.

– Como é?

– Você me perguntou por que estou aqui. – Lucien limpou a garganta. – Queria assistir você dormindo.

Ela franziu as sobrancelhas.

– Por que você faria isso?

Lucien Remington, notório conquistador, assistindo-a *dormir*? Por algum motivo, isso parecia muito mais íntimo do que qualquer outra coisa.

Ela o estudou, notando a maneira como suas mãos agarravam o encosto da poltrona. Não era possível que ele estivesse interessado nela. Aquilo ia tão contra sua natureza que ela não podia acreditar. Ele preferia mulheres maduras, e geralmente casadas.

– Você está se sentindo bem, Sr. Rem... quero dizer, Lucien? Talvez tenha bebido um pouco demais?

– Eu *não* estou bêbado! – ele rosnou. – Mas com certeza *não* estou me sentindo bem. Estou enlouquecendo. E, maldição, o jeito como você me olha me diz que sente o mesmo. Não sou um homem honrado, e não pretendo ser um. Vou tirar sua inocência e depois partirei sem olhar para trás. Você será arruinada, Julienne. Estou ofegando por você há semanas. *Semanas*! – Ele se afastou da poltrona e começou a andar de um lado a outro. – Juro por Deus que preferia que você não tivesse entrado em meu clube.

Julienne ficou boquiaberta. Desde quando chegara a Londres no início de seu ano de debutante, sua vida parecia ter virado de cabeça para baixo. Seu irmão havia desaparecido, credores espreitavam o Montrose Hall, e Lucien Remington queria se deitar com ela. Julienne não sabia qual desses eventos era mais perturbador. Sua pele se aqueceu e seu corpo ansiava desconfortavelmente.

– Você não vai dizer nada? – ele disse. – Grite comigo. Diga que sou um cafajeste, ou coisa pior, se souber palavras pesadas o bastante. Diga para eu ir embora. – Quando ela apenas o encarou, com olhos arregalados e incrédulos, Lucien se aproximou e agarrou seus ombros. Ele a sacudiu com força. – Faça *algo*! Qualquer coisa, maldição, para me fazer ir embora. – Seus dedos tocavam inquietos a pele dela, como se não conseguissem aguentar o contato por muito tempo.

Ela continuou encarando em silêncio aquele homem feroz que a segurava. Sua voz, suas palavras, suas feições... nunca na vida ela presenciara tamanho desejo. Pensar que fora ela quem inspirou uma exibição assim a deixou chocada e sem palavras.

E excitada.

– Diga para eu ir embora – ele repetiu, rude. – Antes que eu faça algo de que nós dois nos arrependeremos.

– Vá – ela disse, com a voz tão suave que saiu quase como um sussurro. Mas foi suficiente. Lucien a soltou e foi embora com passos pesados.

Quando a porta se fechou atrás dele, Julienne sentiu um estranho pânico, como se nunca mais fosse vê-lo, o que era em parte verdade. Ela nunca mais teria permissão para falar com ele, para tocá-lo, já que apenas olhá-lo já era uma grave ofensa. Assim que saísse por aquela porta, seu tempo com ele chegaria ao fim. Para sempre.

E ela não podia suportar isso.

– Lucien! – ela gritou desesperada, querendo que ele voltasse para ela.

Então, a porta se abriu com violência, e Lucien se jogou nos braços de Julienne.

CAPÍTULO 3

Julienne La Coeur cheirava como o paraíso. Sua pele era suave como seda, os seios fartos se amassavam contra o peito de Lucien. Ele não entendia por que ela o chamara de volta, mas não iria pedir explicações.

– Minha doce Julienne – ele murmurou febril contra o pescoço dela. –, você deveria ter me deixado ir embora.

As pequenas e delicadas mãos de Julienne deslizaram para dentro do casaco de veludo de Lucien e acariciaram o suave cetim de seu colete.

– Eu tentei.

Ele rolou para o lado e retirou o casaco, jogando a cara peça de roupa no chão. Voltou-se para ela e então congelou onde estava.

O lençol havia deslizado até a cintura, deixando os seios expostos para seus olhos. Firmes e balançando suavemente com os movimentos quase frenéticos dele, eram mais adoráveis do que qualquer coisa que Lucien já vira na vida.

– Você é mais linda do que imaginei – ele sussurrou.

Observou maravilhado quando a pele dela corou diante de seus olhos, uma cor rosada que se espalhou por seu peito antes de chegar ao rosto. Estudou suas feições e percebeu que ela não conseguia, ou não queria, olhá-lo nos olhos. Com a ponta dos dedos, ele inclinou seu queixo para cima, forçando seus olhos a se encontrarem.

– Não seja tímida, meu doce. Não comigo.

Ao vislumbrar seu rosto, Lucien pensou em como tinha sorte. Lady Julienne La Coeur. Julienne, tão adorável, deitada em uma de suas camas, nua da cintura para cima, com seus ricos cabelos loiros se espalhando por seus ombros alvos, os olhos negros encarando-o com tanto desejo. Ele estava tão desesperado para amá-la que pensou que iria explodir, mas a pequena parte sã de seu juízo ainda questionava por que aquela linda joia, tão estimada na sociedade, estaria ansiosa para abrir as pernas para um bastardo como ele. Abafando um palavrão, Lucien pulou para fora da cama.

Ele olhou ao redor freneticamente.

— Isso é uma armadilha? Seu irmão está escondido em algum lugar, esperando para me flagrar comprometendo você?

— Como é? — ela parecia confusa de verdade.

— O que está fazendo? Deitada nua na cama? Oferecendo-se a mim com tanta facilidade?

O rosto dela ficou marcado pelas sobrancelhas franzidas.

— Eu estava dormindo — ela respondeu com irritação. — Não pedi para você entrar aqui. Nem queria passar a noite aqui. Foi *você* quem insistiu. — Julienne esfregou a testa, puxando o lençol mais uma vez para se cobrir. — Vá embora — ela disse com frieza.

As mãos dele se fecharam em punhos.

— Vá embora, Sr. Remington. Antes que eu aceite sua sugestão e comece a gritar.

Ele observou estupefato quando ela se jogou nos travesseiros e deu as costas a ele. Julienne sairia mais prejudicada disso tudo do que ele, mas por que outra razão ela iria se oferecer?

— Que ótimo — irônico, ele murmurou para si mesmo.

Ela soltou um pequeno grunhido de desdém e socou o travesseiro.

Lucien andou pelo quarto, verificando atrás das grossas cortinas de veludo e ajoelhando-se para olhar debaixo da cama. Após não encontrar mais ninguém ali, andou até as duas portas e as trancou. Depois, tirou o colete.

Julienne sentou-se na cama de novo.

— Você está louco se acha que vou permitir que me toque agora!

Lucien arrancou a camisa para fora da calça e a puxou por cima da cabeça. Sorriu sombriamente quando ela ofegou diante de seu peito nu.

Ele sabia que as pessoas o consideravam musculoso demais, resultado de muitas horas praticando pugilismo e esgrima. Mas o brilho nos olhos dela não era de medo ou repulsa. Era desejo.

– Por que eu? – ele perguntou.

Ela deu as costas a ele outra vez.

– Vá embora.

– Por que eu? – ele repetiu.

– Por que você acha tão difícil de acreditar? – ela murmurou no travesseiro. – Mulheres se jogam aos seus pés o tempo todo. Por que eu seria diferente?

Ele se aproximou da cama.

– Por acaso sou algo para você se gabar com as amigas?

Julienne se apertou contra os travesseiros, puxando o lençol ainda mais.

– Você acha mesmo que eu contaria para alguém que sucumbi aos seus charmes? Pois não vou! – ela acrescentou, rapidamente – Sucumbir. Você entendeu. Agora, por favor, vá embora!

– E se eu espalhasse a notícia? – ele perguntou. – E se contasse para todos os membros do meu clube que eu estive entre suas pernas? Que te arruinei, e você gritou de prazer o tempo todo? – A boca dele se curvou em um sorriso predatório. – E você *irá* gritar de prazer.

Ela riu.

– Não farei nada disso.

– E se eu contar para todo mundo, Julienne?

– Você não contaria.

– Você não me conhece bem o bastante para dizer isso.

– E você também não me conhece. Pois, se conhecesse, não teria tanto medo das minhas intenções.

Virando-se, Lucien observou o fogo se extinguindo na lareira.

– Você está perturbada por causa do seu irmão.

– Estou sim – ela admitiu, com a voz clara quando voltou a ficar de frente para ele. – Terei de tirá-lo desse apuro, como sempre fiz.

Ele suspirou.

– Se eu tocá-la, você ficará arruinada, e será mais difícil conseguir o casamento de que precisa para salvar seu irmão.

– Estou ciente disso. Minhas ações hoje foram tolas, mas eu sabia das possíveis consequências e as considerei com cuidado. Planejava sentar em um canto escuro e observar. Queria assistir você em seu ambiente, um lugar onde mantém controle total das regras e não está preso pelas restrições da sociedade. É uma pena que Ridgely tenha escolhido minha mesa para compartilhar, mas não foi uma surpresa.

– Lady Julienne. Se descobrissem você...

– O escândalo destruiria qualquer chance de um casamento vantajoso, eu sei. Mas talvez isso fosse melhor para Montrose. Eu não gosto dessa ideia de ser um sacrifício para o altar matrimonial. Encarar as consequências de nossos atos é a melhor maneira de aprender a ter responsabilidade, mas sei que sou culpada por protegê-lo demais. Neste momento, é errado querer o prazer que outras mulheres conhecem? É mesmo tão terrível roubar um pouco de paixão quando sabe-se que terá tão pouca na vida? Existem maneiras... maneiras para... maneiras para eu permanecer virgem...

Lucien se virou com espanto.

– Como você sabe sobre essas "maneiras"?

Ela corou dos seios até o topo da testa.

– Eu li... coisas.

– Você leu "coisas"? – seus olhos se arregalaram. – *Literatura erótica?*

Os cabelos de Julienne caíam como uma cortina dourada ao seu redor. Com os ombros nus e o rosto corado, ela se parecia muito mais com uma sedutora devassa do que a gentil virgem que ele sabia que era. Porém, foi o queixo erguido e o desafio tão evidente em seu silêncio que mais o afetaram. Uma inocente que não era tão inocente assim. Seu membro havia pulsado antes. Mas agora, a excitação era absolutamente dolorosa.

A beleza dela foi o que primeiro encheu seus olhos, com aquela forma voluptuosa capturando sua atenção, mas o sorriso, afetuoso e sincero, foi o que causou sua obsessão. As mulheres não olhavam para ele com um interesse tão doce. Ou elas lhe olhavam atravessado por ele ser quem era, ou o convidavam para suas camas com relances sedutores. Quando Julienne o viu pela primeira vez no salão de baile lotado da família Milton, ela sorrira, tão linda, que ele achou difícil até respirar. Lucien a desejou de imediato, queria descobrir o que ela enxergara para acender seus olhos daquela maneira.

Mas agora que a possuía ao seu alcance, ele descobriu que havia mais em seu interesse do que mera gratificação carnal. Ficou aturdido ao perceber que *gostava* dela, gostava de seu jeito pouco convencional e ousado, ao mesmo tempo em que era linda e bondosa.

De repente – e com muito pesar – ele percebeu que não poderia tomá-la. Fazer isso a destruiria, e Lucien nunca iria se perdoar.

– Não. – ele sorriu triste. – Não é errado querer a paixão. E estou profundamente lisonjeado por você querer explorá-la comigo.

O sorriso dela foi tão brilhante que fez seu peito doer.

Lucien passou as mãos nos cabelos.

– Gosto de uma boa depravação tanto quanto qualquer homem, Julienne. Mas às vezes eu desejo as coisas mais nobres da vida, as coisas mais suaves, puras e inocentes, como você.

– Não sou tão inocente assim. Se soubesse os pensamentos que tenho sobre você...

– Não diga mais nada. Já está difícil o bastante bancar o homem honrado.

– Prefiro você como um cafajeste, se não se importa.

Ele arqueou uma sobrancelha e sorriu com malícia. Quem diria. Ela sabia ser atrevida.

– Ninguém nunca alertou você sobre homens como eu?

– Sim. – seus lábios se curvaram. – Mas é aí que mora o problema.

Ele balançou a cabeça.

– Acontece que – ela continuou, baixando o tom de voz –, estar perto de você me deixa ansiosa. O jeito como olha para mim me deixa ansiosa, muito mais do que quando leio meus livros. Sou uma mulher adulta. Permita que eu me preocupe com as consequências.

Lucien gemeu, em um som grave que mostrava sua derrota e a morte das boas intenções. Ele era apenas um homem, um homem muito sensual, com a mulher que estava oferecendo liberdades que ele não deveria aceitar. Mas aceitaria. Não poderia rejeitar a chance de tocá-la, de abraçá-la, ao menos uma vez.

– Vou cuidar disso, meu doce. – ele sussurrou enquanto se aproximava dela. – Vou aliviar sua ansiedade.

Ele pousou um joelho sobre a cama e depois se esticou ao lado dela, cerrando os dentes quando ela rolou e pressionou os seios contra seu peito. Julienne inclinou a cabeça para trás e ofereceu os lábios. Lucien a beijou, passando a língua pelos doces cantos de sua boca. A reposta dela o surpreendeu, sua vontade era óbvia, e ele mal conseguia se conter. Lucien tremia ao tentar ir mais devagar e ser mais gentil, enquanto suas veias gritavam para que se apressasse.

A mão dele acariciou o ombro dela e depois desceu até o seio, encontrando seu mamilo enquanto a beijava profundamente. Ele o puxou de leve com os dedos, amando a maneira como ela se derreteu em seus braços, sensível e entregue por inteira. Puxando o corpo dela sobre o seu, Lucien acariciou a curva de seu traseiro, apertando a pele firme até ela gemer.

– Por favor – ela ofegou, desfazendo o beijo. Suas pernas se abriram em um convite silencioso.

Lucien afogou o rosto em seu pescoço para esconder um sorriso. Julienne era tão inocente, mas ao mesmo tempo tão devassa. Tão perfeita.

Ele passou as mãos entre as coxas dela, um dedo encontrou a abertura molhada que denunciava seu desejo. Ele deslizou o dedo pelo seu néctar, testando-a, e então entrou apenas um centímetro. Ela gemeu e, por instinto, impulsionou os quadris para baixo procurando seu pau duro. Lucien gemeu junto com ela.

Isso não daria certo. Se ela fizesse isso de novo, ele não teria força mental para não meter seu membro pulsante diretamente na boceta virgem de Julienne.

Ela gemeu quando ele agarrou sua cintura, empurrando-a mais para cima sobre seu corpo até os seios ficarem de frente a seu rosto e os cachos da boceta dela recaírem na segurança da barriga dele. Lucien apoiou o leve peso de Julienne, admirando a vista. Com os olhos fechados, ela arqueou as costas, apresentando os seios enquanto os cabelos dourados desciam por seus ombros.

Lucien estava hipnotizado.

Erguendo a cabeça, ele plantou um beijo reverente sobre um mamilo enrijecido. O leve grito de Julienne o encorajou a prosseguir. Ele a provocou com lambidas antes de sugar a ponta sensível para dentro da boca, intoxicado pelo aroma e pelo sabor da pele dela. Julienne impulsionou sobre ele, esfregando a boceta sobre as musculosas ondulações de seu abdômen. Depois, repetiu o movimento. E mais uma vez. Julienne estava cavalgando seu abdômen, com o mamilo ainda firmemente preso na boca dele, que estava pegando fogo, cada terminação nervosa em sintonia com a mulher para quem ele dava prazer.

– Por favor – ela implorou. – Eu preciso... de mais...

Ele sabia o que ela desejava. Queria ser preenchida, esticada e levada ao orgasmo por seu membro penetrando fundo dentro dela. Mas não faria isso. Não poderia. Não havia nenhuma gota de honra em sua pessoa, mas ele faria o esforço desta vez. Por ela.

– Paciência, meu amor – ele murmurou, soltando o seio. – Cuidarei de você.

Ele a rolou para o lado, capturando o outro mamilo em sua boca enquanto a mão acariciava a extensão de seu corpo e mergulhava entre as coxas dela. Para seu deleite, ela abriu as pernas com vontade, e ele tocou seus lábios, girando suavemente, beliscando, e depois moveu os dedos sobre sua protuberância rígida e inchada na mesma cadência da sucção em seu seio. O pequeno corpo de Julienne começou a ondular e Lucien pousou uma perna sobre os quadris dela, roçando o membro rígido sobre sua coxa, procurando um alívio que seria negado a ele.

Maldita hora para ter uma consciência.

Impaciente, Julienne arqueou em sua mão. Lucien obedeceu penetrando de novo um dedo, mexendo-o suavemente. Ele o tirou com uma lentidão torturante, depois o enfiou outra vez. Com uma paciência que o surpreendeu, ele não se apressou, amando-a gentilmente até o corpo dela receber seu toque com uma onda molhada. Ela sussurrou seu nome, e ele quase se perdeu.

Lucien libertou o seio, com medo de machucá-la quando sua mandíbula se apertou ao se esforçar para manter o controle. Seu dedo, molhado com a umidade dela, escapou para fora, e então ele entrou de novo com dois dedos. Agora, ele a penetrava mais rápido, assistindo seu rosto enquanto ela lutava contra o orgasmo que se anunciava, com a pele corada e os mamilos rígidos e sensíveis. Apesar de seu estado virginal, ela estava tão excitada que ele não sentia dificuldade alguma em dar prazer a ela, torcendo e esfregando os dedos, mudando ritmo e direção para mantê-la à beira do abismo. Julienne se contorcia, suas unhas cravavam no braço dele, marcando-o no exterior assim como ele a marcava no interior. Os joelhos dela tombaram para frente, abrindo completamente sua fenda, e então os quadris começaram a se mover junto com ele, subindo e descendo para acompanhar os movimentos de Lucien.

— Não tente segurar, meu doce — ele aconselhou quando ela começou a se debater, com a pele tão quente que parecia queimar —, apenas permita acontecer.

O quarto estava silencioso, com exceção de suas respirações e o som de sucção que acompanhava os movimentos dos dedos de Lucien. Julienne se virou cegamente na direção dele, com os lábios separados e a respiração penosa, e ele penetrou a língua em sua boca, amando seu sabor. Quando o corpo dela enrijeceu, Lucien se mexeu para o lado, prendendo-a no lugar com uma perna enquanto ela arqueava e gritava seu nome, estremecendo debaixo de seu corpo. Ela apertava seus dedos tão fortemente ao atingir o orgasmo que ele mal conseguia movê-los, mas se esforçou mesmo assim, aumentando o prazer dela. Ficou atordoado olhando para ela, nunca tinha visto algo tão lindo em sua vida.

E nunca mais teria permissão para ver aquilo de novo.

Lucien ficou dividido entre um orgulho masculino e um completo e devastador desespero.

Julienne abriu os olhos e ficou pensando se tinha desmaiado. Ela se sentia mole, sem forças e aquecida. Quando percebeu que o calor vinha de Lucien, sua boca se curvou de prazer. Ela o puxou para mais perto, depois parou ao ouvi-lo ofegar e ao sentir a ereção encostando em sua coxa. Olhou-o espantada. Ele estava sofrendo, e ela esteve saciada demais para notar.

Lucien se apoiou no cotovelo e a encarou de volta, com o rosto fechado.

— Preciso ir.

Julienne baixou os olhos até a rigidez de seu membro. Estendendo a mão, ela o percorreu com um toque hesitante dos dedos. Ele pulsou com o contato.

Lucien empurrou a mão dela soltando um palavrão, depois agarrou a mão de novo e beijou os dedos, para suavizar a rejeição.

— Você não deve me tocar, Julienne.

– Mas eu quero – ela insistiu. Seu coração estava apertado, cheio de afeto por ele. – Aquilo foi maravilhoso... o que você fez...

O olhar dele exibia uma ternura quase dolorosa.

– Estou contente por você ter gostado.

Julienne beijou seus lábios.

A mão dele deslizou para a nuca dela, prolongando o beijo. Depois ele suspirou e virou de costas. Em um único movimento fluido e gracioso, Lucien desceu da cama. Apanhou sua camisa e a soltou sobre a cabeça de Julienne.

– Fique comigo. – ela passou os braços pelas mangas e agarrou o pulso dele rapidamente quando Lucien se virou para ir embora.

– Acho que não posso.

– Mas você queria me assistir dormindo. – quando ele hesitou, ela empurrou o cobertor em um convite implícito. Ele estava tão claramente indeciso que ela ficou até comovida.

De repente, ele soprou a vela e deslizou para o lado dela. Lucien abraçou suas costas, encaixou os joelhos em suas pernas, beijou seu ombro. Ela agarrou o braço dele como se nunca fosse deixá-lo ir embora, e era assim mesmo que ela se sentia. Envolvida por seu calor e cheiro, Julienne logo dormiu.

CAPÍTULO 4

— Oh, querida, isso é terrível. Sem dúvidas, terrível. Estamos arruinados. *Você está arruinada!* O que faremos? Seremos despejados e...

— Tia Eugênia, *por favor!* — Julienne jogou as mãos para cima. — Fale baixo! Os criados irão ouvir.

Eugênia Whitfield fechou a boca e mordeu os lábios. Julienne desabou na cadeira que era de sua mãe no escritório em Montrose Hall e amassou a carta em sua mão. A profunda satisfação que ela experimentara desde que deixou Lucien naquela manhã havia desaparecido, substituída por uma triste resignação.

— Não estou arruinada.

— Você passou a noite com Lucien Remington!

— *Tia Eugênia!*

Eugênia se contorcia no sofá.

— Não passei a noite com Lucien Remington. Eu apenas passei a noite em seu estabelecimento, fato que ninguém sabe, com exceção de você. Gostaria que continuasse assim, então abaixe o tom de voz. Por favor!

— O que faremos em relação a Hugh?

Julienne olhou para a carta em suas mãos e se perguntou a mesma coisa. Hugh havia viajado para o campo para farrear com seus amigos, deixando que ela lidasse com o problema de suas dívidas. Como sempre, ele não a avisou antes de ir embora. Seu irmão não tinha intenção de prejudicá-la, nem magoá-la. Ele era simplesmente irresponsável e sempre fazia tudo sem pensar, resultando em mais e mais problemas. Julienne sabia que, em parte, isso era culpa dela, pois sempre consertava as besteiras que ele aprontava. Assim, Hugh nunca aprendeu que todas as ações geram consequências.

Ela se levantou de trás da escrivaninha e jogou a carta na lareira.

— Nada mudou. Eu ainda preciso me casar para nos livrar das dívidas.

— Oh, Julienne... — Eugênia suspirou. — Você passou por tantas coisas. Nem posso imaginar como consegue suportar.

— Da mesma maneira que você conseguiu suportar criar Hugh e eu. Nós fazemos aquilo que é preciso.

Julienne se virou para sua tia e sorriu. Aos cinquenta anos, Eugênia Whitfield ainda era uma mulher adorável. Viúva ainda jovem, ela poderia ter se casado de novo com facilidade. Em vez disso, assumiu a criação dos filhos de seu irmão quando o Conde de Montrose e sua esposa morreram em um acidente de carruagem. Embora ela ficasse nervosa com frequência e lamentasse as dificuldades da vida, nunca se arrependera das coisas de que precisou abdicar. Por causa disso, Julienne amava sua tia mais do que qualquer coisa.

— Pensei que Hugh estava bebendo e apostando naquele clube — Eugênia disse. — Nunca imaginaria que ele fosse deixar a cidade dessa maneira! Pelo amor de Deus, este é o seu primeiro ano como debutante. — Ela franziu os lábios. — Aquele garoto precisa de um chute no traseiro.

Julienne segurou uma risada. Tia Eugênia nunca encostou a mão em nenhum deles, embora os abraços fossem muitos.

Voltando para a cadeira, Julienne deixou seus pensamentos vagarem até Lucien Remington, um homem livre das regras que a sufocavam tanto. Só de pensar naquele cafajeste escandaloso, seu peito doeu com a lembrança do desejo que compartilharam. Se fechasse os olhos, ela podia recordar seu aroma masculino e a gentileza de seu toque dentro dela. Apenas a lembrança já a excitava, deixando os mamilos eretos e a pele aquecida.

Se desse ouvidos à sociedade, sentiria um arrependimento terrível daquilo que permitiu acontecer, mas ela não se arrependia de nada. Lucien a fez sentir-se desejada e, embora ele tivesse apenas mencionado sua atração física, em cada toque, em cada beijo havia uma ternura velada. Por sua vida inteira ela fora objeto de estima frágil, nunca fora considerada uma mulher de paixões, apenas uma extensão feminina dos homens em sua vida... primeiro seu pai, depois seu irmão, e o próximo seria seu marido. Apenas Lucien havia enxergado a mulher que existe além desse exterior.

Ela estava feliz pela noite de paixão que tivera com ele, pois era muito provável que nunca mais tivesse isso no resto de sua vida.

Julienne o deixara sem dizer adeus. E, três dias depois, Lucien ainda não conseguia parar de pensar sobre isso.

Normalmente, ele preferia evitar o adeus da manhã seguinte, uma situação que sempre era constrangedora. Mas a partida silenciosa de Julienne o deixou desolado. Pela primeira vez em sua vida, ele quis acordar com a mulher a quem tocara de maneira tão íntima algumas horas antes. Quis compartilhar o café da manhã com ela, conversar e descobrir o que havia causado tantos problemas em sua vida. Ele queria apenas desfrutar de sua companhia por mais algumas horas antes de perdê-la para sempre.

Julienne La Coeur o intrigava ainda mais agora que a conhecia do que quando era uma estranha. Ele a observara de perto por várias semanas, admirando sua graciosidade no trato social. Mas, naquela noite no Quarto Safira, ela se surpreendera com o interesse dele, não porque subestimava a própria beleza, mas porque superestimava a beleza dele. Julienne admirava e se sentia atraída pelos traços condenáveis da personalidade de Lucien, mesmo assim ele não sentia que era apenas uma excitação escandalosa para ela. Em vez disso, ele se sentia como um homem admirado por ser uma pessoa genuína.

A partida dela deixou para trás um vazio que nenhuma das mulheres que foram para cama com ele desde então conseguira preencher. Lucien se perguntava se Julienne se arrependera daquela noite ou se estava ressentida por ele ter tirado vantagem da oferta que deveria ter rejeitado. Ele deveria sentir-se culpado, mas não se sentia. E como poderia, quando desejava amá-la de novo?

— Acredito que Lorde Montrose se retirou para o campo.

Fechando o rosto, Lucien olhou de sua escrivaninha para Harold Marchant, seu contador. A maioria dos homens se acovardava quando Lucien se irritava. Mas Harold não se intimidava, razão pela qual trabalhara com ele por quase uma década. Lucien transformou Merchant em um homem rico, e nesse processo ganhou sua lealdade. De fato, Marchant era a pessoa que mais se aproximava de ser seu melhor amigo.

— O conde está falido?

Marchant assentiu com seriedade.

— Está muito próximo. Além da enorme quantia que deve ao seu clube, comerciantes começaram a retomar mercadorias, e cobradores fazem visitas regulares a Montrose Hall aqui na cidade. Logo irão montar acampamento diante da porta.

Lucien assoviou levemente. Naqueles dias de progresso industrial, muitos aristocratas estavam perdendo séculos de herança por causa de uma relutância em se envolver no comércio ou investir no futuro. Como um homem que trabalhou muito para chegar onde estava, Lucien não respeitava ninguém que permitia que o orgulho atrapalhasse a própria sobrevivência.

— E como essa situação afeta Lady Julienne?

— Lady Julienne? — Marchant repetiu, com os olhos perplexos por trás dos óculos dourados. — Ela apenas começou seu primeiro ano como debutante, o que é notável por sua idade avançada: tem vinte anos. Ninguém sabe por que esperou até agora para entrar na sociedade. Ela possui uma parcela respeitável da herança, mas os rumores dizem que a quantia não é das maiores. Qualquer pretendente sério que deseje sua mão em casamento terá que aceitar responsabilidade pelas dívidas de seu irmão. Francamente, ela precisará se casar por dinheiro, mas isso não deve ser um problema. Ela é muito popular, possui uma excelente linhagem, além de ser muito bonita.

Lucien se recostou na cadeira.

— Quem está promovendo sua apresentação à sociedade?

— Sua madrinha, a Marquesa de Canlow. — Marchant juntou as sobrancelhas. — Por que esse interesse em Lady Julienne?

Preferindo manter seus pensamentos reservados, Lucien não disse nada.

— Não... — Marchant disse de repente. — Deixe a garota em paz.

— Como é?

— Já vi esse olhar em seu rosto. Fique com suas cortesãs e as esposas de alta classe entediadas. Lady Julienne passou por muitas dificuldades. Seu irmão se tornou conde aos nove anos de idade, e com certeza não estava preparado para essa responsabilidade. Ela precisa de um bom casamento. Não arruíne isso para ela.

Em qualquer outra ocasião, Lucien acharia graça nesse alerta. Mas, neste caso, não havia motivo para risadas. Sua maldita consciência era culpada por sua situação. Ele deveria ter ido até o fim com Julienne quando teve a oportunidade e saciado logo seu desejo. Nem mesmo as últimas três noites de puro sexo aliviaram sua ansiedade por ela. Em vez disso, ele se sentia sujo. Aqueles frios encontros foram apenas imitações sórdidas do doce prazer que compartilhara com Julienne.

— Fique fora dos meus assuntos — ele rosnou.

— Meu trabalho consiste em cuidar dos seus assuntos — Marchant retrucou.

— Não pago você para censurar meu comportamento.

— Você me paga demais, Lucien. Permita que eu faça meu salário valer a pena.

Lucien lançou um olhar sombrio para cima dele.

— Por que essa preocupação com uma mulher que nem conhece?

— Eu a conheço. — Marchant sorriu diante de sua surpresa. — Alguns meses atrás, você me enviou para a casa do conde por causa de sua crescente conta no clube. Montrose não se encontrava, mas Lady Julienne me convidou para tomar chá, apesar do propósito da minha visita. Ela foi charmosa e genuína, uma verdadeira dama. Gostei muito dela.

Lucien se esforçou para sorrir. Julienne enxergava a bondade individual em todas as pessoas que encontrava. Ninguém ficava imune aos seus charmes.

— Não tenho intenção alguma de arruiná-la, Harold.

— Fico aliviado por ouvir isso.

— De fato, gostaria de ajudá-la. Contrate alguém para encontrar Montrose. Quero saber onde ele está.

— Como quiser. — Marchant se levantou. — Precisa de mais alguma coisa?

Lucien ficou em silêncio por um momento.

– Sim. Quero que você reúna uma lista de bons pretendentes a casamento para Lady Julienne. Ricos, nobres, nem tão velhos, nem tão jovens. Atraentes, se possível. E pesquise tudo. Não quero ninguém com fetiches estranhos ou personalidades ruins. Ninguém que cheire mal ou possua vícios incontroláveis.

Marchant ficou estupefato e de queixo caído; era a primeira vez que Lucien via aquele homem sem palavras. Mas ele estava tão infeliz que não conseguiu nem achar graça disso.

CAPÍTULO 5

Julienne admirou a visão de Lucien Remington como uma mulher sedenta. Ele estava deslumbrante vestindo traje de gala preto, com seus cabelos negros e olhos faiscantes brilhando sob os candelabros, a pele dourada contrastando com o branco do colete e da gravata. Ela passara a última semana pensando nele com frequência, imaginando o que estaria fazendo, quem estaria encontrando. Suspeitava que estivesse apaixonada, o que seria a pior das tolices.

– Julienne. – tia Eugênia enlaçou seu braço. – Lorde Fontaine está vindo nesta direção.

Ela virou a cabeça e observou o marquês se aproximar com passos lentos e sensuais. Bonito como um deus grego, Fontaine era um conquistador experiente. No auge de seus vinte e três anos, o jovem marquês decidira que precisava de uma esposa, e Julienne parecia estar em sua lista de pretendentes. Ela forçou um sorriso iluminado e perguntou discreta:

– Você tem certeza de que ele será bondoso o bastante para ajudar Hugh?

Eugênia manteve a expressão agradável no rosto e respondeu em um sussurro.

– Bondade seria um bônus. Posso dizer que ele é rico o bastante. Apenas lembre-se que uma mulher geralmente consegue aquilo que deseja com a quantidade certa de charme e concessões.

Julienne franziu o nariz. Ela não queria usar seu charme para extorquir a bondade em um homem; queria que fosse assim de maneira natural.

Esperava encontrar alguém experiente para colocar Hugh no caminho da maturidade e independência financeira. Tinha certeza de que, com a orientação certa, seu irmão poderia mudar. Mas a mão que o guiaria precisaria ter compaixão e firmeza na mesma medida.

Lorde Fontaine fez uma reverência diante dela. Apanhou a mão oferecida e a beijou sobre a luva.

— Lady Julienne, sua beleza rouba o ar dos meus pulmões.

— E você, Lorde Fontaine, está ainda mais encantador nesta noite.

Permitindo que sua mente vagasse, Julienne soltava gracejos sociais sem pensar. Ela sentiu alívio quando ele a convidou para caminhar pelo salão. Ao começarem a andar, notou de relance quando Lucien tomou a mão de uma linda morena conhecida por seus casos escandalosos. Seu coração se apertou. A beleza sombria dos dois como um casal era marcante.

Julienne continuou olhando para eles, mas Lucien não se virou nenhuma vez para cruzar com seu olhar. Na verdade, ele não a olhara nenhuma vez naquela noite.

Fontaine seguiu os olhos dela e riu.

— Aquele patife do Remington é uma mancha para a sociedade. Não entendo como ele continua recebendo convites.

— Lorde Fontaine! — Julienne ficou espantada por sua grosseria. Ele ofereceu um sorriso charmoso mas, de repente, ela já não enxergava nenhum charme nele.

— Aquela gente não tem lugar em nossa alta sociedade. Ele rebaixa a todos nós.

Ela enrijeceu, e Fontaine facilmente ajustou os passos para compensar. Mesmo sabendo que era melhor não dizer nada, ela não se conteve.

— O Sr. Remington fez uma fortuna com trabalho duro e determinação. Eu diria que isso é motivo de admiração.

— Admiro a habilidade que ele possui para fazer dinheiro, Lady Julienne — ele admitiu —, mas as maneiras que ele usa para isso são tão vulgares. Ele não passa de um pirata domesticado, e seu... comportamento *pessoal* deixa muito a desejar. Lucien Remington está longe de ser cavalheiro.

Julienne parou bruscamente, fazendo Fontaine cambalear. Magro e forte, ele se recuperou depressa.

— Acho seus comentários ofensivos, milorde.

Fontaine juntou as sobrancelhas. Com firmeza na mão, ele a impulsionou para voltar a andar.

— Sinto muito se a ofendi. Apenas disse a verdade.

— Você por acaso o conhece para poder falar? — ela o desafiou.

— Bom... não diria que o conheço.

— Então talvez ele possua traços de personalidade que você não saiba.

O olhar dela flutuou até Lucien quando passaram ao seu lado. Ele se concentrava em sua acompanhante com uma atenção singular. Sem dúvidas havia encontrado sua próxima conquista. E aqui estava ela, defendendo seu caráter como uma mocinha apaixonada.

— Você está corada, Lady Julienne — Fontaine murmurou.

Ela estava furiosa consigo mesma, mas com certeza não podia admitir.

— Estou com um pouco de calor.

Com um sorriso malicioso, ele a conduziu através das portas duplas até a varanda mais próxima.

— Melhor?

Um sorriso relutante surgiu nos lábios dela. Afinal, Fontaine era mesmo bonito e charmoso, apesar de um pouco arrogante. Ela ficou pensando se ele conseguiria levá-la às alturas da paixão como Lucien fizera. No momento, não sentia nada por ele, com exceção de uma leve irritação, mas talvez pudesse aprender a gostar dele. De qualquer forma, não poderia continuar suspirando por um homem que nunca poderia ser seu.

— Você gostaria de me levar para um passeio no jardim, milorde?

Ele arqueou uma sobrancelha.

— Não precisamos encontrar sua dama de companhia antes de prosseguirmos?

— Você não prefere assim? — ela perguntou, sabendo que deveria insistir para que encontrassem tia Eugênia, porém, estava mais preocupada em fugir de Lucien e sua amante.

Ele enlaçou seu braço.

— Prometo me comportar.

Enquanto passeavam pelo caminho de cascalho, ela tentou relaxar e aproveitar a leve brisa noturna. Encontraram um pequeno banco com vista para a mansão e se sentaram. Fontaine se virou para ela, tomando suas duas mãos.

– Eu adoraria, Lady Julienne, que me deixasse acompanhá-la no Derby em Epsom na próxima semana.

Julienne sabia que ser vista na companhia do marquês em um evento tão público iria solidificar suas intenções aos olhos da sociedade.

– Lorde Fontaine...

– Justin, por favor...

Ela se surpreendeu. A oferta era um gesto muito íntimo. Ele provavelmente poderia contar nos dedos a quantidade de pessoas que o chamavam pelo seu primeiro nome em vez de seu título.

– Muito bem... Justin. – ela respirou fundo. Julienne também poderia oferecer gestos íntimos. Não poderia permitir que Lucien a arruinasse para todos os outros homens. Com certeza, ela não o arruinou para outras mulheres. – Eu gostaria muito que você me beijasse.

Fontaine ficou muito surpreso, depois desconfiado, e por último abriu um sorriso. Se fossem flagrados, poderia ser um desastre para Julienne. Ele teria que pedi-la em casamento para salvar sua reputação, ou se afastaria dela. Sendo um poderoso marquês, Fontaine não poderia ser forçado a nada, ainda mais algo tão drástico quanto casamento, mas naquele instante ela se sentia audaciosa, com seu orgulho ferido e coração apertado tornando-a imprudente.

– Com prazer – ele murmurou, puxando-a para mais perto.

Julienne fechou os olhos e rezou para encontrar paixão. A boca dele primeiro roçou contra a dela, hesitante e leve como uma pena. O beijo não foi nem um pouco desagradável – foi muito prazeroso, na verdade – mas faltava algo que pudesse pegar fogo. Seu coração não acelerou, sua respiração não falhou. Por outro lado, ela não esperava que nada disso acontecesse desta vez.

Ela abriu os olhos e escondeu sua decepção com um sorriso.

– Eu gostaria muito da sua companhia no Derby, milorde.

– Isto foi um teste, Lady Julienne? E se foi, posso assumir que passei?

Julienne não poderia dizer a verdade, então ela apenas continuou sorrindo. Felizmente, Fontaine não insistiu por uma resposta. Ele se levantou e ofereceu o braço, mas ela rejeitou.

– Vá na frente, por favor. Quero um momento para recuperar o fôlego antes de voltar para o baile.

— Não posso deixá-la aqui sozinha — ele disse.

Mas ela insistiu.

Fontaine permaneceu de pé, indeciso, mas no fim seu desejo por ganhar a confiança dela prevaleceu. Ele fez uma leve reverência e beijou sua mão.

— Eu direi para Lady Whitfield onde você se encontra.

Quando ficou sozinha, Julienne reconheceu que era hora de abandonar seu sonho de viver uma grande paixão. Ela não poderia continuar beijando homens enquanto pensava em Lucien. Precisava se casar, e não tinha o luxo de ser exigente demais. Ninguém na alta sociedade se casava por amor ou qualquer outra emoção elevada, e era inútil desejar que seu casamento fosse diferente.

— Você o beijou!

Levantando-se, ela virou a cabeça em direção à voz grave e acusadora.

Lucien.

Lucien manteve o punho fechado atrás das costas. Já era ruim o bastante ter se segurado para não pular sobre o marquês, mas permitir que Julienne visse o quanto ele se importava seria o pior tipo de estupidez. Era claro que ela já superara a noite que passaram juntos, enquanto ele estava longe disso. Não poderia permitir que ela descobrisse que estava completamente apaixonado.

Ele passou toda a noite observando-a. Julienne carregava sua marca, embora apenas ele soubesse disso. Havia um novo brilho nos olhos negros dela, um sutil balançar nos quadris, uma cor mais forte nos lábios, tudo isso dizendo que ela experimentara a paixão. Julienne sempre fora atraente, mas agora... agora ele mal conseguia se conter, desejando se jogar em seus braços, carregá-la para longe e amá-la até que nenhum dos dois conseguisse se mexer.

Ele ouvira quando ela defendeu sua honra contra Fontaine quando passaram perto dele, e a óbvia irritação dela com o marquês o comoveu como poucas coisas em sua vida. Lucien sabia que era muito agressivo e ousado para ser aceito na alta sociedade, mas era rico demais para frequentar qualquer outro lugar. Os homens invejavam sua perspicácia para os negócios e desfrutavam dos confortos de seu clube. As mulheres gostavam dele por causa de seu rosto bonito e seu apetite sexual. Por causa disso, ele recebia convites para toda parte, mas não se encaixava em lugar algum.

Exceto aquelas breves horas que passou com Julienne. Lá, ele se encaixou. Perfeitamente.

Lucien a seguira até o jardim, querendo muito agarrá-la, mas acabou assistindo ao beijo que ela deu em Fontaine. E agora ela estava sentada com olhos sonhadores enquanto ele sentia ciúmes corroendo seu interior.

– Sim. – ela admitiu. – Eu o beijei.

– Por quê? – ele não tinha direito de perguntar, mas não conseguiu se conter.

Ela sorriu; era o mesmo sorriso doce e genuíno que mostrava que ela enxergava coisas nele que valiam a pena.

– Queria saber se sentiria a mesma coisa que senti quando você me beijou.

Lucien não sabia o que esperava que ela fosse responder, mas, sem dúvidas, não era isso. Uma satisfação o preencheu. Ela esteve pensando nele, mesmo quando beijou outro homem. Relaxou os punhos.

– E você sentiu?

Ela encolheu os ombros.

– Bom, não sei. Já faz uma semana desde que você me beijou. Minha memória pode estar falhando.

Ele apanhou a mão dela e a puxou para as sombras. Encarando seu rosto inclinado, o coração dele ficou apertado diante da beleza e confiança que ela entregou tão cegamente. A voz dele estava rouca quando sussurrou:

– Permita-me refrescar sua memória.

Baixando a cabeça, Lucien a beijou com intensidade, sem disfarçar seu desejo, determinado a apagar da lembrança dela qualquer pensamento sobre os lábios de outro homem.

Apenas uma semana se passara, mas parecia uma eternidade.

Julienne respondeu ao beijo com a mesma paixão, deslizando as mãos para dentro do casaco dele e acariciando suas costas. Suas línguas se encontraram, e Lucien saboreou sua doçura. Nada no mundo conseguia aplacar sua sede como a boca de Julienne.

– Foi assim que se sentiu quando o beijou? – ele perguntou.

Ela gemeu.

– Meu Deus, não.

Ele impulsionou a coxa entre as pernas dela e ergueu seu corpo. Os olhos dela estavam fechados, a cabeça jogada para trás, os lábios inchados e molhados por causa do beijo. Apenas um beijo, e ela já estava se derretendo em seus braços.

Lucien pensou que devia ter feito algo bom na vida passada para merecer a paixão de Julienne, pois era certo que não fizera nada nesta vida para merecer isso.

– Julienne – ele murmurou, abraçando-a mais forte. – Preciso conversar com você. Mas acho que não conseguirei fazer isso aqui. Você é muito tentadora. Não vou resistir.

Ela sorriu.

– Você é incorrigível.

– Existe alguma maneira de eu me encontrar com você? Para conversar.

Ela afastou o rosto, com seus olhos negros brilhando com divertimento.

– Qualquer lugar onde nos encontrarmos se esvaziaria.

Lucien suspirou, odiando as distinções de classe que sempre os manteria longe um do outro.

– Isso é verdade, mas talvez sob a luz do dia eu consiga me controlar melhor.

Julienne riu levemente, emitindo um som maravilhoso que aqueceu Lucien por dentro.

– Se quer mesmo conversar comigo, terá que me procurar em casa. Não tenho intenção de me vestir como um homem outra vez.

– Pois eu gostei muito de vê-la vestida com calças.

Ela riu, desta vez com mais empenho.

– Você é um cafajeste, Lucien Remington.

– É o que estou tentando dizer a você – ele respondeu, seco. – Você deveria sair correndo quando me vê chegar.

– Não tenho medo de você. Sei que nunca me machucaria.

A completa confiança que ela depositava na bondade de seu caráter abalava Lucien. Que Deus tivesse piedade caso ela viesse a gostar dele. Lucien não conseguiria resistir a ela.

– Como você pode saber disso? – ele a desafiou. – Minhas intenções com você não são honráveis.

– É mesmo? Então por que quer conversar comigo em um lugar onde não poderá tirar proveito de mim?

– Por que você não pergunta o que eu farei se me acompanhar pelo jardim adentro?

Julienne cruzou os braços e exibiu um olhar reprovador.

– Por que você acha tão importante manter essa sua imagem imoral?

Zombando dela, Lucien também cruzou os braços e ergueu uma sobrancelha ironicamente.

– Por que é tão difícil para você acreditar que não é uma mera imagem?

Ela contraiu os lábios.

Ele rosnou com sua voz grave.

– Maldição, Julienne! Suas fantasias juvenis sobre mim são apenas... fantasias. Eu já arruinei duques e depois tomei suas esposas. Eu já... – a voz dele falhou, sua garganta se recusava a formar as palavras que a afastariam.

Fique assustada, Lucien pensou com desespero. *Fuja de mim, antes que seja tarde demais para nós dois.*

Ela cerrou os olhos.

– Porque, se você fosse tão maldoso quando diz, tiraria minha virgindade naquela noite em seu clube. Mas não tirou. Aposto que eu poderia levantar minhas saias para você agora e implorar para fazer amor comigo, e você não faria. Não *poderia*!

– Sua tola ingênua – ele disse, furioso por ela o torturar daquele jeito. – Nunca desafie a virilidade de um homem. Assim, você o força a se defender da única maneira possível.

Irritado e frustrado, desejando que ela desdenhasse dele em vez de provocá-lo, Lucien agarrou o cotovelo de Julienne e a arrastou para longe da mansão, descendo os degraus até o escuro jardim inferior. Ela se deixou conduzir, sem protestar, e isso apenas o inflamou ainda mais. Encontrando uma alcova coberta de trepadeiras e ocupada por uma estátua, ele a pressionou contra a pedra fria com seu corpo excitado e a beijou de novo.

Suas mãos se moviam com urgência sobre as curvas dela, desesperado pela sensação de sua pele aveludada. Ele empurrou o espartilho para baixo, expondo seus seios exuberantes. Puxando-os para cima com as mãos,

163

Lucien lambeu um mamilo sensível, observando-o enrijecer enquanto o ar frio roçava na ponta molhada.

– Deus, o seu sabor... – ele gemeu. – Você me deixa entorpecido...

Ela gemeu, passando as mãos nos cabelos dele, puxando-o para mais perto.

– Lucien.

Sua voz, tão rouca e cheia de desejo, o deixava ainda mais excitado, mas ele se manteve impiedosamente controlado, suavizando seu toque mesmo enquanto chupava os seios com ardor. O corpo dele tremia com a força de seu desejo, mas o prazer dela era soberano, mais importante do que o próprio ar que respirava.

Julienne o empurrou, apresentando uma tentadora imagem de devassidão com os seios pressionados para cima pelo espartilho e os mamilos molhados por sua boca. Com um desafio nos olhos, ela começou a subir as saias com a graça de uma cortesã, expondo as longas pernas. Depois, as coxas. E por fim, seus cachos molhados. Ela então se abriu em um convite descarado.

– Lucien – ela sussurrou, com a pele do peito corando e espalhando um rubor desde o pescoço até o rosto. – Você irá me levar à loucura antes de terminar comigo.

Ele queria tranquilizá-la e prometer coisas que nunca pensou que seria capaz de prometer a ninguém. Mas sabia que seria errado dizer tais coisas e oferecer esperança por um futuro que nunca poderia existir. Desesperado com o desejo, e com raiva dela por ser a causa desse desejo, Lucien abriu sua calça com violência e permitiu que seu membro inchado pulasse para fora.

Ele mostraria que tipo de homem era, e a deixaria arruinada para qualquer outro. Quando terminasse, ela o odiaria, mas seria melhor assim.

– Vou foder você – ele prometeu com determinação selvagem, sabendo que o ato com ela nunca poderia ser tão primitivo –, vou te jogar contra aquela estátua e penetrá-la com meu pau, até você gritar de prazer.

Com uma mão debaixo da coxa, Lucien ergueu a perna dela, abrindo-a ainda mais. A cabeça de seu membro encontrou a entrada dela e, quando dobrou os joelhos, ele a pressionou para entrar. Julienne era tão apertada, porém tão quente e molhada. A sensação era incrível, e o gemido que ela soltou quando ele entrou um pouco mais fundo fez Lucien perder a cabeça. Seu corpo inteiro tremia enquanto ele tentava ir mais devagar, mais cuidadoso. Ele tinha um tamanho generoso, e Julienne era tão pequena. Ele não perdoaria a si mesmo se a machucasse.

Observou o rosto dela enquanto estava prestes a finalmente penetrá--la, notando suas feições pálidas sob a luz da lua, como a estátua atrás deles. Os olhos dela o encaravam luminosos, queimando com desejo e um afeto que ele não merecia. Ela deveria estar assustada, mas em vez disso confiava nele cegamente. A maneira como ela o olhava dificultava sua respiração. E então, ele parou por um momento.

Julienne estava certa. Ele não poderia tomá-la desse jeito, como uma prostituta em um jardim qualquer. E não conseguiria fazer com que ela o odiasse. Sentiu-se mal só de pensar nisso. Praguejando, Lucien se afastou, e seu pau ereto escapou de cima do corpo dela. Julienne soluçou em protesto, e o som partiu o coração que Lucien nem se lembrava que ainda possuía.

Fechando os olhos com força para bloquear a visão dela, Lucien se afastou. Seu peito respirava com dificuldade, seu corpo estava rígido, seu sangue estava fervendo. A ereção doía com a pressão de um desejo não liberado, cada músculo queimava com a tensão.

Maldita! Ele amaldiçoava o dia em que colocara os olhos em Julienne La Coeur. Fechou os punhos enquanto tentava controlar seu corpo trêmulo e o tormento em sua mente.

E então, de repente seu membro estava coberto com uma umidade quente. Ele tentou se afastar de modo instintivo, mas as mãos de Julienne agarraram seu traseiro e o mantiveram no lugar. Ele olhou para baixo, arregalando os olhos com um espanto atordoado, enquanto ela envolvia cada vez mais seu pau usando a boca.

Em toda sua vida, com todas as mulheres com quem já estivera, de todas as posições e lugares, Lucien nunca vira nada tão erótico quanto Julienne chupando seu pau de joelhos na grama, com os seios pulando para fora do vestido e a luz prateada da lua cobrindo suas curvas.

Seus movimentos eram inexperientes, inocentes, e muito mais eficazes por causa disso. Sua língua girava sobre a cabeça do membro duro, a boca pulsava com uma gentil sucção, os dedos pressionavam os músculos de seu traseiro. Ela puxava a cabeça para trás, depois voltava para frente, com a boca esticada para acomodá-lo.

Julienne cuidou de seu pau com um entusiasmo comovente, deixando escapar suaves gemidos enquanto o chupava, e o prazer dela aumentou demais o prazer dele. Pouco familiarizada com o ato, ela o recebia com movimentos curtos, mas o prazer era intenso mesmo assim, causado tanto pelo ato generoso quanto pela sensação que queimava em suas veias.

Lucien jogou a cabeça para trás e rugiu com sua voz grave, as mãos agarrando os cabelos dourados na nuca de Julienne e direcionando os movimentos, tomando cuidado para não arruinar seu penteado por completo. Os quadris bombeavam em um ritmo involuntário, fodendo a boca dela com gentileza, enquanto seu corpo buscava o alívio que apenas podia encontrar com Julienne. A língua dela procurou a ponta sensível do pau, enrijecendo ainda mais toda sua extensão.

– Pare, meu doce – ele ofegou. – Estou muito perto... não vou conseguir...

Julienne o ignorou e sugou ainda mais forte, levando Lucien à beira da loucura, até que ele teve um orgasmo tão intenso que o fez cambalear, enchendo a boca dela com seu sêmen, derramando toda sua luxúria e desejo reprimido. Lucien gritou seu nome, agradecendo por ela segurar seus quadris para que ele não caísse de joelhos sobre ela. O sangue corria através das veias, fazendo seus ouvidos pulsarem e a vista escurecer.

Nunca havia gozado tão forte em sua vida, tendo espasmos até esvaziar seu membro por completo.

Quando Julienne se levantou, limpando a boca com as costas da mão enluvada, seu adorável rosto brilhava de satisfação. Tremendo, Lucien se apoiou nela em um abraço cansado, saciado até o fundo da alma.

CAPÍTULO 6

Julienne abraçou Lucien com força, apoiando seu peso da melhor maneira que podia, sentindo o coração leve e cheio de alegria por ter dado tanto prazer a ele. Lambendo os lábios e provando seu sabor, ela sentiu uma onda de triunfo feminino. A sensação era inebriante. Incapaz de se conter, Julienne riu de euforia.

– Acha isso engraçado? – ele perguntou, com a voz rouca marcada por um divertimento irônico. – Você ainda será a minha morte.

Ela sorriu.

– Deixei você feliz.

Lucien a olhou com curiosidade. O rosto dele estava corado, coberto de suor, seus lindos olhos brilhando de satisfação. E foi *ela* quem causou isso. Julienne riu de novo.

– Julienne. – a voz dele saiu áspera, mas afetuosa. – Você está feliz por me fazer feliz?

Ela deu um abraço rápido e forte.

– É claro. – afastando-se, Julienne começou a ajeitar seu vestido, restaurando sua aparência. Lucien fez o mesmo com suas roupas. Quando ele tentou puxá-la para um abraço, ela deu um passo para lado, rindo. – Oh, não.

A boca dele se curvou em um sorriso de tirar o fôlego.

É sua vez, meu doce.

Ela subiu correndo os degraus em direção à mansão, mas ele a apanhou com facilidade e baixou sua cabeça para um beijo. Julienne saboreou mais uma vez aquele momento inebriante antes de se afastar.

– Não, Lucien – ela o repreendeu, mesmo sentindo o coração acelerar com a sedutora promessa em seus olhos. – você não deve me tocar de novo hoje. Com a sua reputação, não será estranho se você voltar para o salão do jeito que está, mas, se eu voltasse desse jeito, seria um desastre.

Ele passou a mão sobre o braço dela, sorrindo quando percebeu sua tremedeira.

– Eu me sentirei como um egoísta se você não me permitir retribuir o prazer. – Lucien baixou a cabeça para roçar a ponta do nariz no pescoço dela, mas Julienne se afastou, repreendendo-o com um balançar do dedo.

– Agora você sabe como me senti na outra noite quando recusou meu toque. – Julienne se virou e evitou habilmente os braços estendidos de Lucien. – Espere um momento aqui no jardim antes de voltar. Tenho certeza de que minha tia deve estar maluca de preocupação. Você pode ir me visitar em minha casa amanhã às duas. A tia Eugênia tem um compromisso, e ficará fora por horas.

– Onde você me receberá?

– Entre pelos estábulos. Eu o encontrarei.

O brilho nos olhos dele diminuiu.

– Você está se arriscando muito para me ver.

– Eu sei. – Lucien estava certo, é claro. Mas a reputação dela, tão vital para o bem-estar de sua família, não tinha chances contra seu desejo de roubar qualquer tempo que pudesse com ele. – Mas é impossível resistir a você.

Ele agarrou seu cotovelo quando ela tentou ir embora.

– Você não deveria gostar de mim, Julienne. Não sou bom para você.

– Oh, Lucien. – ela suspirou. Ajeitando uma mecha de cabelo úmido em sua testa, ela observou seus olhos se fecharem diante do toque. Como ela o adorava, este homem lindo e safado, com sua moralidade tão bem escondida. – Você age como se eu tivesse mais controle sobre isto do que você.

Ela ficou na ponta dos pés e beijou seus lábios gemendo suavemente.

– Apareça amanhã. Ou não. A escolha é sua. – virando-se depressa, Julienne o deixou sozinho no jardim.

— Você parece... respeitável – Marchant disse, com olhos arregalados. – Qual é a ocasião?

Lucien o ignorou.

— Você reuniu a lista que pedi?

— De pretendentes adequados para Lady Julienne? É claro. – Marchant deslizou a pasta sobre a escrivaninha.

Olhando os nomes, Lucien resmungou:

— Por que Fontaine está no topo?

Marchant ergueu uma sobrancelha.

— Além de ser um marquês muito bonito que possui dezessete propriedades, centenas de criados, dinheiro quase ilimitado, e considerado o pretendente mais desejado da temporada?

Lucien riu com desdém.

— E quanto à sua vida pessoal?

— Ele é um mulherengo conhecido, mas não joga nem bebe em excesso. E não encontrei nenhuma evidência de possuir qualquer filho bastardo.

— E socialmente?

— Ele possui um assento entre os Lordes, e é muito estimado entre a nobreza.

Lucien baixou a pasta. Recostando-se na cadeira, fechou os olhos, lembrando da imagem de Julienne beijando Fontaine.

Dessa lembrança, vieram outras imagens em sua imaginação: Fontaine abraçando Julienne e acariciando seus seios exuberantes. Fontaine cavalgando entre suas pernas, penetrando no calor sedoso de Julienne, assim como Lucien não poderia. Sentindo-se mal de tanto ciúmes, ele cerrou os dentes até seu queixo doer.

Julienne era uma perfeita dama. Lucien sabia que só poderia arruiná-la, apenas causaria seu isolamento na sociedade, causaria vergonha, até seu espírito ser esmagado e o afeto em seus olhos se transformar em amargo ressentimento.

— Sr. Remington? Está se sentindo mal? Você parece febril.

Lucien abriu os olhos.

— Estou bem.

— Talvez devesse descansar um pouco. Você tem trabalhado demais ultimamente.

Ele se levantou e apanhou a pasta.

— Não, tenho um compromisso.

— Com quem? Não vejo nada em sua agenda.

— Não é da sua conta — Lucien rosnou.

— Suas roupas... — Marchant olhou para a pasta na mão de Lucien. — Diga que você não pretende se encontrar com Lady Julienne!

Pela primeira vez, Lucien amaldiçoou a inteligência de seu contador. Mas, em vez de censurar, Marchant apenas riu:

— Você agora decidiu bancar o casamenteiro, Lucien? Ou está querendo cobrar a dívida de Montrose através de seu futuro cunhado?

— Vá para o inferno, Harold — ele rosnou.

Voltando com a seriedade, Marchant perguntou:

— Tem certeza de que sabe o que está fazendo?

— É claro.

— E o que é que você está fazendo?

Lucien parou na porta do escritório.

— A coisa honrosa. Pela primeira vez em minha vida.

— *Pretendentes para casamento?* — Julienne ficou boquiaberta, arregalando os olhos com incredulidade.

Lucien apertou o chapéu em suas mãos. Sua garganta estava tão apertada que mal conseguia engolir. Ver a beleza dourada de Julienne sob a luz do dia o fez pensar em todas as coisas que eles nunca poderiam fazer juntos. Nunca passeariam pelo parque ou andariam pelas calçadas. Nunca poderiam desfrutar de um piquenique ou mesmo um simples chá. Inferno, ele precisava usar de subterfúgios apenas para trocar algumas palavras com ela. Essa dura lembrança aumentou sua determinação. Lucien precisava removê-la de seu alcance antes que ele a destruísse.

Sentando-se no sofá, Lucien assentiu.

– Sei que seu irmão desapareceu, meu doce. Você precisa se casar logo, e pensei que talvez eu pudesse ajudá-la com isso.

Ela deixou a pasta com a lista sobre o sofá. Seus olhos se abaixaram, como se quisesse esconder seus pensamentos.

– Você não vai nem olhar a lista?

– Sim, vou. – ela o olhou de soslaio. – Mas você conhece muito mais das minhas circunstâncias do que eu conheço as suas. Então, antes de escolher meu futuro marido, quero descobrir tudo que puder sobre você.

Ele fechou o rosto. Quanto menos ela soubesse sobre ele, melhor.

– Não gosto de falar sobre mim mesmo.

– Por quê? Acho você fascinante. Sua conduta é irrepreensível, suas maneiras são impecáveis, seu gosto é excelente. Você decerto recebeu alguma educação...

– Não ouviu o que Fontaine disse ontem? Sou um vira-latas, uma mancha para a sociedade.

– Não, não é – ela argumentou. – sinto muito você ter ouvido aquilo.

– Não foi nada que não tenha ouvido antes. – ele sorriu e estendeu o braço para tocar a mão dela. – Mas agradeço por ter me defendido.

A sensação de suas peles se tocando era o paraíso. E o inferno. Ele olhou para suas mãos juntas, as dela tão pálidas, tão pequenas e delicadas. Lucien se lembrou de como foi ter aquelas mãos tocando seu corpo, em uma gentil exploração que escondia sua verdadeira fome voraz por ele. Saber que logo perderia esse toque para sempre fez seu coração doer.

Julienne mordeu os lábios.

– Por que dizer coisas tão horríveis sobre você apenas por causa do seu trabalho com comércio?

– Existem outras coisas além disso, Julienne. – ele ficou em silêncio por um instante, querendo esconder as coisas que ela não sabia. Mas o momento era de intimidade, havia uma ternura no olhar dela, e Lucien acabou compartilhando coisas que não discutia com ninguém. – Sou um filho bastardo.

Ela nem piscou.

– Você não tem controle sobre coisas assim!

– Mas fica ainda pior – ele disse secamente, apertando a mão dela em gratidão silenciosa. – sou produto de um longo caso amoroso entre uma cortesã e um nobre.

– Meu Deus!

Lucien esperou que ela juntasse as partes. Levou apenas um momento.

– Remington. Sua mãe é *Amanda Remington*? A famosa cortesã?

Ele assentiu, e se perguntou se Julienne iria menosprezá-lo agora que sabia que ele era filho bastardo de uma prostituta. Uma prostituta monógama, ao menos pelos últimos trinta anos, muito rica, muito elegante, mas prostituta. Aquilo era de conhecimento público. O fato de Julienne não saber apenas provava mais uma vez a distância entre os dois.

– Que romântico – ela suspirou, e Lucien quase caiu do sofá. – Você é filho do amor verdadeiro entre duas pessoas! Tem muita sorte.

Ele a encarou, boquiaberto, sem acreditar no que ouvia.

Com dedos gentis, Julienne fechou sua boca.

– Seu sangue é quase tão azul quanto o meu, Lucien. Agora entendo por que você se comporta com tanto orgulho.

– Você está louca?

– Como é?

Ele balançou a cabeça. Era como se ela não enxergasse suas falhas. Ou talvez não se importasse... A possibilidade fez seu coração acelerar, e uma pequena flama de esperança se acendeu dentro de seu peito.

– Julienne, a cada momento que passo com você, sua ruína fica cada vez mais próxima. Por que não consegue enxergar isso? Sou um bastardo hedonista que merecia ser esquartejado, enforcado, fuzilado, por causa das liberdades que tomei com você.

– *Certo* – ela disse, áspera, puxando a mão e endireitando as costas.

– *Certo?*

– Sim. Certo. Você é um homem horrível. Pronto. Era isso que queria ouvir de mim? Sente-se melhor agora? – ela apanhou a pasta e abriu. – Irei escolher um marido o mais rápido possível para que você não precise mais me encontrar.

Julienne olhou brevemente para a coluna com nomes, depois fechou a pasta com força.

– Escolho o Marquês de Fontaine.

As mãos de Lucien se fecharam em punhos. Ele ficou envergonhado por ter se magoado tanto com as palavras dela, embora fosse seu próprio mau humor quem as provocara. Ferido, disse, em tom rude:

— Fontaine nunca será fiel a você. Ele é igual a mim. Irá se deitar com qualquer rabo de saia que encontre pela frente.

— Eu sei. – a voz dela saiu sem nenhuma censura, nenhuma tristeza.

Sua pronta aceitação de outro homem, uma pessoa que não a merecia, deixou Lucien furioso.

— Isso não perturba você? – ele perguntou.

— Claro que eu gostaria que as coisas fossem diferentes – ela admitiu. – Mas é um arranjo comum, Lucien. Você tem sorte por ter dois pais que se amam. Eles estão juntos há muitos anos, não é? Sua mãe e o duque?

Então, ela sabia quem era seu pai.

— Sim, há quase quarenta anos.

— Uma vida inteira de felicidade. A maioria das pessoas terá apenas alguns momentos disso. Seu nascimento não é motivo para vergonha. Você possui escolhas e muitos caminhos para traçar. O resto de nós tem apenas um caminho.

— Mas... e quanto à sua felicidade? – ele perguntou.

Julienne abriu um sorriso triste.

— Sou uma das que nasceram com apenas uma escolha.

Lucien engoliu em seco, baixando os olhos até a pasta. Lembrou-se de cada nome na lista, homens considerados superiores porque seus pais se casaram, diferente dos pais de Lucien. Ele possuía mais dinheiro do que cada um deles, mais propriedades, e mais afeto por Julienne.

Se ela desistisse de seu título de nobreza, ele entregaria o mundo para ela.

E então, palavras saíram de sua boca antes que pudesse pensar melhor.

— Se está tão aberta a ter um marido mulherengo, então por que não se casa comigo?

A pasta escapou das mãos dela, espalhando papéis por todo o chão. Ela se ajoelhou rapidamente, tentando juntar as folhas.

Lucien se juntou a ela, notando a tremedeira em suas mãos e a respiração entrecortada. Ele não disse nada, surpreso consigo mesmo e com medo de dizer algo que afetaria a decisão dela.

Longos e torturantes momentos se passaram em silêncio.

— Você não vai responder? – ele perguntou, afinal incapaz de aguentar o suspense.

– Perdão? – ela virou a cabeça para encará-lo, com uma expressão perplexa.

– Maldição! Acabei de pedir você em casamento.

Ela fechou os olhos devagar. Julienne hesitou antes de escolher com cuidado as palavras.

– Embora eu admita a necessidade de pressa, não estou desesperada. Tenho vários pretendentes ótimos. Você não precisa fazer esse sacrifício.

Lucien continuou olhando para frente. Ele nunca imaginara que pediria alguém em casamento, mas também nunca imaginara que seria dispensado. Agora, sentia o estômago embrulhado. Talvez Marchant estivesse certo. Talvez estivesse mesmo louco.

Ele segurou a mão dela, parando seus movimentos.

– Entendo que não posso competir socialmente com os outros pretendentes, Julienne, mas posso superar a todos eles quanto a finanças. – Lucien se preparou para colocar para fora seus pensamentos. – Quero você em minha cama. Preciso tanto estar dentro de você que estou quase perdendo a cabeça, e estou começando a pensar que uma vez não será o bastante. Pode demorar semanas, talvez *meses*, para saciar essa vontade. Não importa quantas mulheres eu leve para cama e, inferno, já levei ao menos uma dezena desde que...

– Pare! – ela gritou, levantando-se de repente. – Não quero saber.

Lucien também se levantou, agigantando-se sobre ela.

– Julienne. – sua voz baixou, sedutora. – Sou muito rico. Posso ajudar seu irmão, e posso dar tudo que Fontaine lhe daria, exceto um título. Por acaso isso é tão importante assim?

Ela ergueu o queixo, mostrando os olhos suaves e cheios de lágrimas.

– Não. Eu não me importo com um título, Lucien.

Ele estendeu o braço e capturou sua mão.

– Então, me aceite – ele implorou, sentindo o suor cobrir sua pele. – Eu cuidarei de tudo. Cuidarei de você.

– Oh, Lucien – Julienne sussurrou. – Não posso.

– Por quê?

O queixo dela tremia.

– Porque não aguentaria compartilhar você com mais ninguém.

Lucien ficou perplexo.

– Mas você aguentaria as indiscrições de um nobre? Não entendo.

– Eu sei. – ela suspirou tristemente. – É melhor esquecermos esta conversa. Sua amizade é importante para mim, Lucien. Eu...

– *Amizade?* – as mãos dele apertaram as dela com brutalidade. Julienne estremeceu, mas ele não conseguia soltá-la. – Nós somos mais do que amigos, Julienne. Meus dedos estiveram dentro de você. Eu abracei seu corpo nu junto ao meu. Você tomou meu pau em sua boca...

Ela o interrompeu.

– Por favor, não fique com raiva. Eu nunca tiraria vantagem do seu desejo para forçá-lo a se casar comigo. Você se sentiria miserável preso dessa maneira, e isso me faria miserável também. Posso continuar me encontrando com você. Podemos arranjar...

– Você transaria comigo – ele retrucou –, mas não se casaria comigo? – Ele suava, embora seu coração estivesse congelado.

Uma lágrima rolou pelo rosto de Julienne, partindo de vez o coração de Lucien.

– Você age como se minha bagagem social não importasse para você, mas isso é uma mentira, Julienne. Você me considera inferior. Indigno de casamento. Sou bom o suficiente para o sexo e nada mais. – Lucien soltou suas mãos e se virou. Ele não confiava em si mesmo para continuar tocando-a. Poderia fazer algo estúpido... como cair de joelhos e implorar.

– Isso não é verdade! – ela gritou. – Você sabe que isso não é verdade.

Lucien jogou um olhar furioso, e a visão dela o abalou. A boca exuberante, que havia amado seu corpo com tanto ardor na noite anterior, estava tremendo, e Julienne estava lutando contra as lágrimas.

E o pior era que ele também estava.

Sem dizer uma palavra, Lucien se dirigiu para as portas duplas em direção ao jardim lá fora. Ouviu Julienne chamar seu nome, com a voz falhando em súplica, mas ele não poderia voltar.

Deus, como ele a queria! Suas mãos estavam tremendo e a respiração estava ofegante quando montou seu cavalo no estábulo. Lucien estava completamente abalado e, enquanto se afastava da casa de Julienne, tinha cada vez mais certeza de que esta seria a última vez com que falaria com ela.

CAPÍTULO 7

Julienne observou Lucien de modo ousado, sem se importar com as outras pessoas. Após semanas de exílio voluntário, ele reaparecera na sociedade mais magro e pálido, exibindo olheiras. Não parecia estar bem mas, para Julienne, sua imagem era maravilhosa. Vestido com elegância em traje de gala, ele se destacava da multidão; sua presença era muito marcante e selvagem, apesar do exterior refinado.

Lucien deve ter reparado que Julienne o analisava. Ele virou a cabeça e encontrou os olhos dela, sem alterar em nada sua expressão. Depois, voltou a atenção para sua acompanhante, um mulher do mundo, voluptuosa e obviamente encantada com ele. Era uma *femme fatale* experiente, com cabelos e lábios vermelhos, e apertava os seios contra o braço de Lucien enquanto ele partia o coração de Julienne com um único golpe.

Ela lembrou a si mesma de que nunca tivera direito algum sobre ele. Mesmo quando lhe oferecera casamento, precipitadamente, Lucien não havia concordado em ser apenas dela. Mas isso não a impedia de sentir o estômago embrulhado diante daquela afronta.

— O que está pensando, Lady Julienne? — Fontaine perguntou.

— Estou pensando que você deveria me tirar para dançar.

Seu formoso acompanhante curvou a boca em um sorriso que causava suspiros nas mulheres, mas não afetava Julienne em nada.

— Outra dança? — ele murmurou. — Que deliciosamente escandaloso.

Com habilidade, ele a conduziu da beira da pista de dança até a fila de casais que aguardavam o início da próxima peça. Quando a música começou e eles se moveram junto com os outros dançarinos, ela notou Lucien conduzir a ruiva até um canto deserto, passando a mão no traseiro da mulher. Consternada, Julienne quase tropeçou. Fontaine usou o braço para apoiá-la, impedindo um grande embaraço para os dois.

– Obrigada – ela disse, forçando um sorriso e engolindo seu sofrimento. Justin assentiu.

– Nós nos damos muito bem juntos.

– Sim – ela concordou. – É verdade.

O olhar dele se encheu de satisfação. O casamento rapidamente estava se tornando uma conclusão óbvia. Breve, muito em breve, Julienne teria que explicar as dificuldades de seu irmão. Criado na aristocracia, assim como ela, o atual Marquês de Fontaine sabia como funcionavam os arranjos de casamento nos altos círculos sociais, e a situação dela, embora lamentável, era bastante comum. De fato, ela tinha quase certeza de que ele já sabia dos problemas

Quando a dança terminou, Justin a acompanhou de volta para tia Eugênia antes de se retirar para outro evento. Por mais que tentasse evitar, e Deus sabe que ela tentou, Julienne não conseguia parar de procurar por Lucien. Quando o encontrou, levou a mão à boca, segurando um soluço. Ele estava inclinado sobre sua amante ruiva, sussurrando no ouvido dela e roçando o nariz em seu pescoço, em um descarado ato de sedução.

– Com licença, tia Eugênia. – ela se virou, sentindo um aperto no peito. – Preciso espirrar. – Apressou-se até o corredor mais próximo.

Com medo de entrar no banheiro feminino e dar de cara com outras convidadas, Julienne continuou cruzando o corredor, onde velas apagadas ofereciam alguma privacidade. Entrou no terceiro quarto e fechou a porta. Por um momento, ficou cega no meio da escuridão, mas tateou até encontrar um sofá, onde desabou e começou a chorar copiosamente. Perdida em sua dor, não ouviu a maçaneta girando. Quando uma grande mão cobriu sua boca, Julienne logo abriu os olhos.

E encontrou o olhar furioso de Lucien.

Sua intenção era óbvia quando ele cobriu o corpo dela com o próprio. Removendo a mão de sua boca, ele a substituiu com os lábios, e seu maravilhoso aroma desta vez possuía um toque de conhaque, que encheu o nariz dela e deu um novo sabor aos seus beijos. O coração de Julienne acelerava e seu peito doía enquanto lutava por ar, sentindo o corpo se excitar de súbito, precisando dele assim como precisava de água e comida.

Julienne sentiu gosto de sangue, quando seus dentes cortaram o interior macio dos lábios dele. Lucien também sentiu, e isso pareceu inflamar ainda mais seus movimentos, tomando a boca dela com uma intensidade selvagem. Uma deliciosa onda aqueceu o corpo dela. Contra sua vontade, impulsionou os quadris em direção ao membro ereto de Lucien... precisando que ele preenchesse o vazio que havia deixado dentro dela.

Lucien gemeu diante da resposta dela, passando as mãos por suas curvas, com o calor do pau ereto queimando através do vestido de cetim. Colocou os pés entre as pernas de Julienne, depois as afastou, abrindo-a até onde o vestido permitia.

Onde antes havia afeto e uma exploração carinhosa, agora havia apenas dor e fúria. As mãos de Lucien agarraram os seios dela de um jeito desesperado, doloroso, fazendo-a se contorcer. As mãos de Julienne deslizaram para dentro de seu casaco e colete, arrancando botões em seu desespero para tocar a pele dele. Lucien ergueu as saias, rasgando suas meias. As delicadas fitas do vestido se partiram, como se protestassem com o tratamento grosseiro. Ele ergueu a boca, e ela ofegou buscando ar.

– Você me arruinou. – as mãos dele tremiam enquanto alcançavam debaixo das saias dela. – Fui incapaz de levar outra mulher para a cama... desde a última vez que toquei você.

Ela sufocou um soluço, odiando pensar que ele chegara a tentar ficar com outra mulher, mas ao mesmo tempo sentindo um profundo e infinito alívio por ele ter falhado.

– *Julienne...*

– Vá procurar sua puta – ela gritou, embora o abraçasse com força. Embora rezasse para que ele não fosse.

– Maldição! – ele praguejou, agarrando a coxa dela com força o bastante para machucar. – Você quer mesmo me descartar?

Seus dedos alcançaram a xoxota dela, e ele soltou um gemido torturado.

– Tão molhada, quase pingando. Mais alguém consegue fazer você sentir isso, Julienne? Ou apenas eu?

— Lucien...

— Você quer que eu pare? — ele perguntou com a voz rouca enquanto deslizava um dedo para dentro dela.

Ela tentou se afastar, mas seu corpo traidor o recebeu com uma onda molhada.

— Não quero... sua raiva...

— Você quer a *mim* — ele sussurrou. — Mas você me manda ir atrás de outra mulher. — Ele encostou nela o rosto molhado de suor e sua respiração queimou sobre a orelha dela. — Aquela mulher lá fora... está desesperada por mim, Julienne, tão louca quanto você está, mas ela não vai me rejeitar. Dentro de uma hora, irei penetrá-la profundamente, e ela irá gritar meu nome... enquanto você apodrece em sua cama virginal.

— Bastardo! — ela soluçou, fechando os punhos atrás das costas dele. — Por que está fazendo isso?

— Diga para eu parar, e obedecerei. — a boca dele se movia febril, beijando todo o pescoço dela.

— Vá para o inferno!

— Ah, meu doce — ele murmurou, com sua voz aveludada se enchendo de tristeza e continuando o tormento com os dedos. — Você não consegue dizer, não é? Você me deseja demais.

Julienne gemeu quando o prazer se acumulou, sentindo os dedos de Lucien deslizarem com facilidade em seu néctar, bombeando cada vez mais rápido, fazendo ela se contorcer com a necessidade de receber mais do que aquilo.

— Não está gostoso, meu amor? — ele encostou a testa na dela. — Você está tão molhada, tão quente e apertada. Eu poderia foder você do jeito certo, Julienne. Poderia enterrar meu pau até você gritar de prazer. Você gostaria disso?

Ela o abraçava com força, levantando os quadris para dar mais acesso a ele.

— Lucien...

Ele esfregava o pau duro na perna dela.

— Você irá sentir minha falta quando estiver casada com seu marido mulherengo. Mas eu irei recebê-la quando quiser ser abraçada assim... quando quiser este prazer. Vista aquelas calças e vá para meu clube.

– Odeio você por estar fazendo isto – ela soluçou. E ela odiava a si mesma por amá-lo mesmo assim.

– Mostre o quanto você me odeia, Julienne. Quero sentir quando você gozar nos meus dedos.

Lucien penetrou ainda mais fundo, com habilidade. E ela atingiu o clímax sob seu comando, em um orgasmo quente e explosivo que a deixou gemendo o nome dele. Lucien engoliu esses gemidos de prazer em sua boca, gemendo junto com ela, apoiando seu corpo que tremia sem parar.

Quando acabou, Julienne respirou fundo e reforçou sua determinação. Antes que Lucien pudesse se retirar, ela se levantou, forçando seus dedos a saírem dela e jogando-o no chão. Em um instante, ela estava por cima dele, montando suas coxas e prendendo as mãos dele sob os joelhos, usando o peso do corpo para prendê-lo no chão. Retirou as longas luvas e abriu as calças dele.

Ele rosnou.

– O que está fazendo?

Olhando para suas lindas feições, Julienne observou o turbilhão de emoções em seus olhos. Puxou seu membro para fora e o agarrou com firmeza. O sorriso dela era selvagem.

– Não sobrará mais nada para aquela mulher quando eu terminar com você, Lucien Remington. – ela se abaixou e lambeu os lábios dele, desfrutando de seu sabor. Suas mãos deslizaram pela quente extensão de seu pau, amando a sensação. – Vou drenar você por inteiro.

– Eu posso facilmente tirar você de cima de mim – ele ameaçou.

– Ah, mas você não vai. – os polegares dela passearam pela cabeça inchada de seu pau, sentindo a umidade do sêmen em toda parte. – Você me deseja demais.

Ele fechou os olhos com força, praguejando por ser incapaz de impedi-la.

– Você gozou quando eu gozei, Lucien? – ela lambuzou a palma das mãos, depois envolveu seu membro com cuidado. – Que coisa mais safada. Mas você ainda está duro, pronto para gozar de novo.

Os quadris dele começaram a impulsionar para cima quando ela usou as duas mãos para masturbá-lo.

– Céus... Julienne... – O suor escorria de suas sobrancelhas, molhando as mechas de cabelo em sua testa.

– Que pena para sua mulherzinha – ela murmurou. – Eu não tenho experiência com a anatomia masculina, mas sei que você é bem dotado. Tão grande e tão quente. Minhas mãos mal conseguem envolver seu pau. – Ela pressionou a boca contra a orelha de Lucien. – Como um garanhão selvagem. Mas aquela mulher lá fora não terá o prazer de cavalgá-lo hoje. – Mordendo a orelha dele, ela sussurrou sensualmente: – Você nunca será meu mas, pelo menos hoje, você também não será dela.

Lucien rosnou.

Ele apertou os joelhos dela, e o pau pulsou forte em suas mãos. Julienne memorizou a beleza de seu rosto corado de desejo, com seus lindos olhos cerrados, a boca inchada e ofegante. Aumentou o ritmo, passando os polegares sobre a ponta molhada, querendo dar prazer a ele. Aumentando a urgência das mãos, Julienne adorou os sons guturais que escapavam da garganta dele.

Ela adorava toda a sensação de seu corpo, como suave cetim sobre aço rígido, e a maneira como ele gostava de receber prazer, de um jeito forte e primitivo. Seu corpo inteiro enrijeceu debaixo dela, e o membro inchado em suas mãos dizia o quanto ele estava perto.

– Goze para mim, meu querido – ela pediu. – Goze até não sobrar nada para nenhuma outra mulher.

Ele praguejou, depois torceu os quadris, liberando seu sêmen em poderosos jatos pelo tapete. Julienne continuou os movimentos, ordenhando tudo que havia para retirar, até suas mãos ficarem cobertas com o sêmen, até Lucien desabar de exaustão, estremecendo e ofegando.

Foi só então que ela o soltou. Julienne cobriu seu rosto com leves beijos enquanto retirava com cuidado sua gravata. Então, ela usou o tecido para limpar as mãos, levantou-se e jogou a gravata manchada no peito dele.

– Adeus, Lucien.

Gloriosamente enraivecida, ela o deixou arruinado no chão.

CAPÍTULO 8

Julienne encontrou a tia Eugênia e deixou o salão na mesma hora.

Ela ficou aliviada ao voltar para Montrose Hall. Com suas emoções em ebulição, tudo o que queria era um copo de vinho e um banho quente. Quando o mordomo fechou a porta atrás delas, a governanta se aproximou com uma carta nas mãos.

— Lorde Montrose retornou nesta noite, milady. Recebi instruções de lhe entregar isto assim que chegasse.

— Oh, céus! — Eugênia murmurou. — O que foi agora?

Julienne abriu a carta e a leu rapidamente. Furiosa, bateu o pé no chão de mármore.

— O idiota voltou para Londres e em seguida saiu para uma festa.

— *Uma festa?* Com tudo que passamos nas últimas semanas?

— Preciso de meu sobretudo de volta — Julienne informou o mordomo assustado. — E peça para trazerem a carruagem de novo.

— Não, Julienne.

Ela se virou para sua tia com os olhos arregalados.

Eugênia balançou a cabeça.

— Nossa posição é muito precária. Arriscar sua reputação em um momento como este pode nos levar à ruína. Estou envergonhada por permitir que Hugh aja dessa maneira e por você ser a pessoa que sempre vai atrás dele. – ela suspirou. – Lamento não ter cumprido muito bem meu papel de discipliná-lo. Está na hora de corrigir isso. Eu irei atrás dele.

Julienne se aproximou e beijou o rosto de sua tia.

– Você fez um trabalho excepcional. Mas precisa confiar em mim. Os lugares que Hugh frequenta deixariam você com palpitações, e não queremos isso.

– Ora, não tenha tanta certeza. Eu já fui casada, e você é apenas...

– Você sabe o que é um consolo?

Os olhos de Eugênia se arregalaram.

– Céus!

– Ou o que é o *Kama Sutra*?

Eugênia sacudiu as mãos na frente do rosto.

– É claro, já ouvi sobre essas coisas, mas saber que você foi exposta a esse tipo de coisa... Deus do céu...

– Viu só? Já está à beira de uma crise de nervos. – Julienne agarrou o cotovelo de sua tia e a conduziu para a escadaria. – Eu vou atrás de Hugh.

– Você não pode voltar para o clube de Remington! Se Fontaine ficar sabendo...

– Não acho que Hugh foi até lá – ela disse secamente. – Ele deve muito dinheiro a Remington.

– Muito dinheiro... Oh, Deus do céu, estamos arruinados! – Eugênia balançou a cabeça, resignada.

– Calma. Peça um chá quente e relaxe. Não se preocupe. Eu encontrarei Hugh e nós resolveremos toda essa confusão. – ela impulsionou sua tia pelos degraus.

– Não acho certo você sair sozinha tão tarde da noite, Julienne.

– Eu sei – ela a tranquilizou. – Não vou demorar.

– Na última vez que disse isso, você passou a noite com Lucien Remington!

– Tia Eugênia! – Julienne olhou ao redor do saguão. – Fale baixo!

Sua tia resmungou enquanto subia até o andar de cima, olhando de volta para o saguão, indecisa a cada degrau.

Julienne entrou no escritório para esperar a carruagem e serviu-se de dois dedos do caro conhaque de Hugh. Ergueu a taça e tomou de um gole só, tossindo e estremecendo quando a potente bebida queimou sua garganta. Seu corpo ainda vibrava por causa do orgasmo que tivera mais cedo, mas, lá no fundo, seu coração estava gelado. As coisas que Lucien disse... Aquela mulher que estava com ele...

Não. Ela não podia pensar nisso agora, ou ficaria louca.

Precisava pensar em Hugh, que não perdia por esperar. Ela estava cansada de sua irresponsabilidade e, no momento, estava furiosa com todos os homens do planeta.

Seu irmão estava prestes a descobrir isso em primeira mão.

Já era quase madrugada, e Julienne estava perto da exaustão quando a carruagem parou no quarto estabelecimento. Ela estava confiando no cocheiro para encontrar seu irmão baseado em seu conhecimento sobre os lugares favoritos de Hugh. Esta era sua parada final. Se não fosse a espelunca certa, ela retornaria para Montrose Hall e esperaria até ele voltar.

O cocheiro desceu os degraus e fez as perguntas necessárias. Momentos depois, abriu a porta da carruagem.

— Lorde Montrose chegou faz uma hora, milady.

— Ótimo. — ela desceu da carruagem e ajustou o sobretudo ao redor do corpo.

Enquanto subia a curta escada, Julienne admirou o belo estilo georgiano. Era grande para uma casa na cidade, e a linda fachada ostentava orgulhosa a riqueza do proprietário. A porta foi aberta e ela entrou, usando o capuz para esconder seu rosto.

Encontrou o irmão em um salão de bilhar ricamente ornamentado, cercado por um grupo grande e barulhento de cavalheiros e cortesãs. Julienne esperou que ele a notasse na porta, pois não queria arriscar colocar o pé dentro do salão. Hugh conversava com uma morena quando olhou em sua direção. Apesar do capuz e do sobretudo, ele a reconheceu. Seu riso sumiu, transformando-se em olhos arregalados e uma boca aberta de horror. Deixou seus companheiros sem dizer nada e se apressou na direção dela com longas passadas. Agarrando seu cotovelo, puxou-a para as sombras.

Hugh La Coeur era conhecido por muitas coisas além de seu gosto pelo hedonismo. Ele era um homem muito bonito, com cabelos dourados e olhos negros. Já tinha saído de dois duelos, e era considerado um especialista nas artes da esgrima e do tiro. Se ao menos tivesse o mesmo foco para ganhar dinheiro, eles poderiam sair do atoleiro financeiro em que se encontravam.

– Jules, que diabos você está fazendo aqui? – ele disse.

– O que você acha, Hugh? – ela erguei a voz com raiva. – Seu irresponsável, egocêntrico...

Ele cobriu a boca dela com sua mão cheirando a tabaco e a puxou pelo corredor. Abrindo uma porta, empurrou-a para dentro de um salão pouco iluminado. – Se Fontaine souber que você esteve aqui, seria um desastre!

Julienne se debateu para livrar o braço.

– E então ele não me pediria em casamento, e você ficaria arruinado em dívidas. Entendo muito bem a sua preocupação!

Hugh teve a decência de ficar corado.

– Você também ficaria arruinada – ele acrescentou asperamente.

– A esta altura, Hugh, acho que valeria a pena perder minha reputação para que você aprendesse uma lição. – ela fez um gesto no ar com as mãos. – Seus dias de farra acabaram. Eu aprendi a gostar de Lorde Fontaine. Fico triste ao pensar que o dinheiro dele vai servir para pagar suas indulgências egoístas. Mas não vou permitir que ele sustente você para sempre. Precisa assumir seu dever para com o título. Você precisa cuidar das propriedades, deixar os inquilinos contentes e encontrar alguém de confiança para fazer investimentos em seu nome.

Hugh ficou boquiaberto.

– Você está louca? Não vou me envolver com comércio!

– Engula seu orgulho – ela retrucou. – Você torrou séculos de herança dos La Coeur em menos de uma década. Agora, precisa encontrar um modo de reconstruir nosso patrimônio. – Ela cruzou os braços e erguei o queixo. – E vai começar agora. Você não tem mais o luxo de participar de festas como esta. Deveria estar em casa, dormindo, preparando-se para o trabalho duro do dia seguinte.

– Maldição. – ele colocou as mãos nos quadris. – Você não pode dizer o que eu devo ou não fazer!

– E você não vai me prostituir para financiar seu estilo de vida!

Hugh ficou chocado e sem palavras. Ele ainda era jovem o bastante para que o efeito de seu hedonismo não fosse evidente em suas feições, mas isso não duraria muito. Se continuasse assim, envelheceria antes do tempo. Mas Julienne lutaria com unhas e dentes para que isso não acontecesse.

Ele baixou a cabeça.

– Ah, que inferno, Jules. Você está correta, como sempre. Sinto muito mesmo por nos colocar nessa situação. – passou a mão sobre os cabelos e olhou para ela com olhos repentinamente cansados. – Não mereço ser um Montrose. Nunca mereci. Você não tem ideia do quanto eu queria que o papai e a mamãe estivessem vivos. Sinto falta deles, e ainda tenho tanto para aprender...

– Entendo, Hugh, de verdade. Mas você é o único que pode fazer isso – ela disse com um suspiro. – Todos têm responsabilidades na vida. Este é o fardo que você precisa carregar. Vou ajudá-lo o melhor que puder para você encontrar seu caminho, mas precisará fazer o que for necessário para permanecer lá.

Ele começou a andar de um lado a outro.

– Você já discutiu nossa situação com Fontaine?

– Ainda não.

– Mas, Jules, você precisa contar a ele.

Julienne cerrou os olhos.

– Exatamente qual é o tamanho do nosso problema?

Ele corou, e ela sentiu o estômago dar um nó.

– Vá direto para o total! – ela mandou. – Não tenho estômago para ouvir de onde vem cada centavo.

Hugh parou de andar e a encarou de frente.

– A maior parte são dívidas de jogo.

– Estou ciente disso. Qual é o valor, Hugh? – ela esfregou a testa, lutando contra uma dor de cabeça.

– Bom, eu devo para o White vinte mil libras e...

– *Vinte mil?* – ela gritou.

– Quieta, Jules! – ele estremeceu e olhou para a porta. – Acho que é melhor você se sentar.

— Meu Deus... – ela murmurou, arregalando os olhos. Julienne começou a bater rapidamente o pé sobre o tapete. – Diga que esse é seu maior credor...

— Olha, Julienne, entendo que...

— Deixe de rodeios. Não temos a noite toda.

— É melhor conversarmos sobre isso em casa.

— Ah, não. Aqui mesmo está ótimo. – ela arqueou uma sobrancelha. – Quem é seu maior credor, e quanto você deve?

Os ombros de Hugh murcharam.

— Remington. Eu lhe devo cem mil libras.

Julienne cambaleou para trás.

— *Cem mil?* – ela exclamou enquanto o sague sumia de seu rosto. – Para Lucien Remington?

Ele estendeu o braço para apoiá-la.

— Não desmaie, Jules – ele implorou. – Sinto muito por tudo isso, mas o bastardo do Remington manteve minha conta aberta. O clube de White cortou meu crédito quando atingi vinte mil...

— Chega! – ela disse, empurrando-o. – Não culpe Lucien Remington por sua fraqueza. Não vou tolerar qualquer crítica a ele. Entendeu? *Qualquer crítica.* Ele venceu na vida, construiu um império. *Você* fez isto conosco. Você *sozinho* é o responsável.

Hugh se encolheu diante daquele tom áspero, um tom que ela nunca usara com ele antes.

— Remington pode nos arruinar!

— E quem deu esse poder a ele? – ela retrucou.

Ele abriu a boca para falar, mas ela o interrompeu erguendo a mão.

— Estou exausta, e não quero continuar discutindo seus problemas. Vá buscar seu casaco. Estamos indo embora.

Quando a porta do salão se fechou, as duas figuras entrelaçadas no sofá se separaram, e uma delas se endireitou.

— Fascinante... – Amanda murmurou, ajeitando o espartilho.

Magnus, o Duque de Glasser, afastou os cabelos negros para beijar seu pescoço.

– Não tão fascinante quanto aquilo que tenho aqui – ele murmurou malicioso.

– Glass, pelo amor de Deus. Você não percebeu que acabamos de conhecer nossa futura nora? – ela afastou as mãos dele.

O duque deu um longo suspiro e depois se sentou ao seu lado.

– Nós não *conhecemos* ninguém. Nós apenas ouvimos escondidos. E parecia que a garota estava de olho em Fontaine. Por que ela aceitaria Charles?

– *Charles?* – ela revirou os olhos. – Pelo amor de Deus, Glass, preste atenção. Estou falando de Lucien.

– Lucien? – ele repetiu, confuso. – Ela é filha de um conde. E, pelo visto, está a caminho de se tornar marquesa. O que ela faria com Lucien?

– O que uma mulher *não* faria com Lucien? Ele é lindo como você. – ela sorriu sedutora. – E você não ouviu quando Lady Julienne o defendeu? Havia algo estranho em sua voz. Ela *gosta* dele.

– Muitas mulheres gostam de Lucien – Magnus comentou com uma boa dose de orgulho paterno. – Mas isso não significa que ele quer se casar com elas. Talvez ele nem a conheça.

Amanda tentou ajeitar os cabelos.

– Confie em mim, meu querido. As mulheres sabem dessas coisas. Lady Julienne ficou pessoalmente ofendida com os comentários de Montrose. Posso assegurar que eles já se encontraram. Você verá que estou certa.

Ela soltou um grito quando ele a jogou de volta no sofá.

– Tenho uma coisa para te mostrar – o duque disse. – Bem aqui.

– Você parece horrível.

Lucien fechou o rosto enquanto andava agitado pelo salão de jogos em seu clube.

– Vá para o inferno, Marchant.

Seu contador riu.

– É cedo demais para você estar aqui.

– *Você* está aqui – Lucien retrucou.

– Estou sempre aqui nesse horário. – Marchant suspirou diante do olhar cético de Lucien. – Você não faz mesmo ideia das coisas que me paga para fazer, não é?

Lucien parou e encarou Marchant.

– Tenho certeza que não pago você para me perseguir e me insultar, então vá embora.

– Quero conversar com você sobre uma coisa, Lucien.

– Não agora. Não estou com humor para isso.

– É sobre o seu humor mesmo que quero falar.

– Mas que maldição! – Lucien se inclinou sobre a mesa de jogo e cruzou os braços, sentindo sua cabeça latejar ferozmente. – Então fale de uma vez. E seja rápido.

– Eu lhe dei um conselho ruim no outro dia.

Lucien ergueu uma sobrancelha.

– Isso não é algo que quero ouvir, Harold. Pago você por causa dos seus conselhos. Se não vale a pena, posso mandá-lo para a rua.

– O empregado dentro de mim está tremendo nas bases – Marchant disse ironicamente. – Mas, como seu amigo, preciso continuar mesmo assim.

Lucien apertou os olhos. Que Deus tenha piedade.

– Não acho que você deva permitir que Lady Julienne se case com qualquer homem daquela lista que preparei para você.

Lucien abriu os olhos na mesma hora.

– Por quê? O que há de errado com eles?

– A questão não é o que há de errado com eles, mas o que há de errado com você. – os olhos de Marchant estavam compreensivos debaixo dos óculos. – Você está apaixonado.

– Não, não estou!

– Está sim. Ultimamente, ninguém consegue tolerar você. Os empregados estão te evitando, os clientes estão desviando de sua companhia, você está bebendo até cair todas as noites, e, em vez de voltar para casa, está dormindo em seu aposento no andar de cima.

– Sou dono deste maldito lugar! – Lucien rosnou. – Posso passar a noite aqui quando eu bem entender.

– Você está dormindo no Quarto Safira por causa dela – Marchant argumentou.

Lucien baixou a cabeça. Não havia razão para negar. Seu contador era muito inteligente.

– Você disse para eu ficar longe dela, Harold.

– Eu pensei que ela era apenas uma diversão temporária para você. Agora parece óbvio para mim, e para todo mundo, que ela significa muito mais.

– Meus sentimentos não importam. Não sou digno dela.

Marchant suspirou.

– Você acha que conseguirá viver consigo mesmo sabendo que ela está casada com outro? Um homem que você vê regularmente dentro do próprio estabelecimento? Acha que conseguirá ficar de boca fechada, e conter seus punhos, quando ele usar as cortesãs enquanto a mulher que você cobiça espera por ele em casa? Como se sentirá quando Lorde Fontaine vier para celebrar o nascimento do primeiro filho deles?

– *Já chega!* – Lucien gritou, com o peito apertado de fúria e sofrimento. Pensar em Julienne pertencendo a outro homem era demais. Se ele não pudesse tê-la, então não queria que mais ninguém a tivesse. Mas as coisas não poderiam ser dessa maneira. De algum jeito, ele teria de encontrar as forças para viver com isso.

– Podemos viver com alguns erros, mas não com outros. Só você pode determinar que tipo de erro será este. – Marchant se virou e começou a ir embora.

– Harold.

O contador parou.

– Obrigado.

– Lucien, meu querido. Pontual como sempre.

Lucien sorriu com afeto para sua mãe enquanto era conduzido para dentro da sala. Tons de rosa e lilás complementados com dourado e cetim faziam do lugar um refúgio inteiramente feminino. Inclinando-se sobre ela, Lucien beijou os dois lados de seu rosto.

– Você está linda, mamãe.

Ela esperou até ele se sentar à sua frente antes de servir o chá.

– Você parece péssimo – ela disse sem rodeios. – Perdeu peso? – Amanda entregou xícara e pires a ele. – Isso tem algo a ver com Lady Julienne La Coeur?

Surpreendido, Lucien se atrapalhou e derramou o líquido quente.

– Como é? – deixando a xícara sobre a mesa, ele levou os dedos queimados até a boca.

– Eu disse que você está péssimo.

– Essa parte eu ouvi – ele murmurou, limpando a mão em um guardanapo de linho. – Não entendi o resto.

– Você entendeu muito bem. Conheci seu amor na noite passada.

Lucien piscou incrédulo, sentindo a cabeça girar.

– O que foi que você disse?

Amanda colocou dois torrões de açúcar em seu chá.

– Ela é adorável e impetuosa.

– Julienne esteve *aqui*? – ele se levantou de repente. – Na *noite passada*?

– Sente-se, Lucien. Vou ficar com o pescoço dolorido de olhar para você.

Fechando o rosto, ele se sentou.

A sua Julienne? *Aqui?* No meio do submundo de Londres? Ele sentiu seu rosto corar.

– Você se incomoda por ela ter vindo até aqui? – sua mãe perguntou.

– Por que ela veio?

Amanda sorriu.

– Ela veio arrastar aquele irmão incorrigível para casa.

Lucien se levantou de novo.

– Montrose está de volta? – ele engoliu em seco. Isso era terrível. Agora Fontaine poderia pagar suas dívidas.

– Lucien, por favor! Sente-se.

Mais uma vez ele obedeceu e se sentou.

– O que aconteceu? – ele perguntou com a voz rouca, lutando contra um leve pânico.

– Ela foi muito firme com ele, repreendendo e ordenando que começasse a aceitar suas responsabilidades.

Lucien não conseguiu segurar um sorriso. Essa era sua Julienne, passional, audaciosa, sincera.

Amanda também sorriu sobre a borda da xícara.

— E, quando Montrose fez um comentário maldoso sobre você, ela o defendeu. Pena que você não ouviu. Ela foi magnífica.

A náusea que ele esteve sentindo por toda a manhã piorou.

Na noite passada. Após as coisas que ele fez e disse a ela, Julienne o defendera mesmo assim.

Ele deixou a cabeça cair entre as mãos. Maldição. Lucien se sentiria melhor se ela tivesse falado mal dele junto com o irmão.

Quando acordou pela manhã, tinha certeza que não havia pessoa pior no mundo do que ele. Achava que era impossível se sentir pior do que aquilo. Mas agora se sentia. Muito pior.

Como ele poderia consertar as coisas? Na noite passada, com a cabeça cheia de conhaque, o ciúme o consumiu por dentro. Julienne permanecera a noite toda conversando com Fontaine. A visão deles juntos o devastou ainda mais. Eles formavam um belo casal: dois aristocratas loiros e perfeitos. O elegante marquês claramente havia declarado sua posse sobre Julienne, e tudo que Lucien queria era arrancá-la dele.

Naquela noite, ele estava determinado a deixá-la com o mesmo ciúme que sentia, queria forçá-la a compartilhar o mesmo sofrimento. Mas, quando conseguiu, quando ela saiu correndo do salão, perturbada, ele a seguiu, incapaz de se conter. O aroma dela, a sensação de sua pele, o sabor de sua boca: ele estava consumido por uma loucura infinita. A ideia de perdê-la era insuportável, e ele queria ouvir Julienne dizendo a mesma coisa sobre ele. Lucien queria que ela lutasse por ele e, depois, queria muito mais.

— Lucien? — a voz de sua mãe estava cheia de preocupação.

Ele deslizou as mãos pelos cabelos até chegar à nuca, depois olhou para a mãe com um sorriso forçado.

— Estraguei tudo de novo.

Nesse momento, a porta do salão se abriu.

— Bom dia! — o duque cumprimentou ao entrar.

Lucien se levantou da cadeira e estendeu a mão para o homem com quem possuía uma semelhança notável.

— Bom dia, meu pai.

— Você parece péssimo, filho.

— Já me disseram isso. Várias vezes.

— Seu pai acha que Lady Julienne seria perfeita para Haverston — Amanda murmurou.

— O quê?

Os olhos de Lucien se arregalaram de horror. Havia apenas uma maneira de tornar sua vida ainda pior: que seu irmão mais novo, Charles, o atual Marquês de Haverston e futuro Duque de Glasser, cortejasse e (Deus o livre!) se casasse com Julienne.

Magnus jogou um olhar para sua amante de longa data.

— Pelo jeito, você estava certa, meu amor — ele admitiu.

Amanda sorriu triunfante.

— Eu sempre estou.

O duque resmungou e se abaixou para beijar seu rosto.

— Preciso sair. Carolyn foi convidada para um chá e devo acompanhá-la.

— É claro — ela respondeu, sem mostrar sinal de mágoa ou irritação pela menção da Duquesa de Glasser. Após tantos anos juntos, Amanda sentia confiança no amor do duque por ela e, sabia que, após o nascimento de Charles, o herdeiro, ele nunca mais tocara sua esposa de novo. — Volte para mim assim que puder.

— Não duvide disso. — Magnus a beijou outra vez.

Lucien observou a troca de afeto como sempre fazia, mas hoje a cena teve significado maior. Era uma lembrança da dura realidade onde as pessoas não se casam fora de suas classes. Se fosse sincero consigo mesmo, ele admitiria que o melhor que poderia esperar era se tornar amante de Julienne após ela se casar. Esse arranjo poderia ser quase perfeito. Ele não precisaria se casar, e Julienne poderia ter o título que merecia. Mas Lucien sabia que nunca conseguiria compartilhá-la com outro homem, e Julienne também não aceitaria um acordo desses. Ela levava a sério suas responsabilidades e nunca trairia seu marido, mesmo se tal marido fosse infiel.

Após o duque se retirar, sua mãe voltou a atenção para ele.

— Você pretende permitir que Lady Julienne se case com Fontaine?

— Não tenho escolha.

— Por que não?

– Eu me propus a casar com ela, mas ela se recusou.

– *Lucien!* – Amanda juntou as sobrancelhas, algo que nunca se permitia fazer, pois temia criar rugas. – Você a ama. – Foi uma afirmação, não uma pergunta.

Lucien ergueu a xícara.

– Eu a desejo.

Ela suspirou.

– Pelo amor de Deus, meu querido, sou sua mãe. Não pode mentir para mim.

– Não é mentira.

– Com certeza tem algo mais nessa história.

– Como o quê? – ele murmurou. Primeiro foi Marchant, agora era sua mãe. Será que todos estavam determinados a se intrometerem em sua vida?

Amanda pousou as mãos sobre a mesa.

– Como quando ela foi rápida para defender você. Por que isso? Ainda por cima, contra o próprio irmão. Aliás, eu o ouvi dizer que deve cem mil libras a você, Lucien. Você nunca permitiria Montrose aumentar tanto sua dívida sem um bom motivo. – os olhos dela se acenderam como se descobrisse ouro. – Você está planejando usar os problemas do conde para ficar com a irmã dele? Algo tão dissimulado só poderia ser coisa sua mesmo.

– Obrigado pela confiança – ele disse ironicamente. Era mesmo uma ideia interessante. Até se surpreendeu por não ter pensado nisso antes.

Amanda aproveitou seu sorriso revelador.

– Qual é seu plano? – ela perguntou ansiosa.

– Não tenho um plano. Estava esperando até que uma solução surgisse.

– Ora, não me venha com essa. Você sempre tem um plano. Foi assim que ganhou mais dinheiro do que seu irmão.

– Mamãe – Lucien fez uma pausa enfática –, não sei que impressão você teve ao encontrar Julienne ontem, mas posso assegurar que ela não gosta de mim no momento.

Sua mãe franziu as sobrancelhas de novo.

– Você a quer?

— É claro — ele admitiu. — Só não sei de que maneira eu a quero. Ou por quanto tempo, o que foi a razão para ela me recusar. — É claro, ele também estragou tudo ao acusá-la de coisas que ela não era capaz de fazer.

— Diga para mim o que você falou para ela, e então direi onde você errou. Ele riu.

— Por que você acha que o erro foi meu?

Amanda se inclinou para frente, e Lucien foi surpreendido pela sinceridade em sua voz.

— Você merece ser feliz. Se Lady Julienne o faz feliz, então você deveria lutar até a morte por ela. Você *merece* uma esposa de alta classe. Nunca duvide disso.

— Eu não mereço Julienne. — não havia amargura em sua voz, apenas resignação.

Uma dor surgiu nos olhos de sua mãe.

— Eu sou a única diferença entre você e Fontaine. Você é mais rico, mais bonito, e seu sangue é quase tão azul. Está com vergonha de *mim*, Lucien? Você sente que não merece Julienne La Coeur porque sua mãe é uma cortesã?

— Não. — ele estendeu o braço sobre a mesa em busca de sua delicada mão e a apertou em um gesto tranquilizador. — Não tem nada a ver com você. Nunca fui um bom homem, nunca nem quis ser um bom homem, e sempre fui perfeitamente feliz assim. Não tenho desejo algum de mudar. Julienne é um anjo, a coisa mais pura que já encontrei. Se aceitasse minha proposta de casamento, ela teria de se afastar da única vida que conhece. Em algum momento, ela passaria a me odiar por isso.

— Acho que você subestima a força dela, Lucien. Você não fará dela uma pessoa pior. Em vez disso, ela fará de *você* uma pessoa melhor. — Amanda lançou um olhar de soslaio. — Ela se ofende por você ser filho ilegítimo?

— Não. — Lucien sorriu. — Ela acha que sua relação é romântica.

— E é mesmo — ela disse, com um sorriso orgulhoso. — Gostei daquela garota na noite passada. Gosto ainda mais agora. Ela parece ser uma mulher muito prática.

Lucien ergueu uma sobrancelha.

— Eu reconheço esse olhar. Fique fora da minha vida privada, mamãe. Eu já faço um excelente trabalho estragando tudo sozinho. Não preciso de ajuda nesse quesito. – ele se levantou. – Preciso ir agora. Tenho trabalho a fazer.

– E muita coisa para pensar também.

Ele sorriu com afeto e ignorou seu último comentário.

– Vejo você na semana que vem.

Após seu filho se retirar, Amanda Remington se recostou na cadeira e contemplou o que faria a seguir. Ela sabia do que seu filho precisava, mesmo que ele não admitisse.

E ela sabia como ajudar.

CAPÍTULO 9

Hugh La Coeur, o sexto Conde de Montrose, parou no degrau de sua carruagem e sorriu diante da imponente entrada de três andares do Clube de Cavalheiros de Remington. O sol da manhã brilhava sobre a fachada branca enquanto vários membros da nobreza saíam e entravam no popular clube. Atrás dele, o trânsito estava pesado na St. James. O barulho rítmico das rodas de carruagem e dos cascos de cavalos o lembrava que a vida continuava agitada para o resto de Londres, enquanto ele se preparava para encarar seu maior e mais feroz credor.

Dando um profundo suspiro para tomar coragem, Hugh subiu os degraus até as portas duplas da entrada. Um mordomo o recebeu, e Hugh entregou chapéu, luvas e bengala. Entrando no saguão oval, que tinha o chão de mármore preto e branco, ele mais uma vez admirou o imenso candelabro que se pendurava três andares acima, com uma grande mesa redonda logo abaixo. Um arranjo floral gigante dominava o centro da mesa, e sua fragrância inebriante permeava todos os cantos do saguão.

Logo à frente ficava a área de jogos. De lá, o caminho levava ou para os andares superiores – onde ficavam o salão de esgrima, as cortesãs e os quartos privados – ou para os andares inferiores, onde ficavam os ringues de pugilismo. Para a esquerda ficava a cozinha. À direita ficava o escritório de Lucien Remington.

Hugh olhou uma última vez para o salão de jogos e depois virou para a direita. Entrou pela grande porta de madeira, que tinha uma janela oval no centro, e entregou seu cartão para o secretário, pensando que fosse esperar bastante para ser atendido. Ficou surpreso quando foi anunciado no mesmo instante.

Uma tremedeira nervosa o assolou quando entrou na sala particular de Lucien Remington. Nunca esteve no escritório antes, por isso olhou ao redor com curiosidade. A primeira coisa que notou foi a escrivaninha de mogno, que ficava em frente à porta. O enorme móvel era rodeado nos dois lados por janelas que iam do chão ao teto, e a escrivaninha estava coberta de papéis, em uma confirmação silenciosa do poder e alcance do império de Remington.

A sala era decorada em tons masculinos de verde-escuro, creme e dourado. Uma lareira imensa à esquerda era o ponto focal de uma área de conversa onde se encontravam um sofá e duas poltronas de couro. Prateleiras de livros do chão ao teto tomavam todo o espaço disponível nas paredes. À direita, janelas permitiam a visão das ruas lá em baixo.

– Boa tarde, Lorde Montrose. Espero que tenha aproveitado sua estadia no campo.

Hugh se virou em direção àquela voz grave e viu Remington atrás da escrivaninha, com seus famosos olhos azuis acesos com diversão enquanto gesticulava para uma das cadeiras.

– Como sabia onde eu estava? – Hugh perguntou irritado enquanto se sentava.

– Você me deve cem mil libras, milorde. Dificilmente eu deixaria você sumir.

Hugh fechou o rosto.

– É uma gota no oceano para você, Remington.

– É verdade. Agora, imagino que você tenha vindo me pagar?

Ajeitando-se desconfortavelmente na cadeira, Hugh disse:

– Eu estava esperando fazer um acordo para realizar o pagamento.

Uma sobrancelha negra se ergueu.

– Entendo. E o que você propõe?

– Ao fim do ano, posso pagar metade do que devo, depois...

Remington levantou a mão.

– Não vou aceitar o dinheiro de Fontaine. *Você* deve a mim. *Você* irá pagar.

– Maldição! – Hugh corou de raiva e vergonha. – Dinheiro é dinheiro. Por que se importa de onde vem?

– Acontece que para mim isso é importante.

– Se você quer que eu pague do meu próprio bolso, isso levará anos.

– Não quero esperar mais. Você deve me pagar agora, ou escute minha proposta alternativa.

Hugh ficou desconfiado.

– Que proposta alternativa?

Remington se recostou na cadeira e cruzou os braços sobre o peito.

– Eu gostaria de me encontrar com sua irmã socialmente. Você irá facilitar isso para mim. Para cada encontro, cada dança, cada momento privado com ela, eu reduzirei sua dívida em dez mil libras.

Hugh ficou boquiaberto.

– Maldição. Isso é uma extorsão.

Remington não disse nada.

– Lady Julienne está perto de anunciar seu noivado com o Marquês de Fontaine. Seu pedido poderia comprometer seriamente o interesse dele por ela.

Remington permaneceu em silêncio.

– Ela é uma debutante, Remington, não uma de suas cortesãs. Não vou prostituí-la por causa das minhas dívidas.

Remington ergueu as sobrancelhas, e Hugh corou de vergonha diante da insinuação de que ele já estava fazendo exatamente aquilo.

– Fontaine oferece casamento – ele argumentou.

– Eu também.

Hugh engasgou.

– Que diabos está dizendo? Isso está se tornando cada vez mais ultrajante. Julienne não pode se casar com *você*! Pelo amor de Deus, ela é filha de um conde.

– E eu sou filho de um duque.

– Bom, sim, mas você é... bem... você é... Maldição, você sabe muito bem o que é! As coisas são muito diferentes entre ela e você.

Remington encolheu os ombros, sem se deixar perturbar.

— Então, casamento está fora de questão, por enquanto. O que nos leva à minha proposta original. Você pode começar esta noite. Quero uma dança com Lady Julienne. Se você conseguir, poderá deduzir dez mil libras de sua dívida.

Hugh correu as duas mãos pelos cabelos antes de massagear as têmporas.

— Ela irá se casar, Remington. Por que não procura outra mulher mais disponível?

— Tenho meus motivos. — Remington apoiou os cotovelos sobre a mesa. — Sou um homem muito ocupado, Montrose. Decida agora: o valor total ou dez momentos com sua irmã. O que vai ser?

— Isso é terrível.

— Acha mesmo?

— Você está louco.

— Provavelmente.

Hugh estava atordoado e praguejando contra si mesmo por colocar Julienne nessa situação. Ela estava correta. Era hora de colocar seus assuntos em ordem.

— E se ela recusar?

— Se isso acontecer, permitirei que ela me recuse. Mas ela terá que me recusar todas as dez vezes.

— Maldição, isso é abominável. Remington, você está longe de ser um cavalheiro.

Lucien riu.

— Nunca disse que era.

— Eu tenho condições.

— Foi o que pensei.

— Uma acompanhante deve estar presente nos encontros.

— É claro.

— Se eu conseguir qualquer quantia do dinheiro por conta própria, poderei descontar da dívida.

— Feito.

— E... — Hugh corou — ela deverá permanecer intocada. Nem pense em arruiná-la para me prejudicar, ou irei desafiá-lo para um duelo. E, caso não saiba, sou um ótimo atirador. Você não sobreviveria.

– Aceito seus termos. – Remington não mudou sua expressão confiante em nenhum momento. – Vou pedir a última dança para Lady Julienne hoje no baile dos Dempsey. Não diga nada a ela. Vou abordá-la sozinho e dar a oportunidade para ela me recusar.

– Certo. – Hugh se levantou e olhou uma última vez para o escritório elegantemente decorado. – Nunca mais apostarei nenhum centavo em minha vida.

– É uma boa ideia – Remington disse quando apanhou sua pena. – Eu mesmo não gosto de apostar em nada.

Hugh abriu a boca com espanto, depois se dirigiu até a porta, resmungando para si mesmo.

– Não gosta de apostar. Ridículo. O homem é dono do maior cassino da cidade.

Lucien sorriu triunfante quando a porta fechou atrás de Montrose.

– E acabei de fazer a maior aposta da minha vida.

Julienne olhou ao redor do salão com olhos cansados. Os encontros de Hugh com seus credores naquela tarde foram bem-sucedidos. Ele lhe assegurou que todos cooperaram, incluindo Lucien Remington, e parecia estar sinceramente determinado a levar suas reponsabilidades mais a sério.

Após essa notícia, Julienne poderia ter ficado em casa para descansar. Mas Hugh insistira que ela comparecesse ao baile na mansão da família Dempsey. Agora já era quase madrugada, ela estava exausta, torturada com pensamentos sobre Lucien, e seu irmão insistira para que ficassem até o fim. Julienne tentou desesperadamente segurar um bocejo.

– Hugh – ela murmurou –, vou me retirar para o aposento das senhoras e tirar um cochilo. Mande alguém me chamar quando você estiver pronto para ir embora.

Ele fechou o rosto.

– Você prometeu a última dança para mim.

– Bom, então, mande alguém me chamar antes de a música começar. Se eu continuar aqui vou acabar dormindo em pé.

– Certo – ele resmungou. – Então vá.

Julienne começou a andar antes que ele mudasse de ideia. Alcançando o corredor, ela escondeu um bocejo com a mão.

De repente, gritou, quando alguém a puxou sem aviso para um aposento. Lucien fechou a cortina atrás dela.

– O que está fazendo? – ela gritou, apesar de seu coração bater mais forte com sua presença. Incrivelmente bonito, ele estava impecável com um traje de gala preto. Ela não o vira a noite toda, e odiava pensar sobre onde poderia ter estado. – Você está querendo me magoar ainda mais? – ela disse com frieza.

Lucien estremeceu.

– Julienne. – sua voz saiu grave e cheia de remorso. – Por favor, perdoe-me pela noite passada. Eu estava bêbado. Nunca deveria ter tocado você daquele jeito.

Ela ergueu o queixo e tentou abrir a cortina.

– Você está certo sobre isso. Agora, se me dá licença.

Ele agarrou seu ombro.

– Julienne, por favor. Não vá ainda.

– Por que não? Acho que já dissemos tudo que precisávamos.

Lucien tirou suas luvas e as enfiou no bolso. Seu óbvio sofrimento a comoveu. Quando ele tocou o rosto dela, Julienne fechou os olhos e sentiu o aroma familiar de sua pele.

– Senti sua falta – ele sussurrou. – Cada momento em que não estou com você, eu sinto sua falta.

– Lucien, não faça isso...

– Sim, Julienne. Olhe para mim.

Relutante, ela subiu o olhar para encará-lo, e ficou sem fôlego diante da austeridade em suas feições.

– Eu sinto muito mesmo, meu doce. Nunca quis magoar você.

Julienne lutou contra as lágrimas que se acumulavam.

– Deixe-me explicar uma coisa para você, Lucien. Algo que homens como você parecem não entender. As mulheres são criaturas sensíveis, ou pelo menos são até se magoarem o suficiente para não se importarem mais. Nós reservamos partes de nossa alma para os homens que são importantes em nossas vidas, lugares onde residem respeito e confiança. Uma vez que esses sentimentos são perdidos, você não pode simplesmente recuperá-los. Assim que morrem, não podem ser revividos. – ela empurrou a mão dele para longe de seu rosto. – Ouvi suas desculpas, mas elas não significam nada para mim. Você quer que eu faça você se sentir melhor, quer que eu diga que entendo e perdoo o que você fez, mas não sinto nada disso. – Ela se virou para ir embora.

– Eu não a toquei – ele disse rapidamente em uma voz tão rouca que ela mal entendeu. – Desde aquele dia em que fui até sua casa, não estive com mais nenhuma mulher. Fui fiel a você.

Julienne se virou para analisar seu rosto, e tudo que encontrou foi uma brutal sinceridade.

– Por quê? – ela perguntou.

– Você é a única mulher que quero. – Lucien segurou o rosto dela com as duas mãos. – Quando você rejeitou minha proposta, perdi a cabeça. Não estou acostumado a perder algo que quero tão desesperadamente. Sinto muito, Julienne. Não precisa me perdoar. Tudo que peço é que acredite em minha sinceridade.

Ele baixou a boca devagar, dando oportunidade para ela se afastar. Com uma ternura comovente, beijou as lágrimas que escorreram sem ela perceber. Julienne virou a cabeça para capturar os lábios dele, e então ela se perdeu. Ela se perdeu em seu aroma, seu toque. Ela se perdeu *nele*.

– Eu acredito em você – sussurrou.

A boca de Lucien roçou em seu queixo, descendo até o pescoço.

– Por que você está usando vestido de gola alta? – ele murmurou.

– Para esconder as marcas.

Ele congelou, sentindo o corpo enrijecer como pedra. As mãos dele deixaram seu rosto e procuraram os botões nas costas do vestido, abrindo-os impacientemente com uma óbvia familiaridade de como funcionam as roupas femininas.

– Não, Lucien – ela protestou, pensando na fina cortina que os separava dos olhos dos outros convidados. – Não aqui. Não agora.

Ele baixou a cabeça, silenciando-a com um beijo. Logo o vestido se abriu nas costas, e ele o empurrou para o chão. Lucien rosnou, passando os dedos sobre as marcas que ele próprio havia deixado na pele macia dos seios dela.

– Meu Deus – ele sussurrou.

Puxando-a para mais perto, ele beijou seu pescoço. A boca começou a descer, beijando cada marca da noite passada. O toque dos lábios era gentil e reverente. Ele sussurrava pedidos de desculpa sobre a pele dela e, quando se ajoelhou, ela sentiu a umidade das lágrimas dele molhando sua camisola.

A profundidade de seu remorso, a sinceridade de suas emoções, a disposição para mostrar vulnerabilidade, tudo isso a impressionou. Era um lado de Lucien que ela nunca vira antes. Julienne imaginou se talvez fosse a única pessoa a presenciar isso.

Quando ele subiu a camisola, sua respiração quente se espalhou sobre os pelos do sexo dela. Julienne tremeu, seu corpo se aqueceu, o coração disparou. Lucien gemeu e enterrou a boca entre as pernas dela. Deslizando a mão atrás de seu joelho, ele ergueu uma perna, tirando-a do vestido e colocando-a sobre o ombro, abrindo-a para sua fome.

Dedos gentis separaram seus lábios, e Julienne se derreteu em sua língua, que penetrava fundo, lambendo-a como se estivesse saboreando-a. Ela olhou para baixo, observando seus movimentos, e sentiu o peito se apertar. Nunca poderia ter imaginado aquela visão do poderoso Lucien Remington de joelhos diante dela, com seus olhos cheios de sofrimento e outras emoções mais assustadoras. Com longas e sinuosas lambidas, ele parecia desfrutar de seu sabor. Lucien a amava preguiçosamente, como se tivessem todo o tempo do mundo, como se estivessem sozinhos e não a poucos metros da ruína.

Julienne então sentiu uma melancolia crescendo dentro de si.

– Lucien – ela sussurrou enquanto a língua dele a penetrava. – Meu querido.

Os dedos dela deslizaram por seus cabelos e agarraram as mechas. A língua entrava fundo, e ela mordeu os lábios para que não gritasse. A tensão se acumulava cada vez mais, e os quadris impulsionavam para frente, querendo aprofundar o contato. Ela cavalgava a boca dele, ondulando e lutando para respirar. Lucien agarrava sua cintura e a chupava com uma força habilidosa e gentil, sabendo exatamente o que ela queria.

Suas costas se arquearam, a respiração travou e os dedos agarraram os cabelos de Lucien quando ela gozou em sua boca. O orgasmo atravessou seu corpo libertando a tensão que se acumulara durante toda a semana. Uma semana em que ela se apaixonara e tivera seu coração partido.

Ele acalmou seus tremores com lambidas suaves, confortando-a antes de se levantar.

Sentindo o corpo mais que relaxado, Julienne permaneceu parada enquanto Lucien a vestia de novo. Ele a puxou para seu peito a fim de abotoar as costas do vestido. Quando terminou, a embalou gentilmente em seus braços. Nunca em sua vida Julienne se sentira tão amada.

— A última dança irá começar — ele sussurrou.

— Preciso ir — ela suspirou. — Montrose está me esperando.

Lucien beijou seu pescoço.

— A dança está reservada para mim.

— Não brinque — ela murmurou, beijando as linhas retas do queixo dele. — Você não pode continuar me atacando assim em lugares públicos. Nós seremos...

— Estou falando sério. Montrose está ciente da minha intenção e prometeu não interferir. Diga sim, Julienne. — ele beijou a ponta do nariz dela. — Sou um excelente dançarino.

— Você também é um cafajeste convencido.

— Ah. — o sorriso dele deixou Julienne sem ar. — Mas você não gostaria que eu fosse diferente. Agora, vá para o salão e espere por mim.

Jogando um olhar cético sobre o ombro, Julienne saiu do aposento e cruzou o corredor até o salão. Em questão de momentos, Lucien estava fazendo uma reverência diante de sua mão. Ela olhou para Hugh, que estava ao seu lado de cara fechada.

— Gostaria de dançar comigo? — Lucien perguntou, dando a ela a opção de recusá-lo.

— Sim — ela sussurrou, esperando que Hugh recusasse, mas surpreendida quando ele assentiu para Lucien.

— Como conseguiu isso? — ela perguntou enquanto Lucien a conduzia para a fila de dançarinos com a mão firme e passos confiantes. Seu poderoso corpo se movia com elegância, e ela ficou ansiosa pelo começo da dança.

— Não importa — ele disse, sorrindo. — Acho que estou no paraíso. Ainda sinto seu delicioso sabor em minha boca, e seu aroma me enlouquece. — Ele fechou os olhos, respirou fundo, depois suspirou.

Julienne corou.

— Você diz as coisas mais safadas, Lucien.

Ele ergueu uma sobrancelha irônica.

– E *você* faz as coisas mais safadas, meu amor. Debaixo dessa imagem de santinha, existe uma devassa esperando para ser saciada. E eu sou o libertino penitente que fará isso.

– Penitente? – ela também ergueu uma sobrancelha.

– Com certeza.

Ela olhou ao redor discretamente antes de sussurrar:

– Você acha mesmo isso?

– O quê? Que eu sou o homem que vai satisfazê-la? – a boca dele se curvou em um sorriso malicioso. – Você duvida? Acho que já provei muito bem que posso fazer isso, considerando que ainda não pude usar todos os meus dotes. – O sorriso aumentou. – Você se lembra do que eu disse sobre desafiar a virilidade de um homem?

– Não, não é isso. – ela corou ainda mais. – Eu quis dizer a parte sobre eu ser uma devassa.

Ele riu.

– Você gostou de ouvir isso, não é?

– É um alívio saber que você me acha...

– Passional? Atraente? Interessante? Linda?

Julienne soltou uma risada, sem se importar com os olhos escandalizados que os observavam.

– Você me faz sentir como se eu fosse todas essas coisas. Eu agradeço por isso.

– E você me faz feliz. Então, sou eu quem deveria agradecer.

Ela baixou os olhos, tímida.

– Julienne.

Ela olhou em seu rosto.

– Eu gostaria de levar você para um piquenique amanhã.

– Montrose nunca deixaria...

– Deixe que cuido dele.

Julienne cerrou os olhos.

– Mesmo se você fizer isso, já aceitei acompanhar Lorde Fontaine em um almoço literário amanhã.

Lucien contraiu os lábios.

– Então, depois de amanhã.

Ela assentiu.

– Se você conseguir a aprovação do meu irmão, adoraria fazer um piquenique com você, Lucien.

Julienne sabia o que ele queria. Ele queria dizer adeus, e ela ficou comovida por ele querer fazer disso um evento memorável. Lucien gostava dela, talvez mais até do que sabia, mas ele nunca mudaria, e ela não pediria que fizesse isso. Eventualmente, ele se ressentiria dela por causa das restrições que um casamento imporia em seu estilo de vida. Por mais que ele a desejasse, apenas o desejo nunca seria suficiente para acabar com a distância entre eles.

Mas ela se recusava a pensar nisso agora.

Em vez de se preocupar, Julienne se concentrou na dança e permitiu que Lucien Remington, o notório libertino, a conduzisse pelo salão. Ao menos neste momento, ela podia fingir que todos os seus sonhos haviam se tornado realidade.

CAPÍTULO 10

Ele era muito bonito.

Julienne reconheceu esse fato pela centésima vez enquanto observava Lorde Fontaine discretamente. E era também muito charmoso. Ela olhou ao redor da grande mesa onde estavam sentados na residência de Lady Busby. A maioria das outras mulheres no salão o olhava com cobiça. Mas Julienne não conseguia se divertir nem um pouco. Tudo o que queria era estar desfrutando de um piquenique com Lucien.

— Você não gostou da comida, Lady Julienne? — Fontaine perguntou.

Ela sorriu.

— Tudo está ótimo. Só não estou com muita fome. — ela olhou para o prato dele.

— Mentirosa — ele provocou. — Você quer uma mordida do meu bolinho. — Partiu um pedaço, passou manteiga e levou até a boca dela. Julienne separou os lábios automaticamente, e ele empurrou o garfo para dentro.

Ela corou, sabendo que todos na mesa notaram o gesto íntimo.

— Sinto que você possui um lado escandaloso, milorde.

Ele sorriu.

— Isso perturba você?

— Você sabe que não, ou não perderia seu tempo comigo.

— É uma das razões pelas quais gosto de você, Julienne. — ele respirou fundo. — Queria conversar com você sobre uma coisa, mas agora não é o momento certo. Gostaria de passear comigo amanhã pelo parque?

Julienne sabia exatamente sobre o que ele queria conversar, e sabia qual seria sua resposta. Mas, antes, ela tinha uma última oportunidade de passar algum tempo com Lucien.

— Desculpe, mas tenho um compromisso amanhã. — ela reparou na expressão dele e tentou acalmar sua preocupação. — Mas depois de amanhã será perfeito.

Ele assentiu.

— É claro. Esperarei ansioso por isso.

Horas mais tarde, Julienne voltou para Montrose Hall, determinada a passar a noite em casa para estar descansada e alerta no piquenique com Lucien. Ela tinha tanto para lhe dizer, queria que ele soubesse antes que dissessem adeus um ao outro.

Julienne pediu para o mordomo servir chá na sala de estar e foi para o andar superior levando a correspondência que havia chegado. Ela olhou distraída a pilha de cartas, até que um envelope chamou sua atenção.

Em papel rosa, com aroma de flores e um selo em forma de rosa, a carta se destacava das outras. Ela a abriu com curiosidade.

— Meu Deus — sussurrou, quando percebeu quem era o remetente. E então, leu a carta imediatamente.

Ela deu um bolo nele!

Lucien desceu irritado os degraus de Montrose Hall. Ainda não conseguia acreditar. Nunca recebera um bolo de ninguém em sua vida. "Surgiu uma coisa", Julienne escrevera em um brevíssimo bilhete para ele. Se essa "coisa" fosse Fontaine, ela estaria muito encrencada.

Voltando para sua carruagem, Lucien praguejou diante da enorme cesta de comida. Nunca em sua vida participara de um piquenique. Seus empregados foram forçados a correr para arrumar tudo, incluindo a própria cesta. Mas, mesmo irritado, ele não iria desperdiçar a bela refeição que seu cozinheiro havia preparado. Visitaria sua mãe e a levaria para passear. Ela iria gostar da surpresa.

Não demorou e logo estava subindo os degraus da casa de sua mãe. Dirigindo-se para o salão rosa, franziu as sobrancelhas quando ouviu a risada de sua mãe lá dentro. *Maldição, ela está com visitas.* Talvez também não pudesse sair para passear. Isso piorou ainda mais seu humor. Ele abriu a porta, e então congelou.

– Que diabos você está fazendo na casa da minha mãe? – ele disse.

Três cabeças – de sua mãe, de seu pai e de Julienne – viraram ao mesmo tempo.

Lucien se acalmou um pouco ao ver o sorriso radiante de Julienne.

– Ora, eu fui convidada, é claro – ela respondeu.

Seu pai se levantou.

– Boa tarde, meu filho. Achei que iria encontrá-lo apenas à noite, em seu clube, mas fico contente mesmo assim.

– Mas eu não estou – Amanda resmungou. – Vá embora, Lucien, e deixe-me conversar com Lady Julienne.

Lucien cruzou os braços.

– Se eu for embora, Julienne irá comigo. Hoje era meu dia com ela, que prometeu fazer um piquenique comigo.

– Você reclama como uma criança petulante – sua mãe o repreendeu.

– Não sabe o trabalho que tive para preparar o maldito piquenique – argumentou. – E agora a comida está na minha carruagem, esfriando. – Ele ofereceu a mão. – Vamos, Julienne.

Amanda olhou feio para seu filho.

– Ela não vai a lugar nenhum. Ela veio me ver, e acabou de chegar.

– Ela não tem nada para fazer aqui. Nós tínhamos planos para hoje.

Julienne se levantou com sua graça costumeira, e Lucien a olhou com reverência. Ela era a síntese da perfeição social, e ao mesmo tempo se sentia em casa na sala de sua mãe. Ele a adorava por isso. Vestindo um traje de montaria escarlate, ela estava maravilhosa, com os gloriosos cabelos presos acima da cabeça e os exuberantes lábios exibindo um sorriso tranquilizador. Ao se aproximar, seu aroma o envolveu, e o corpo inteiro de Lucien enrijeceu, como sempre acontecia em sua presença.

Ela estendeu a mão e acariciou seu braço tenso.

– Desculpe por ter estragado seus planos para hoje. Nós ainda podemos ir, e quem sabe levamos os seus pais junto.

Com o menor toque da mão dela, ele perdeu o controle e agarrou seu cotovelo, puxando-a para mais perto. Abaixando-se, ele sussurrou para não ser ouvido.

– Eu queria você toda apenas para mim. Estava ansioso por isso.

Ela riu.

– Minha criada está aqui. Ela também me acompanharia no piquenique.

– Isso eu até poderia tolerar – ele murmurou. – Mas minha mãe ficaria de olho em cada palavra da nossa conversa.

– E o que você poderia dizer que chocaria tanto assim seus pais?

A boca dele se aproximou do ouvido dela.

– Eu diria o quanto você está me deixando louco com essa roupa de montaria. Diria que quero arrancar tudo do seu corpo. Estou com o pau duro, Julienne, só de olhar para você. Quero levar você para algum canto, levantar suas saias e te lamber até você gritar. Quero colocar meus dedos dentro de você e...

– C-céus... – ela gaguejou, abanando o rosto com as mãos. – Seu libertino incorrigível.

Julienne encarou Lucien Remington e enxergou o brilho malicioso em seu olhar. Por sua vez, ela cerrou os olhos.

Ela também sabia jogar esse jogo.

Sua boca se curvou em um sorriso sedutor e ela passou a língua sobre os lábios.

– E enquanto suas mãos estiverem debaixo da minha saia, meu safado Lucien, eu enfiaria minha mão na sua calça para agarrar esse seu pau magnífico. Você ficaria tão enfeitiçado pelo meu toque que deitaria para trás e ficaria totalmente à minha mercê. E então, eu usaria minha boca para chupar. Forte, do jeito que você gosta. Meu...

– Maldição! – Lucien se afastou como se ela o queimasse, e seu rosto estava corado de desejo.

Julienne sorriu e se virou para os pais dele.

– Vocês gostariam de se juntar a nós para um piquenique?

Amanda sorriu.

– Meu Deus, o clima entre vocês dois poderia começar um incêndio.

Ela corou. Lucien estava certo. Ela estava mesmo se tornando uma devassa.

– Não fique envergonhada, minha querida – Amanda disse. – Sei que Lucien propôs casamento para você. Ele não faria isso se não houvesse paixão entre vocês.

– Casamento? – o duque exclamou. – Ninguém me conta nada por aqui?

– Ela o recusou – Amanda disse.

– Faz sentido – Magnus resmungou. – Fontaine é um ótimo partido. Julienne piscou, incrédula.

– Lucien também é um ótimo partido. Qualquer mulher teria sorte de tê-lo como marido.

– Então, por que *você* não o aceitou? – o duque a desafiou.

– Sim, Julienne – Lucien ronronou atrás dela. Julienne se virou e o encontrou encostado na porta, de braços cruzados. – Por que você não me aceitou?

– Você sabe muito bem por quê!

– Mas eu não sei – Amanda disse. – Conte para mim. Julienne ergueu o queixo.

– Ele me quer por todas as razões erradas e, quando se cansar de mim, pretende farrear por aí o quanto quiser.

– Mas que erro infantil, meu filho. – Magnus começou a rir. – Nunca diga isso para uma mulher antes de dizer sim no altar.

– Querido! – Amanda repreendeu, colocando as mãos na cintura. – Estou envergonhada de vocês dois.

– Ela disse que permitiria que Fontaine corresse atrás de saias por aí – Lucien se defendeu – mas não a mim. Isso não é justo.

– Isso é diferente – Amanda e Julienne responderam ao mesmo tempo.

– É mesmo? – Lucien disse.

– É mesmo? – seu pai repetiu ao se aproximar de Lucien. – Expliquem-se. – Os dois homens quase idênticos encararam suas mulheres com idênticas sobrancelhas erguidas.

Amanda revirou os olhos.

– Homens são tão tapados. – ela encarou Magnus com um olhar penetrante. – Por acaso eu deixaria você fazer bobagens por aí?

Seu rosto corou.

– Ora, Amanda. Você provavelmente me castraria.

– E por que eu faria isso? – ela perguntou.

Julienne entendeu para onde essa conversa estava indo e deu a volta no sofá.

– Isso não é necessário. Nós estávamos falando sobre o piquenique e...

– Quieta, Julienne – Lucien ordenou. – Quero ouvir isso até o fim.

– Porque você me ama, é claro – o duque disse, levantando o queixo com orgulho. – E você é muito possessiva.

– Aí está! – Amanda assentiu triunfante. – E de qualquer maneira você não ficaria com outra mulher, porque também me ama.

Lucien permaneceu parado debaixo da porta.

– Você está dizendo, mamãe, que Julienne não quer se casar comigo porque ela me *ama*?

Amanda balançou a cabeça.

– O que estou dizendo é que Lady Julienne não quer se casar com você porque *você* não a ama. Ou, se ama, não quer admitir.

– E você acha que Fontaine a ama? – ele retrucou.

– Lucien, não são os sentimentos de Fontaine que importam. – sua mãe revirou os olhos. – Você pode até ser um gênio com dinheiro mas, quando se trata de mulheres, você é um palerma.

Julienne já estava cheia daquela conversa.

– Muito obrigada por sua hospitalidade, Madame Remington, mas acho que está na hora de eu ir embora.

– Nada disso. – Lucien bloqueou a saída. – Você me prometeu um piquenique, e nós vamos ter um.

– Não estou vestida para sair – Amanda reclamou.

– Então, faremos o piquenique aqui.

– Ele gritou no corredor chamando o mordomo. Quando o criado apareceu, Lucien pediu que buscasse a cesta de comida. Depois, olhou de novo para Julienne.

– Não estou me sentindo bem – ela disse.

Lucien se aproximou dela com um suave sorriso.

– Está doente de amor?

Ela lhe lançou um olhar repreensivo.

– Vá para o inferno, seu convencido.

– Já estou lá, meu doce. Estou no inferno desde que te conheci.

– Se sou uma fonte tão grande de sofrimento para você, então por que continua me procurando?

– Você não é a fonte, meu amor. Minha tolice é.

Com a garganta apertada, Julienne sussurrou:

– Pare de me chamar assim. Nós dois sabemos que não é verdade.

Com dedos gentis, ele ajeitou uma mecha do cabelo dela atrás da orelha, depois tocou seu rosto. Uma lágrima teimosa escapou, e Lucien a limpou com o polegar. Baixando a cabeça, ele beijou suavemente os lábios de Julienne, sem se importar com a presença de seus pais.

– Lucien, seus pais... – ela sussurrou, sentindo o rosto pegar fogo com embaraço.

– Não se importem com a gente – Amanda disse. – Apenas finjam que não estamos aqui.

Julienne deixou um sorriso escapar. Ela estava gostando cada vez mais dos pais de Lucien.

– O que você quer de mim, Lucien?

– Uma chance – ele sussurrou. – Espere até o fim da temporada antes de aceitar o pedido de Fontaine.

Ela franziu as sobrancelhas.

– Por quê?

– Você me ama, Julienne?

– Lucien... – ela sussurrou, surpreendida por ele perguntar tão diretamente. – O que você pede é mais do que posso dar.

– Estou pedindo por tempo para que eu possa ganhar seu coração. – sua voz aveludada parecia a envolver, grave e sedutora. – Se você não considera a opção de se casar comigo, então diga, e eu deixarei você em paz. Mas se existe a possibilidade de você considerar essa opção, quero que me dê essa chance.

Ela analisou o rosto dele.

– Você está falando sério.

– Sim – ele disse, com um sorriso afetuoso. – Você se casaria comigo se eu pudesse mudar?

– Não sei. Não tenho certeza se poderíamos ser felizes juntos. Não para a vida inteira.

– E você acha que Fontaine pode fazer você feliz? Como poderia, se você está apaixonada por mim?

Julienne encolheu os ombros enquanto lágrimas se acumulavam em seus olhos.

– Eu não escolhi sentir isso em relação a você, Lucien. A situação seria muito mais fácil se eu não me importasse.

– Não chore – ele disse, puxando-a para perto. – Eu entendo que estou pedindo demais. Você teria que desistir da vida que conhece e começar uma nova comigo, um pária da sociedade. Mas eu sou muito rico e sou o homem mais bonito de toda a Inglaterra...

– Meu Deus! Você se lembra disso? – ela corou.

– Como poderia esquecer? – Lucien fez uma carícia nos lábios dela com o polegar. – O que você acha de uma vida inteira na minha cama? Prometo amar o seu corpo em cada oportunidade possível. Posso lhe dar o tipo de felicidade que você nem sabia que existia. Posso comprar coisas que nunca imaginou possuir. Posso fazer sua vida tão prazerosa que talvez a opinião maldosa dos outros não irá nem importar.

E Julienne sabia que, se Lucien Remington decidisse que iria fazê-la feliz, nada o impediria de alcançar seu objetivo.

– Parece tentador – ela concordou, sentindo o coração se aquecer com aquela ideia. Uma vida inteira com ele. Não seria fácil, mas talvez valesse a pena. *Se ele a amasse.*

– O piquenique está pronto – Amanda disse alegremente.

Eles se viraram e encontraram os móveis espalhados, criando um espaço livre no meio da sala, onde havia uma toalha de piquenique e toda a comida.

As duas horas seguintes foram das mais felizes que Lucien já passara em sua vida. Seu pai e sua mãe contavam histórias indecentes de suas famosas festas, e Julienne ficou obviamente escandalizada e encantada. A comida estava maravilhosa, como ele sabia que estaria, e a companhia também estava ótima, cercado pelas pessoas mais importantes em sua vida.

Ele ficou muito desapontado quando chegou a hora de Julienne dizer adeus. Lucien a acompanhou até sua montaria e ficou observando-a desaparecer de vista, seguida por sua dama de companhia e dois cavalariços de Amanda.

Quando voltou a entrar, encontrou seus pais de braços dados, olhando pela janela. A mãe virou a cabeça para ele.

— Nós gostamos dela, Lucien.

Ele sorriu.

— Todos gostam.

Ela foi até o escritório e voltou com uma carta.

— Veja como ela aceitou meu convite para tomar chá. Tão graciosa e doce. O próprio rei não receberia uma resposta tão respeitosa.

Lucien olhou para a carta e assentiu.

— Ela sabe como fazer as pessoas se sentirem importantes.

— Ela adora você. E é inocente demais para conseguir esconder isso.

O sorriso dele aumentou.

— Julienne me olha daquele jeito desde a primeira vez que pousou os olhos em mim. — ele passou a mão nos cabelos. — E eu agi como um completo idiota desde o início com ela. Fiz e disse coisas de que me arrependo amargamente.

— Você está apaixonado, meu filho — seu pai disse. — O amor transforma todos os homens em tolos.

Você está apaixonado.

— Eu não estou... — Lucien começou a dizer, mas então caiu em silêncio, franzindo as sobrancelhas.

Seu pai o olhou com uma expressão triunfante. Sua mãe sorriu.

Maldição, será que estava mesmo apaixonado? Um homem saberia se uma coisa dessas acontecesse, não é?

Mas... talvez... talvez o que ele estivesse sentindo não fosse apenas desejo. Embora isso fosse uma parte muito grande, ou talvez fosse por causa disso. Quem poderia dizer? Ele com certeza não poderia: nunca se apaixonara antes.

Mas amor explicaria seu estranho comportamento nos últimos tempos: sua inexplicável raiva, seus ciúmes, sua incapacidade de se excitar com outra mulher. Amor poderia ser a razão de pensar nela a toda hora, de sentir uma saudade insuportável, de sonhar com ela toda noite.

Ele *amava* Lady Julienne La Coeur.

Lucien agarrou o encosto de uma cadeira para se apoiar.

— Meu Deus, Magnus — sua mãe repreendeu quando percebeu a condição de Lucien.

— Você não possui tato. Não pode simplesmente jogar uma revelação dessas em alguém. Não percebeu que Lucien está em choque?

— Como alguém pode não saber que está apaixonado? — Magnus reclamou.

Amanda balançou a cabeça.

Lucien riu uma risada estranha e cansada.

— Eu *realmente* a amo. Todas essas semanas de tortura, e nós poderíamos estar juntos.

— Por que você não diz a ela como se sente? — Amanda perguntou.

— Farei isso. — sua voz mostrava determinação. — E vou provar a ela.

— Você não tem muito tempo — Magnus comentou. — Fontaine está prestes a pedi-la em casamento.

Lucien cerrou os dentes.

— Eu sei. Mas Julienne me prometeu que o deixaria esperando até o fim da temporada.

— Isso significa apenas algumas semanas — sua mãe o lembrou. — Você não pode perdê-la, Lucien. Iria se arrepender para sempre.

— Não se preocupe, mamãe. — afinal, ele não tinha vencido na vida por pura sorte. Trabalhou duro para isso, e faria o mesmo por Julienne. — Não vou perdê-la.

CAPÍTULO 11

— Você deve estar entediada até a morte.

Julienne tirou os olhos de seu livro e escondeu um sorriso. Acomodada em um sofá do escritório de Lucien, ela o observava enquanto ele trabalhava.

— O que passou essa impressão? — ela perguntou.

Ele estava no meio do processo de compra de um moinho, que seria o primeiro de uma série de novos investimentos, e a aquisição estava tomando todo seu tempo. Ela não o vira por dois dias, até finalmente decidir aparecer sem avisar em seu clube. Ao trazer sua dama de companhia, ela evitou qualquer suspeita de sua tia e de Hugh, e entrou escondida pela cozinha para evitar ser vista. Lucien veio até ela imediatamente, dispensando a dama de companhia para um passeio pelo clube antes de levar Julienne para o escritório. Ela insistia que ele continuasse trabalhando, pedindo muitas desculpas pela intromissão, apesar de ele dizer várias vezes que a interrupção era bem-vinda.

— Você está quieta demais — ele disse. — E tenho certeza de que não veio aqui para me assistir trabalhando.

Lucien havia tirado seu casaco e enrolado as mangas da camisa. Algo sobre seu jeito casual e sua concentração no trabalho o deixava ainda mais sensual. A visão de seus braços e mãos fortes fazia Julienne sentir um calor pelo corpo. A maneira como ele lia os contratos em voz baixa a enchia de contentamento. Após anos presenciando Hugh e seus problemas financeiros, ela admirava a facilidade de Lucien em lidar com dinheiro. Um "pirata domesticado" foi do que Fontaine o havia chamado. Julienne concordava, e achava isso excitante.

— Acontece que gosto muito de assistir você trabalhando – ela murmurou.

— É mesmo? – Lucien sorriu e deixou a pena de lado. – E eu gosto muito de ter você aqui. Não sabia se conseguiria trabalhar com você tão perto, mas agora acho sua presença estimulante.

— Isso é porque você é um cafajeste.

Recostando-se na cadeira, ele perguntou:

— Como as coisas estão progredindo com Fontaine?

Julienne deu de ombros.

— Ontem ele me levou até a Academia Real Inglesa. Ele quer pedir permissão para Montrose e perguntou se eu estou aberta a seu interesse.

Lucien congelou. *Ainda não.*

— E o que você respondeu, meu amor?

Ela parecia desconfortável.

— Perguntei se ele me amava.

Lucien engoliu em seco.

— E como ele respondeu?

— Ele acredita que pode aprender a me amar com o tempo.

— Você respondeu se aceitaria o pedido?

Julienne o encarou com um olhar reprovador.

— Você sabe que eu não estaria aqui se tivesse aceitado. Pedi a ele para esperar até o fim da temporada, assim como nós havíamos combinado.

— Ele deve ter ficado curioso sobre suas razões.

— É claro. Eu disse a ele que havia a possibilidade de uma pessoa de quem gosto muito vir a me amar também, e que eu queria dar a esse outro homem a oportunidade para ele se declarar.

— Maldição – Lucien murmurou, com uma risada triste. – Sempre adorei sua honestidade mas, pelo amor de Deus, você precisava ser tão direta com ele? Nenhum homem quer ouvir que está correndo em segundo lugar. – ele sorriu de repente. – Mas descobrir que é o primeiro, isso é muito satisfatório.

– Eu disse a ele para também não aceitar nada além de amor verdadeiro. Ele admirou minha honestidade e concordou em respeitar meu desejo. – ela mordeu os lábios. – Mas disse que lutaria por mim.

Lucien ficou tentado a revelar seus sentimentos, mas temia que Julienne pensasse que ele estava apenas tentando superar Fontaine. Então se levantou e trancou a porta. Sentando-se a seu lado, tomou as mãos de Julienne.

– Minha querida, qualquer homem lutaria por você. *Eu* pretendo lutar por você.

Ela o olhou com uma expressão triste.

– É extremamente desencorajador saber que os dois homens que desejam casar com você acham tão difícil se apaixonar.

– Às vezes leva um tempo para um homem perceber que encontrou aquilo que nem sabia que estava procurando.

– Há! – ela ironizou. – Se você quer embelezar a situação, faça como quiser. Nada muda a frieza e dureza dos fatos.

Lucien puxou a mão dela até seu membro pulsante.

– Sim, meu amor, definitivamente é uma dureza. – ele sorriu. – Mas nada de frieza.

Os olhos de Julienne se arregalaram, depois ela começou a rir.

– Lucien Remington, você é com certeza o homem mais lascivo que conheço.

Ele beijou seu pescoço.

– Parte disso é culpa sua. Você me deixa constantemente em tentação, e já faz um tempo desde a última vez que tive algum alívio.

– Você quer que eu cuide desse alívio, meu querido? – ela perguntou em um sussurro. – Eu adoraria fazer isso. – Julienne apertou seu pau com firmeza.

– Meu Deus. – Lucien mergulhou o rosto no pescoço dela soltando um gemido torturado. – Você é perfeita para mim. Com certeza consegue perceber isso.

– Não sou eu a quem você deve convencer. – ela pousou as mãos sobre o peito dele e o empurrou para trás, subindo por cima de seu corpo com um brilho divertido nos olhos negros. – Mas permita-me dar mais algumas coisas para você considerar.

– Por exemplo?

– Por exemplo, como só de olhar você trabalhando faz meu coração disparar.

Ele ergueu uma sobrancelha.

– E a maneira como você fica quando enrola as mangas da camisa. – Julienne lambeu os lábios. – Isso inspira sensações carnais em mim.

– Sensações carnais? – ele arregalou os olhos, sentindo o pau inchar ainda mais. Deus, como ele amava aquela mulher.

– Sim. – dedos frios moveram os cabelos sobre seu rosto. – E adoro seu cabelo. É suave e espesso, como seda trançada.

Quando ela esticou o corpo sobre ele, alguém tentou girar a maçaneta, depois a pessoa bateu suavemente na porta.

– Sr. Remington?

– Vá embora se quiser continuar com seu emprego! – ele rosnou. Lucien ergueu a cabeça para beijar Julienne, deslizando a língua para sentir sua doçura.

Após uma breve pausa, a pessoa na porta voltou a falar.

– Sim, senhor, mas Lorde Fontaine respeitosamente pede um momento do seu tempo.

Julienne saiu de cima dele em um instante. Lucien olhou para a porta e viu o contorno de seu secretário através da janela oval de vidro fosco.

– Meu Deus! O que ele quer? – ela olhou assustada para ele. – E que hora para aparecer!

– Fontaine é um maldito incômodo – ele reclamou.

– Fale baixo ou ele poderá ouvir. – ela se abaixou e pegou seu livro. Antes que pudesse virar, Lucien agarrou seu pulso e a puxou, beijando sua boca com profunda possessividade.

– Hum... Sr. Remington... senhor? – o secretário perguntou hesitante.

– Espere um maldito minuto! – Lucien gritou.

– É claro, senhor – veio a resposta em uma voz trêmula.

– Que temperamento terrível você tem, Lucien Remington – Julienne provocou quando abriu a porta secreta na parede. Antes de subir as escadas, ela parou por um momento: – Sabe, um dia desses eu gostaria de ver a sua casa. Seu bom gosto é excelente, aposto que é uma das melhores residências em Londres.

221

Lucien correu uma das mãos nos cabelos para recuperar um pouco de seu penteado.

– Case comigo, e minha casa será sua. – ele fez um gesto ao redor. – Tudo que possuo pode ser seu.

– O que eu quero é o seu coração. – ela soprou um beijo antes de fechar a porta secreta.

Respirando fundo, Lucien destrancou a porta e voltou para sua escrivaninha. O secretário entrou trazendo o cartão de visitas de Fontaine, e retornou um momento depois com o próprio Lorde Fontaine.

Quando o marquês entrou, Lucien, com relutância, admitiu que ele era um oponente formidável. Fontaine irradiava o privilégio aristocrático. Alto, com o leve andar de um predador felino, possuía uma beleza austera e dourada. Vestindo uma calça bege, com colete e casaco listrados combinando, ele era uma visão impressionante.

Fontaine se acomodou na cadeira e olhou ao redor do escritório de Lucien.

– Impressionante, Sr. Remington.

– O que posso fazer por você, milorde? Eu estava... – ele fez uma pausa para uma deliciosa lembrança. – Eu estava no meio de algo importante.

– Percebi – o marquês disse, em um comentário cáustico. – Vou direto ao ponto.

– Por favor.

Fontaine cruzou as pernas, ajeitando-se na cadeira com uma arrogância casual.

– Estou aqui para pagar a dívida de Lorde Montrose com o seu clube.

Lucien manteve o rosto impassível enquanto se levantava e andava até a mesa de canto.

– Gostaria de uma dose de conhaque?

– Sim, obrigado – Fontaine disse.

Lucien serviu duas doses.

– Foi Montrose quem enviou você?

Fontaine apanhou a taça oferecida antes de responder.

– Não, mas eu terei de pagar essa dívida de qualquer forma. Prefiro fazer isso agora.

Lucien voltou a se sentar e girou a taça lentamente entre as duas mãos.

— Isso não é responsabilidade sua.

— Por que essa evasiva, Remington? Sei que você aceita pagamento de dívida de qualquer pessoa disposta a pagar. – a voz de Fontaine se tornou debochada. – Desde que você receba, tudo está bem, não é mesmo?

Lucien assentiu levemente. Ele não era um tolo. Dinheiro era dinheiro, e nunca recusava pagamento, principalmente de dívidas altas.

— Esta situação é diferente. Já tenho um acordo com Montrose. Sua ajuda não é necessária, nem é bem-vinda.

Fontaine cerrou os olhos.

— Por que você quer tanto segurar essa dívida?

— Por que você quer tanto pagá-la?

— Vou me casar com a irmã dele, Lady Julienne. Quero que as finanças de Montrose estejam em ordem para que Julienne sinta-se livre para se casar sem se preocupar com os problemas do irmão.

— Ah – Lucien murmurou, com um pequeno sorriso. – Então, sejamos honestos? Você *espera* se casar com Lady Julienne, e você quer pagar as dívidas de Montrose para que ela se sinta *obrigada* a se casar com você.

Fontaine tomou o conhaque com um único gole, depois deixou a taça na beira da escrivaninha de Lucien.

— Você é o outro cavalheiro que ela mencionou, não é?

— Sim, eu sou.

— Você está tentando comprar uma noiva de origem nobre usando as dívidas de seu irmão?

— Não estou comprando nada. Não possuo nenhuma influência sobre Julienne, com exceção de seu afeto por mim.

O marquês riu.

— Se você se importasse de verdade com Lady Julienne, desejaria que ela se casasse com alguém do mesmo nível. Os sentimentos dela em relação a você irão arruinar a vida dela, e você sabe disso.

— Poupe-me dos seus privilégios aristocráticos – Lucien disse asperamente. – Posso dar a ela tudo que você pode, exceto o seu maldito título. Mas posso lhe assegurar que meu amor por ela valerá muito mais do que isso.

O pé de Fontaine começou a balançar agitado.

– Bem, bem. Eu sempre reconheci o seu excelente bom gosto, Remington. Vejo que se estende a todas as áreas de sua vida. Mas você se esquece que o meu título traz privilégios como aceitação social e respeito. Portas se fecharão para Lady Julienne se ela se casar com você. O seu amor será suficiente para acalmar o orgulho dela quando isso acontecer?

– E o seu título acalmará a solidão dela quando você estiver esquentando a cama de outra mulher? – ele retrucou.

Fontaine corou.

Os dois homens se olharam atentamente antes de Fontaine falar.

– Eu irei dificultar ao máximo a sua tarefa de tirá-la de mim, Remington.

– Eu não esperaria nada menos de você. Mas não se esqueça, Lady Julienne é uma mulher muito inteligente. Ela decidirá o que é melhor para ela sem ajuda de nenhum de nós dois. – Lucien fez um gesto para a porta. – Acho que já terminamos aqui.

Fontaine se levantou.

– Ela merece ser uma marquesa, com todo o poder que o título possui.

– Ela merece ser amada. Tenha um bom dia, milorde.

– Tenha um bom dia, Remington.

Lucien soltou um longo suspiro quando a porta se fechou atrás de seu rival. Seu corpo inteiro estava tenso com o instinto primitivo de proteger aquilo que era seu. Julienne pertencia a ele. Ela o amava. E, neste exato momento, ela o esperava no andar de cima. Ele queria ir até ela e declarar sua posse da maneira mais primitiva possível. Queria marcá-la para que nenhum outro homem ousasse se aproximar dela.

Com um súbito movimento feroz, Lucien levantou da cadeira e foi até a porta.

– Estarei indisponível o resto do dia – informou ao secretário, depois fechou a porta e cruzou o corredor secreto que levava aos quartos do andar superior.

Quando entrou no Quarto Safira, a maior parte de sua tensão desapareceu. Julienne estava ali, em seu ambiente. A lareira estava acesa. Embora não estivesse frio, o fogo criava um clima acolhedor e a cobria com um leve brilho. Ele queria essa cena todos os dias para o resto de sua vida. Queria levá-la para casa, fazer amor com ela em sua cama, acordar com aquele aroma e aqueles cabelos espalhados por seu peito. Ele a desejava até o fundo da alma.

— As cores deste quarto combinam com você — ela sussurrou, com o olhar reverente e suave, como sempre era quando o olhava. — Seus lindos olhos estão brilhando.

A boca dele se curvou em um sorriso afetuoso.

— Isso é porque estou olhando para você.

Ela respondeu com um sorriso fugaz.

— O que Lorde Fontaine queria?

— Ele queria pagar a dívida de seu irmão. Quando recusei o dinheiro, ele adivinhou meu envolvimento com você.

Julienne suspirou.

— Entendo.

— Não se preocupe. Ele ainda deseja você.

— Não estou preocupada — ela disse, depois baixou a cabeça. — Bem, isso não é inteiramente verdade. Ele tem sido bom para mim. Acho que se eu não tivesse conhecido você antes, ficaria contente em passar o resto da vida ao lado dele. Não é culpa dele que meus sentimentos pertençam a outra pessoa.

Lucien se encostou na porta e cruzou os braços.

— Eu quero pagar todas as dívidas do seu irmão. Sem compromisso algum.

— O que você está dizendo?

— Quero que você decida entre Fontaine e eu com seu coração, não pensando no bem-estar de seu irmão. Pedirei ao meu contador para preparar um documento dizendo que todas as dívidas estão quitadas, não importa quem você escolha. — ele baixou a voz com emoção. — Eu daria tudo que tenho, Julienne, para oferecer a você uma escolha.

— Não. — Julienne se levantou da cadeira. — Não quero que faça isso. Não é o dinheiro que me fará decidir.

Lucien permaneceu na porta usando todo o seu esforço.

— Se eu dissesse que te amo, você acreditaria?

— Lucien...

– Você não se perguntou por que seu irmão permitiu que eu a encontrasse?

– Bem, sim...

– Foi extorsão.

Julienne piscou incrédula.

– Ele deve muito dinheiro a mim. Usei isso para conseguir aquilo que queria... tempo com você.

Ela afundou na poltrona.

– Avisei que não era um homem honrado, meu amor. Eu avisei que não era um cavalheiro. Farei o que for preciso para ficar com você. Qualquer coisa. Não tenho escrúpulos nem moral para me segurar. – Lucien a encarou. – Agora, se eu dissesse que te amo, você acreditaria em mim?

– Não sei – ela sussurrou. – Mas quero acreditar. – Ela estendeu a mão na direção dele, e esse foi todo o encorajamento de que Lucien precisava.

Ele a alcançou em duas passadas e a puxou para seus braços. Um calor os envolvia, assim como uma fome infinita. Ele nunca teria o suficiente dela, sempre precisaria de mais.

– Preciso de você, Julienne.

Ela entrelaçou os dedos nos cabelos dele.

– Estou aqui, meu amor.

– Não só agora. Para sempre. – desceu a boca pelo pescoço de Julienne. – Você é minha. Você pertence a mim. Não permitirei que Fontaine se aproxime de você. – Agarrou o espartilho dela, expondo os seios, depois lambeu os mamilos até ela começar a arranhar suas costas.

– Case-se comigo – ele implorou.

– Apenas se você me amar – ela respondeu quase sem fôlego.

– Meu doce – Lucien disse, sorrindo –, eu já amo.

CAPÍTULO 12

Lucien observava Hugh La Coeur andar agitado de um lado para o outro atrás de sua escrivaninha em Montrose Hall. Ao contrário de seu escritório espaçoso e arejado, o de Montrose era decorado em nogueira escura, com o piso de tacos coberto com tapetes Aubusson. As cortinas eram de um tom vermelho tão escuro que deixavam a sala com um ar opressivo e ameaçador, bem diferente do homem jovial e irresponsável que ele era.

Recostando-se na cadeira, Lucien soltou um suspiro discreto. Infelizmente, este encontro estava acontecendo do modo como havia imaginado.

— Você está louco! — Hugh gritou. — Não pode se casar com Julienne. Simplesmente não é possível!

— Eu entendo isso — Lucien respondeu com calma.

— Então, por que está aqui?

Com uma paciência infinita, ele repetiu seu pedido.

— Estou aqui para pedir a mão dela em casamento e discutir os arranjos com você. Estou preparado para ser muito generoso.

Hugh balançou a cabeça.

— Maldição! Você não pode comprar uma noiva.

— Pelo amor de Deus — Lucien resmungou. — Não estou tentando comprar Julienne.

Montrose se inclinou ameaçador sobre a escrivaninha.

– Por que a minha irmã? Por que não uma das outras debutantes?

– Milorde, você está sob a falsa impressão que eu apenas desejo adquirir uma esposa. Mas um dos benefícios de não ser um nobre é que eu não tenho a necessidade de me casar. Não preciso produzir herdeiros para carregarem o nome da família.

– Mas então por que você está aqui?

Lucien não tinha tempo para isso.

– Eu já disse. Agora, aqui vai minha proposta. – ele jogou o grosso contrato sobre a escrivaninha. Hugh o apanhou e passou a vista, arregalando os olhos. – Você fica com a herança de Julienne, mas eu administro o dinheiro para você. Farei os investimentos que considero apropriados nos próximos seis meses, e depois desse período passarei o controle a você. Abri uma conta com o nome da sua irmã e depositei fundos no valor da herança para uso pessoal dela. Julienne também receberá uma pensão, cujo valor está estabelecido no contrato.

Hugh encontrou o valor e empalideceu.

– Bom Deus, isso é extraordinário. Você deve ser tão rico quanto um rei.

– Você se reunirá comigo todas as terças e quintas-feiras pela manhã nos próximos seis meses. Vou ensinar a você tudo sobre dinheiro, Montrose. Como ganhar, como manter.

– Isso é um absurdo – Hugh disse, indignado. – Eu não posso...

– Cale-se – Lucien ordenou, em um tom de voz que não permitia recusa. – Seu maldito orgulho foi o que colocou você nessa situação em primeiro lugar. Irei salvá-lo apenas desta vez, Montrose. Já paguei todos os seus credores. Mas agora eu terei uma esposa e, se Deus quiser, filhos. Não vou desperdiçar a herança deles com você. Você *irá* aprender aquilo que lhe ensinarei. – Lucien observou o jovem conde corar de embaraço, e baixou um pouco o tom. – Você tinha apenas dez anos quando recebeu seu título. Não o culpo por se sentir sobrecarregado. Mas não permitirei que você continue sendo irresponsável. Chegou a hora de amadurecer.

Hugh desabou em sua cadeira, e a mão que segurava o contrato baixou devagar até seu colo.

– Por que está fazendo isso? – ele perguntou, com uma expressão aturdida.

– Achei que isso seria óbvio. Estou loucamente apaixonado por Julienne. Você precisa cuidar de si mesmo para que ela possa parar de se preocupar com você e comece a se concentrar em mim.

Montrose suspirou.

– Você já se declarou a ela?

– Sim.

– O sentimento é recíproco?

Lucien assentiu, com seu coração leve ao lembrar da resposta dela.

– Por alguma razão que só Deus sabe, ela também sente o mesmo por mim. – a voz dele suavizou. – Prometo cuidar dela. Nunca lhe faltará nada. Vou adorá-la e estimá-la até o fim dos meus dias.

– Isso será sua obrigação. Ela não terá mais nada. Eu sempre a amarei, mas a sociedade... – Hugh respirou fundo. – Então, acho que devo parabenizá-lo, Remington.

Lucien baixou a cabeça em uma reverência. Por dentro, ele suspirou aliviado quando o Conde de Montrose apanhou sua pena.

Julienne esperava na suíte principal da suntuosa mansão de Lucien em Mayfair. Eles haviam ficado apenas uma hora na pequena celebração do casamento, os dois ansiosos para ficar um tempo juntos após a longa espera. Passaram a viagem inteira até a mansão entre beijos amorosos e planos para o futuro.

Ela sorriu ao lembrar disso. Quem diria que o coração dentro do libertino poderia ser tão terno?

E a casa deles... Deus, era tão elegante e opulenta quanto ela esperava. Julienne era agora a rainha desta linda residência, e estava ansiosa para receber visitas ali.

Apesar da apreensão de Lucien, ela tinha esperança de que eles não seriam os párias sociais que ele achava que se tornariam. Alguns convidados muito importantes compareceram ao casamento, incluindo o Marquês de Fontaine, o Duque de Glasser e o irmão de Lucien, Charles, o Marquês de Haverston.

Fontaine havia prometido visitá-los e incentivar sua irmã e amigas a fazerem o mesmo. A madrinha de Julienne, Lady Canlow, pretendia juntar as mulheres mais poderosas da alta sociedade para que se juntassem na tarefa de transformá-los em um casal aceitável. Não seria fácil, e não havia garantias de um resultado positivo, mas elas tentariam. E, se não conseguissem, Julienne realmente não se importava muito. Lucien a amava. Isso era tudo que importava. De qualquer maneira, ela nunca quis uma vida entediante, e viver com seu pirata domesticado estaria longe disso.

A porta do quarto se abriu. Ela observou seu marido entrar e girar a chave, trancando o resto do mundo para fora.

Ele se recostou na porta com um sorriso.

– Você está nua.

Ela apontou para a beira da cama.

– Achei que não fazia sentido usar aquilo.

Lucien olhou para a camisola transparente pendurada no encosto da cadeira. Ele sorriu e voltou a olhar para ela.

– Você está nervosa?

– Não – ela negou, um pouco rápido demais.

– Bom, eu estou.

Os olhos dela se arregalaram.

– Você está?

– É claro que sim. Você é a última mulher com quem vou fazer amor, e você é virgem. E se eu estragar a primeira vez e você nunca mais quiser me tocar? – ele estremeceu de horror com essa ideia.

Julienne ficou de boca aberta por um momento, depois começou a rir.

– Oh, céus, Lucien. Isso é ridículo.

Ela enxergou a ternura comovente em seu olhar, que ficou ainda mais intensa misturada com o sorriso diabólico em sua boca.

– Melhor agora? – ele perguntou com gentileza.

E então, ela entendeu.

– Você estava me provocando – ela acusou sem irritação, sentindo o coração acelerar enlouquecido ao pensar que agora ela possuía aquele homem safado. Para sempre.

– Não, apenas relaxando você um pouco – ele corrigiu. – Você parecia tensa quando entrei. – Lucien se aproximou da cama, soltando a gravata. O resto das roupas foi logo descartado. Depois, ele já estava pressionando o corpo dela contra o colchão, com seu corpo rígido e lindamente esculpido.

– Precisamos estabelecer algumas regras, milady. – ele beijou a ponta do nariz dela. – Primeiro de tudo, apenas eu posso tocar. – Cobriu o protesto dela com uma das mãos. – Passei muito tempo desejando você; não vou durar muito se você me tocar. Para o resto de nossas vidas, você poderá me tocar o quanto quiser, quando quiser, mas não na primeira vez.

Ele esperou até ela concordar, depois removeu a mão, deslizando para baixo entre os seios, até chegar à cintura.

– Segundo, pode ser doloroso. Você é muito pequena, e eu sou muito grande. – ele sorriu diante da risada dela. – Mas eu darei prazer a você, meu amor. Isso eu prometo.

– Eu sei disso – ela sussurrou, amando Lucien ainda mais por todo o cuidado que estava tendo com sua primeira vez.

– E, por último, mas não menos importante, eu te amo, minha esposa. – ele encostou a testa contra a testa dela. – Com todas as minhas forças, eu te amo. Pretendo cuidar de você e adorá-la para sempre. – Ele roçou vários beijos sobre os lábios de Julienne. Beijos lentos e doces que habilmente acenderam sua chama. – Eu agradeço por ter aceitado se tornar minha esposa.

– Oh, Lucien – ela suspirou, puxando sua boca de volta.

Com um murmúrio repreendedor, Lucien tirou as mãos dela de seu pescoço e entrelaçou seus dedos. Concentrou-se por longos momentos explorando a boca dela, com beijos preguiçosos e inebriantes, até ela se contorcer debaixo dele, implorando por seu toque.

– Por favor...

Ele sorriu, e o coração dela quase parou.

A boca dele desceu pelo fino pescoço de Julienne, lambendo e mordiscando a pele sensível. Ele começou a ondular o corpo contra ela, demoradamente, com movimentos sinuosos de sua poderosa figura, despertando cada terminação nervosa, fazendo ela gemer de tormento. Lucien fazia amor com a boca, com as mãos, com a gentil fricção de seu corpo, murmurando elogios e encorajamentos tão doces que faziam Julienne querer chorar.

– Isto é a perfeição, meu amor. – ele esbanjava longas lambidas sobre os mamilos de Julienne e depois os soprava, sorrindo quando enrijeciam. – Não existe prazer maior do que ter o seus seios na minha boca. – Baixando a cabeça, ele os chupou, puxando-os em um ritmo que a enlouquecia. Ela começou a se contorcer, tentando soltar as mãos, precisando tocá-lo. Queimando, doendo, sentindo a pele quente demais... apertada demais...

– Meu querido – ela implorou. Mas ele não parava e não a soltava.

Julienne podia sentir a força de sua boca por toda parte, fazendo-a se contorcer cada vez mais enquanto a excitação se acumulava entre as pernas. Ela implorou para ele se apressar, desesperada para abraçá-lo, beijá-lo, mas Lucien não lhe deu atenção enquanto sua boca a provocava com beijos molhados e demorados sobre a barriga dela. Descendo ainda mais, ele separou as coxas de Julienne usando seus ombros largos. Ela gemeu de alívio quando a língua enfim mergulhou em sua boceta.

– Sim – ela gritou, erguendo os quadris e pressionando-se contra a boca dele enquanto cravava as unhas nas costas das mãos de Lucien.

– Você é tão doce – ele murmurou apaixonado, antes de penetrar a língua, gemendo de prazer. Julienne se movia junto com ele, arqueando e se contorcendo. Lucien se movia com urgência, acumulando o desejo dela, até que *finalmente* Julienne sentiu as primeiras contrações do orgasmo. Suas costas se dobraram, o corpo enrijeceu...

E então Lucien se afastou depressa.

– Maldito! – ela gritou, com os olhos fechados enquanto o corpo tremia com a força de seu desejo.

Ele riu com suavidade.

– Isso é jeito de falar com seu marido?

Ela abriu os olhos quando Lucien a cobriu com seu corpo.

– Eu preciso tanto de você – sussurrou. – Vou morrer se você não me possuir. – O corpo inteiro de Julienne tremia; ela estava à beira do abismo, mas impedida de pular.

– Eu te amo – ele sussurrou. E então, ele estava lá, a ponta quente entrando apenas um centímetro, alertando-a sobre o que estava por vir.

Julienne abriu ainda mais as pernas, erguendo os quadris impacientemente, e sem mais avisos ele a penetrou, fundo e ainda mais fundo, até não ter mais para onde ir. Então ele flexionou o traseiro e encontrou mais espaço inexplorado, preenchendo-a até não haver mais dúvida de que Julienne pertencia a ele.

Ela perdeu o fôlego, maravilhada, sentindo pouco da dor que esperava. Apenas se sentiu repleta e quente, a pele coberta de suor, o corpo pulsando ao redor do membro rígido que a preenchia.

Suor pingava das sobrancelhas de Lucien até os seios de Julienne. Ele cerrou os dentes quando se retirou, apesar dos protestos dela, e depois a penetrou de novo. Movia os quadris contra as coxas dela, entrando e saindo lentamente, alargando-a cada vez mais.

– Meu Deus, Julienne – ele ofegou. – Isso é tão bom...

Ela se ajeitou na cama, tentando ficar mais confortável, e ele praguejou. Assustada, ela congelou, e ele a posicionou de volta do jeito que queria, levantando a perna dela, abrindo-a, e então se retirou, apenas para penetrar de novo com um poderoso movimento que fez Julienne gritar.

Depois disso, não havia mais gentileza; Lucien não era mais capaz disso. Enquanto a penetrava com força, prendendo os quadris dela debaixo de seu corpo, Julienne percebeu por que ele havia tomado tanto cuidado para excitá-la. Ele sabia, do jeito que apenas um especialista saberia, que não seria capaz de ser gentil o tempo todo. Ele precisava dela desesperadamente, e havia reprimido seus apetites por tempo demais. Gemendo, soluçando, ela podia apenas seguir os movimentos dele, mantendo a posição para seu prazer enquanto ele a penetrava fundo, de um jeito quase animalesco em seu frenesi.

E a sensação era tão boa que ela pensou que fosse morrer.

– Você é minha – Lucien rosnou, sentindo a glória desse fato. Desde o momento em que a viu pela primeira vez, ele a quis desta maneira. Debaixo dele, preenchida por ele, completamente sua de todas as maneiras.

Ele a penetrava, apertando os dentes com o prazer esmagador que sentia. Ela era tão quente, tão apertada, contorcendo-se debaixo dele, choramingando e soluçando seu nome de um jeito que fazia impossível ir mais devagar ou ter mais cuidado. Mas ela não estava assustada nem tímida. Não a sua doce Julienne. Seus quadris acompanhavam o ritmo, sua umidade era tão abundante que banhava e escaldava o membro de Lucien.

– Isso – ele encorajou, em uma voz que mal reconhecia como sua. Então começou a penetrar mais rápido, mais forte, até bombear dentro dela, afundando seu corpo contra o colchão.

E então o corpo de Julienne ficou tenso, suas costas arqueando debaixo de Lucien, sua boceta agarrando-o tão forte que até diminuiu seu ritmo febril. Os olhos dela se abriram de repente e o encararam.

– Eu te amo! – ela ofegou, e então Julienne gozou, em um orgasmo que sugava o pau de Lucien, atraindo seu sêmen, até que ele se derramou nela, marcando-a de um jeito muito mais primitivo do que a aliança que ela agora usava. Ele jogou a cabeça para trás e rugiu o nome dela, certo de que nunca havia sentido tamanha alegria em sua vida.

Quando conseguiu se mexer novamente, Lucien rolou para o lado, levando sua esposa junto, cobrindo seu corpo com o corpo saciado e relaxado dela. Suas mãos acariciaram as costas dela, acalmando a tremedeira. Ele murmurou seu amor, seu desejo, disse todas as coisas que nunca pensou que teria oportunidade de dizer. O quanto amava o aroma de seus cabelos e a beleza de seus sorrisos. Como havia sonhado com ela e a desejava até o fundo da alma. Como daria o mundo para ela, pois ela havia desistido do mundo que conhecia apenas para poder ficar com ele...

– Querido? – a voz dela saiu como um sussurro que fez seu membro inchar. Era o som de uma mulher saciada.

Lucien sorriu diante da ternura dela, sentindo um puro contentamento viajando por suas veias. Ele havia mesmo quase desistido de lutar por ela? Pensou sobre aquela infernal lista de pretendentes e reconheceu o quanto fora tolo. Graças a Deus, Julienne nunca desistira dele.

– Sim, meu amor?

Ele estava duro de novo, sentindo o sensual calor do corpo dela despertando outra vez seu desejo. Mas Julienne provavelmente estava dolorida e cansada. Ele podia esperar. Ela pertencia a ele agora. Ele tinha uma vida inteira pela frente com ela. Uma vida inteira para amá-la.

Julienne levantou a cabeça de seu peito, e a boca dela se curvou em um sorriso sedutor.

– Você é tão doce, meu amor, com suas lindas palavras. Nunca imaginei que podia ser tão romântico. – a mão dela tirou uma mecha de cabelo molhado da testa dele. – Mas, se não se importa, que tal deixar as palavras para mais tarde, e agora apenas demonstrar o quanto você me ama?

Rindo, Lucien não hesitou em obedecer Julienne.

A DUQUESA LOUCA

CAPÍTULO 1

Derbyshire, Dezembro de 1814

Apodrecendo.

Na cabeça de Hugh La Coeur, essa era a melhor descrição para a mansão em ruínas sobre a colina. Normalmente, a brancura da neve recém-caída trazia serenidade para qualquer paisagem. Mas não com esta propriedade. Mesmo a beleza imaculada do inverno não conseguia esconder a negligência aparente em tudo a respeito deste lugar.

Ele hesitou por um momento, olhando ao redor e soltando uma risada irônica. Nuvens ameaçadoras pairavam sobre ele, mas o céu escurecia por outra razão: o dia estava chegando ao fim. A ideia de voltar pelo mesmo caminho que viera, através da neve e no escuro, forçou Hugh a continuar. Se a situação não fosse tão extrema, ele continuaria pela estrada até encontrar um lugar mais acolhedor. Mas estava desesperado, e a fumaça subindo da chaminé dizia que o lugar era habitado. O socorro estava próximo, e Hugh não podia ignorá-lo, por mais que quisesse.

Amarrou sua montaria, o cavalo restante de sua carruagem acidentada, no elo de metal preso a um pilar de pedra. No passado, aquele pilar servira como apoio ao portão, porém não mais. Um dos lados do portão permanecia de pé, enquanto o outro se inclinava precariamente sobre o chão congelado.

– Abominável – ele resmungou para seu cavalo antes de passar pela abertura e começar a subir o longo caminho até a casa principal.

Hugh olhava o cenário com fascinação mórbida. Era fácil imaginar o quanto aquela propriedade fora bela no passado e fonte de orgulho para seus nobres ocupantes. Mas o destino desferiu um golpe cruel na família que possuía o local. Era nítido que passara anos sem nenhuma manutenção. Trepadeiras, mortas há muito tempo, cobriam os tijolos. Lugares onde a tinta enfeitara a fachada agora descascavam com a falta de cuidado.

O vento acelerou, trazendo um redemoinho de neve fina ao redor das botas polidas de Hugh. Seu cabelo soprava sobre a testa, o chapéu havia se perdido no acidente. A tempestade logo chegaria. Apressando-se, ele alargou as passadas.

Alcançando a porta, Hugh bateu a aldrava em forma de cabeça de leão. O som que ecoou era sinistro, e ele tentou acalmar sua tremedeira. Pelo amor de Deus, ele era um conde! O estimado, embora um pouco escandaloso, Conde de Montrose, antigo título que carregava muito prestígio. Sua posição deveria espantar qualquer medo infantil. Mas, francamente, o lugar parecia assombrado, e o ar esquecido que cercava a mansão o deixou com um mau pressentimento.

Ele quase fugiu no meio da nevasca quando a porta se abriu com lentidão torturante. Um mordomo corcunda, tão decrépito quanto a mansão onde trabalhava, apareceu na entrada.

– Sim? – o velho homem perguntou com voz grave.

Hugh entregou seu cartão.

– O senhor da casa se encontra?

O mordomo apertou os olhos diante das pequenas letras. Ele ergueu o cartão para um olho estranhamente esbugalhado, depois o baixou soltando um grunhido. O criado gesticulou para trás.

– Você irá encontrá-lo no cemitério lá nos fundos.

Antes que Hugh pudesse piscar, a porta estava se fechando rapidamente na direção de seu rosto. Movendo-se com a rapidez de um pugilista, ele entrou no saguão antes de a porta bater. O mordomo se virou, deu de encontro com Hugh e soltou um grito assustado.

Revirando os olhos, Hugh apoiou o frágil homem.

– Ouça, meu amigo. Meu desejo de estar aqui é muito menor do que o seu desejo de me receber. Mas preciso de ajuda. Se você me ajudar, poderei ir logo embora.

O mordomo o estudou de perto com seu olho esbugalhado.

– O que você quer?

– Você pode se referir a mim como "milorde" – Hugh corrigiu, olhando para seu cartão, que estava sendo esmagado na mão do mordomo.

– E qual é seu nome?

O criado fungou.

– Ártemis.

– Muito bem, Ártemis. Existe mais algum homem na casa? – Hugh olhou ao redor. – E que tenha força física, de preferência?

Ártemis o olhou com óbvia desconfiança.

– Henry. É o garoto que cuida dos estábulos. E Tom, que ajuda na cozinha.

– Excelente. – Hugh soltou um suspiro aliviado. – Seria possível arrumar um bom cavalo por aqui? – Mesmo enquanto falava, ele sabia que aquilo era pedir demais, considerando o estado do lugar.

– É claro! – o velho respondeu como se estivesse ofendido. – Vossa Graça possui os melhores cavalos que você já viu!

Hugh congelou, rapidamente digerindo a informação que recebera: Vossa Graça era tratamento dado apenas a uma duquesa. E se o senhor da mansão se encontrava no cemitério, significava que a senhora da mansão era viúva. Não havia muitas duquesas por aí, e dificilmente alguma viúva, mas havia apenas uma que ele sabia que possuiria um lugar horrível como este...

– Vossa Graça, a Duquesa Louca? – de todos os lugares, ele tinha que acabar aqui?

– Ei! – Ártemis reclamou. – Nós não gostamos de ouvir esse tipo de coisa por aqui!

Hugh limpou a garganta. Ele iria embora. *Agora.*

– Bem, estou certo que Vossa Graça não se importaria se eu emprestasse...

– Você não pode simplesmente entrar aqui e fugir com um dos cavalos de Vossa Graça. – O velho se endireitou o melhor que pôde. – Terá que perguntar a ela primeiro!

– *Perguntar a ela?* Bom Deus, ela está aqui? – o lugar não servia para homem ou animal, muito menos para uma duquesa.

– É claro. Onde mais estaria? – Ártemis ironizou.

Hugh ergueu uma sobrancelha.

– Realmente, onde mais?

– Então, venha. – o mordomo começou a andar, parando apenas para apanhar um candelabro. – Você pode esperar no salão enquanto anuncio sua presença para Vossa Graça. – Abrindo um par de portas duplas à direita, Ártemis gesticulou impaciente para que ele entrasse, entregando o candelabro para Hugh com óbvio mau humor.

Hugh entrou no salão e girou nos calcanhares quando as portas se fecharam com violência atrás dele.

– Que tratamento abominável – ele resmungou, olhando ao redor.

Não havia nenhuma outra vela acesa, e na lareira havia apenas cinzas frias. Toda a mobília estava coberta com lençóis e poeira. Até mesmo o retrato acima da lareira estava oculto. Deixando sua única fonte de luz sobre uma mesa, ele começou a preparar o fogo.

Resmungando para si mesmo, Hugh inspecionou o balde de carvão, surpreso por encontrar de fato carvão lá dentro. Em poucos instantes acendeu a lareira. Após se levantar, limpou as mãos em um pano velho.

De todos os lugares para sofrer um acidente, por que tinha de ser bem aqui?

Esfregou a testa, tentando se lembrar de tudo que ouvira sobre a viúva Lady Glenmoore. O velho duque havia chocado a sociedade alguns anos atrás quando fugiu apressado para se casar com sua segunda esposa. Depois, o duque aumentou a surpresa de todos ao falecer poucas semanas após o casamento.

Muito se especulava que a nova duquesa havia ajudado seu marido a passar desta para melhor. O filho do duque, que o sucedera como Duque de Glenmoore, se distanciara de sua madrasta, banindo-a para um local desconhecido, onde os rumores diziam que ela passava o tempo assustando os descuidados que por lá passavam, como o próprio Hugh. O estranho comportamento da duquesa foi o que lhe rendeu a alcunha de Duquesa Louca.

Um barulho bizarro chamou a atenção dele, arrancando-o de seus pensamentos, e Hugh prendeu a respiração quando o som começou a se aproximar e aumentar de volume.

A porta se abriu, e o ranger das dobradiças enferrujadas veio acompanhado do tilintar de louça se chocando. Seus olhos se arregalaram e Hugh ficou perplexo diante da visão que o recebeu.

Uma jovem mulher entrou, carregando com dificuldade uma bandeja com um antigo conjunto de chá. O arranjo inteiro tremia precariamente, e Hugh ficou boquiaberto ao ver os itens que pulavam sobre a bandeja. Ele nunca vira nada igual em sua vida, e prendeu a respiração esperando que tudo fosse ao chão a qualquer momento.

Ela gemeu de repente e o som o colocou em ação. Hugh se aproximou, tirou a bandeja de suas mãos e a colocou em uma mesa. Virando-se para encarar a criada, ele percebeu que seu corpo inteiro tremia como se ela estivesse no banco de trás de uma carruagem viajando por uma estrada esburacada. Bonita, de um jeito convencional, com cabelo castanho esvoaçante e pálidos olhos azuis, ela ofereceu um sorriso tão trêmulo quanto o resto de seu corpo.

Escondendo sua reação com a facilidade de sempre, Hugh percebeu que a jovem garota sofria de algum tique nervoso, o que não era surpresa, considerando a residência onde morava e trabalhava.

Ela murmurou algo incompreensível, fez uma rápida e estranha reverência, depois saiu correndo da sala, como se ele fosse uma grande ameaça a sua pessoa.

Hugh balançou a cabeça, imaginando se todos os criados daquela mansão tinham algum tipo de problema.

Olhando para a bandeja, ficou aliviado ao ver que o chá já estava preparado. Serviu uma xícara e tomou, agradecendo pela onda de calor que afastou um pouco o frio. Depois, esperou por tanto tempo que o chá estava quase no fim quando a porta voltou a se abrir.

Virando-se na direção da porta, ele ficou tão maravilhado com os movimentos graciosos da pessoa que até se esqueceu de devolver a xícara à mesa e apenas continuou olhando.

Vestida de preto dos pés à cabeça, com o rosto coberto por um véu preto, a duquesa entrou apressada e parou de repente. Baixa e miúda, ficou a poucos metros de distância. Por causa das roupas pretas, ela se misturava às sombras e Hugh não podia enxergar muitos detalhes, mas algo a respeito dela prendeu sua atenção. Seu corpo ficou tenso, enrijecendo-se por toda parte, e seus dedos apertaram a delicada xícara com força demais. Sua testa ficou molhada de suor, apesar do frio. O que sentia não era nervosismo nem apreensão. Não, era muito pior do que isso...

Bom Deus, ele estava ficando excitado!

Lançando um olhar horrorizado para o chá em sua mão, logo deduziu que a infame loucura devia contagiar através da água. Hugh baixou o pires e a xícara tão depressa que o líquido espirrou e manchou a toalha da mesa.

— Tem algo errado com o chá? — a duquesa perguntou, com a voz abafada pelo véu.

Ele balançou a cabeça.

— Não. Peço desculpas pelo...

— O que você quer? — ela disse de repente.

— Perdão? — ele, que era tão espirituoso e rápido nas respostas, não conseguia pensar em nada para dizer, pois seu cérebro tentava febrilmente entender por que seu corpo estava pronto para acasalar com uma duquesa idosa que sofria da cabeça.

— Por que você está aqui? — ela repetiu mais devagar, como se fosse ele quem tivesse o cérebro ruim. — O que veio fazer aqui?

Hugh acordou de seu transe.

— A roda da minha carruagem quebrou na estrada. Preciso usar um...

— Sinto muito, mas não possuo os meios para ajudá-lo. — ela saiu da sala com a mesma pressa da criada.

Boquiaberto, ele pensou que algo terrível de verdade devia poluir a água dos arredores. Não havia outra explicação para toda essa loucura. Ruborizado, levemente desorientado e cada vez mais irritado, Hugh andou com passos pesados na direção da porta, seguindo a figura negra que tentava fugir dele.

— Oh, Vossa Graça — ele chamou, com um tom de voz cheio de amabilidade fingida. — Só mais um momento, por favor.

Ela aumentou o ritmo. Ele também.

Mas as pernas dele eram mais longas.

Ela chegou na escada, subiu as saias, e ele agarrou seu cotovelo. Ela ofegou. Ele também quase fez o mesmo, mas conseguiu se conter. O braço dela era firme e torneado, bem diferente do que ele havia imaginado.

— Acho que não me expliquei direito — ele disse asperamente. O rosto coberto da duquesa se virou para encará-lo. — Eu não estava *pedindo*.

Ela congelou.

— Você está doente; entendo isso. — ele cerrou os olhos enquanto tentava discernir as feições dela debaixo do véu. — Acho que não percebeu que uma nevasca se aproxima, e estamos em um dos invernos mais frios dos últimos tempos. Meu criado quebrou o braço na queda, e um dos meus cavalos se lesionou...

— Lesionou? — ela repetiu, com a voz cheia de preocupação.

Ah! Ele se lembrou do amor da duquesa por cavalos, como o velho Ártemis deixara escapar. Esperto como sempre, Hugh não hesitou em usar isso a seu favor.

— Sim, está lesionado. Tenho certeza de que vai se recuperar, com o devido cuidado e descanso. Assim como meu cocheiro, se também receber cuidado e descanso. — ele soltou o braço dela e deu um passo para trás, preparando-se para voltar a correr atrás dela se necessário. — Não tenho tempo para encontrar outra residência, Vossa Graça. Sou o Conde de Montrose, não sou nenhum ladrão querendo roubá-la. Eu devolverei seus cavalos e carruagem o mais rápido possível, posso assegurar.

Ela ficou em silêncio por um longo momento: com certeza seu cérebro doente estava procurando algo para dizer, ele pensou. Por fim, ela assentiu levemente e se virou, subindo as escadas com uma agilidade surpreendente para uma mulher com sua idade.

Aliviado, Hugh se virou e foi procurar Ártemis. Ele não sabia se a loucura era permanente ou não, mas de qualquer maneira não queria ficar e arriscar ser contagiado.

— Vá com ele.

Charlotte olhou pela janela do andar superior e observou o elegante conde selar os cavalos na carruagem. Ele era um homem alto, de ombros largos, com um glorioso tom castanho-amendoado nos cabelos. O contorno de sua figura se destacava na neve branca, seu corpo vestido com elegância se movia com um poder latente, os ombros flexionavam sob o veludo do casaco. Ela não conseguia enxergar o rosto, mas apostava que era muito belo. Ou pelo menos era o que esperava. Um homem abençoado com aquele corpo bem formado deveria possuir também um rosto à altura.

– Isso não seria apropriado.

– Quem se importa se é ou não apropriado? – veio a resposta em um tom divertido. – Nós nunca fizemos nada que fosse apropriado. E o conde parece muito... interessante.

Interessante? Sim, isso seria interessante. Fazia muito tempo desde a última vez em que ela conversara com alguém de sua idade. Todos os dias, ela dizia a si mesma que estava contente com sua vida ali, mas às vezes, à noite, ela desejava que as coisas fossem diferentes.

Virando-se, Charlotte soltou as pesadas cortinas, que voltaram a cobrir a janela. Seu olhar vagou pelo quarto impecavelmente arrumado, com suas paredes forradas de damasco e a mobília clássica, antes de pousar sobre a figura esguia que esperava com uma sobrancelha erguida.

– Não sei. Eu gostaria de ajudá-lo, mas quanto mais ajuda prestarmos, mais arriscado se torna ele descobrir sobre nós.

– Então, o mantenha ocupado. Não podemos deixá-los lá fora no frio. O cavalo está machucado e precisa de cuidados. Você podia também cuidar do cocheiro. Eles morrerão nesse frio, e nós nunca poderíamos viver com isso. Você fez um bom trabalho protegendo nosso segredo nos últimos anos. Tenho certeza de que continuará assim.

Charlotte andou até o armário. Abrindo as portas de mogno, retirou um vestido e o colocou cuidadosamente sobre a cama.

– Ainda acho que não é uma boa ideia. As ordens do duque foram claras. Os outros criados podem cuidar deles para que possam seguir seu caminho.

– Henry e Tom não podem curar ossos quebrados, e você sabe muito bem disso. Agora, vá. Você sabe tratar aqueles cavalos melhor do que ninguém. Sua ajuda seria importante para o conde.

– Mas já é tarde! – ela protestou.

– Desculpas, desculpas. Não é tarde, e já que Montrose não pode me ver, eu não o acompanharei no jantar. Você terá que entretê-lo sozinha, mas disso você já sabia. Agora, troque de roupa e se apresse, antes que precise sair correndo atrás dele.

Charlotte suspirou.
– Se você insiste.
– Eu insisto.

Amaldiçoando o destino por colocá-lo nessa situação sob um clima terrível, Hugh ajustou os arreios e olhou mais uma vez para o céu. Estava escurecendo rápido, as nuvens de tempestade se agigantavam cada vez mais. Ele estava preocupado com seu cocheiro e cavalo machucados. Arriscar aquela viagem fora, no mínimo, uma tolice, mas sua irmã, Julienne, o havia convidado para passar o Natal. A princípio, ele recusara, mas em um lampejo de tédio, mudou de ideia e decidiu comparecer.

E isto era o resultado, é claro. Julienne destacaria o quanto ele fora irresponsável planejando a viagem: ele deveria ter enviado uma carta aceitando seu convite para que ela soubesse que ele estaria presente. Nunca deveria ter esperado tanto para sair. Deveria ter parado em alguma estalagem quando o clima piorou. Deveria ter pedido uma carruagem mais robusta, em vez de usar uma construída apenas para impressionar. E ela estaria correta em todos esses pontos, como sempre. Qualquer dia desses, Hugh gostaria de provar que ela estava errada. Gostaria de provar para os dois que ele era capaz de cuidar dos próprios assuntos. E que era um homem confiável.

Levantou a cabeça e viu dois jovens se aproximarem, carregando cobertores e jarros de bebidas para aquecer seus criados. Eram jovens fortes, como havia pedido, embora um deles fosse gago e outro tivesse um olho ruim. Mesmo assim, serviriam para a tarefa, e pareciam ansiosos para ajudar. E Hugh não os culpava. Se estivesse no lugar deles, também desejaria qualquer circunstância para sair deste lugar horrível.

O leve relinchar de um cavalo atrás dele o fez girar nos calcanhares. Seu olhar subiu do chão coberto de neve, seguindo o contorno de um enorme cavalo. Então, Hugh ficou boquiaberto quando encontrou longas pernas torneadas vestindo calças, um tronco coberto por uma capa, olhos verdes deslumbrantes e ricos cabelos vermelhos. Sem palavras, ele culpou o maldito chá, pois certamente só podia estar louco: parecia uma mulher montando o cavalo. E usando *calças*!

– Milorde – a fantástica visão murmurou do alto de seu cavalo. E era mesmo uma *mulher*. Nenhum homem poderia ter um rosto tão lindo e uma voz tão feminina e sensual. Uma voz que o envolvia e aquecia suas veias.

Ele fechou a boca de repente.

– Você é... -- ele rosnou. Hugh sabia que estava sofrendo de uma deplorável falta de trato social, mas havia um limite para as coisas bizarras que alguém pode aguentar em um dia só, e desde esta tarde, ele já havia ultrapassado esse limite.

– Charlotte – ela respondeu, como se isso fosse explicação suficiente.

– Certo.

Ele franziu as sobrancelhas, cerrando os olhos enquanto analisava sua bela forma pela segunda vez. As roupas masculinas delineavam cada curva macia de suas pernas. O casaco de montaria, embora um pouco fora de moda, destacava seios firmes e uma cintura fina. Parecia impossível, mas ele estava sentindo calor de novo, embora estivesse tremendo há poucos momentos. Estudou-a com atenção, notando sua postura perfeita e o queixo erguido.

– O que você está tentando fazer aqui neste clima horrível?

– Estou aqui para ajudá-lo, milorde.

– Certo.

Ele deveria continuar discutindo, e faria isso, assim que seu cérebro voltasse a funcionar. No momento, sua mente estava ocupada com aquela deslumbrante ruiva que vestia calças, bloqueando qualquer outro pensamento.

Charlotte não era jovem, mas também não era velha. Vinte e cinco anos, provavelmente. Ela possuía uma beleza clássica, com a pele tão clara quanto a mais fina porcelana. A boca era larga – talvez até larga demais para algumas pessoas – e os lábios eram fartos e carnais em sua exuberância. Possuía também adoráveis olhos verdes, que o encaravam com uma franqueza que ele admirava.

– Quem é você? – ele perguntou.

Aquela boca infinitamente beijável se curvou em um sorriso, e Hugh sentiu um aperto no peito. Alguns momentos atrás e ele estaria alarmado. Agora, estava apenas resignado. Pelo visto, Hugh estava se excitando por todas as mulheres daquele lugar.

– Achei que já tinha respondido isso – ela murmurou, com sua voz rouca ameaçando jogá-lo do precipício da excitação para a queda livre de uma completa ereção.

– Uma criada?

– Hum... Mais como uma acompanhante. Fui enviada para acompanhar você.

– E para quê? – ele ironizou. – Preciso me apressar se quiser alcançar a próxima estalagem.

– Já é tarde demais para isso, milorde. Você terá que permanecer aqui, ao menos esta noite, talvez até a tempestade acabar, se for tão forte quanto os ventos sugerem. – ela riu levemente, e o membro dele pulsou.

– Maldição! – há anos ele não sofria de uma ereção indesejada, mas aquela mulher o deixou latejando dentro das calças com uma simples risada.

Ela arregalou os olhos quando ele praguejou.

– Peço perdão – ele emendou. – Acho que minha educação esvoaçou com o vento. – Junto com o senso comum de todos os indivíduos que ele encontrou hoje. – Não posso de jeito nenhum passar a noite aqui.

– Por que não?

– Por que não? – ele repetiu.

– Foi o que perguntei – ela disse, áspera. – Por que você não pode ficar?

– Primeiro, não há espaço para mim – ele disse.

– Temos muito espaço. A mansão é enorme.

Ele fechou o rosto.

– E quanto desse espaço está abandonado?

Charlotte riu. E Hugh ficou cativado. Decidiu naquele momento que precisava possuí-la, e, assim, de repente, a tempestade que ele amaldiçoara antes se tornou uma benção. Eles ficariam presos juntos, dando a oportunidade para seduzi-la e levá-la para cama. Seu humor melhorou. Diferente do resto de sua vida, no quarto ele sabia o que estava fazendo.

– Oh, milorde. Não se engane com a aparência de abandono. Temos vários quartos disponíveis, todos limpos e prontos para hóspedes.

Ele ergueu uma sobrancelha.

– É verdade. – Charlotte bateu as rédeas com facilidade casual, e o enorme cavalo andou em direção ao portão torto. – Devemos nos apressar.

— O que exatamente você pode oferecer como ajuda? — ele perguntou, subindo no lugar do condutor da carruagem, enquanto os dois jovens pulavam para o banco de trás.

Ela tocou a bolsa que ele não tinha reparado antes.

— Ouvi que seu cocheiro quebrou o braço. Posso cuidar dele, enquanto você cuida da sua carruagem.

Hugh assentiu, resignado. Ganhariam tempo assim e, se ela não conseguisse tratar John, ao menos seria uma bela vista para todos. Com certeza, aquela imagem de Charlotte vestindo calças aliviava os pensamentos de qualquer homem.

Ele colocou os cavalos para andar, e ela se moveu para o lado para permitir que ele os conduzisse.

As mãos de Charlotte estavam literalmente tremendo nas rédeas.

Ela nunca se sentira tão estudada em sua vida, de um jeito que fazia sua pele se aquecer e as palmas suarem. Ela não era nenhuma inocente — sua beleza sempre foi a base de sua vida. Mas ser analisada pelos olhos de Montrose foi uma experiência nova. Ela sentiu como se alguém a enxergasse *de verdade* pela primeira vez em anos.

À primeira vista ele parecia indiferente, mas ela não se deixava enganar. Montrose a olhou detalhadamente, e gostou do que viu. Foi emocionante. Excitante. E ela queria que o lindo conde, que era obviamente um libertino, a despisse com os olhos de novo.

Charlotte havia desejado que ele tivesse um rosto bonito, mas a realidade era muito mais devastadora do que tinha imaginado. Ele exibia os sinais de enfado e devassidão comuns aos homens com predileção aos excessos. Montrose era, de fato, jovem e saudável. Mais do que saudável. Era vigoroso e viril. Muito viril.

Seu modo de vestir era discreto, quase reservado, o que combinava com ele porque sua beleza física já era atraente o bastante. Qualquer enfeite supérfluo seria demais.

Existem diferentes formas de arrogância masculina: a arrogância da riqueza e do privilégio, a arrogância da inteligência e a arrogância da beleza.

O Conde de Montrose carregava todos esses traços, e até um pouco mais. A intensidade de seu olhar, a maneira como suas mãos agarravam as rédeas, a graça sedutora com a qual se movia – tudo isso o denunciava. Um homem tão confortável consigo mesmo certamente saberia tudo sobre o prazer sexual. Ele era um homem que transava muito e transava bem. Um homem a que poucas mulheres poderiam resistir.

Charlotte o observou de perto enquanto deixavam o terreno e entravam na estrada coberta de neve, notando a habilidade com que ele conduzia a carruagem. Ela gostava de homens que sabiam lidar com cavalos, pois gostava muito deles ela própria. Na realidade, respeitava homens que se tornavam especialistas nos assuntos que a interessavam. E Montrose era um desses homens.

Olhando para cima, ela notou o céu que escurecia rapidamente. Sim, ele com certeza passaria a noite na mansão, e se a forte ventania fosse indicação, Montrose ficaria mais do que uma noite. Nevascas podiam durar dias, e as estradas ficavam fechadas por várias semanas.

Charlotte teria que ser cuidadosa ou ele poderia descobrir os segredos que ela tanto lutava para esconder. Ela teria que mantê-lo ocupado para que ele não bisbilhotasse por aí se ficasse entediado.

E Charlotte gostou dessa ideia mais do que deveria.

CAPÍTULO 2

– Ele vai se recuperar?

Hugh olhou por cima do ombro e encontrou a adorável Charlotte encostada na porta da baia.

– Acho que sim. Foi só uma leve distensão, eu acho.

Voltando a atenção para sua tarefa, ele continuou aplicando bálsamo nas pernas dianteiras de seu cavalo, que estavam inchadas e arranhadas. Diferente da mansão, o estábulo estava aquecido, bem cuidado e em excelente estado, fato que não o surpreendeu nem um pouco.

– Deixe-me dar uma olhada – ela murmurou, aproximando-se.

No aperto da baia, não havia espaço para evitá-la. Charlotte se enfiou entre ele e a frente do cavalo, com a calça esticando deliciosamente sobre seu macio traseiro quando ela se abaixou. A boca de Hugh secou de imediato e seu corpo inteiro enrijeceu quando o aroma dela, uma inebriante mistura floral, envolveu seus sentidos.

– Concordo.

Suas pequenas mãos acariciaram os machucados e o animal relinchou suavemente uma aprovação. Ao observar as carícias de Charlotte, Hugh engoliu em seco. Era um gesto comum, mas seu interesse por ela estava tão forte que mesmo aquele simples movimento parecia erótico.

Mais cedo, enquanto tentava remover a bagagem da carruagem acidentada, o olhar de Hugh procurava sem cessar a linda ruiva enquanto ela cuidava do braço quebrado do cocheiro. Havia uma confiança silenciosa em sua postura e uma aura imperturbável de controle que ele admirava muito. Hugh passou a vida inteira tentando encontrar esse tipo de confiança, mas para Charlotte parecia uma característica inata.

A maioria das mulheres que ele conhecia não seria de ajuda alguma, mas Charlotte estava sendo imprescindível. Com sua assistência, eles terminaram rapidamente e voltaram para a mansão no momento exato. Lá fora, o vento soprava com tanta força que era até mesmo difícil de enxergar. Mas agora, suas lindas mechas ruivas estavam úmidas e a neve sobre eles derretia no calor dos estábulos.

– Você não deveria ter se aventurado e saído da mansão para vir até aqui – ele disse.

– Eu queria ter certeza de que você encontrou o bálsamo. – ainda agachada, ela se virou para encará-lo, trazendo sua boca a meros centímetros da boca dele. Sobre o nariz dela, havia um leve conjunto de sardas, que a maioria das mulheres odiava, mas um traço que ele sempre considerou charmoso.

Hugh a estudou por um instante, tentando entender por que a achava tão atraente. Sim, Charlotte era linda, mas não mais bonita do que ele estava acostumado. Era provável que aquelas calças reveladoras tivessem muito a ver com seu constante estado de excitação, embora ele nunca tenha considerado roupas masculinas particularmente excitantes. É claro, seu cunhado discordaria disso.

– O que está fazendo aqui? – ele perguntou.

Ela ergueu uma sobrancelha.

– Eu já disse...

– Não. Não aqui nos estábulos, aqui em Derbyshire.

Charlotte se sentou e cruzou as pernas. Hugh fez o mesmo.

– Eu cresci aqui. Depois me mudei por um tempo, mas voltei para cá.

– Sua família está aqui?

Hugh apanhou uma toalha e limpou o bálsamo das mãos. Depois apanhou as mãos dela e também as limpou, notando os calos e manchas de tinta que marcavam seus dedos. As unhas estavam cortadas sem vaidade alguma, igual à sua maneira de se comportar.

– Não – ela murmurou, um pouco sem fôlego. – Eu não tenho família.

Após terminar de usar a toalha, ele jogou o pano de lado, mas continuou segurando as mãos dela. Charlotte não protestou, e Hugh ficou grato por isso. Ele gostava de tocá-la, desfrutando da maneira como isso fazia seu corpo todo se arrepiar.

— Conte-me sobre a duquesa.

Se não estivesse segurando a mão dela, ele não perceberia que ela ficou tensa com a pergunta. Sua habilidade de esconder as emoções o intrigou. Ela era jovem demais para ser uma especialista na arte da evasiva.

— O que gostaria de saber? — ela perguntou, desviando os olhos.

Ele riu.

— O que eu *não* gostaria de saber? Ela é mesmo louca, como dizem por aí? Ela trata você mal? Por que ela vive desta maneira? Os cavalos vivem melhor do que você. Por que...

Charlotte cobriu a boca dele com a mão.

— Não, não, e ela não tem outra escolha. — ela se levantou e puxou as mãos dele. Hugh também se levantou.

— Permita-me levá-lo aos seus aposentos, milorde. Você verá que as coisas não são tão ruins quanto parecem à primeira vista.

— Você está evitando minhas perguntas.

Ela sorriu, em uma potente mistura de ternura e sensualidade, e o estômago de Hugh deu um nó em resposta.

— Não é verdade — ela o assegurou, soltando sua mão. — Eu apenas quero responder algumas de suas questões sem usar palavras.

Havia um toque de promessa em seus olhos, uma indicação que dizia a Hugh que ela também o achava atraente. Ele ficou contente por isso, pois tornava seu objetivo muito mais fácil. Estava muito frio lá fora, e ele ficaria preso ali por vários dias. Seria melhor passar esse tempo com uma adorável companhia na cama, e ele queria Charlotte com uma intensidade que poucas vezes sentira, ou melhor, que nunca sentira antes.

Hugh deu um passo na direção dela, medindo sua reação, e sorriu quando Charlotte não se mexeu, com seus olhos de esmeralda sem mostrar medo nem desconfiança.

— Agradeço pela ajuda de hoje — ele murmurou, estendendo o braço para pegar em sua mão.

Ela ergueu a mão para tocá-lo antes, o que o surpreendeu.

– Não foi nada.

– Foi maravilhoso. A maneira como lidou com os machucados de John e cuidou de seu osso quebrado... Não sei como eu faria aquilo. – ele acariciou as costas da mão dela com o polegar e sentiu quando ela estremeceu.

– Você pode se surpreender com as coisas que consegue fazer quando a necessidade é extrema.

– Você fala como se soubesse disso por experiência própria.

– Talvez. – Charlotte inclinou a cabeça e juntou as sobrancelhas, estudando-o com um olhar observador demais. – E você?

Ele encolheu os ombros.

– Acho que nunca cheguei ao extremo – ele confessou, tentando não soar como um perdedor, mas falhando miseravelmente. – Sempre fui resgatado antes de chegar a esse ponto.

Ela apertou sua mão, oferecendo um pouco de conforto.

– Acho que você se saiu muito bem hoje, invadindo a mansão e pressionando a duquesa. Não havia mais ninguém para socorrê-lo, mas mesmo assim você se virou sozinho.

As sobrancelhas de Hugh se ergueram.

Charlotte tocou sua boca onde ele estava tentando segurar um sorriso e sussurrou:

– Sou muito observadora, milorde, mas julguei você mal.

– É mesmo? De que maneira?

O sorriso dela se igualou ao dele.

– Fiquei muito impressionada com você hoje. Mais cedo, achei que você não precisava ouvir isso. Mas, pelo visto, você precisa.

E, com apenas aquela simples afirmação, o desejo de Hugh se inflamou de vez. Repentinamente, o calor confortável dos estábulos parecia demais, o ar ao redor deles estalava com uma energia sensual. Hugh nunca experimentara nada igual, esta sensação arrepiante que se espalhava por sua pele. E pensar que tudo isso fora despertado por apenas um simples elogio verbal. Mas, afinal, tudo sobre aquele dia parecia surpreendê-lo.

Charlotte reconheceu a mudança na atmosfera. Suas pupilas se dilataram, sua boca se abriu. Hugh deu um passo para trás, forçando-se a não se mover rápido demais para não assustá-la. Ela deu um passo à frente, anulando a distância que ele havia acabado de criar.

Contra seu melhor julgamento, Hugh a puxou para mais perto. Quando ela veio sem resistência, ele a reavaliou. Charlotte se sentia confortável com seu toque e abordagem ousados. De fato, ele diria que ela era igualmente ousada, desmentindo seu exterior inocente.

– Charlotte. – sua mão livre fez uma carícia no rosto dela, sentindo sua pele tão macia quanto havia imaginado. – Você é a coisa mais adorável que já vi.

– Milorde...

– Hugh – ele corrigiu. Nunca se sentira bem com seu título, e agora isso criava uma distinção entre suas classes da qual ele não queria se lembrar.

Ela se acomodou em seu toque, curvando a boca em um sorriso irônico.

– Geralmente sou imune aos charmes de homens como você.

Hugh não negou o óbvio. Ele apenas passou o polegar sobre os lábios dela.

– Sua boca é mais do que adorável. É perfeita.

Sua mão livre pousou sobre o ombro de Charlotte, depois desceu pela curva de suas costas. Ela se arqueou com seu toque, pressionando os seios contra o peito dele. Sem as camadas de casacos e espartilhos, ele podia *senti-la*, podia sentir todo o seu corpo, mas mesmo assim não era o suficiente.

Baixando a cabeça devagar, ele afastou os dedos, com a intenção de beijá-la. Ela possuía uma boca tão linda, tão formosa e carnal. Que dizia coisas tão maravilhosas.

Foi a mordida não tão gentil do cavalo em seu ombro que o trouxe de volta à realidade da pequena baia e da nevasca lá fora. Por um momento, Hugh considerou ignorar a rude intromissão, mas o relinchar de alerta do animal o fez mudar de ideia.

– É melhor voltarmos para a mansão – ele disse, lamentando muito por dentro. – Acho que meu cavalo está com ciúmes.

Charlotte piscou e levou um momento para responder, visivelmente despertando de sua sedução descarada.

– Sim, acho que seria melhor. – a voz dela também saiu com um tom de lamento, e isso acalmou um pouco a frustração quase insuportável que Hugh estava sentindo.

Ainda de mãos dadas, eles deixaram o conforto dos estábulos e enfrentaram o vento e a neve no caminho até a mansão, onde entraram pela cozinha. Estavam molhados e congelados quando chegaram, e a cozinheira se surpreendeu quando eles entraram pela porta seguidos de uma nuvem de neve. Hugh também se surpreendeu ao vê-la.

A cozinheira era a mulher mais imponente que já tinha visto. Muito alta e com o corpo de um lenhador, ela o assustava de verdade. Fios cinzentos se espalhavam por seus cabelos, e olhos ainda mais cinzentos o olharam de cima a baixo. Com uma faca na mão e uma galinha indefesa na outra, ela formava uma imagem assustadora. Se Charlotte não o puxasse pelo braço, ele poderia ficar ali congelado de medo por horas.

— Bom Deus — ele murmurou, enquanto seguia Charlotte pela escada dos criados até os andares de cima.

Atrevida como era, ela riu.

— Espere só até o jantar — ela disse. — Você ficará impressionado.

— Já estou impressionado. — era a primeira vez que encontrara uma amazona em sua vida.

Cruzando corredores bem cuidados, Hugh mal teve tempo para registrar a diferença na casa antes de chegar a um quarto enorme aquecido por uma lareira. Era lindamente mobiliado e impecavelmente limpo. Ele achou difícil acreditar que estava na mesma residência em que entrara poucas horas antes.

— Por que o resto da mansão não recebe a mesma manutenção? — ele perguntou, olhando para ela.

Charlotte tremia ao lado da porta, com seus cabelos e roupas molhados com a neve derretida.

Ele estendeu a mão.

— Venha se aquecer perto da lareira.

— Ainda não.

O "ainda" o fez pensar um pouco, parecia uma leve indicação de que ela pretendia ficar mais do que deveria em seu quarto. Seus olhos se encontraram, os de Hugh com uma pergunta silenciosa, os de Charlotte francos e claros.

— Então vá se trocar — ele disse. — Antes que fique doente. Podemos conversar depois que estiver aquecida.

Ela assentiu.

– Voltarei em seguida para acompanhá-lo até o jantar.

Hugh fez uma rápida reverência.

– Estarei esperando.

– Quanto tempo levou até ele começar a fazer perguntas?

Charlotte suspirou.

– Mais do que eu esperava.

– E como você respondeu?

– Não respondi.

– Mas você precisa dizer alguma coisa.

Assentindo, Charlotte começou a tirar suas roupas molhadas. Calafrios cobriram sua pele, e ela se aproximou da lareira.

– Montrose é muito interessante, assim como você suspeitava.

– E bonito.

– Sim, ele é muito bonito, e também é um mulherengo descarado. – sorrindo, ela pensou na maneira como ele limpou suas mãos e a preocupação que mostrou com seu cocheiro. – Mas muito mais simpático do que imaginei. E um pouco vulnerável, coisa que nunca adivinharia. Pensei que ele fosse do tipo arrogante mas, debaixo daquele exterior, acho que ele é um pouco inseguro.

– Oh... ele é interessante! Então talvez seja bom que tenha aparecido. Você é jovem e adorável; é mesmo uma pena que tenha escolhido se dedicar a mim. Isso não quer dizer que eu gostaria que você fosse embora, é claro. Você é a única coisa que me impede de enlouquecer completamente de tédio.

Charlotte riu.

– Não é sacrifício nenhum, e você sabe disso.

– É muito diferente da vida que você conhecia.

– Isso não é uma coisa ruim. – Charlotte mergulhou graciosamente na banheira fumegante. – Minha antiga vida possuía seus prazeres, é verdade, mas eu estava pronta para uma mudança e um pouco de tranquilidade.

Alguns momentos de silêncio se passaram.

– Estudei o mapa enquanto você esteve fora.

Apoiando a cabeça na beirada, Charlotte fechou os olhos.

– Já estou cansada de quebrar a cabeça com esse maldito mapa. Quando a primavera chegar, vamos contratar um navio e iremos pessoalmente. Talvez assim possamos descobrir algo útil.

– O duque estava muito doente quando entregou o mapa a você. Talvez já não estivesse são naquela época.

Charlotte mergulhou mais um pouco na banheira. Ela já havia considerado essa possiblidade muitas vezes. Os livros que Glenmoore havia deixado eram enigmáticos, na melhor das hipóteses, e o mapa, embora comparável a outros que mostravam o mesmo corpo de água, possuía marcas distintas que ela não encontrava em nenhum outro lugar. Mesmo assim, que outra escolha tinha? O novo Duque de Glenmoore era avarento com sua confiança e...

– Você já considerou outras possibilidades? – disse a voz melodiosa que Charlotte tanto adorava.

– Não – ela admitiu. – Mas acho que terei que fazer isso, e logo.

– Bom, enquanto isso, aproveite o conde. – o leve roçar de tecidos denunciou sua movimentação. – Você deveria usar o vestido de seda vermelha no jantar. Fica deslumbrante com ele. O conde não poderá resistir a você.

– Ele não está tentando resistir a mim – ela disse secamente. Charlotte nunca gostou de conquistadores libidinosos como Montrose, embora os tolerasse quando necessário. Porém, Hugh era bem diferente do que sua aparência indicava. De fato, ele parecia quase solitário. Assim como ela.

– Ah, bem, melhor ainda.

Charlotte riu.

– Tenho certeza de que não é apropriado discutir esse tipo de coisa com você.

– Quem se importa se é ou não apropriado? Nós nunca fizemos nada que fosse apropriado.

Hugh olhou mais uma vez para o espelho, ajustando sua gravata pela centésima vez, antes de voltar a andar agitado pelo quarto. *Por que diabos Charlotte estava demorando tanto?*

Ele esperaria apenas mais alguns minutos, depois iria atrás dela. Quem sabe o que poderia acontecer com ela neste museu de estranhezas? Ele estremeceu só de pensar. Era abominável uma criatura tão bela viver em um lugar como este, nos confins de Derbyshire. Era um erro grotesco que ele pretendia consertar assim que o maldito clima cooperasse.

Quando finalmente ouviu a batida, ele abriu a porta tão rápido que Charlotte foi surpreendida e cambaleou para trás. E Hugh também se admirou.

Usando um vestido de seda vermelha e impressionante simplicidade, ela tirou seu fôlego. Com mangas caindo sobre os ombros, corpete decotado e cintura alta, o vestido não possuía nenhum enfeite de qualquer tipo. A própria Charlotte não usava nenhuma joia nem luvas, e seus cabelos ruivos estavam presos acima da cabeça em cachos bagunçados. Sua pele estava pálida como o luar, e seu aroma, fresco e floral, produzia um excitante contraponto para o visual sedutor que ela exibia.

Hugh precisou de todo o seu autocontrole para não agarrá-la e jogá-la na cama. Charlotte o atraía de tantas maneiras que ele mal conseguia enumerá-las.

Ele observou, hipnotizado, quando a boca dela se curvou em um sorriso satisfeito. Ela sabia muito bem o efeito que teria em qualquer homem vestida daquele jeito.

– Vamos jantar? – ela perguntou.

– Precisamos mesmo?

Seus olhos verdes brilharam com divertimento.

– Estou faminta.

E Hugh também estava, mas não faminto de comida. Porém, a ideia de ter sua companhia enquanto comia era muito agradável. Ele entrou no corredor e lhe ofereceu o braço. O leve toque dos dedos de Charlote queimou através de seu casaco e camisa até chegar à pele, aumentando seu desejo por ela. Charlotte era miúda, o topo de sua cabeça mal alcançava o ombro dele e, de seu ponto de vista, Hugh possuía uma excelente visão da exuberância de seus seios.

Ele desviou o olhar, fixando os olhos no corredor à frente. Diferente das cortesãs com quem geralmente se envolvia, ele achou errado ficar olhando para Charlotte como se ela não valesse nada mais do que uma boa transa. Ela era inteligente e bondosa, como ficou evidente na maneira como lidou com os eventos do dia. O fato era que ele gostava muito dela, ao menos o pouco que conhecia, e já que teria alguns dias para gastar, Hugh estava determinado a descobrir o máximo possível sobre ela.

Enquanto eles andavam de um corredor a outro e se preparavam para descer a escadaria principal, Hugh sentiu como se estivesse viajando no tempo. A parte da mansão iluminada e lindamente mobiliada deu lugar à seção empoeirada e apodrecida assim que viraram o corredor.

– Os criados têm menos trabalho se cuidarem apenas das áreas que usamos regularmente – Charlotte explicou antes que ele pudesse perguntar.

Ao pensar no esquisito grupo de criados que conhecera até aqui, ele precisava concordar.

Hugh ficou aliviado ao ver que a sala de jantar estava limpa e em boas condições, mas ficou levemente desapontado ao ver apenas dois lugares postos na longa mesa de mogno.

– A duquesa não irá se juntar a nós para o jantar? – mesmo enquanto perguntava, ele começou a imaginar por que uma acompanhante paga como Charlotte teria permissão para se vestir tão lindamente e jantar com ele. Mas se recusou a perguntar sobre isso. Nenhum homem questionaria uma sorte como essa.

– Ela já se acostumou a fazer suas refeições sozinha.

– Que estranho – ele murmurou enquanto empurrava a cadeira para ela. Hugh tinha o hábito de se cercar de pessoas alegres, e raramente passava um momento sem algum tipo de companhia. Jantar sozinho soava tão... solitário.

Tomando seu lugar, Hugh se preparou para comer quando um som familiar chamou sua atenção para a porta que dava na cozinha. Ele balançou a cabeça e suspirou.

A porta se abriu e a jovem criada que tinha o tique nervoso apareceu. A tigela de sopa em suas mãos tremia muito, e o som da concha batendo na beirada era tão alto que nada mais se ouvia. Logo atrás dela, trazendo uma jarra, veio Tom, o garoto com um olho ruim, que ajudara Hugh mais cedo.

Os dois criados quase trombaram um no outro. Juntos, eles pareciam realizar uma dança atrapalhada, cambaleando para todos os lados enquanto tentavam não derramar os líquidos em toda parte.

Por um momento, Hugh os observou com fascinação, depois, praguejando, ele se levantou e ajudou a criada com a sopa (ou a sopa com a criada, dependendo do ponto de vista).

— Não sei como vocês não morrem de fome por aqui — ele murmurou, e Charlotte riu.

— Eles se sairiam bem se você esperasse um momento.

Hugh lançou um olhar incrédulo.

— É verdade — ela insistiu.

— Você é a única pessoa normal aqui neste lugar? — ele perguntou ao se sentar de novo.

Aquela boca que ele achava infinitamente erótica se curvou em um largo sorriso.

— Isso depende do que você considera normal. Algumas pessoas poderiam dizer que uma jovem mulher solteira que escolhe viver com uma duquesa louca está longe de ser normal. — ela olhou para a criada que tremia ao fim da mesa. — Você pode servir agora, Katie.

A bonita morena exibiu um sorriso hesitante e se moveu para encher seus pratos com sopa. Hugh observou enquanto ela completava a tarefa sem derramar nenhuma gota na toalha de mesa impecável, apesar de estar claramente aflita.

Havia vários pratos deliciosos, incluindo galinha ao molho *curry* e presunto assado, e Charlotte era uma companhia agradável e interessante. Ela o fazia rir com seu humor ácido e era atenciosa o bastante para manter sua taça de vinho cheia. Hugh tentou abordar o assunto da duquesa, mas, como um político experiente, ela desviava a conversa para amenidades, como o festival de primavera no vilarejo e o porco magro e pouco apetitoso do Sr. Edgewood. Perdido no prazer de sua companhia, Hugh estava satisfeito em permitir suas evasivas. Ao menos por enquanto.

Após o jantar, eles se retiraram para a biblioteca do andar superior, e Hugh aproveitou a oportunidade para estudá-la mais a fundo. Era fácil perceber que ela não era apenas uma acompanhante paga. Havia uma graciosidade treinada em seus movimentos e um grande entendimento dos costumes apreciados por homens de privilégio. Ela lhe ofereceu um charuto, que acendeu habilmente. Andando até o armário, Charlotte serviu uma boa dose de conhaque, que esquentou sobre a chama de uma vela antes de lhe entregar. Seus quadris balançavam suavemente ao se aproximar, jogando os ombros para trás e evidenciando os seios encantadores. O convite nos olhos dela parecia óbvio.

– Você está tentando me seduzir – ele murmurou com um sorriso, extremamente satisfeito. Não era incomum as mulheres tomarem a iniciativa com ele, mas Hugh estava gostando demais desta noite. Deixando o charuto de lado, ele agarrou o pulso dela quando Charlotte ofereceu a taça e a puxou para seu colo. – Você gostaria que eu a levasse embora deste lugar?

Assim que as palavras saíram de sua boca, ele reconheceu o quanto aquela era uma boa ideia. Charlotte era adorável demais para viver escondida, e ele podia enxergar um relacionamento futuro.

Ela não respondeu. Em vez disso, virou a cabeça e beijou seus lábios. Voluptuoso e marcado pelo vinho, seu beijo era intoxicante. Ele ficou imóvel, comovido e excitado com aquele simples gesto. Ele, um homem experiente nas artes carnais, ficou abalado por um mero beijo. Foi Charlotte quem tomou o controle do momento, sua língua lambia seus lábios e provocava uma entrada. Hugh podia apenas gemer e puxá-la para mais perto.

– Montrose – ela sussurrou, encostando a testa sobre ele.

– Hugh.

– Hugh... – ela disse seu nome em um suspiro, soprando um ar quente que se misturou à sua respiração. – Sou uma mulher do mundo. Não preciso ser resgatada.

Abraçá-la era ao mesmo tempo um prazer e um tormento. Seu membro estava duro e inchado contra o traseiro macio dela, ansiando poder preenchê-la.

– Então, o que você quer, Charlotte? – ele perguntou sensualmente. – Darei tudo que você quiser.

Ela subiu a mão e entrelaçou os dedos em seus cabelos, acariciando-o até ele fechar os olhos, indefeso e perdido no prazer. O ar ao redor deles esquentou, tornando-se pesado com um desejo tão intenso que era quase assustador.

O súbito barulho de algo se quebrando no corredor assustou os dois.

– Maldição – ele praguejou, tirando Charlotte do colo antes de se levantar e correr para a porta. Ao abri-la, Hugh colocou a cabeça para fora e encontrou Katie no corredor com uma jarra quebrada aos seus pés. Notando o sangue que se acumulava em sua mão, ele se apressou para ajudá-la, apanhando seu lenço no caminho.

– Pobrezinha... – ele murmurou, enxugando seu corte. – Deve estar doendo muito.

– Não é nada. Por favor...

Foi a primeira vez que Hugh a escutou falar, e aquela voz suave e lírica chamou sua atenção imediatamente. Ela estava chorando.

Com o rosto corado e cheio de lágrimas, ele tentou acalmá-la.

– Charlotte vai cuidar de você em um minuto.

– Não é isso – ela soluçou. – Eu quebrei a jarra.

– Essa coisa velha? Eu comprarei uma dúzia de jarras novas para você quando a nevasca passar. Então poderá quebrar quantas quiser.

Katie ergueu o rosto e sorriu agradecida. Hugh limpou a garganta com embaraço e desviou os olhos, aliviado quando Charlotte se ajoelhou ao seu lado e apanhou a mão da garota. Levantando-se, ele deu um passo para trás.

Charlotte examinou o ferimento.

– Vamos para a cozinha cuidar disso. – ela ofereceu um silencioso pedido de desculpas com os olhos. – Você pode se retirar para seu quarto. Eu cuidarei disto.

– Eu gostaria de ajudar.

– Realmente não há nada que você possa fazer além de olhar. E tivemos um longo dia. Verei você amanhã.

Hugh hesitou por um instante antes de assentir. Charlotte sem dúvida estava acostumada a lidar sozinha com seus assuntos, e a dispensa foi óbvia. Ele não a veria mais naquela noite.

Ele não entendia por que queria ajudar nessa ou em qualquer situação. Hugh evitava responsabilidades sempre que possível, e Charlotte sabia se virar muito bem, disso ele tinha certeza. Porém, lá estava, um inconfundível desejo de cuidar dela.

Após as duas mulheres desaparecerem pelo corredor, Hugh entrou em sua suíte e fechou a porta. Não mais distraído pela atração de Charlotte, seus pensamentos voltaram para o lugar e a situação onde se encontrava.

Em algum lugar naquele andar, a duquesa louca esperava.

Ele nunca foi do tipo nervoso. Na verdade, era conhecido por sua concentração ferrenha, que o ajudou em dois duelos e lhe rendeu a reputação de um homem a ser temido. Por causa da monotonia da vida atual, Hugh achou excitante todo esse mistério da mansão e da lenda da duquesa. Sua vida se tornara um ciclo entediante de reuniões de negócios, mulheres de cujos nomes ele não se lembrava e amigos de ocasião. Ele estava cansado disso tudo, e essa fora a principal razão para ter decidido de última hora visitar Julienne.

Enquanto se despia, vasculhou suas memórias tentando lembrar tudo que sabia sobre o velho duque e seu casamento apressado. Glenmoore era um excêntrico, uma pessoa singular, sempre se lançando em aventuras mundanas que todos achavam uma loucura. Hugh sabia que o filho de Glenmoore sempre tivera vergonha do pai.

Agora Hugh desejava ter prestado mais atenção nessas conversas. Quando sua irmã se casou com Lucien Remington, ele passou a evitar todo tipo de fofoca. Agora achava que era melhor repensar essa decisão. Talvez as fofocas pudessem ser úteis, afinal de contas.

Charlotte era um enigma que ele iria desvendar. A acompanhante de uma duquesa deve possuir uma reputação impecável, mas estava óbvio pela maneira como se vestiu e sua habilidade em seduzir que Charlotte possuía algumas manchas no currículo.

Cada um dos criados possuía algum tipo de defeito. Era muito possível que a imperfeição da tentadora ruiva fosse sua reputação.

Maldição, ele estava com sede!

Não tomara nada além de vinho desde o chá, ainda cismado com a água do local. Olhando desconfiado para a jarra deixada por Katie, Hugh suspirou conformado e serviu-se com um pouco de água. Não havia outra alternativa. Ele não poderia beber álcool durante toda a nevasca. Com tudo acontecendo ao seu redor, era melhor que ficasse sóbrio.

Erguendo o corpo, ele tomou todo o conteúdo. Depois se arrastou para cama, onde dormiu imediatamente.

Hugh acordou de repente e permaneceu imóvel na cama. Com todos os sentidos em alerta, ele se concentrou para ouvir o som que o despertou.

Lá estava de novo: era um suave som de algum material raspando contra si mesmo.

Mais alguém estava no quarto com ele.

Jogando as cobertas para o lado, Hugh pulou do colchão, assustando a figura negra que estava ao pé da cama. Lançando-se para frente, ele tentou capturar o intruso.

E acabou de cara no tapete.

Surpreendido, sabendo que deveria ter agarrado a pessoa, Hugh se levantou rapidamente e girou, esperando apanhar *alguma coisa*, mas encontrando apenas ar. Correndo para o criado-mudo, ele acendeu uma vela, depois olhou ao redor, mas não encontrou nada nem ninguém.

Praguejando, recolheu as calças. Havia um limite para as coisas que podia aguentar.

Quando foi apanhar a vela, notou a jarra ao lado e murmurou uma maldição que deixaria até um marinheiro corado. Se a culpa fosse da maldita água, ele ficaria bêbado pelo resto de sua visita e não reclamaria.

Mas, enquanto isso, ele não achava que tinha imaginado o espectro ao pé da cama, e também não achava que o indivíduo simplesmente desaparecera no ar. Ter Remington como seu cunhado o ensinou uma ou duas coisas sobre as aparências, e usaria o que aprendera para procurar nas paredes dos dois lados da lareira.

Levou menos de uma hora para encontrar a pequena alavanca. Puxando-a, a parede deslizou em silêncio, mostrando o quanto o mecanismo estava bem conservado.

Com um pequeno sorriso de satisfação e excitado com a descoberta, ele apanhou a vela e entrou no corredor secreto.

CAPÍTULO 3

Debruçada sobre a escrivaninha do escritório, Charlotte suspirou e considerou seriamente rasgar o maldito mapa. Ela havia passado três anos tentando desvendar aquele enigma e avançara muito pouco desde então.

Se tivesse que cuidar apenas de si mesma, teria enquadrado o mapa como lembrança e seguido em frente. Mas possuía uma casa inteira para se preocupar, e apenas seus esforços nunca poderiam sustentar a todos. Encontrar um lugar para viverem, mudá-los para esse lugar, tentar fechar as contas... seria impossível. Mas, claro, era exatamente isso que Carding pretendia.

Charlotte apertou o cinto de seu robe forrado de seda. Suas roupas de dormir pertenciam à sua vida passada e não eram adequadas para as circunstâncias atuais, mas ela as usava mesmo assim. Essas roupas a lembravam de que ela era uma mulher, que ainda era jovem e atraente. Sozinha no campo, era fácil demais se esquecer disso.

Com a vista cansada, Charlotte sabia que deveria se deitar, mas pensamentos sobre o belo conde que dormia tão perto dali dificultavam seu sono. Ela estava faminta por ele, faminta pelo corpo rígido e a impressionante ereção que ela sentira quando sentou em seu colo.

Por toda a noite ele a olhara como se nada mais existisse no mundo. Mas, apesar de seu desejo aparente e óbvia vontade, ele se comportou. Montrose manteve as mãos longe dela, apesar do pau pulsante que ela sentira contra o quadril. Sua lenta e dedicada sedução mostrava respeito a ela, talvez até admiração. Ousada como era, Charlotte considerou bater à sua porta, sabendo que o charmoso mulherengo a receberia de braços abertos. Estava considerando isso agora mesmo...

– Olá.

Surpreendida, Charlotte olhou na direção da voz, e seu coração pulou até a garganta. Logo à sua frente estava o Conde de Montrose, vestindo apenas calças e adoráveis cabelos loiros e bagunçados. Ele era um homem tão bonito, possuía um corpo tão poderoso, com ombros que eram o sonho de qualquer alfaiate descendo até um abdômen musculoso e quadris enxutos. Seus olhos negros pareciam pesados, sedutores, olhando para ela com a costumeira intensidade que tirava o fôlego.

– Não ouvi você passando pela... – a voz dela sumiu quando avistou a abertura na parede do escritório. – Você esteve bisbilhotando por aí? – ela disse asperamente.

Descalço, ele deu um passo em sua direção com o primeiro botão das calças aberto, seus músculos do abdômen flexionavam com força enquanto ele se movia.

– *Eu* estava dormindo – ele sussurrou. – Outra pessoa estava bisbilhotando por aí. Em meus aposentos.

Charlotte estremeceu por dentro, mas manteve seu rosto impassível. *Maldição*.

– Parece que você teve um sonho ruim – ela murmurou, enrolando o mapa. – Depois do que aconteceu hoje...

– Não foi um sonho, Charlotte.

Ela congelou quando Montrose deu a volta na escrivaninha e ficou atrás dela. Seu cheiro era maravilhoso, um aroma tentador de perfume e excitação masculina. E não havia dúvida de que estava excitado: a extensão rígida de uma ereção impressionante estava delineada na frente da calça. Charlotte permaneceu imóvel e tensa, esperando que ele desse o primeiro passo.

O conde soprou sua vela e a deixou de lado. Pressionando o peito contra as costas dela, Montrose alcançou suas mãos e parou seus movimentos.

– Eu permiti que você fosse evasiva, meu anjo, mas agora chegou a hora de conversamos sobre as respostas para as perguntas mais óbvias.

– Não sei o que está querendo dizer – ela sussurrou, sentindo o coração acelerar com a proximidade. O calor da pele dele queimava através de seu robe. Incapaz de se segurar, ela se recostou nele e sentiu a rigidez de seu membro deslizar sobre o traseiro.

Ele estendeu o braço e abriu o mapa, respirando quente sobre a orelha de Charlotte.

— Agora, onde está seu humor afiado que tanto admiro?

Charlotte engoliu em seco. Então, ele a admirava, e por mais do que sua aparência.

Uma de suas grandes mãos continuou segurando a mão dela sobre o mapa. Porém, a outra começou a se mover, passando pelo ombro antes de começar a descer pelas costas. Indefesa, ela se arqueou com sua carícia.

— Isto é lindo — ele murmurou, sentindo a maciez de seu robe. — O verde complementa a cor de seus olhos e destaca seus cabelos.

— Montrose... — ela fechou os olhos. Fazia muito tempo desde que sentira o toque de outra pessoa. Tempo demais.

— Hugh — ele corrigiu em um sussurro, roçando os dentes na lateral de seu pescoço. Tremendo, ela perdeu o fôlego em um soluço. Sendo muito mais alto do que ela, Hugh não tinha problema algum para enxergar sobre seu ombro.

— O que você está estudando com tanto afinco?

— N-não é nada.

— Hum... — a mão de Hugh desceu até seu quadril e apertou suavemente a pele. — Parece um mapa das Índias Ocidentais para mim.

Charlotte se debruçou pesadamente sobre a escrivaninha.

— Olho para isso quando quero me entediar até dormir.

Soltando a mão, ele tocou na barriga dela e a puxou mais forte contra seu peito. Hugh então usou a língua quente e molhada para lamber a orelha de Charlotte.

— Então está tendo problemas para dormir?

Deus, ela se sentia embriagada, com sua mente demorando para responder às perguntas dele. O conde era um mestre sedutor, isso ela havia reconhecido de imediato. Mas ser alvo dessa habilidade era algo arrebatador.

— Às vezes — ela admitiu.

A boca dele roçou a pele sensível de seu pescoço e o membro rígido queimava sobre as costas dela.

— Explique esse mapa para mim.

Ela tentou se lembrar do porquê não queria responder, mas não conseguiu raciocinar.

— D-dizem que p-pode levar a um tesouro.

A mão do conde deslizou para dentro da abertura do robe e segurou um seio através da camisola. Dedos experientes os circularam com carícias provocantes, enquanto sua outra mão subia lentamente a barra do robe.

— Que tipo de tesouro?

— Tesouro de um pirata.

Hugh rolou o mamilo entre os dedos.

— Que jeito interessante de passar o tempo.

Um gemido escapou da boca de Charlotte e ela impulsionou os quadris sobre o membro dele.

— Hum... sim.

A palma dele segurou a coxa nua dela, depois deslizou para cima. Ele estava capturando todos os sentidos de Charlotte, travando uma silenciosa batalha para baixar sua guarda. E estava vencendo. Ela já revelara mais do que deveria.

— Você está tentando me seduzir, milorde? — ela ofegou quando a mão chegou na fenda entre suas pernas.

— A sedução já ficou para trás, meu anjo. Agora estou fazendo amor com você. Mas não mude de assunto. Conte por que se interessa tanto por esse mapa. — com um longo movimento da língua, ele lambeu seu pescoço, depois sussurrou: — E abra as pernas para mim.

Charlotte deixou escapar uma risada engasgada diante de sua arrogância, mas ela obedeceu mesmo assim, pois já não conseguiria fazer diferente. Foi recompensada com carícias de dedos habilidosos, gentis e reverentes, deslizando sobre umidade que evidenciava o quanto ela realmente o queria.

— Prometi encontrar o tesouro — ela gemeu, derretendo-se nele.

— Para qual propósito? — seu dedo deslizou para dentro dela e começou a bombear em um ritmo lento, levando Charlotte à loucura.

— É um tesouro, o que você acha? — ela ironizou. Sua cabeça então caiu para trás no ombro dele. — Céus... isso é maravilhoso. — Charlotte estremeceu, e a mão dele apertou ainda mais o seio.

– As pessoas procuram tesouros por dinheiro, por fama, por aventura – ele sugeriu, com a voz tão rouca que denunciava o quanto estava excitado. – Qual dessas é sua motivação?

Charlotte arqueou os quadris sobre a mão dele, sentindo o corpo pegar fogo. Ele mordia seu pescoço, beliscava um mamilo, penetrava com o dedo entre suas pernas até ela quase atingir o orgasmo. Ela gritou, depois se enrijeceu com a expectativa.

E então, ele parou, retirando as mãos.

– Não... – ela protestou. – Não pare.

Com uma mão no meio de suas costas, Hugh a pressionou com gentileza para frente até ela se debruçar sobre o mapa. Depois, ergueu uma das pernas dela e a colocou sobre a escrivaninha, abrindo-a completamente.

– Por que você quer procurar um tesouro, Charlotte? – suas palmas acariciaram a curva de seu traseiro nu.

– Pelo dinheiro.

– Para a duquesa? – ele beijou sua nuca. – Para você mesma?

– Os dois. – ela estremeceu, tão excitada que considerou aliviar a si própria. Charlotte desceu uma mão para fazer exatamente isso.

– Nem pense nisso – ele alertou. E então ela ouviu Hugh retirar as calças. – Diga que você não é virgem.

Sua garganta estava tão apertada que ela apenas conseguiu sacudir a cabeça.

– Você quer isto? – ele rosnou, deslizando o membro ereto entre os lábios de sua boceta.

– Deus, sim – ela sussurrou. – Eu quero.

Ele se inclinou e uniu seus rostos molhados, pousando o pau duro no vão de sua bunda.

– Quero você mais que qualquer mulher que já conheci, Charlotte. Seu aroma me deixa inebriado, a sensação da sua pele me deixa louco, e sua boca... Quero fazer coisas obscenas com sua boca. – ele beijou o rosto dela tão gentilmente que Charlotte sentiu o coração se apertar. – Mas preciso de respostas, e espero que você coopere. Você fará isso quando eu terminar?

Naquele momento, ela faria qualquer coisa que ele quisesse.

As mãos de Hugh desceram pelas costas dela, acalmando-a e acariciando-a.

– Você está em perigo, meu anjo? Por acaso você se esconde aqui para escapar de algo desagradável?

Charlotte fechou as mãos em punhos. Sedução era uma coisa, desde que fosse honesta e sem duplas intenções.

– Não finja que se importa, Montrose, pois não tenho ilusão alguma de acreditar. Você quer sexo. Ande logo com isso.

Ele se endireitou bruscamente, e sua voz saiu apertada.

– Não estou sofrendo de falta de sexo. É *você* que eu quero.

Ela respirou fundo, sentindo que o tinha ofendido e tentando entender por que se importava.

– Jurei não contar para ninguém, Montrose. Não consegue entender isso? Eu não conheço você. Você irá embora daqui a um dia ou dois e...

Ela ofegou quando ele a penetrou sem aviso.

Charlotte agarrou a mesa e suas costas se dobraram quando o prazer roubou seus sentidos. Ele era largo, tinha um formato incrível e era duro como aço, pulsando dentro dela até não sentir nada mais além do prazer.

Hugh se inclinou sobre ela, entrelaçando seus dedos nos dela.

– Estou dentro de você, Charlotte. – ele se acomodou mais fundo, lembrando-a desse fato. Como se ela pudesse esquecer. – Pretendo continuar dentro de você nos próximos dias. Há coisas que posso fazer, maneiras de possuí-la que irão convencê-la a me dizer o que quero saber, pois só então permitirei você gozar. Ou você pode ser uma boa garota e simplesmente me dizer agora. Então poderemos passar os próximos dias conversando sobre como posso ajudar com os seus problemas.

Homens arrogantes eram uma das coisas que mais a irritavam.

– Acontece que eu também conheço alguns truques – ela rebateu, apertando os músculos de sua boceta deliberadamente, levando-a mais próxima do orgasmo.

Ele rosnou, apertando com força as mãos sobre ela enquanto Charlotte gozava. Ela jogou os quadris para trás para recebê-lo completamente, mordendo os lábios para segurar os gritos. Foi um alívio ofegante e explosivo que capturou seus sentidos, mas foi apenas um aperitivo, um breve lampejo e, quando ele inchou em resposta, ela se contorceu de angústia, precisando de mais.

Hugh se retirou, depois a penetrou de novo, fazendo Charlotte sentir cada centímetro, esticando-a deliciosamente até ela pensar que fosse morrer.

– Charlotte safada – ele murmurou, depois a penetrou mais uma vez com a habilidade de um especialista. – Podemos ficar aqui por horas. – Novamente ele se retirou para entrar de novo. – Ou podemos ir para minha cama e você poderá deitar de costas. Então eu poderia chupar seus mamilos. Poderia lambê-los e mordê-los enquanto eu meto em você. Não gostaria disso?

Ela cerrou os dentes e seu corpo inteiro tremia enquanto ele a penetrava.

– Bastardo.

– Não, sou muito legítimo. E rico. Eu poderia ajudá-la, meu anjo. – *para fora, para dentro.* – Por que procurar por um tesouro quando você tem a mim? – Seus dedos acariciaram toda a extensão das costas dela.

– Eu não tenho você.

Ele parou de repente.

– Mas poderia ter.

Praticamente deitada de bruços sobre a escrivaninha, com as pernas abertas e indefesa, preenchida pelo membro enorme de Montrose, o coração de Charlotte martelava tanto que ela quase não conseguia ouvir nada debaixo do som latejante em seus ouvidos.

O que ele estava dizendo? O que estava oferecendo? E por que, já que ela entregou aquilo que ele desejava sem protestar?

Hugh não se moveu, ele apenas esperou, e Charlotte sabia que ele não continuaria até que recebesse algum tipo de resposta. Ela não entendia o que ele estava oferecendo, mas seja lá o que fosse, ela queria. Ela *o* queria. Desesperadamente.

Charlotte passou a vida inteira cuidando de si mesma porque não havia mais ninguém que cuidasse. Ela achava difícil confiar nos outros e, quanto ao seu coração, ela era pragmática e acreditava em manter as emoções longe do sexo. Porém, lá no fundo, ela queria acreditar naquele mulherengo de fala mansa. Sabendo que não deveria, Charlotte assentiu.

– Graças a Deus – ele murmurou, beijando com ardor sua pele, desmentindo o controle que exibira poucos instantes atrás.

Com as mãos na cintura dela, Hugh a prendeu no lugar. Liberando seu desejo, ele começou a penetrar com toda a ganância que havia reprimido até então. Duro e fundo, com ritmo marcado, ele a levou a um orgasmo e depois continuou penetrando até onde cabia. Ele gozou, ela estava certa disso. Ela o ouviu gemer em um tom grave, sentiu o sêmen pulsar e depois se derramar, mas ele não parou, nem amoleceu.

Hugh deslizou o joelho para frente, abrindo-a ainda mais para que nada impedisse de atingir o mais fundo possível. O saco, tenso e pesado, batia contra o clitóris, fazendo Charlotte implorar cada vez mais. Hugh praguejou e gozou de novo. E a única coisa que ela podia fazer era se segurar na escrivaninha e permitir que o prazer tomasse conta de seu corpo, preenchendo-a, desfazendo qualquer reserva, até que tudo que ela podia sentir era Hugh La Coeur e um sonho distante que nunca se realizaria.

CAPÍTULO 4

Hugh olhava para o mapa e desejava ter prestado mais atenção às conversas do Conde de Merrick sobre rotas de comércio nas Índias Ocidentais.

Ele riu. Nas últimas vinte e quatro horas, Hugh desejou ter prestado mais atenção em uma porção de coisas. Ele sempre fora um pouco ensimesmado e quase nunca se preocupava com assuntos que não eram diretamente pertinentes a ele ou Julienne. Agora, de repente se sentia preocupado com uma estranha. Era desconcertante, para dizer o mínimo, e confuso.

Atrás dele, em sua cama, Charlotte dormia. Ele daria mais alguns minutos para ela descansar, depois iria tomá-la de novo. Estava impressionado com sua própria necessidade. Passou a maior parte da manhã transando com ela, mas seu membro ainda estava rígido e querendo entrar nela outra vez. Quando estavam transando, ele sentia seu lado devasso de sempre, embora com menos controle do que o normal.

Hugh não conseguia entender por que seu cérebro se recusava a se concentrar nos detalhes mais gentis do sexo com Charlotte. Era algo primitivo, rude e selvagem, apenas suor, desejo e necessidade. E ele não conseguia tirar antes de derramar seu sêmen: não uma, mas em todas as vezes. Era intolerável, mas ele não conseguia resistir, sempre dizendo a si mesmo que a próxima rodada iria saciá-lo, mais um orgasmo daqueles e sua necessidade acabaria.

– Hugh?

O suspiro atrás dele fez seu coração disparar. Ele precisou de um pouco de... *persuasão* para convencê-la a usar seu primeiro nome. Hugh estava inclinado a pensar que ela inicialmente fora teimosa apenas para aproveitar mais do sexo com ele, uma ideia que o enchia de satisfação masculina.

Ele se virou e ofereceu um sorriso.

– Sim, meu anjo?

Os olhos de Charlotte desceram até seu pau duro e se arregalaram, depois subiram de novo para seu rosto. Ela lambeu os lábios. Corada, com os cabelos esparramados ao pé do colchão, Charlotte estava incrivelmente linda.

– O que está fazendo?

– Estudando seu mapa. – ele se ajeitou e cruzou os braços. – É muito incomum e enigmático.

Ela assentiu.

– Temos alguns livros e um diário que estou usando para decifrá-lo.

– Onde você comprou essas coisas?

– O velho Glenmoore me deu.

Hugh franziu as sobrancelhas.

– Por quê?

Ela subiu deslizando pela cama até chegar nos travesseiros, sem se importar com sua nudez. E ele ficou contente por isso, pois a visão de sua pele branca, seios firmes e mamilos rosados o encheu de alegria. Ele poderia passar horas olhando para seu corpo, e de fato fizera exatamente isso pela manhã, contando as sardas de seu rosto e admirando sua aparência inocente enquanto dormia. Depois ele praguejou contra si mesmo e a loucura que o estava afligindo desde que chegou. Por isso vestiu as calças e procurou o mapa, determinado a pensar em outra coisa que não fosse Charlotte.

– Glenmoore sabia que seu filho não nos daria nada – ela disse, com óbvia amargura. – O duque nos permite usar esta casa apenas porque assim pode nos controlar.

– E por que não internar de uma vez a duquesa?

Charlotte ficou tensa.

– Ela não é louca.

Quando ela fez uma pausa, ele disse:

– É melhor você me contar tudo sem fazer cerimônia.

– Eu era a amante do duque – ela disse sem hesitar e com o queixo erguido.

Hugh ficou boquiaberto.

– *Do velho duque?* Meu Deus.

– Não. – ela revirou os olhos. – Não do velho Glenmoore. De seu filho.

– Oh. – Hugh fechou o rosto.

– Você sabia que eu não era inocente – ela o lembrou.

Dispensando seu comentário com um gesto da mão, Hugh se irritou com os ciúmes que sentiu por um homem com quem ela já não mais estava.

– Sim. Sim. E isso não me incomoda nem um pouco. Na verdade, fico até aliviado. De nenhum outro jeito eu poderia passar a manhã molestando você.

Ela riu.

– Eu estava muito disposta a ser molestada.

Hugh ergueu uma sobrancelha.

Charlotte abriu um largo sorriso.

– Não é sempre que um lindo homem bem-dotado e com grande apetite sexual aparece por aqui.

Ele bufou e passou a mão nos cabelos.

Ela suspirou.

– Seu humor está estranho para um homem que deveria estar saciado.

– Não gosto que você insinue que ficaria com qualquer homem que aparecesse – ele admitiu.

Deslizando da cama e levando o lençol junto, ela retrucou:

– E eu não gosto que você pense que eu faria isso.

Ele observou enquanto ela andava até a porta, com as costas retas e uma postura orgulhosa. Ela era magnífica, uma deusa de cabelos ruivos que não aceitava desaforo de ninguém.

Indo atrás dela, Hugh bloqueou a saída.

– Desculpe. Por favor, não vá.

Charlotte o olhou e o analisou com atenção.

– Você está ranzinza hoje.

– Sinto muito. Não é culpa sua.

Claramente satisfeita com seu pedido de desculpas, ela assentiu e voltou para a cama.

– Este lugar já foi lindo – ela disse. – Na primeira vez que visitei, a mansão e os arredores tiraram o meu fôlego.

– Glenmoore a trouxe aqui? – ele a seguiu até a cama, onde se sentou na beirada.

– Ele era o Marquês de Carding na época e estava impaciente pela morte de seu pai. – ela o olhou com seus verdes olhos cerrados. – Você o conhece?

Uma imagem do forte e arrogante duque veio à tona.

– Já o encontrei algumas vezes.

– Ele é um idiota – ela disse asperamente. – Não se importava nem um pouco que seu pai pudesse ficar ofendido por ser apresentado à sua amante. Carding nunca se preocupou com mais ninguém além de si mesmo. – Ela jogou o cabelo para trás dos ombros. – Glenmoore estava doente, e Carding o deixou aqui, longe de tudo e de todos, para morrer sozinho e sem cuidados. Havia poucos criados, e nenhum médico foi enviado. Foi terrível. Fiquei envergonhada por conhecê-lo.

Hugh estendeu o braço e tomou sua mão, sabendo que, protetora como era Charlotte, ela teria ficado perturbada com o sofrimento do velho Glenmoore. Ela apertou sua mão de volta, e ele sentiu uma estranha dor no coração quando percebeu que ela se reconfortou com seu gesto. Hugh tinha certeza de que nunca fora conforto para ninguém.

– Certa manhã fui até o quarto de Glenmoore para ver como ele estava. Seu aposento estava gelado, já que ninguém se dignava a acender a lareira. A latrina estava cheia e tinha um cheiro terrível. E eu não sabia quando fora a última vez que alguém o alimentara. – Charlotte estremeceu com a lembrança.

– E você cuidou dele – Hugh acrescentou, sentindo um lampejo de orgulho do qual ele não tinha direito.

– Eu tinha que cuidar – ela murmurou, acariciando a palma dele com os dedos. – Os animais recebiam melhor tratamento.

Deslizando mais para cima da cama, Hugh encostou-se na cabeceira e puxou Charlotte entre suas pernas, querendo abraçá-la e oferecer-lhe qualquer conforto que pudesse. Ele acariciou seus braços e beijou seu ombro.

– Você é tão doce, Hugh. – ela envolveu sua cintura com os braços.

Ele mergulhou o rosto em seus cabelos para esconder seu embaraço.

– Conte mais – ele disse, desviando a conversa.

– Glenmoore estava doente, mas ainda lúcido e são. Ele não sabia quem eu era, é claro, mas, quando expliquei, ele aceitou calmamente a situação, e nós passamos a conversar muito desde então. Eu gostava de verdade dele. O velho duque possuía um senso de humor e um gosto pela vida que eu admirava. Não poderia deixá-lo sofrendo apenas porque Jared queria se livrar dele...

– Por que a esposa dele não estava cuidando de sua saúde?

– Glenmoore não estava casado na época. Ele se casou pouco depois da minha chegada.

Hugh roçou os lábios sobre o ombro dela e franziu as sobrancelhas.

– Que mulher em sã consciência se casaria com um homem naquelas condições? Ele já possuía um herdeiro e não poderia gerar mais filhos. Ela não tinha nada a ganhar.

– Existe razão para tudo, Hugh. – Charlotte apoiou a cabeça contra o ombro dele. – Saiba apenas que as dela eram muito boas.

Ele riu com descrença, depois disse:

– Carding deve ter ficado furioso quando você o dispensou.

– Oh, ele ficou – ela concordou, aninhando-se ainda mais em seu abraço. – Reclamou, discutiu e ameaçou me destruir para que nenhum outro homem pudesse me ter.

Ela respirou fundo.

– Mas após a maneira desprezível com que tratou seu pai, eu não queria mais nada com ele. Eu disse a ele para fazer o seu pior.

– Meu Deus – ele sussurrou, impressionado. Ninguém ousaria desafiar um duque, muito menos uma simples garota que precisava dele para sobreviver.

Charlotte riu.

Não sou uma mártir, então não pense assim. Eu já estava planejando cortar meus laços com Carding, então poupei bastante dinheiro para viver com conforto. Ao me oferecer para cuidar de Glenmoore, consegui o tempo para ajudar o velho duque e ao mesmo tempo descobrir o que eu realmente queria fazer em seguida. Parecia um arranjo perfeito.

– Mas algo aconteceu que atrapalhou seus planos.

– Eu subestimei Carding. Se soubesse como ele reagiria, teria feito tudo diferente. Eu teria retornado com ele para Londres, juntado minhas coisas, e só depois voltaria para Glenmoore. Em vez disso, enviei minha dama de companhia. Foi um erro muito estúpido. Carding não perdeu tempo. Ele foi até minha casa na mesma noite de seu retorno e jogou fora todas as minhas roupas e joias, cuja maioria eu adquiri antes de conhecê-lo. Ele parou de pagar os criados daqui, então eles foram embora. Aqueles que temos agora merecem muito mais por seus esforços. Tudo que podemos oferecer é comida e um teto sobre suas cabeças, por isso eu não os sobrecarrego com limpeza de áreas que não usamos.

– E o que aconteceu com o dinheiro que você guardou?

– Não guardei dinheiro, apenas joias.

– Que Carding roubou – Hugh completou.

Ela passou a ponta dos dedos sobre as mãos de Hugh, em uma carícia suave e distraída que ele gostou demais.

– Em respeito aos sentimentos de Glenmoore, tentei esconder o que seu filho estava fazendo, mas ele sabia. Quando sua condição piorou, ele me deu o mapa, os livros e o diário. Queria me recompensar por cuidar dele em seus últimos dias, e esperava assegurar meu futuro de algum jeito.

– Mas, após sua morte, por que você não foi embora? Linda como é, devia saber que conseguiria encontrar outro patrono.

Ela se virou em seus braços, em uma posição em que os seios se apertavam contra o peito dele. Hugh se arrepiou com o contato, e teve dificuldade para se concentrar em suas palavras seguintes.

– Todos aqui contam comigo. Se eu for embora, o que acontecerá com eles? São excelentes criados, mas poucos patrões enxergariam além de seus defeitos. Além disso, as coisas não são tão ruins. Nós comemos bem. Temos roupas e abrigo.

– Então, o mapa é apenas um passatempo? – ele acariciou as costas dela. – Você parecia muito concentrada nele.

– Isso é por causa do meu orgulho. – Charlotte arqueou com suas carícias. – Não gosto de viver sob a ameaça do duque. Isso faz parecer que ele venceu, que me superou. Se eu pudesse adquirir independência financeira, poderia controlar meu próprio destino. É por isso que estudo o mapa com o máximo de entusiasmo possível. Além disso, não tinha mais nada para fazer durante esse clima frio. – ela beijou o mamilo dele. – Até você aparecer.

Hugh colocou uma mecha de cabelo atrás de sua orelha.

– Nunca considerei sustentar uma amante, mas...

– Por que pagar por aquilo que dou a você de graça? – ela o interrompeu com um sorriso irônico.

– Você está evitando o assunto de novo. – ele deslizou mais para baixo e puxou Charlotte sobre seu corpo. – Você é muito boa em ser evasiva.

– Sou muito boa em muitas coisas.

Ele riu e beijou a ponta de seu nariz, satisfeito por ela confiar tanto nele.

– E a duquesa é inofensiva?

– Oh, sim – ela o assegurou. – Ela não representa perigo a você.

– Então, por que ela invadiu meu quarto na madrugada?

Os olhos de Charlotte se acenderam com diabruras.

– Talvez ela quisesse tirar proveito de você.

– Isso não é engraçado – ele resmungou.

Ela riu.

– Eu acho que é sim.

Ele começou a fazer cócegas nela.

– Pare com isso! – ela disse, rindo.

– Agora, isto... isto é engraçado!

Virando, Hugh prendeu Charlotte debaixo de seu corpo e sorriu.

– Ah, não, nem pense nisso! – ela protestou, tentando se desvencilhar. – Eu preciso comer, estou faminta. Quero tomar banho e... fazer outras coisas.

Hugh revirou os olhos e depois voltou a deitar de costas, suspirando exageradamente.

– Para uma amante, você não é tão solícita assim – ele reclamou.

Charlotte jogou uma perna sobre a cintura de Hugh e o montou, ainda segurando o lençol como se fosse uma toga.

– Sou sua parceira, não sua amante. E estou sendo solícita há horas, milorde. Agora, você é quem deve esperar até eu comer algo.

– Hugh – ele corrigiu, precisando sentir um pouco de familiaridade. Ele estava começando a achar que seu mau humor recente era resultado da falta de pessoas próximas. Talvez tudo de que precisasse era uma amante, uma mulher para concentrar suas atenções, em vez de desfrutar apenas de relações superficiais. Mas, primeiro, precisava provar a Charlotte que ela precisava dele. – Depois do café da manhã e de mais um pouco de sexo, nós vamos nos debruçar juntos sobre o mapa e os livros.

Ela riu e o olhou com ironia.

– Você acha que eu não posso ajudar? – ele perguntou. Talvez isso fosse mais difícil do que ele imaginava. – Tenho alguns investimentos na companhia Lambert Shipping e...

Dedos gentis pousaram em seus lábios, silenciando-o com o toque.

– Acho que você pode conquistar qualquer coisa que quiser, mas não acho que conseguirá parar de transar.

Hugh rosnou, sentindo que a confiança dela despertara de novo seu desejo.

– É melhor você se retirar para seu quarto agora, antes que eu prove que você está certa sobre isso.

Charlotte pulou da cama e correu para seu quarto enquanto ria.

– Você não deveria ter invadido o quarto dele – Charlotte repreendeu. – Agora ele sabe sobre as passagens secretas e o mapa.

– Desculpe – veio a resposta arrependida. – Você disse que ele era lindo. Eu só queria ver pessoalmente. Ele ficou bravo demais?

Charlotte se sentou na penteadeira e suspirou.

– No começo, sim. Mas já não está mais bravo.

Mãos suaves pousaram sobre os ombros dela.

– Eu só queria dar uma boa olhada nele.

Olhando no espelho, Charlotte observou o reflexo da mulher atrás dela.

– Talvez seja melhor que você não o veja. É um pouco injusto ter um homem bonito daqueles por aqui. Fica quase impossível pensar direito. – baixando o olhar, ela se surpreendeu ao notar que a mulher que olhava de volta parecia mais jovem do que Charlotte se lembrava, com o rosto corado, olhos brilhantes e uma boca inchada por beijos.

Hugh La Coeur gostava de beijar. Ele não se apressava nos beijos, parecia desfrutar dela, acariciando a boca com profundas lambidas de sua língua talentosa. Charlotte já fora para cama com muitos homens egoístas que não se importavam com preliminares. Mas Hugh era um homem tátil. Ele adorava acariciar seus cabelos, a pele, os lábios, e ela se entregava como uma gata para aquele toque, querendo se contorcer e ronronar com o afeto que recebia.

Feroz e primitivo na cama, Hugh tomava seu corpo como se pertencesse a ele, como se existisse apenas para seu prazer. Os pequenos lampejos de insegurança que ela havia flagrado não se estendiam ao quarto. Fazer amor com ele era algo de tirar o fôlego, sua resistência era impressionante. Por duas vezes ela implorara por um descanso, mas em questão de momentos voltava a desejá-lo. E ele sabia disso, arrogante como era. Charlotte o comparava a um vício em chocolate. Agora, ela apenas esperava que se satisfizesse antes que a nevasca acabasse.

Charlotte começou a escovar os cabelos.

— Contei a ele sobre o mapa e sobre Glenmoore.

— Isso parece promissor. O que ele disse?

— Ele ofereceu ajuda, na verdade.

Ela pensou sobre a reação dele diante de tudo que viu e admirou sua serenidade. Nada parecia pegá-lo desprevenido. E a maneira como ele acalmou Katie e se ofereceu para comprar uma dúzia de jarras para ela... Charlotte ficou comovida. Ela não confiava facilmente nas pessoas, mas as amostras de bondade de Hugh por ela, por seu cocheiro e pelos criados a fizeram pensar que ele se importava genuinamente com seu bem-estar.

— Você acha que ele consegue nos ajudar?

Ela encolheu os ombros.

— Não tenho certeza, mas acho que não custa nada para ele tentar, e isso nos manterá ocupados durante a nevasca.

Uma risada veio com aquela afirmação.

— Não achei que precisava de qualquer outra coisa para manter vocês dois ocupados.

Charlotte parou de escovar de repente.

— Agora *isso* eu tenho certeza de que não é apropriado!

CAPÍTULO 5

Hugh encarou o olho único de Ártemis e se recusou a ceder. Curvar-se a um criado... Ora, isso seria abominável!

– Olha aqui – disse asperamente. – Isso é um pedido muito simples.

Ártemis colocou as mãos nos quadris:

– E você precisa pedir isso para Vossa Graça!

– Pelo amor de Deus, é você quem atende a porta! Sabe melhor do que ninguém se Lorde Glenmoore apareceu por aqui.

– É claro que sei! Mas isso não significa que direi a você! – o olho esbugalhado ficou ainda mais esquisito quando o mordomo cerrou o olhar. – Você pode pedir até se cansar, camarada, mas não vou...

– Pare com isso! O jeito apropriado para se referir a um nobre é "milorde". É tão difícil assim de entender?

Ártemis ficou indignado.

– Ora! Você está reclamando do jeito como faço meu trabalho?

– Reclamando? – Hugh soltou uma risada irônica. – Bom Deus, estou é espantado. Atordoado. Maravilhado.

Ártemis assentiu concordando.

– E deveria estar mesmo, camarada.

– Não é todo dia que se encontra um serviço desse calibre – Hugh murmurou, passando a mão nos cabelos.

– Você está sendo sarcástico? – Ártemis perguntou, desconfiado.

– Quem, eu? Nunca.

– Sobre o que vocês estão discutindo? – Charlotte perguntou enquanto descia as escadas.

Usando um vestido floral um pouco fora de moda, ela parecia exalar um frescor da juventude, em uma imagem de inocência que escondia seu passado sensual.

– Você pode perguntar para *ela*! – o mordomo se virou para ir embora sem ser dispensado. – Um homem não deveria ter que lidar com esse tipo de tratamento em seu local de trabalho – ele resmungou enquanto se afastava.

Hugh estava de queixo caído.

Charlotte riu, rouca, fazendo seu membro enrijecer.

Maldição! Ele fechou o rosto. Hugh não poderia andar por aí com uma ereção dentro da calça, o que estava acontecendo desde que chegara.

Parando em sua frente, Charlotte aliviou seu mau humor com um toque dos dedos.

– Ártemis é um bom homem, mas você não deveria pedir nada a ele. Você sabe muito bem que nenhum criado de primeira linha iria divulgar informações sobre seu empregador.

Sem ter o hábito de admitir quando estava errado, Hugh ficou parado por um momento antes de assentir.

Os olhos verdes de Charlotte brilharam com divertimento.

– Agora, o que você queria pedir?

Hugh soltou um longo suspiro.

– Gostaria de saber se Glenmoore continua visitando você.

Ela ergueu uma sobrancelha.

– De que jeito?

Ele riu.

– De qualquer jeito.

– Ele aparece ocasionalmente – ela disse com cuidado. – Mas não compartilho mais minha cama com ele, se é isso que quer saber.

O alívio que Hugh sentiu foi tão profundo que chegou até a ser um pouco perturbador:

– Então, por que ele ainda aparece?

– Desconfio que ele apenas quer ter certeza de que a duquesa permanece aqui e não representa perigo para sua preciosa reputação. – ela entrelaçou o braço no dele e o conduziu para a sala de estar, onde aromas tentadores fizeram seu estômago roncar. Hugh estava faminto e, assim que se sentaram, ele atacou a comida com vontade. A deliciosa refeição consistia em ovos mexidos e bolinhos de mel e ameixa. Apesar da aura assustadora da cozinheira, Hugh não teve problemas em admitir que seu talento na cozinha era impressionante. Ela era muito melhor do que a cozinheira de Montrose Hall.

Quando Katie chegou, alguns minutos depois, trazendo uma jarra de água trêmula e com a mão enfaixada, ele apenas sorriu, já acostumado com a cena. Tudo parecia diferente hoje. A luz da vela parecia mais dourada, a comida mais apetitosa, Charlotte mais bonita.

Hugh achava que estava sentindo um contentamento que há muito não sentia, e isso o fez sorrir, desfrutando daquele momento. Ele queria sentir isso mais vezes, e sabia que a causa era Charlotte. Portanto, precisava de um plano para provar a ela que, se ele ficasse por perto, ela se beneficiaria de outras maneiras além das carnais. E, já que ela ofereceu uma solução, ele precisava aproveitar ao máximo.

– Seu humor melhorou – Charlotte notou, sorrindo sobre a borda da xícara. Hugh La Coeur também melhorou seu modo de se vestir. Usando tons de marrom, fez a boca dela se aguar, e a beleza de suas feições foram intensificadas por um sorriso de menino.

– É verdade. Pior para você. – ele moveu as sobrancelhas com insinuação. Ela riu.

– Desse jeito eu até poderia me acostumar em ter você por perto.

– Espero que se acostume. – ele empurrou seu prato vazio e se levantou. – Vamos nos retirar para meu quarto e estudar seu mapa?

Charlotte se levantou, sentindo a adrenalina correr em suas veias. Ela olhou para Hugh sobre o ombro e piscou os olhos rapidamente.

– Pensei que o estudo do mapa vinha depois – os olhos dela desceram até as calças dele, e Charlotte observou, fascinada, quando seu pau inchou diante de seus olhos.

– Pare com isso. – ele agarrou seu cotovelo e a conduziu para o andar de cima.

– Parar com o quê? – ela perguntou inocentemente, tentando segurar um sorriso.

– Você sabe muito bem o quê – ele disse, em uma voz arrastada que fazia Charlotte se arrepiar. – Babar enquanto olha para o meu pau.

– Eu não fiz isso! – ela protestou, segurando uma risada enquanto subiam as escadas.

Ele a olhou de soslaio.

– Fez sim, sua devassa insaciável. É difícil ter algum descanso por aqui.

Ela fingiu indignação.

– Seu maldito! Você não me deixava em paz. Quantas vezes eu virei para tentar dormir?

– Várias vezes – ele sussurrou. – Mas não demorava muito até você voltar a me procurar.

Charlotte parou no meio da escada.

– Mas só porque seu pau estava cutucando minhas costas!

Hugh encolheu os ombros.

– Isso é porque você estava praticamente rebolando na cama.

Ela o encarou, tentando não rir, com seu corpo todo se aquecendo diante do olhar sensual de Hugh. Ele era tão maravilhoso, cheio de vigor e travessuras. Era um homem que vivia a vida, enquanto ela passara os últimos anos em um estupor. Agora, Charlotte estava atraída por aquela energia, aquele entusiasmo, querendo absorver toda a excitação para dentro de si.

Incapaz de resistir, ela chegou mais perto e ofereceu-lhe a boca. Com um profundo gemido, Hugh aceitou, retribuindo com um de seus beijos sensuais. Charlotte se derreteu sobre ele, agarrando os poderosos músculos de seus ombros.

– Viu? – ele murmurou, lambendo seus lábios. – Você está fazendo de novo.

Dolorosamente excitada, ela riu sem fôlego.

– Você é um cafajeste arrogante.

– E você é uma devassa sem vergonha. – as mãos dele seguraram seus seios, provocando os mamilos.

Ela se afastou com um sorriso.

– Você gosta do que sou.

Hugh se recostou no corrimão e cruzou os braços.

– Gosto muito do que você é – ele concordou. – Então, quer estudar o mapa agora?

Charlotte o considerou por um momento, da cabeça aos pés. Ele estava muito excitado, e ela estava claramente solícita, mas ele queria estudar o maldito mapa? Ela mordeu os lábios.

– Você acha que consegue resistir a me tocar? – ele perguntou.

Ela cerrou os olhos, gostando daquele jogo.

– E você, acha que consegue?

Ele sorriu.

– Quem você acha que consegue resistir por mais tempo?

– Uma aposta? – ela esfregou as mãos juntas. – Com certeza.

– Quais serão os termos?

– Os termos?

– O ganhador precisa receber algo. É a possibilidade de vencer que faz um homem apostar.

– Sexo não é suficiente?

– Pretendia que isso fosse o *meu* prêmio – ele disse, fazendo um beicinho.

Ela riu.

– Os prêmios podem ser iguais.

Ele ergueu uma sobrancelha.

– Ah, mas o meu ganho precisa ser maior do que o seu, ou a sua perda maior que a minha, para que seja uma aposta de verdade.

– Parece que você possui experiência com apostas – Charlote comentou.

– Sim, tenho alguma experiência – ele sussurrou. – Então, se você conseguir não se jogar para cima de mim por mais tempo que eu, você ganhará uma sessão de sexo quente e suado. Porém, se eu resistir por mais tempo, você me dará um prêmio.

Ela franziu as sobrancelhas.

– Que tipo de prêmio?

– Eu ainda não decidi.

– Isso é trapaça!

– Não, não é. É claro, você pode desistir agora e nos poupar de todo esse trabalho... – ele baixou os braços e chegou mais perto, envolvendo-a com seu aroma e potente masculinidade.

– Ah, não. Eu não vou ceder. Vou ganhar.

Ele agarrou seu cotovelo e fez um gesto para o andar de cima.

– Ótimo. Então, vamos começar.

Com o coração martelando, Charlotte subiu até o quarto de Hugh, pensando em todas as maneiras que poderia usar para assegurar a vitória. A primeira coisa que fez quando entrou em seu aposento foi acender a lareira.

– Que diabos você está fazendo? – ele perguntou. – Já está bem quente aqui dentro.

– Você acha? Estou sentindo um frio.

Hugh tirou seu casaco.

– Se você quer que eu fique nu, é só pedir.

– Mas não foi isso que fiz? Só que você preferiu estudar o mapa.

Ele lançou um olhar de irritação fingida, e Charlotte riu. Há tempos que ela não se divertia tanto assim.

Não, isso não era exatamente verdade. Ela não teve *nenhuma* diversão em tempos.

Após tirar o casaco e a gravata, Hugh se dirigiu para a escrivaninha e se debruçou sobre o mapa.

– Você pode trazer tudo que tenha uma relação com isto?

– É claro. – Charlotte saiu do quarto pensando em um plano e voltou vinte minutos depois com seu primeiro tiro pronto para ser disparado.

Entrando na suíte de Hugh com um largo sorriso, ela parou logo na porta, surpreendida pela visão de suas costas nuas. Ele havia tirado a camisa e os sapatos, os músculos dos ombros flexionavam enquanto se apoiava nos braços, a pele estava coberta com uma fina camada de suor por causa do calor da lareira. Ela suspirou, pensando que poderia passar dias olhando para ele.

Sem se virar, ele disse:

– Babando de novo?

– Você é o homem mais convencido do mundo – ela murmurou. Charlotte se aproximou e deixou os livros caírem na escrivaninha, fazendo um grande barulho. Ele ergueu os olhos para ela.

– Maldição – ele sussurrou, olhando para a camisola preta que ela vestia. Presa com laços nos ombros e totalmente transparente, era uma peça erótica que ela possuía há anos e nunca vestira antes. A camisola esvoaçava com seus movimentos, mudando de opacidade, provocando os olhos com lampejos de seus mamilos e a curva de sua cintura.

Charlotte passou os dedos sobre os lábios de Hugh.

– Cuidado, meu querido. Ou você pode babar.

Ele fechou o rosto.

– Trapaceiros nunca vencem – ele rosnou.

– Não estou trapaceando.

O rosto de Hugh claramente refutava isso.

– Por que não me mostra o que descobriu até agora, para que eu não perca tempo mostrando coisas que você já sabe?

Balançando a cabeça, ela tentou entender por que ele estava tão determinado a mantê-los longe da cama e concentrados no mapa. Se fosse qualquer outro homem, ela poderia até pensar que ele estava mais interessado no mapa do que nela, mas com Hugh ela sabia que isso não era verdade. Ele não estaria tão frustrado se não estivesse lutando contra a tentação que ela apresentava. Algo não se encaixava e, se ela quisesse descobrir o que era, teria de dançar conforme a música.

Puxando os livros, Charlotte apanhou o fino diário no topo e o abriu.

– De acordo com Glenmoore, ele ganhou este mapa em uma aposta enquanto viajava pelo Caribe. Ele achava que não era mais do que um suvenir, até que foi abordado por um homem nativo que jurou pertencer à tripulação que havia escondido o tesouro.

Hugh a encarou com seus intensos olhos negros.

– O que exatamente é o tesouro?

– Glenmoore nunca descobriu uma resposta definitiva para isso. Havia duas histórias. A mais simples dizia que era ouro de piratas. A outra envolvia uma história de amor.

– Uma história de amor? – ele perguntou com ceticismo.

Assentindo, Charlotte virou as páginas no diário de Glenmoore até encontrar um velho pedaço de papel. Ao desdobrá-lo, a imagem de uma adorável mulher apareceu.

– Seu nome era Anne – ela explicou. – De acordo com a história que Glenmoore ouviu, ela fugiu de um casamento infeliz para navegar pelos mares com um pirata chamado Calico Jack. Eles ficaram juntos por um tempo, mas Jack acabou sendo capturado e enforcado. Dizem que Anne, que estava grávida quando ele morreu, fugiu das autoridades e escondeu o dinheiro das pilhagens.

Hugh esfregou a nuca, em uma pose que enfatizava seus poderosos braços e lindo peitoral. Charlotte lambeu os lábios.

Céus, ela *realmente* estava quase babando.

– Charlotte, você não acha que... – ele ergueu os olhos do mapa e a encarou. – Como posso me concentrar em qualquer coisa com você vestida assim e me olhando dessa maneira?

– Por que você está tão interessado no mapa?

Levando a mão até o meio das pernas, Hugh acariciou seu pau duro sobre o tecido grosso da calça.

– Gostaria de ser útil para você em outras coisas além de sexo.

Charlotte piscou, depois andou até uma cadeira e se sentou. Sua mente se esvaziou de qualquer pensamento sobre sedução e a aposta que fizeram.

– Você gostaria de ser útil – ela repetiu, maravilhada com aquela afirmação. – Acho que nunca ouvi um homem dizer isso para mim.

– Sim, bom, eu também nunca disse uma coisa dessas antes – ele resmungou. – Ser desejado apenas para sexo tem suas vantagens. E ceder a tais demandas não é nada mal. Eu culpo a água deste lugar por toda essa loucura.

Ele esfregou o rosto antes de puxar o diário para mais perto.

– Você acredita mesmo nessa baboseira de tesouro?

Ela o observou enquanto ele estudava o diário, frustrado sexualmente, mas determinado a encontrar uma maneira de ser útil para ela, e Charlotte então sentiu seu coração amolecer. Que homem estranho ele era. Ela não conseguia entendê-lo, mas e daí? Charlotte se sentia viva e apreciada, e este homem era a causa.

– Charlotte? – Hugh olhou para ela e praguejou baixinho. – Você pretende me ajudar com isto ou não?

– Eu me entrego. – ela nunca fizera nada assim em sua vida. Amaldiçoada (ou abençoada, dependendo do ponto de vista) com uma natureza muito competitiva, ela sempre levava todos os desafios a sério.

– Perdão?

– Você venceu. Eu me entrego. Podemos transar agora?

– Mas que maldição! – Hugh se levantou e começou a andar de um lado a outro. – Você não pode simplesmente se entregar.

Ela também se levantou.

– Por que não?

– Porque preciso ajudá-la com isto.

– Você pode me ajudar mais tarde.

Ele parou e a encarou, erguendo os braços e exibindo sua perfeição mesmo no meio de sua frustração.

– Por que você está sendo tão difícil?

– O que você quer, Hugh? – ela perguntou. – O que ganha me ajudando?

Rosnando, ele se virou de costas.

– A nevasca logo irá passar, e então eu não terei motivos para permanecer aqui.

– Sim, eu sei.

– Minha carruagem era nova e custou uma fortuna! Eu deveria estar bravo, *furioso*, por aquela maldita coisa ter quebrado. Mas, na verdade, estou grato, pois me deu a oportunidade de conhecer você. E acho que depois que eu for embora, sentirei saudades de você, e nunca sinto saudades de ninguém.

Com o coração disparado, Charlotte cruzou o pequeno espaço que os separava. Suas mãos acariciaram as costas de Hugh, sentindo os músculos tensos sob seu toque. Aquelas palavras, aquela paixão... ela nunca presenciou nada assim.

– Shh – ela o tranquilizou.

– Quando você foi tomar banho de manhã, senti uma eternidade passar até você voltar. Isso é loucura. É uma loucura horrível desejar tanto a companhia de uma estranha como estou desejando você. Ontem, neste mesmo horário, nem sabia quem você era. E, na noite passada, quando estava dentro de você, não queria nada além de sexo. Mas, nesta manhã, pensei que algo mais poderia ser bom...

– Shh...

– ... e agora...

Baixa demais para alcançar os lábios dele, ela pressionou um beijo ardente em seu mamilo, e as mãos dele agarram os cabelos dela com força.

Hugh a empurrou para longe, revelando olhos negros e ferozes que poderiam até assustá-la se não estivesse tão excitada.

– E agora quero que você volte comigo. E se torne minha amante. Nada faltará a você, eu prometo.

– Oh, Hugh...

Ele a beijou desesperadamente, e Charlotte foi inundada com um calor quase doloroso que se espalhou por sua pele. Por toda a manhã ela o desejou. Precisava de seu toque, seu sorriso, o calor de seu olhar. Sim, ela concordava que era uma loucura desejar a atenção de um estranho, mas não se arrependia de nada, não quando a sensação era tão maravilhosa assim.

Caindo de joelhos, ele a puxou junto para o chão, soltando seus cabelos para agarrar os seios, cada toque cheio de uma ternura que a comovia.

– Irei substituir todas as suas joias, todos os seus vestidos. Darei uma casa, e será sua, no seu nome...

– Maldição, pare de falar. – ela não queria promessas ou sonhos. Ela apenas o queria agora, neste momento, e nada mais. Charlotte tinha medo de querer mais.

Girando, ela ficou de quatro e abriu as pernas, esperando pelo doce prazer arrebatador que a preenchia quando eles se juntavam.

Mas, quando ele se moveu, não foi da maneira que ela esperava. Não foi com a urgência febril que ele exibira apenas horas atrás. Foi com sua respiração quente atravessando a camisola, o rosto pressionando em suas costas, o suave deslizar das mãos em cada um de seus lados.

Ela mergulhou a testa no tapete, sentindo o corpo tremer, a pele molhada de suor pela proximidade da lareira.

– Eu gostaria de ter o luxo de tocá-la dessa maneira – ele murmurou, correndo os dedos pela extensão de suas costas. – Quero ir devagar, quero desfrutar você, em vez de me sentir tão apressado, tão desesperado.

– Desesperado? – ela ofegou, arqueando em seu toque.

– É o que sinto, como se precisasse me saciar antes que seja tarde demais. – Hugh ergueu os cabelos dela até seu rosto e respirou fundo. – É uma cor tão linda. É o tom de vermelho mais glorioso que já vi.

Charlotte tentou rolar para o lado para desfrutar dele da mesma maneira, mas Hugh a manteve no lugar com firmeza.

Ele deslizou lentamente a camisola para cima, usando o tecido macio para acariciar sua pele. Ela tremeu quando a mão dele mergulhou entre suas pernas, entrelaçando-se nos cachos molhados.

– E este vermelho, mais escuro, mais passional. No momento em que a vi pela primeira vez montando aquele cavalo, quis saber qual seria a cor aqui embaixo. – seus dedos circularam o clitóris inchado com um toque levíssimo, enquanto sua outra mão alcançava um seio e o apertava. – Quando você se deita nua na cama, com os cabelos esparramados nos travesseiros, a pele tão pálida, os mamilos e lábios tão escuros... Eu mal consigo aguentar.

Ele beijou a curva de seu traseiro.

– Mas são as coisas que você diz e o som de suas risadas que mais me comovem.

Ela fechou os olhos, perdida em sensações e emoções. Charlotte olhava para a vida pragmaticamente, e não tinha vergonha de seu passado. A necessidade de sobrevivência há muito já havia superado seu orgulho. Mas, com toda sua experiência, nunca teve um homem que se dedicava tanto a ela, preocupando-se com sua excitação, derretendo-a com desejo, assim como Hugh fizera desde o início. O sexo não deveria ser tão íntimo, não quando a situação era tão temporária. Mas então ele deslizou um dedo para dentro dela, e o receio de Charlotte sumiu. Ele entrou mais um pouco, e ela contraiu os músculos, ainda sensível desde a última sessão de amor.

Hugh gemeu um som de aprovação, e então sua boca estava lá, a língua se movendo em profundas lambidas, igual ao seu jeito de beijar. Ele a abriu com os dedos, enquanto a outra mão apertava o seio e beliscava o mamilo.

– Por favor – ela sussurrou, circulando os quadris em sua língua, desejando-o... com desespero.

Ele se endireitou, e um momento depois ela sentiu seu calor rígido, pressionando lentamente dentro dela, preenchendo o vazio ansioso que ela não sabia que estava lá até encontrá-lo. Paciente e carinhoso, ele acariciava suas costas, acalmando-a, enquanto seu membro esticava inchaços desacostumados ao uso tão constante.

– Sim... – ela suspirou quando as coxas dele encontraram as dela, com seu corpo esticado ao máximo para acomodá-lo. Impulsionou os quadris em um convite silencioso, e ele penetrou ainda mais fundo, praguejando baixinho.

– Esta sensação – ele grunhiu, inclinando-se sobre ela e agarrando os dois seios nas mãos. – Nunca terei o bastante disto.

Ele deslizou para fora devagar, depois a penetrou de novo, começando um ritmo cadenciado que a inundou com prazer. Charlotte gemeu e começou a se contorcer, implorando para que ele terminasse aquele tormento.

– Você quer mesmo que termine? – ele perguntou em um murmúrio rouco. – Pois eu não quero.

As unhas curtas de Charlotte arranharam marcas no tapete quando ele diminuiu o ritmo. Ela não queria que acabasse – este momento, a visita, nada disso. Mas, se não gozasse logo, ela temia que fosse morrer.

– Por favor...

Ele penetrou fundo e gemeu, enterrando seu membro até a base e gozando, queimando-a por dentro com jatos quentes e pulsantes.

Charlotte gozou junto, contorcendo-se debaixo dele, as mãos em seus seios, gritos e gemidos misturados, até não saber mais onde ela acabava e onde começava Hugh La Coeur.

Hugh afastou as mechas de cabelo do rosto de Charlotte antes de beijar a ponta de seu nariz:

– Quero que você volte comigo para Londres. – levantando-a do chão, ele a carregou até a cama.

Ela mergulhou o rosto em seu pescoço.

– Não posso ir embora daqui.

– Por que não? – ele baixou seu corpo no topo das cobertas e depois deslizou para seu lado.

Charlotte apanhou a mão dele e a trouxe até seu coração, com seus olhos verdes marejados e suaves.

– Porque estamos seguros aqui, os criados e eu. Temos um lar onde podemos viver com conforto. Pode não ser ideal, mas é confiável.

Recostando-se contra os travesseiros, Hugh estudou seu rosto.

– Eu também posso ser confiável. Posso abrir uma conta em seu nome. Já prometi uma casa, e irei entregar. Tudo que eu oferecer a você será apenas seu. Será o bastante para cuidar de você e dos outros.

Charlotte desviou os olhos.

– Gosto de Derbyshire – ela sussurrou.

Ele a encarou, sentindo como se tivesse sofrido um golpe físico. Ela preferia este lugar, esta vida, do que ficar com ele? Hugh abrira seu coração, revelara emoções com as quais não sabia como lidar, e ela o dispensou. A verdade era que Charlotte não confiava nele.

É confiável, foi o que ela disse. Implicitamente, queria dizer que ele não era.

– Meu Deus – ele murmurou, deslizando para fora da cama. Andou até a janela e puxou a cortina de lado, olhando para o cenário de inverno lá fora. Mais alguns dias e ele estaria livre para seguir em frente, livre para retornar à vida despreocupada de antes, mas que agora considerava tristemente vazia. Se morresse hoje, que memória deixaria para trás? A de um homem irresponsável e não confiável? Ele não queria mais ser esse homem.

– Existem coisas das quais você não sabe – Charlotte disse atrás dele, com a voz suave e hesitante.

Ele continuou de costas para Charlotte, mas prestando atenção em cada movimento que ela fazia.

– Você vai me dizer que coisas são essas?

– Eu... – ela parou, depois suspirou. – Não.

– Bom, então... – Hugh soltou um profundo suspiro, dolorosamente desapontado. – Acho que isso responde minha pergunta.

– Eu gostaria de poder explicar.

– Por favor – ele disse, levantando a mão. – Não diga mais nada. Eu perguntei, você respondeu. Não há mais nada a ser dito. – Mas parte dele desejava que ela explicasse, que confiasse nele. Por outro lado, quanto mais ele soubesse, pior suas emoções por ela poderiam se tornar.

Não, era melhor mantê-la como apenas um divertimento e nada mais, independente de como ele se sentia no momento.

Hugh se virou da janela e apanhou suas calças. Depois recolheu a camisa.

– Para onde você vai? – ela perguntou.

Ele não olhou para ela.

– Vou caminhar um pouco.

– Onde? – ela se mexeu sobre a cama. – Posso levá-lo para um passeio pela mansão.

– Prefiro ir sozinho, se você não se importa. – Hugh podia sentir o quanto ela ficou magoada ao ouvir isso, mas ele forçou a si mesmo a ignorar, dirigindo-se para o quarto anexo para colocar uma necessária distância entre eles.

Após ter passado a maior parte de sua estadia no quarto, Hugh não conhecia nenhuma outra ala da mansão, mas não achava que seria difícil encontrar o escritório. Na noite passada, ele esteve concentrado em Charlotte, mas, se bem se lembrava, havia um gabinete de bebidas lá.

E um drinque, ou vários, era exatamente do que ele precisava para reencontrar o estado de espírito que mantinha sexo e emoções bem separados um do outro.

CAPÍTULO 6

Hugh demorou apenas alguns momentos para encontrar o escritório, que ficava logo ao virar o corredor. Ele também encontrou outra coisa. Sentada atrás da escrivaninha, com livros espalhados por toda parte, estava uma jovem garota de não mais do que dezesseis ou dezessete anos. Parando na porta, ele não sabia se deveria entrar ou não. Os costumes diziam que a garota deveria sempre ter uma acompanhante na presença de homens como ele, mas, por outro lado, Hugh duvidava que alguém daquela mansão fosse se importar.

Quem era aquela garota? Ela parecia tão... normal. E a maneira casual como usava o escritório o fez pensar que ela deveria ser um membro da família, e não uma criada.

A garota levantou os olhos naquele momento e abriu um largo sorriso. Com cabelos tão negros quanto a noite e brilhantes olhos azuis, ela era muito bonita.

– Olá, Lorde Montrose – ela o cumprimentou ao se levantar de trás da escrivaninha e se dirigir a ele. – É um prazer conhecê-lo. – Disse, estendendo a mão.

Completamente atordoado, Hugh se moveu por puro hábito, aceitando sua mão e fazendo uma reverência.

– É um prazer, senhorita...?

Ela riu.

– Guinevere. Minha mãe era uma romântica. Mas pode me chamar de Gwen, como fazem todas as pessoas próximas de mim.

Arqueando uma sobrancelha, Hugh estudou a garota mais um pouco. Alta e magra, ela possuía todas as características de bom berço, mas se comportava com uma informalidade que denunciava sua falta de treinamento para a sociedade.

– Você está estudando? – ele perguntou, olhando para os itens sobre a escrivaninha.

– Sim, eu estava tentando. – Gwen sorriu. – Mas história não está conseguindo segurar minha atenção hoje. Onde está Charlotte?

– Não sei. – sem dúvida não estava mais em seu quarto. Provavelmente nunca mais entraria lá dentro, ao menos não enquanto ele estivesse ocupando-o.

– Ah... uma briguinha de amor – Gwen murmurou sabiamente. – Cedo demais, porém inevitável, pelo que me disseram. E quanto mais afeto, mais doloroso se torna.

– Como você sabe essas coisas?

Encolhendo os ombros, Gwen voltou para a escrivaninha.

– Não existe muita coisa para se fazer por aqui, milorde, e poucas pessoas com quem conversar. Por aqui, parece que a única forma de entretenimento é o namoro, e eu sou uma pessoa curiosa. É quase como ir ao teatro, ou à ópera, entende? A maneira como homens e mulheres se relacionam é muito fascinante, você não concorda?

Hugh balançou a cabeça. Ele nunca encontrara um grupo de pessoas tão estranhas em sua vida.

– Eu preciso de uma bebida – ele murmurou, andando com passos largos até o gabinete, onde várias garrafas de cristal estavam alinhadas. Tomando uma dose, saboreou a queimação em seu estômago antes de servir-se de novo e se virar para Guinevere.

– Você é parente de Vossa Graça?

Ela ergueu as sobrancelhas.

– Sou sua cuidadora.

– Certo. – ele terminou a segunda dose. Para essas pessoas devia fazer todo o sentido deixar uma jovem garota tomar cuidado de uma duquesa ruim da cabeça.

– Ei!

Hugh olhou para a porta, onde Ártemis estava parado com as mãos na cintura.

– Você não deveria estar falando com ele – o criado repreendeu Gwen.

– Como é? – Hugh ficou tenso.

Ártemis virou seu olho esbugalhado em sua direção.

– Eu disse para Vossa Graça que você apenas traria problemas. Mas ela não me deu ouvidos. E veja só o que você fez!

– Que diabos você está falando?

– Ela está chorando e você está aqui bebendo e praguejando na frente de Miss Guinevere. E quase nu, ainda por cima! É uma vergonha.

– Minha nossa. – Gwen balançou a cabeça e se moveu para sair do escritório. – Deve ter sido uma briga e tanto.

– Eu não fiz nada – Hugh gritou, ofendido pela acusação injusta e um pouco constrangido. Ártemis estava certo. Ele não estava agindo como um cavalheiro. – Eu ainda não fui apresentado a Lady Glenmoore. Certamente não sou a causa de sua perturbação. É mais provável que seja *você*. Deus sabe que eu cairia em lágrimas se você trabalhasse na minha casa.

Ártemis ficou indignado.

– Viu só? – ele disse para Gwen. – Eu disse a você que eles são assim! – Ele ergueu um dedo ao lado da cabeça e começou a girar em círculos. – Todos os nobres são meio...

– Maldição! – Hugh bateu o copo vazio na mesa. – De todos os criados insolentes que já encontrei...

– Meu Deus! – Gwen interrompeu, franzindo o nariz. – Ártemis, se acalme.

Hugh cruzou os braços.

– O maluco aqui é esse homem.

– Ah, é? – Ártemis retrucou. – Você nem consegue se lembrar do nome da dama com quem esteve se entretendo a manhã toda.

– Oh, minha nossa. – Gwen corou e levou as mãos ao rosto.

Hugh congelou. Seu olhar horrorizado virou para Gwen. Quando ela estremeceu, todas as peças se encaixaram. Atordoado, ele voltou a olhar para Ártemis, que ao menos desta vez parecia arrependido por falar demais.

– Meu Deus. – ele se apoiou no gabinete de bebidas. – Onde ela está?

– Talvez seja melhor você esperar um pouco até se acalmar e ficar menos irritado – Gwen aconselhou.

– Não estou irritado!

– Você está gritando.

– Eu não estou... – Hugh respirou fundo e fechou os olhos. Ele *estava* gritando. Apesar da mágoa causada pela falta de confiança de Charlotte, ele precisava se controlar e lidar com a situação racionalmente. – Preciso falar com ela. – Abrindo os olhos, ele disse: – Ela estará segura comigo.

– Não duvido disso – Gwen disse com um sorriso. – Parece óbvio que vocês gostam um do outro. Ártemis, você sabe onde está Vossa Graça?

O mordomo gesticulou para o corredor.

– Em seu aposento. É a terceira porta à direita.

– Obrigado.

Ártemis bloqueou a porta por um momento. Ele abriu a boca, mas fechou de novo, livrando o caminho.

No meio do corredor, Hugh fez uma pausa para respirar fundo. Era quase impossível compreender tanta coisa ao mesmo tempo e, no fim, a única pessoa que poderia esclarecer tudo era Charlotte. Sentindo-se um idiota por tê-la feito chorar, Hugh estava compreensivelmente tenso quando bateu na porta fechada. Ao ouvir sua permissão, ele entrou.

Ela estava sentada atrás da escrivaninha, estudando o mapa. Com os cabelos presos para cima e vestindo um robe verde-escuro, ela estava linda. Quando ergueu o olhar, seus olhos estavam claros como a grama da primavera, o nariz atrevido e nada vermelho. Ela não esteve chorando. Para Hugh, estava claro que fora enganado. Obviamente, o mordomo sentiu que ele deveria saber a verdade.

Ela ergueu o queixo.

– Bom dia, milorde. – sua voz estava casual e imparcial, muito diferente da sedutora que se entregara a ele pouco tempo atrás.

Impelido pela postura gelada de Charlotte, ele respondeu:

– Bom dia, Vossa Graça.

As sobrancelhas de Charlotte tiveram um leve espasmo que ele não notaria se não estivesse prestando atenção em todas as reações dela.

– Ártemis – ela murmurou. – Maldito.

Hugh fechou a porta e esperou.

Ela suspirou.

– Muito bem, então. – levantando-se, ela deu a volta na escrivaninha e o encarou de perto, assim como lidava com todas as dificuldades. – Você descobriu mais alguma coisa?

– Você está se referindo a Guinevere? – ele percebeu que encontrá-la só poderia ter sido algo planejado. Se a jovem garota estivesse estudando em seu quarto, ele nunca descobriria sua existência. Por alguma razão, os membros da estranha equipe de criados de Charlotte queriam que ele descobrisse seus segredos.

Apertando os lábios, ela fez um gesto para o sofá ao lado, e esperou ele se sentar antes de continuar.

– Tudo que falei para você é verdade.

– Verdade por omissão – ele argumentou.

– Mas a verdade, mesmo assim.

– Aquela mulher que me recebeu de preto era você?

– Sim, era.

Ele soltou um suspiro de alívio. Pensara que estava louco por ficar excitado pela duquesa vestida de preto. Saber que era Charlotte disfarçada colocava todo aquele encontro em perspectiva.

Ela esfregou os olhos.

– Gwen é filha de Carding. Já que ele não é casado, tenho certeza que você consegue deduzir a natureza da relação dela com ele.

Hugh se recostou, notando o súbito cansaço na figura de Charlotte.

– Ele a deixou com você?

– Céus, não – ela disse, com uma risada amarga. – Aquele homem não se importava com seu próprio pai. Você acha que ele se importaria com uma filha ilegítima? Foi o velho Glenmoore quem pediu que eu cuidasse de Gwen. Ele descobriu sobre sua existência quando ela era uma criança, e começou a pagar uma mesada para sua mãe. Mas a mãe faleceu, e não havia mais ninguém para cuidar de Gwen. Carding se recusava a fazer qualquer coisa por ela, então Glenmoore a trouxe para cá. Ele queria desesperadamente uma neta, e Gwen é tão doce. É impossível não gostar dela.

– E quanto ao casamento?

– Era a única maneira que Glenmoore possuía para assegurar o futuro de Gwen. Ele poderia me deixar uma herança para cuidar de Gwen, e me daria o direito de reivindicá-la, caso Carding criasse problemas.

– Que bela herança – Hugh resmungou. – Este lugar é uma desgraça.

Charlotte esticou o braço e apanhou sua mão, disparando uma centelha de sensualidade sobre Hugh.

– Glenmoore tinha medo de deixar uma herança muito grande. Já que o casamento nunca foi consumado, como Carding sabia muito bem, o duque queria deixar o mínimo possível para que ninguém contestasse a situação.

Ela se levantou e começou a andar de um lado a outro.

– Ninguém pode descobrir quem é a duquesa, Hugh. E não podemos permitir que ninguém de fora questione quem é Gwen. Essas foram as únicas condições de Carding para que permitisse que usássemos esta mansão.

– Mas que futuro ela terá vivendo neste lugar? – ele perguntou, levantando-se para encará-la. – Que tipo de vida é esta?

– Não há futuro aqui. E é por isso que Glenmoore deixou o mapa.

– Maldição, Charlotte! – Hugh esfregou o rosto. – É ridículo depositar todas as suas esperanças naquele mapa. Tesouro de pirata e outras baboseiras... Você irá apodrecer aqui. Assim como Gwen.

– E você irá cuidar de nós em outro lugar? – ela o desafiou, com o rosto vermelho e olhos cheios de raiva. – Uma amante com uma garota menor de idade e um grupo de criados cheios de defeitos? Gwen iria se arruinar completamente. Ou você pretende nos esconder? Talvez as acomodações melhorassem, mas ainda estaríamos presos, com o futuro dependendo da paixão temporária de um mulherengo.

As mãos dele se fecharam em punhos. Será que ninguém nunca iria confiar nele para ser responsável?

– Diga, Charlotte, o que eu sou para você?

Ela riu.

– Um estranho charmoso. Um homem bonito demais para seu próprio bem. Um libertino amoroso que mostra lampejos de bondade que me surpreendem.

Hugh virou e se dirigiu para a porta. Aquilo já era demais.

– E o que eu sou para você? – ela disse atrás dele.

Parando na porta, ele se virou de novo.

– Uma linda mulher cuja sensualidade me hipnotiza. Uma enfermeira, uma guardiã, uma protetora daqueles que dependem de você. Uma pessoa pragmática que faria qualquer coisa pela sobrevivência, um traço que admiro, já que eu mesmo não possuo. Uma pessoa honesta que disse que também me admirava e que acreditou, mesmo que por um momento, que sou capaz de fazer aquilo que precisa ser feito.

– Você é capaz.

– Apenas quando se trata de você.

Os lábios de Charlotte tremeram e ela manuseava nervosamente seu robe.

Hugh respirou fundo e disse:

– Estou fora do meu normal desde que pisei neste lugar esquisito e, já que eu não gostava mesmo da minha personalidade, achei ótimo me comportar de um jeito diferente. De fato, gosto muito mais de mim quando estou com você. Eu gosto de admirar coisas sobre você que vão além de atributos físicos, embora eu deva admitir que passei boa parte das últimas vinte e quatro horas admirando esses mesmos atributos. – ele fez uma reverência, depois se virou para deixar o quarto.

– Hugh, espere! – Charlotte correu atrás dele.

– Por quê? – ele perguntou por cima do ombro. – Eu entendo.

– Não, não entende.

Hugh parou, mas não se virou. Ela deu a volta nele, envolvendo seus sentidos com aquele aroma floral exuberante.

Ela inclinou a cabeça para olhar em seu rosto.

– Se fôssemos apenas eu e você, e mais ninguém, eu iria com você. Deixaria tudo para trás para ficar com você, por quanto tempo você me quisesse.

– Mas as coisas não são assim.

– Não. – a mão dela procurou a dele, como Charlotte sempre fazia desde que se encontraram. – E eu sinto muito mesmo por não ser assim. Você precisa entender que muitas pessoas dependem de mim para que eu simplesmente abra mão de tudo e espere pelo melhor.

Queimando os neurônios, Hugh tentava encontrar uma maneira para provar que ele era uma pessoa em quem ela podia confiar.

– Você quer encontrar aquele tesouro, e eu posso ajudar. Mas você precisa confiar em mim.

Os olhos dela se arregalaram, seu cansaço era algo palpável.

– Posso levar você para Lorde Merrick – ele continuou, tentando minar sua recusa. – Seu sogro é Jack Lambert. Se alguém pode decifrar o mapa, esse alguém é Merrick, ou ao menos ele sabe quem pode.

Charlotte engoliu em seco.

Continuando, ele disse:

– Tanto a minha irmã quanto Lorde Merrick possuem propriedades em Derbyshire. Era para lá que eu estava indo antes do destino me conduzir até aqui. – ele fez uma carícia sobre os lábios dela. – Em algum momento, você terá que viajar de navio atrás do tesouro. Eu ficaria muito aliviado se você viajasse em um navio de Jack Lambert, com escolta e proteção. Posso arranjar tudo isso para você.

– Você faria isso?

Ele sorriu quando notou seu olhar mais suave.

– Apenas uma pessoa em minha vida confiou em mim para cuidar de tudo. Foi minha irmã, Julienne. Mas tenho que admitir que falhei. Miseravelmente. Você me honraria muito se confiasse em mim e me desse a chance de me redimir. Você carregou seu fardo sozinha por muito tempo. Por que não passar um pouco desse peso para mim?

– Desde o momento em que você chegou, meu fardo parece mais leve, mesmo que nada tenha mudado de verdade.

Ele beijou a ponta de seu nariz.

– Eu gostaria de desfrutar da sua companhia pela duração de nossa parceria, mas apenas se você também quiser isso. Se não quiser, eu ainda prometo ajudá-la de todas as maneiras que for capaz. Não estou fazendo isto por sexo, Charlotte. É importante para mim que você entenda meus motivos.

Encostando a cabeça contra seu peito, ela riu.

– Eu entendo, Hugh. E continuar nossa parceria também me daria muito prazer. Sinto até um pouco de vergonha. Tenho me comportado como uma devassa desde que você chegou.

– Apenas quando não está salvando todos os esquisitos de Derbyshire – ele disse ironicamente.

– Ei! – Ártemis reclamou, aparecendo de repente. – Nós não gostamos desse tipo de linguagem por aqui!

Hugh tentou se afastar de Charlotte, mas ela o segurou depressa, e depois de um segundo ele relaxou. Outro segundo depois ele descobriu que gostava bastante de abraçar uma mulher em uma posição não sexual. Era tão tranquilizador.

Olhando sobre a pilha de cachos ruivos, ele cruzou os olhos com Ártemis, que teve a audácia de dar uma piscadela.

Hugh abriu um sorriso, percebendo que o tal mordomo não era tão mau assim, afinal de contas.

CAPÍTULO 7

– Não nevou nos últimos dois dias – Charlotte disse tristemente enquanto olhava pela janela. Ela passou a adorar a visão da neve, pois significava que Hugh ficaria mais um dia.

Tirando os olhos do diário, ele a presenteou com um sorriso jovial. O efeito daquele sorriso era tão poderoso que deixava Charlotte sem fôlego e ela precisava levar a mão ao coração, que martelava no peito.

Hugh passou a mão distraidamente em seus cabelos dourados.

– Notei isso pela manhã.

Ele era tão bonito que ela mal conseguia aguentar. Felizmente, ele parecia não perceber o quanto a afetava.

– Se a sua carruagem ficar pronta a tempo, talvez seja possível pegar a estrada amanhã.

– Pensei a mesma coisa. – ele fechou o diário e fez um gesto para que ela se aproximasse.

A estadia do conde já durava uma quinzena, e até agora seu interesse por ela não dava sinais de que iria diminuir tão cedo. Ele dormia na cama dela todas as noites e passava todas as horas do dia ao seu lado, mantendo seu charme casual sem qualquer sinal de tédio. Se ela saía do quarto, ele a seguia. Se ela queria tirar um cochilo, ele a acompanhava. Pela primeira vez em sua vida, a solidão que era sua companhia constante foi substituída pela presença inabalável do charmoso Conde de Montrose.

– Você parece nervosa – ele notou.

– E isso surpreende você? Há muito tempo que não viajo para outro lugar. Minhas roupas estão fora de moda, e meu trato social está enferrujado.

Rindo, Hugh esperou ela se aproximar, depois agarrou sua cintura e a colocou no colo.

– Ninguém vai prestar atenção nessas coisas. Sua beleza é tanta que tudo mais desaparece.

– Isso é o que *você* acha – ela murmurou.

– Eu *definitivamente* acho – ele corrigiu, beijando a ponta de seu nariz. – Você não tem nada a temer. As pessoas que vamos encontrar são famosas por suas excentricidades. Minha irmã e Remington não são um casal convencional, e Merrick passou anos desaparecido. Até hoje ninguém sabe onde esteve ou o que fez. *Esse* tipo de comportamento é estranho. A minha chegada com uma linda mulher debaixo do braço é sem dúvida algo comum, independente de como ela está vestida.

Charlotte desviou os olhos, magoada por saber que ela era apenas uma de muitas. Ela sabia que seria um prazer temporário para ele desde quando o conhecera. Por que permitia a si mesma gostar dele era algo que não entendia. Mas provavelmente era inevitável. Como uma mulher poderia negar qualquer coisa a ele, incluindo seu coração?

– Eu nunca levei uma mulher para conhecer minha irmã antes – ele sussurrou e, quando ela se virou para olhar em seu rosto, ficou claro que Hugh sabia o que ela estava pensando. Seus olhos negros a estudaram e as sobrancelhas se juntaram.

Para tirá-lo de sua intensa análise, ela jogou os braços ao redor do pescoço dele e o abraçou.

– Obrigada por me ajudar, Hugh. Não tenho palavras para dizer o quanto isso significa para mim.

– Não mais do que sua confiança significa para mim. – ele a apertou contra seu peito e suspirou. – Você não está pelo menos um pouco animada de deixar este lugar e se juntar ao resto do mundo?

– Oh, estou muito animada. Será a primeira vez que Gwen sai do distrito, e estou ansiosa para conhecer Lucien Remington. Ouvi muitas coisas sobre...

Ela gritou quando Hugh a jogou no sofá.

Ele pairou sobre Charlotte com os olhos cerrados.

– Você esteve presa aqui por três anos, e a coisa que mais anima você ao sair daqui é Lucien Remington?

Charlotte nem tentou esconder a excitação que sentiu com a possessividade dele. Ela apenas piscou inocentemente.

– Bem, ele é uma lenda no submundo. Eu conhecia sua mãe. Uma mulher encantadora. Ela...

Baixando a cabeça, Hugh mordeu seu lábio inferior.

– Ai! – ela reclamou, fazendo um beicinho.

– Ele é casado. Com a minha irmã. E são muito felizes. O jeito como suspiram um pelo outro é quase enjoativo.

Ela encolheu os ombros.

– Tudo bem, eu me contento em apenas olhar.

– Não – ele disse, áspero. – Não pode.

– Você está com ciúmes! – rindo, ela puxou a cabeça dele e o beijou. Contra a coxa, Charlotte sentiu o membro dele enrijecer. – Você deveria saber que as mulheres gostam de olhar para homens bonitos. E com o mesmo entusiasmo que os homens olham para as mulheres.

– Minha irmã pode não aprovar – ele disse.

– Ah, mas as mulheres geralmente gostam quando seus homens atraem uma atenção tão ávida. Isso nos deixa muito orgulhosas de possuir algo tão desejável.

– Hum... – a boca de Hugh tremeu quando tentou segurar um sorriso. – Então acho que eu deveria juntar algumas admiradoras. Talvez assim você preste mais atenção em mim do que em Remington.

O sorriso de Charlotte diminuiu. Ela quase não queria deixar a mansão, preferindo permanecer presa ali com Hugh, protegida das forças que iriam separá-los.

– Ah, *algumas* mulheres gostam – ele comentou com perspicácia, tirando uma mecha de cabelo de seu rosto. – Mas você não é uma delas.

A conversa estava entrando depressa em áreas que era melhor não serem exploradas.

– Você está pesado – ela disse, tentando criar distância entre eles, mesmo que fosse apenas fisicamente. Era uma mentira, é claro. Ela adorava a sensação de seu corpo poderoso e rígido esparramado sobre ela. Charlotte amava o quanto isso a fazia sentir-se querida e protegida, ao invés de dominada.

– Você já aguentou meu peso várias vezes. Esta é a primeira vez que ouvi você reclamar. – o olhar dele queimava com intensidade. – Estou começando a entediar você, Charlotte?

– Não! – ela segurou o rosto dele. Nas últimas duas semanas, Charlotte aprendera muitas coisas sobre seu amante, e a mais importante era o quanto ele temia se tornar uma pessoa descartável. – Oh, Hugh, não. Isso nunca.

– Nunca? – ele roçou a boca sobre seus lábios.

Ela o puxou para mais perto.

– Leve-me para cama agora.

– Por quê?

Charlotte exibiu um sorriso sedutor.

– Você sabe por quê.

– Sim. – ele se levantou. – Eu sei.

Ela o observou, confusa, enquanto se levantava do sofá e se movia até a janela.

– Sobre o que você pensa quando estamos fazendo amor? – ele perguntou de repente.

– O que eu...? – ela balançou a cabeça e se sentou. – Eu não penso sobre nada.

– Exatamente.

– O que você está dizendo?

– Você usa o sexo para evitar seus sentimentos.

Ela ficou sem palavras por um momento, surpresa por aquela acusação.

– E você não? – ela ironizou, levantando-se de novo.

– Nada de brigas – veio a voz de Gwen do outro lado da porta. Ela entrou na sala com seu entusiasmo de sempre. Usando um vestido floral, com seus longos cabelos negros amarrados na altura da nuca, ela parecia mais jovem do que seus dezessete anos.

– Estamos presos aqui há dias. É inevitável ficarmos um pouco irritados uns com os outros.

– Eu vivo aqui há anos – Charlotte retrucou. – Quem está irritado é ele. Será que também não está entediado?

Hugh se virou, e o brilho faiscante em seus olhos tirou o fôlego dela.

– Com todos os seus joguinhos para me manter afastado? Sim, estou um pouco cansado deles.

— Mantê-lo afastado? Como pode dizer isso depois dessas últimas semanas?

Ele riu, e Charlotte fechou as mãos em punhos. Maldito, ele queria tudo.

Gwen limpou a garganta discretamente.

— A cozinheira se superou hoje para o chá. Katie irá nos servir em breve.

Com uma reverência, e muito charmoso enquanto a fazia, Hugh disse:

— Por favor, perdoe-me, Miss Guinevere. Sinto uma dor de cabeça chegando. Acho que vou me retirar para um cochilo. — seu olhar parecia culpar Charlotte enquanto passava por ela e deixava a sala sem dizer mais nada.

— Oh. — Gwen virou-se para Charlotte. — Ele não está irritado. Ele está bravo.

— Aparentemente.

— Ele ainda nos levará junto quando for embora?

O tom queixoso na voz de Gwen chamou a atenção de Charlotte.

— É claro — ela a tranquilizou. — Ele não estará mais bravo em uma ou duas horas.

Gwen inclinou a cabeça para o lado.

— Por que não?

— Homens não costumam ficar muito tempo bravos com as mulheres. — Charlotte voltou para o sofá quando Katie entrou fazendo sua costumeira cacofonia de louça tremendo na bandeja. — Mesmo que a culpa seja nossa.

Suspirando, Gwen se juntou a ela, esticando a saia para evitar amassar, como Charlotte havia ensinado.

— Acho que nunca vou entender os homens. Quanto mais aprendo sobre eles, menos fazem sentido.

Charlotte riu.

— Isso é uma grande verdade.

— Se Lorde Montrose está entediado, talvez eu possa jogar damas com ele, ou cartas, embora não seja tão divertido com apenas duas pessoas.

— Ele provavelmente gostaria disso.

Hugh gostava de Gwen, e a maneira gentil e afetuosa com que lidava com a jovem garota aquecia o coração de Charlotte.

— Mas talvez o que você quis dizer é que ele está entediado por causa da companhia — Gwen disse, franzindo o nariz.

– Oh, não, Gwen. – Charlotte cobriu sua mão e deu um aperto tranquilizador. – Se ele está entediado com alguma coisa, essa coisa sou eu.

– Disso eu duvido. – apanhando a chaleira, Gwen começou a servir, demonstrando a graça e aptidão social que Charlotte a ensinara com tanto esforço.

Mas a própria Charlotte nunca fora treinada formalmente. Tudo que sabia sobre comportamento na sociedade aprendera estudando os outros. Ela queria que Gwen tivesse um começo melhor na vida, e o tempo já estava se esgotando. Gwen chegaria à maioridade em menos de um ano.

– Montrose está encantado com você, Charlotte. Deve ser muito excitante ter um homem lindo com um interesse tão grande por você.

– É sim – ela concordou. – Porém, temo que eu também esteja encantada com ele.

– Mas por que esse medo?

– Porque nós nunca vamos combinar.

– Vocês dois combinam muito bem – Gwen disse.

– De certas maneiras, sim, mas em outras existe um mundo de diferença. Você ainda não conhece o sistema de classes, mas logo irá descobrir.

– Mas você é uma duquesa.

– Sou uma duquesa falsificada. O título não muda quem eu sempre fui. E esta conversa não faz sentido de qualquer maneira. Lorde Montrose é um homem que possui apenas interesse temporário nas mulheres.

Entregando xícara e pires, Gwen sorriu.

– Eu proponho um brinde.

– Com chá? – Charlotte arqueou uma sobrancelha.

– Não venha me dizer que não é apropriado. É tudo que temos no momento, então vai ter que servir.

Charlotte riu. O entusiasmo de Gwen pela vida nunca diminuiu, apesar de passar tanto tempo de sua infância como se fosse um erro que deveria ficar escondido do mundo.

– Muito bem. A que estamos brindando?

– Novas aventuras.

Charlotte ergueu a xícara.

– A novas aventuras.

– Já estamos chegando? – Gwen perguntou. Ela esticou o pescoço para fora da janela da carruagem, segurando seu chapéu para que o vento não levasse.

Hugh a observou com um largo sorriso, entendendo o quanto ela deveria estar animada para se aventurar por aí depois de todos esses anos.

– Quantas vezes você pretende perguntar isso, Miss Guinevere?

– Quantas forem necessárias para você me dar uma resposta direta. – Gwen ergueu uma sobrancelha. – E "só mais um pouco" não é uma resposta apropriada.

– Pensei que nós nunca fazíamos nada apropriado – Charlotte provocou, rindo quando Gwen fechou o rosto em resposta.

– Oh, estamos virando! Acho que chegamos! – Gwen quase tremia de animação. – Que propriedade linda. Eu não sabia que eles podiam fazer casas tão grandes. E olhe para todas essas carruagens!

– Maldição – Hugh murmurou, olhando sobre a cabeça de Gwen para a entrada da mansão de Remington. Com estilo neoclássico e colunas dóricas de frente a uma vasta entrada circular, a mansão era impressionante em sua elegância. Mas não foi a linda fachada que prendeu sua atenção. Seus olhos cerrados se fixaram na fila de carruagens que congestionava a entrada. Embora fossem desprezados pelos altos círculos da sociedade, os Remington não sofriam de falta de amigos e conhecidos.

– Céus. – Charlotte levou a mão ao pescoço. – O que faremos agora?

Hugh soltou um suspiro frustrado. Ele pretendia contar a Julienne sobre Charlotte, Gwen e toda a história do mapa de Glenmoore, mas agora teria de alterar seus planos. Charlotte havia se esforçado muito para esconder seu casamento com Glenmoore, encorajando Ártemis a afastar os visitantes e esconder Gwen. Olhando para ela agora, Hugh podia enxergar a tensão em seus lábios.

– Não se preocupe – Hugh a tranquilizou, pensando rapidamente. – Gwen será apenas a sua acompanhante.

– E eu serei a Sra. Riddleton – Charlotte completou, apanhando as mãos dele e apertando-as. – A sua amante viúva. Você é brilhante, Hugh!

– Riddleton? – ele perguntou, sentindo o coração se aquecer com o elogio dela.

– Meu nome de solteira. – os olhos dela brilhavam, e Hugh sentiu grande satisfação por ter acalmado as preocupações dela. Ele não se importaria de se acostumar com aquela sensação.

Gwen riu.

– Será divertido! – ela voltou a se sentar e esfregou as mãos. – Você é um anjo do céu, Lorde Montrose. Não posso dizer o quanto estou feliz por sua carruagem ter quebrado perto da nossa casa. Se você não aparecesse, eu estaria estudando agora mesmo e lamentando meu tédio. Mas agora estou prestes a participar da minha primeira reunião social. Espero que tenha vários homens bonitos para eu ficar de olho.

– Bom Deus – Hugh murmurou, olhando para Charlotte, que teve a audácia de sorrir maliciosamente.

Levou alguns momentos até as outras carruagens desembarcarem seus passageiros e bagagens, mas, quando chegou a vez deles, parecia cedo demais. Hugh estava segurando a mão de Charlotte quando uma voz grave familiar soou atrás dele.

– Montrose, nós não esperávamos por você.

Olhando por cima do ombro, Hugh sorriu para o cunhado.

– Eu não poderia deixar vocês fazerem uma festa sem mim. Imagine como seria entediante.

Lucien Remington riu alto.

– Estamos contentes por você estar aqui. Junto com essa adorável companhia.

Charlotte parou no degrau da carruagem com os olhos arregalados. Gwen estava ainda pior, boquiaberta diante do anfitrião. As duas mulheres olhavam para Lucien Remington com óbvia apreciação. Fechando o rosto, Hugh puxou Charlotte para mais perto.

– Remington, permita-me apresentar-lhe minha grande amiga, a Sra. Riddleton, e sua acompanhante, Miss... – Hugh limpou a garganta para chamar a atenção de Gwen.

– Sherling – ela disse de repente, oferecendo a mão. – Guinevere Sherling.

Lucien aceitou a mão fazendo uma longa reverência, encantando a jovem garota com um charmoso sorriso. Hugh começou a bater o pé no chão, não gostando nem um pouco da reação das garotas ao atraente ex-libertino.

E então Charlotte tomou seu braço. Olhando para ela, Hugh reparou em seu pequeno sorriso.

– Prefiro homens loiros – ela sussurrou.

De repente, o humor de Hugh melhorou muito.

Remington gesticulou para os criados coletarem a bagagem, depois ele os conduziu para dentro. Gwen estacou quando pisaram no saguão de entrada. Uma escadaria dupla logo à frente subia do vasto piso de mármore e era cercada por várias portas dos dois lados. Acima, um enorme candelabro se pendurava no teto em forma de cúpula, que exibia um lindo padrão dourado sobre um fundo azul-claro.

– É tão lindo – Gwen sussurrou, claramente impressionada.

Lucien assentiu.

– Obrigado, Miss Sherling.

– Hugh La Coeur. – todas as cabeças se viraram para a direita, onde Lady Julienne Remington estava ao lado da porta. Vestida em cetim azul-claro com bordas escuras, sua irmã era uma visão de beleza e elegância. Ignorando os outros convidados ao redor, ela se aproximou graciosamente e o abraçou com força. – Você deveria ter avisado que viria. Estou muito feliz em vê-lo aqui.

Hugh tirou os pés de sua irmã do chão ao abraçá-la.

– O sentimento é mútuo – ele sussurrou.

Crescer sem pais tornou os dois muito próximos. Após ser resgatado de tantas encrencas por ela, não havia nada que não fizesse pela irmã.

Colocando-a no chão, ele puxou Charlotte para mais perto. Ela estendeu a mão e se apresentou.

– É um prazer conhecê-la, Sra. Riddleton – Julienne disse com um sorriso genuíno. – O clima está tão tedioso que nós decidimos animar um pouco as coisas com uma festa de inverno. Eu alertaria você sobre alguns de nossos convidados, mas já que veio com Hugh, duvido que qualquer coisa que encontre por aqui possa surpreendê-la.

Charlotte riu.

– Eu agradeço por sua hospitalidade, milady.

Julienne enganchou o braço com Charlotte e sorriu para Gwen.

– Venham comigo. Irei mostrar os seus aposentos e nossa agenda de atividades.

Com uma piscadela por cima do ombro, Charlotte seguiu Julienne e Gwen até a escadaria, deixando Hugh olhando enquanto ela se afastava.

– Ela é adorável – Remington murmurou.

Hugh concordou em silêncio, embora pensasse que "adorável" era uma descrição leve demais.

– Admiro seu bom gosto.

– Isso é um elogio e tanto vindo de você, Remington.

Lucien riu.

– Vamos para o salão de bilhar? A maioria dos homens está lá.

Ao deixarem o saguão, Hugh perguntou:

– Lorde Merrick se encontra aqui?

– Merrick deve chegar ao final da tarde.

– Ótimo. – Hugh quase esfregou as mãos de alegria. – Gostaria de conversar com ele em particular, se ele concordar.

– Certamente. Você pode usar meu escritório quando quiser.

Agora que o assunto principal estava encaminhado, Hugh se permitiu desfrutar do resto da tarde. A última semana com Charlotte e Gwen fora um prazer e o tempo mais relaxante que podia se lembrar, mas ele sentia falta do humor debochado e das conversas descaradas que encontrava apenas na presença de outros cavalheiros.

Entrou na sala esfumaçada atrás de Remington e passou os olhos pelos ocupantes do local. Lorde Middleton, que estava em um grupo no canto mais afastado, levantou a mão cumprimentando-o e gesticulando para se aproximar. Hugh começou a andar até ele, mas parou no meio do caminho com o sorriso congelado, quando um homem ao lado de Middleton se virou para ver quem se aproximava.

– Montrose – o Duque de Glenmoore chamou, com um largo sorriso. – Já faz algum tempo desde nosso último encontro.

O maxilar de Hugh contraiu.

– Mas não tempo suficiente – Hugh sussurrou para si mesmo.

Após deixar Gwen confortavelmente acomodada com as outras convidadas, Charlotte seguiu a irmã de Hugh pelo corredor. Ela não conseguia parar de sorrir. Era muito fácil gostar de Julienne Remington. Abençoada com o mesmo tom dourado nos cabelos e os mesmos olhos negros, ela era adorável. Com a graça e elegância de uma mulher nascida em um lar privilegiado, ela, no entanto, parecia sincera e acessível.

– Aqui estamos – Julienne disse, abrindo uma porta à direita. – Espero que goste.

Entrando no quarto, Charlotte olhou maravilhada ao redor. Decorado em tons de púrpura e marrom, era um quarto espaçoso e luxuoso.

– É lindo – ela sussurrou.

– Fico feliz por ter gostado. Hoje à noite teremos um baile. – Julienne ergueu os braços no ar e girou o corpo. – Faz tempo que estou com vontade de dançar. O Sr. Remington teve trabalho para contratar uma orquestra, mas ele conseguiu, e estou muito animada.

– Acho que não trouxe uma roupa adequada para a ocasião – Charlotte confessou. Ela possuía um vestido de gala que era simples o bastante para não chamar atenção, mas nunca participaria de um baile sem Gwen. Ela ficaria de coração partido, embora nunca admitisse.

Julienne estudou suas medidas cuidadosamente.

– Você e eu não somos muito diferentes. Acredito que possuo vários vestidos que serviriam. Você pode dar uma olhada neles e escolher um de que goste.

– Oh, não precisa se dar ao trabalho.

– Não é trabalho algum, Sra. Riddleton.

– Charlotte – ela corrigiu.

– Charlotte. – Julienne sorriu. – Gosto de você, Charlotte. Sempre gostei da companhia de mulheres sinceras e fortes. Hugh precisa desse tipo de apoio em sua vida.

– Ele é muito capaz de cuidar de si mesmo.

Arqueando uma sobrancelha, Julienne parecia incrédula.

– De qualquer modo, meu irmão é muito bonito.

– Sim, muito – Charlotte concordou com uma risada.

– E vestindo traje de gala, ele é insuperável, como já deve saber.

Sem querer admitir o quáo pouco eles se conheciam, ela não disse nada, mas podia imaginá-lo claramente. Vestindo preto e branco, sua beleza dourada seria devastadora para os sentidos femininos.

– E não podemos deixá-lo vagando por aí desacompanhado – Julienne continuou. – Você não concorda?

Charlotte fechou os punhos. Ela não poderia ficar com ele para sempre, mas pela próxima semana, Hugh La Coeur seria dela, e Charlotte faria qualquer coisa para que todas as mulheres presentes soubessem disso.

– Sim. – ela ofereceu um sorriso agradecido. – Muito obrigada, milady.

– Julienne.

– Obrigada, Julienne.

– Você trouxe uma dama de companhia com você?

Charlotte balançou a cabeça, sabendo que o estilo fora de moda de suas roupas denunciava suas posses limitadas.

– Ótimo. Você e eu vamos nos preparar juntas para o baile. Minha criada vai olhar para seu glorioso cabelo e implorar para penteá-la. Espero que não se importe.

– Não. Obrigada. Você está sendo muito gentil comigo.

– Imagina. Vai ser divertido. E traga sua acompanhante também, se quiser. – Julienne andou até a porta. – Apesar de preferir ficar aqui com você, preciso receber os outros convidados que estão chegando. Sua bagagem será trazida logo. Se quiser, as outras mulheres estão na sala de estar, virando à direita no corredor. Você ouvirá as fofocas quando se aproximar.

Parando com a mão na maçaneta, ela ofereceu um sorriso acolhedor.

– Estou muito contente por você ter vindo, Charlotte. Encontrarei você de novo em uma ou duas horas, e então teremos a oportunidade de nos conhecer melhor.

– Eu gostaria disso.

A porta mal havia se fechado atrás de Julienne Remington quando veio uma batida. Gwen entrou correndo sem esperar pela permissão.

– Oh, Charlotte! – ela disse com entusiasmo. – Teremos um baile hoje. Não é excitante? Meu primeiro baile. Mal posso esperar para ver as roupas. E os homens.

Rindo diante da animação da jovem garota, Charlotte retirou seu casaco de viagem.

– Você usará meu vestido de cetim azul.

Os olhos de Gwen se arregalaram enquanto ela sacudia a cabeça.

– Oh, eu não poderia fazer isso. É o seu melhor vestido.

– Lady Julienne graciosamente ofereceu um de seus vestidos para mim.

Soltando um grito de excitação, Gwen girou ao redor com os braços abertos.

– Eu gosto de verdade dela. É tão gentil quanto Lorde Montrose.

– Sim, é verdade. – outra batida na porta soou. Quando Charlotte abriu, encontrou dois criados esperando com sua bagagem, junto com uma criada para ajudar a desfazer as malas.

Gwen ficou ao seu lado.

– Vamos passear no jardim dos fundos? A acompanhante de Lady Canlow disse que o jardim foi feito para ficar ainda mais bonito durante o inverno.

Charlotte apanhou de volta o casaco e a capa, sentindo uma liberdade e leveza de espírito que nunca sentira antes. E era tudo por causa de Hugh La Coeur. Entrelaçando o braço com Gwen, ela disse:

– Bom, então definitivamente precisamos dar uma olhada.

CAPÍTULO 8

— Essa é uma das histórias mais fantásticas que já ouvi — Lucien disse, sacudindo a cabeça.

Hugh jogou a cabeça para trás e soltou um longo suspiro.

— Eu sei. Acredite em mim. Pensei que estava ficando louco. Você nunca viu um grupo mais adorável de esquisitos na sua vida. — ele começou a andar de um lado a outro. — Onde diabos está o seu mordomo?

Ele enviara o criado para localizar Charlotte e trazê-la até ele há quase meia hora. A mansão de Remington era vasta, mas não *tão* vasta.

— Você vai fazer um furo no meu tapete andando desse jeito, Montrose — Lucien disse.

Praguejando, Hugh parou, olhando para o elegante tapete Aubusson debaixo de seus pés. Ele girou quando a porta do escritório se abriu. O mordomo entrou, com o rosto impassível e a postura impecável, um exemplo perfeito de um criado da alta sociedade. Rindo, Hugh percebeu que gostava mais de Ártemis. Ele teria dito no ato por que Charlotte não estava presente, diferente do mordomo de Remington, que esperou ser perguntado antes de falar.

— Diga logo, homem! — Hugh rosnou. — Onde está a Sra. Riddleton?

O mordomo virou a cabeça para Hugh com ar de desdém.

— Houve uma colisão entre dois criados que carregavam a bagagem de Lorde Merrick para o andar de cima. A Sra. Riddleton levou o homem ferido para a cozinha. Eu a informei sobre o seu desejo de encontrá-la, milorde, mas ela disse que você entenderia por que ela não podia responder logo.

Jogando as mãos para cima, Hugh virou com exasperação para Lucien, que estava sentado calmamente atrás da escrivaninha.

— Eu juro, Remington, aquela mulher é um ímã para os feridos.

Rindo, Lucien se levantou e se dirigiu para a porta.

— Vamos ver como eles estão se saindo. Depois encontraremos um local privado e você poderá informar a Sra. Riddleton sobre a presença de Glenmoore.

Quando chegaram à cozinha, encontraram um criado já enfaixado comendo bolinhos, mas nada de Charlotte. O criado se levantou imediatamente, mas Remington o acalmou e fez um gesto para voltar a se sentar.

— Para onde diabos ela foi? — perguntou para uma das cozinheiras, que tremia tanto diante da cara fechada dele que Hugh mal conseguia entender o que ela dizia.

— Houve um ac-aci-ci-ci...

— Maldição. Um *acidente*?

A criada assentiu, e Hugh lançou um olhar para Remington, que estava começando a franzir as sobrancelhas.

— O que aconteceu agora? — Lucien perguntou asperamente.

— Lady Denby quebrou sua xícara, Sr. Remington, e cortou um dedo.

— Onde?

— Na sala de estar do andar superior.

Hugh e Remington subiram pela escada de serviço para o andar de cima, onde encontraram Lady Denby com um dedo enfaixado. Mas, de novo, nada de Charlotte.

Lucien fez uma rápida reverência antes de perguntar:

— Você tem alguma ideia de onde podemos localizar a Sra. Riddleton, Lady Denby?

A morena de seios grandes piscou os cílios e ofereceu um sorriso de timidez fingida.

— Por que, Lucien Remington, você precisa da Sra. Riddleton?

– *Eu* preciso dela – Hugh rosnou. Ele estava começando a sentir um leve pânico debaixo de sua frustração. Se Charlotte estivesse perambulando por aí, ela poderia dar de cara com Glenmoore.

Lady Denby ergueu uma sobrancelha.

– Entendo. Bom, você deveria tentar os estábulos, Lorde Montrose. Acho que ela falou qualquer coisa sobre checar os cavalos.

Ele respirou fundo e se dirigiu para a porta.

– Os estábulos? – Lucien perguntou, seguindo-o.

– Sim, sim, ela adora cavalos. – Hugh cruzou o corredor a passos largos. – Um de meus cavalos ficou ferido quando minha carruagem quebrou. Ela se preocupou com ele durante toda a viagem até aqui.

A leve risada de Lucien fez Hugh olhar irritado para ele por cima do ombro.

– Um ímã, você disse.

Quando chegaram aos estábulos, Hugh encontrou seu cavalo com a pata dianteira coberta com bálsamo, porém Charlotte não estava em lugar algum.

– Mas que maldito inferno! – Hugh gritou, chutando a porta da baia e jogando feno para todo lado. Se não a encontrasse imediatamente, ele ficaria louco. Louco de verdade.

Seu coração disparou em um ritmo desesperado quando imaginou Glenmoore encontrando Charlotte antes dele. Ela havia prometido manter Gwen escondida em troca de poder usar a mansão. Só Deus sabe como Glenmoore reagiria se descobrisse que as duas não só saíram da mansão, mas estavam presentes em um grande evento social. O duque havia jogado fora todas as suas joias e roupas, e passou os últimos três anos cuidando para que ela não tivesse qualquer tipo de vida. Hugh podia apenas imaginar o mau humor que levaria um homem a retaliar tão ferozmente contra uma mulher gentil e bondosa como Charlotte.

– Nunca vi você desse jeito – Lucien disse.

– Que jeito? – Hugh retrucou, apertando os punhos.

– *Desse* jeito. Tão preocupado por outro indivíduo. Mesmo quando tentei cortejar Julienne, você não pareceu tão transtornado.

Hugh soltou um rugido.

– É a maldita água de Derbyshire. Nunca mais fui o mesmo. Estou completamente maluco.

– Sim, meu querido irmão, acredito que você está mesmo louco por ela. – a mão de Remington pousou em seu ombro. – Em algum momento isso iria acontecer.

– O que iria acontecer? Do que diabos você está falando?

– Você está apaixonado por ela.

Lucien ofereceu um sorriso tranquilizador quando Hugh ficou boquiaberto e depois se apoiou na porta.

– Eu sei como você se sente. Também precisei ouvir de outra pessoa. Acho que homens acostumados a uma vida de prazeres carnais têm dificuldade para reconhecer o quanto sua felicidade pode se tornar dependente de uma mulher.

Sacudindo a cabeça, Hugh analisou a situação com cuidado. Ele conhecia Charlotte fazia tão pouco tempo. Como poderia já estar apaixonado?

– Como você sabe? – ele perguntou. – Como pode ter certeza?

– Quando você está apaixonado, não consegue aguentar ficar longe do seu amor. O toque, o sorriso, a atenção, tudo isso se torna algo tão necessário quanto o ar. Você a admira mais do que qualquer outra mulher e acha seus defeitos encantadores. Você deseja cuidar dela, protegê-la, ser tudo para ela. Seu desejo por ela o deixa atordoado, o deixa humilde, e faz todas as outras mulheres sumirem em comparação.

– Bom Deus. – Hugh esfregou o rosto. – Isso parece terrível. E apavorante. – Ele baixou a mão e suspirou. – E é exatamente o que sinto em relação a Charlotte.

Batendo em suas costas, Lucien fez um gesto para a saída dos estábulos.

– Vamos continuar procurando. Antes que você morra de aflição.

– Oh, é tão lindo – Gwen disse, passando as mãos sobre as pequenas pérolas que encrustavam as mangas do vestido de Charlotte. – Nunca vi um tecido tão bonito.

Charlotte olhou para seu reflexo sentindo orgulho e medo ao mesmo tempo. O vestido de cetim tinha um tom verde que combinava com seus olhos e destacava o vermelho de seus cabelos.

– Eu nunca poderia usar...

– Besteira – Julienne interrompeu, ela própria resplandecente em um vestido de seda púrpura. – Esse vestido fica melhor em você do que em mim. Você precisa usá-lo.

Virando-se, Charlotte deu um abraço impulsivo na irmã de Hugh.

– Muito obrigada. – depois de passar a tarde toda entretendo Gwen e ajudando onde fosse necessário, ela não teve oportunidade de ver Hugh, e já sentia muito sua falta. Ficou feliz ao pensar que, quando ele finalmente a encontrasse, ela estaria linda daquela maneira, vestida em um tom verde muito parecido com a camisola que usara na primeira vez em que fizeram amor.

Ela também estava muito disposta a admitir que seu encanto com o lindo conde estava rapidamente progredindo para águas mais profundas. Passaram-se apenas algumas horas sem sua presença, mas ela já se sentia abandonada. Charlotte passou o dia inteiro imaginando onde ele estava, o que fazia, se pensava nela ou se também sentia sua falta, mesmo que apenas um pouco.

– Mal posso esperar o momento em que ele colocar os olhos sobre você – Julienne disse, com um sorriso. – Esperei tanto tempo para ele encontrar seu equilíbrio e uma companheira estável.

– Encontrar seu equilíbrio? – Charlotte perguntou.

– Sim. – Julienne fez um gesto casual. – Ele passou a vida inteira entrando e saindo de encrencas. Não me entenda mal, ele é muito inteligente e muito bondoso por dentro. Mas ele possui uma tendência de pular antes de olhar. Ele diz e faz coisas antes de considerar todas as consequências, e depois se arrepende de suas ações. Hugh tem se esforçado nos últimos anos para mudar isso, mas talvez demore um pouco até ele se tornar um homem que as pessoas possam chamar de responsável. Houve algumas vezes quando me perguntei se... – Ela balançou a cabeça. – Mas você é uma pessoa inteligente, confiante e determinada, e Hugh está obviamente encantado com você. Tenho certeza que você será uma boa influência para ele. Eu posso ver isso.

Charlotte franziu as sobrancelhas, tentando juntar a imagem descrita por Julienne com a imagem do Hugh que ela conhecera: a de um homem que era forte e cheio de habilidades.

– Podemos descer para o jantar, senhoritas? – Julienne perguntou, efetivamente silenciando as questões que Charlotte estava prestes a perguntar.

– Oh, sim, vamos! – Gwen respondeu.

Afastando uma súbita inquietação, Charlotte se virou para Guinevere. Usando seu vestido azul, a suave pele branca de Gwen se destacava com perfeição. Mas algo estava faltando em seu visual e, por mais que tentasse descobrir, Charlotte não conseguia dizer o que era.

Apanhando as longas luvas que a dama de companhia oferecia, elas deixaram o quarto de Julienne e se dirigiram para a escadaria principal. Vários outros convidados também deixaram seus quartos, e Charlotte estudou a última moda cuidadosamente, ansiosa para saber o que era novo e popular. A bijuteria de uma baronesa refletiu a luz das velas, e de repente Charlotte lembrou o que estava faltando para o vestido de Gwen.

– Por favor, vão em frente – ela disse, parando no meio do corredor. – Eu esqueci uma coisa.

Gwen juntou as sobrancelhas.

– O que foi?

– O broche de diamante que combina tão bem com o seu vestido.

– Você permitiria que eu usasse aquilo? – os olhos de Gwen se arregalaram.

Era uma das poucas joias que Charlotte ainda possuía, e uma de suas favoritas.

– É claro. Acho que o vestido parece quase vazio sem o broche. – e o fato era que, após esta semana, as chances de Gwen conviver com a alta sociedade eram muito baixas. Charlotte queria ter certeza de que a jovem garota aproveitaria cada momento ao máximo.

– Bom, então devemos pegar o broche – Julienne disse, sorrindo.

– Por favor, continuem sem mim – Charlotte pediu. – Você precisa cuidar dos convidados, e Gwen está tão animada. Odiaria atrasar vocês duas.

Quando as duas mulheres continuaram, Charlotte ergueu as saias e se apressou para o quarto. Hugh certamente já estava esperando no andar de baixo, e ela mal podia esperar para encontrá-lo. Havia tanta coisa para aprenderem um sobre o outro, tantas perguntas a fazer. Apanhando o broche encrustado de diamantes, ela saiu do quarto e fechou a porta.

– Achei que era mesmo você.

Ela congelou ao ouvir a voz familiar.

– Apenas uma mulher com a sua educação correria pelo corredor como uma perdida.

Respirando fundo, ela se virou.

O Duque de Glenmoore sorriu e fez uma reverência irônica.

– Boa noite, Vossa Graça.

– Detesto quando você me chama assim – ela disse com a garganta apertada, olhando para sua figura distinta. Ele permanecia igual à última vez que o vira, um ano atrás. Ainda muito bonito, com seu cabelo castanho-escuro e olhos ainda mais escuros, quase negros – olhos que não irradiavam nem um pouco da ternura que ela encontrava nos olhos de Hugh. No passado, ela chegou a considerar Jared atraente; agora se perguntava onde estava com a cabeça.

– E eu detesto que você tenha se casado com meu pai. Certas coisas não podem ser alteradas. Como nosso acordo. – ele deu um passo à frente. – O que está fazendo aqui?

Ela ergueu o queixo.

– Isso não é da sua conta.

Jared riu, em um som áspero que não possuía nenhum humor.

– Finalmente decidiu fazer do velho um saco de piadas? – ele cerrou os olhos. – Não permitirei que você manche o nome da família Kent.

Charlotte se forçou a não dar um passo para trás. Qualquer sinal de fraqueza apenas aumentaria a ira de Jared.

– Ninguém sabe quem eu sou.

– Charlotte – veio a voz suave e hesitante do outro lado do corredor. – Você está bem?

Ela virou a cabeça na direção de Gwen e conseguiu exibir um sorriso tranquilizador.

– Estou bem. Por favor, vá me esperar no andar de baixo.

Jared olhou sobre o ombro dela, e seu rosto se enfureceu. Ele ergueu a mão e agarrou o braço dela com uma força brutal.

– Você trouxe minha bastarda para um evento social? Está louca?

Gwen soltou um soluço dolorido, depois se virou e começou a correr pelo corredor.

Furiosa, Charlotte deu um tapa no rosto de Jared, lamentando o tecido da luva que impediu um resultado mais satisfatório.

— Solte-me. Você me deixa enojada.

— Enojado fico eu ao ver aquele erro andando por aí, vestida com elegância e se misturando com a alta sociedade – ele retrucou.

— Ela não é um erro! Na verdade, Guinevere é a única coisa decente que você já fez na sua vida miserável. Em troca do seu desprezo, ela permaneceu escondida, ao custo de sua infância e da chance de fazer amigos. O que mais você poderia querer dela?

— Que soubesse o seu lugar, algo que você nunca aprendeu.

— Eu também permaneci escondida – ela argumentou. – Ninguém sabe quem eu sou, e também não sabem quem Gwen é de verdade. Se você nos ignorar, ninguém desconfiará de nada.

Ele a puxou para mais perto, pairando sobre ela como um espectro vingador.

— Quero saber por que você está aqui e o que pretende fazer, e quero saber agora! Se você pretende extorquir dinheiro de mim, já digo que me recuso a dar qualquer centavo a mais do que você já recebe.

— Solte-a, Vossa Graça. – a voz do outro lado do corredor, embora suave, estava carregada de ameaça.

Charlotte virou a cabeça e encontrou Hugh se aproximando deles com óbvia intenção predatória. Seus ombros estavam tensos, o rosto fechado, o corpo inteiro parecia pronto para causar danos físicos, e ela ficou maravilhada. Charlotte parou de pensar por um instante, hipnotizada por sua visão, lindamente vestido em preto e coberto de fúria. Era uma força a ser respeitada.

O duque, desconhecendo o perigo, nem se dignou a olhar para Hugh.

— Isto não é da sua conta, Montrose.

— Eu ouviria o que ele tem a dizer se fosse você, Jared – ela murmurou, sem nenhuma dúvida de que Hugh estava disposto a ignorar o título de Glenmoore para protegê-la.

Quando ela relaxou sob seu toque, Jared parou e olhou para Hugh.

— O que você quer?

— No momento, quero que solte minha noiva. Depois, quero que se afaste e vá embora.

Charlotte ficou boquiaberta. Depois, seu coração disparou tão rápido que ela sentiu os joelhos fraquejarem.

Jared olhou para ela com as sobrancelhas levantadas.

– Vai se casar de novo, Charlotte? Pelo menos este nobre não está em seu leito de morte.

– Vá para o inferno – ela retrucou, puxando o braço.

Resgatá-la era uma coisa. Mentir para um duque com o poder de Glenmoore era algo que apenas traria problemas.

Soltando-a, Jared deu um passo para trás.

– Ela quer dinheiro, Montrose. É a mulher mais mercenária que já conheci. Você sabe algo sobre ela? Sobre seu passado? Qualquer coisa?

Hugh parou a poucos centímetros dele.

– Sei tudo sobre Charlotte e Gwen e todo o resto. E vou tirá-las de suas mãos. A única coisa com a qual você precisa se preocupar é entregar a herança de Charlotte, a qual eu guardarei para Gwen, como era desejo de seu pai.

O rosto de Jared abriu um largo sorriso.

– Ah, entendo. Que casal perfeito vocês formam.

– Do que está falando? – Charlotte perguntou asperamente.

– Isto se trata da herança da viúva, Charlotte, minha querida. – seu olhar voltou para Hugh. – Você deveria saber, Montrose, que é pouco dinheiro. Não é suficiente para manter o estilo de vida com o qual você já se acostumou. Com certeza, não é o bastante para sair apostando por aí.

Hugh endureceu.

– Isto não tem nada a ver com dinheiro.

– Charlotte não pensa assim – o duque disse. – Para ela, sempre tem a ver com dinheiro. – Ele olhou para ela. – Você sabe alguma coisa sobre seu noivo, minha querida? Ele lhe contou que perdeu quase toda a fortuna da família com apostas? Foi forçado a vender sua irmã para Remington para poder quitar as dívidas. Por que acha que a filha de um conde se casou com um bastardo?

De repente, o enjoo de Charlotte se tornou um perigo real, e ela segurou o estômago em uma vã tentativa de impedir que se revirasse.

– Lady Julienne escolheu Remington por vontade própria – Hugh rosnou.

— Ela estava prestes a se casar com um marquês — Glenmoore continuou, cavando ainda mais fundo, percebendo o quanto Charlotte estava sofrendo. — Mas então Lorde Fontaine a dispensou quando descobriu o quanto Montrose estava endividado.

— Mentiras! — Hugh olhou para ela, sentindo o rosto corar e apertando os punhos.

Glenmoore arqueou uma sobrancelha.

— Você está afirmando que não estava quase falindo por causa de suas apostas irresponsáveis?

Hugh endureceu a expressão de seu rosto.

— Isso foi há muito tempo.

— Apenas alguns anos, acredito. — o sorriso do duque estava cheio de malícia. — De qualquer maneira, eu estava de passagem para me juntar aos convidados, e não quero me estender mais. Parabéns, Montrose. Charlotte. Estarei esperando sua carta dizendo para onde devo direcionar a pensão. Além disso, já que não precisará mais da mansão, eu farei os preparativos para vendê-la. — Glenmoore se retirou, deixando destruição em seu rastro.

Hugh ficou tão furioso por um momento que ele mal conseguia raciocinar. Quando Gwen esbarrou nele no corredor e disse que seu pai havia encurralado Charlotte, a raiva que sentiu quase o sobrecarregou. Se tinha qualquer dúvida sobre seus sentimentos por ela, essas dúvidas sumiram completamente.

— Você não deveria ter falado para Glenmoore que estamos noivos! — Charlotte exclamou. — Ele irá mencionar nosso noivado para as pessoas apenas para constranger você. Isso é um desastre.

Hugh se aproximou para oferecer conforto. Ela estava muito pálida, a boca e olhos marcados com linhas de tensão.

Tentando aliviar o clima, ele pousou a mão no coração e soltou um suspiro exagerado.

— Sabe, um homem pode se sentir ofendido por uma resposta dessas à sua proposta de casamento.

Ela estremeceu.

– Precisamos descer e consertar esse erro. O que sua família dirá quando ouvirem sobre isso?

Hugh pressionou um dedo sobre o queixo.

– Parabéns? – ele sugeriu.

– Você é impossível. Lady Julienne me alertou sobre você ser irresponsável e impulsivo. Eu não tinha noção do que ela estava falando até agora. – Charlotte tentou passar por ele, mas Hugh entrou em seu caminho.

– Hugh, os convidados irão fofocar se nos atrasarmos para o jantar.

– Talvez, mas isso pode não ser tão desfavorável assim, considerando aquele grupo de pessoas. – quando ela fez uma expressão confusa, ele explicou. – Julienne e Remington foram relegados à margem da sociedade há anos. Apenas os convidados mais ousados e libertinos se atrevem a conviver com eles. Glenmoore está aqui apenas porque deseja entrar em uma parceria com Remington, que sabe ganhar dinheiro como ninguém.

Ela inclinou a cabeça para olhar em seu rosto, com o corpo todo tenso e na expectativa, como um pássaro pronto para voar. O coração de Hugh afundou em seu peito. Ela não parecia nem um pouco com uma mulher alegre após ser pedida em casamento.

Uma sensação de pavor se acumulou em seu estômago.

– Você acha que podemos conversar sobre meu pedido?

Charlotte cambaleou para trás, arregalando os olhos.

– Meu Deus, você não estava falando sério!

Hugh se aproximou, sentindo o coração disparar quase em pânico.

– Você estava com medo que meus sentimentos fossem temporários. Estava preocupada que eu iria dispensá-la e deixaria você e seus criados destituídos. Mas tenho uma solução para isso. Como minha esposa, seu conforto será garantido.

Ela balançou a cabeça.

– Nós mal nos conhecemos.

– Eu acho que nos conhecemos muito bem. – ele deu mais um passo na direção dela e estendeu o braço para tocar em sua mão, mas ela não se mexeu. – Você não gosta de mim, Charlotte? – ele perguntou suavemente. – Mesmo que só um pouco?

Os dedos dela se apertaram sobre os dele.

– É claro que gosto, Hugh, gosto muito. Mas...

– Eu procurei por você a tarde inteira.

– Procurou? – ela começou a tremer.

– Sim. – erguendo a mão dela, Hugh a levou até seu rosto, praguejando em sua mente contra a luva que separava sua pele do toque dela. – Eu precisava encontrá-la para avisar sobre a presença de Glenmoore, mas você não parava em um único lugar, e eu não conseguia alcançá-la. Na verdade, estava muito desesperado.

– Hugh...

Ele acariciou sua mão usando o rosto.

– Esperei em seu quarto por quase uma hora. Para onde você foi após deixar os estábulos?

– E-eu estava no quarto de Julienne.

– Ah... Eu estava morrendo de preocupação. Não podia aguentar a ideia de você encontrando Glenmoore sozinha.

– Oh, Hugh... – os dedos dela se curvaram, envolvendo o rosto dele. – Estou tão acostumada a cuidar de mim mesma.

Ele relaxou com seu toque, cujo calor queimava através da luva e aquecia suas veias. Nenhuma outra mulher o afetava como Charlotte.

– Não há fraqueza em confiar em alguém para ajudar e cuidar de você. A única fraqueza está em se permitir sofrer sozinho quando existe ajuda disponível.

Aqueles lindos olhos verdes se encheram de lágrimas.

– Mas não posso depender de você, Hugh. Eu não o conheço bem o suficiente. Apenas na última meia hora, aprendi coisas sobre você que me chocaram e me perturbaram, não apenas com Glenmoore, mas também com sua irmã.

Uma dor aguda disparou em ondas por seu corpo. Hugh fechou os olhos.

– Por favor, não diga isso – ele murmurou com a voz rouca, puxando-a para perto, precisando da proximidade física, pois sentia que ela estava se afastando. – Não me julgue por causa do meu passado.

– Há mais coisas em jogo do que apenas eu e você, Hugh. Você irá se arrepender desse pedido de casamento apressado. Não sou uma esposa adequada para você. O fardo das pessoas que dependem de mim eventualmente irá começar a pesar. Você acabará se ressentindo de mim, e depois passará a me odiar. Eu não possuo a linhagem para ser uma condessa. Você iria...

Hugh cobriu sua boca com um beijo, cortando suas palavras. Os lábios de Charlotte se derreteram sobre ele, e Hugh gemeu, abraçando-a com força, acariciando as costas dela até Charlotte relaxar soltando um gemido. Ela retribuiu seu ardor com igual intensidade, beijando-o como se fosse a última vez. Ergueu os braços e segurou sua nuca, trazendo-o mais para perto. Aquela boca exuberante que ele tanto adorava se movia febrilmente, forçando seu desejo a superar a raiva e o medo.

Afastando o rosto, ele encostou a testa contra a dela.

– Você está com medo do quê? – ele perguntou suavemente. – De ser abandonada ou descartada? Eu não sou Glenmoore. Não vou tomar tudo aquilo que você é ou possui para depois deixá-la com nada.

– E-eu não estou com medo.

– Está sim. Com medo de confiar. Com medo de ter esperança. Com medo de amar.

– Hugh...

– Por acaso já desapontei você, Charlotte? Por acaso prometi algo que não cumpri?

– Ainda não, mas...

– Isso nunca vai acontecer. E é muito simples. Ou você confia em mim para lhe dar apoio, para ser um bom marido, para amar e cuidar de você... Ou não confia.

Ela se derreteu em seus braços, e Hugh sentiu seu leve peso como uma necessidade e um prazer. Ele a abraçou mais forte, apertando-a, até não existir mais espaço entre eles. Depois, prendeu a respiração, esperando.

– Por favor, entenda – ela implorou. – Sou responsável por cuidar de Gwen e dos outros. Minhas decisões precisam ser tomadas com minha mente, não meu coração.

Ele se encolheu quando ficou claro o significado daquelas palavras.

– Você está me recusando. – a voz dele saiu como um sussurro dolorido, e seu coração se apertou ao dar um passo para trás. O toque dela, que antes era uma necessidade, agora causava dor.

Hugh sentia dificuldade para controlar a respiração, incapaz de pensar em algo para dizer ou fazer que pudesse apagar o tormento que ele enxergava nos olhos de Charlotte. Havia uma profunda tristeza ali. Seu olhar dizia adeus, assim como seu beijo.

Foi então que percebeu que não havia nada que pudesse dizer. O medo dela era poderoso demais. Mesmo com um pedido de casamento, Charlotte não conseguia confiar nele. Sacudindo a cabeça, ele se virou. Com a garganta apertada, Hugh começou a cruzar o corredor, subitamente ansioso para se afastar dela e da agonia que estava sentindo.

– Espere! – ela gritou atrás dele. – Por favor, não vá. Não dessa maneira.

Ele sabia que ela correria atrás dele, como já fizera antes, então acelerou os passos. Hugh se afastou rapidamente de Charlotte e do sonho de felicidade. Ele não olhou para trás. Não poderia.

Hugh a amava demais.

CAPÍTULO 9

— Sinto falta de Lorde Montrose. — Gwen baixou as cartas na mesa.

— Levante a mão – Charlotte disse. — Posso ver suas cartas.

— Não estou mais com vontade de jogar. Onde ele está? Há dois dias que não o vejo. Quando pergunto para Lady Julienne, ela diz apenas que ele está "por aí". O que isso significa?

Soltando um longo suspiro, Charlotte deixou as cartas de lado e se recostou na cadeira. Cansada e sentindo-se miserável, ela também não estava com vontade nenhuma de jogar cartas. Havia sugerido o jogo em uma tentativa de animar Gwen, que estava achando a ausência de Hugh tão difícil quanto ela.

— Significa que ele não quer ser encontrado, Gwen.

Ela cerrou seus olhos azuis.

— O que você fez, Charlotte?

— O que *eu* fiz? Por que o comportamento dele é minha culpa?

— Posso ser jovem e ingênua, mas não sou idiota. O duque está andando por aí com um ar convencido e você desvia os olhos sempre que alguém menciona o Lorde Montrose.

Charlotte engoliu em seco. Parte dela tinha esperança que a qualquer momento Hugh entraria no quarto para que ela pudesse vê-lo com os próprios olhos e ter certeza de que estava bem. A outra parte morria de medo desse encontro, sabendo o quanto ela o machucou. O coração de Charlotte doía a cada minuto que se passava.

— Sra. Riddleton?

Erguendo o rosto, Charlotte arregalou os olhos diante de Lorde Merrick. Alto e irradiando uma selvageria que mal conseguia conter, ele era intimidador, com seus longos cabelos negros e intenso olhar azul. No salão cheio de mulheres, sua presença era contundente.

— Lorde Merrick. — o coração dela acelerou o ritmo, sabendo que a única razão para o conde procurá-la seria em relação a Hugh.

Mostrando uma das duas poltronas vazias, ele perguntou:

— Posso me sentar? Não vou tomar muito do seu tempo.

— Certamente, milorde.

Ele ajeitou sua figura imponente na poltrona e juntou as mãos sobre seu colo.

— Lorde Montrose me mostrou seu mapa e os outros itens, Sra. Riddleton.

Charlotte levou a mão ao pescoço.

— Ele mostrou?

— Sim. Lady Merrick e eu viajamos para as Índias Ocidentais ao fim de cada temporada para visitar seu pai. Lorde Montrose pediu para eu levá-la junto em nossa viagem no próximo ano, e nos deu dinheiro o bastante para financiar uma grande expedição para nossa busca. Também conversou com Lorde Glenmoore e fez os arranjos necessários para que você continue usando a residência de Derbyshire.

Engolindo em seco, ela olhou para Gwen, cujos lábios e olhos cerrados a condenavam. A própria Charlotte estava se culpando, sabendo o quanto devia ter sido difícil para Hugh falar com Jared e revelar a recusa de seu pedido de casamento.

Lorde Merrick limpou a garganta e Charlotte voltou a olhar para ele. Seu lindo rosto estava impassível e ela não conseguia sondar seus pensamentos.

— Vou dizer a você a mesma coisa que disse a Montrose. Muitos aventureiros procuraram por aquele tesouro, Sra. Riddleton. Duvido que as suas chances de localizá-lo sejam melhores, mesmo com o financiamento generoso de Montrose. Entretanto, ele insistiu nessa empreitada e, já que eu o considero um amigo, concordei em ajudá-la. — ele se levantou. — Eu tenho seu endereço, e irei entrar em contato para nos prepararmos quando a data da partida se aproximar.

Ela agarrou o braço dele e perguntou de repente:

— Como ele está?

Merrick arqueou uma sobrancelha e a estudou cuidadosamente.

— Tão bem quanto um homem de coração partido pode ficar.

— Oh. — o tom na voz de Merrick dizia tudo. — Você não gosta de mim, não é mesmo, Lorde Merrick.

— Eu não gosto de você ter magoado meu amigo, mas admiro sua rejeição. Eu tive sorte por encontrar a verdadeira felicidade em meu casamento. Desejo o mesmo para ele. Montrose está de coração partido agora, mas irá se recuperar. Espero que algum dia ele volte a amar alguém e, da próxima vez, espero que a mulher também o ame de volta.

Charlotte desviou os olhos rapidamente, segurando um soluço. A imagem evocada pelas palavras de Merrick calou fundo e provocou um aperto em seu peito.

— *Eu* o amo — ela disse, com a voz trêmula, mas clara.

— Sra. Riddleton — ele disse, suspirando. — Não quero me intrometer em seus assuntos, mas posso assegurar que ficar sentada aqui enquanto seu homem sofre não é amor verdadeiro.

Ela olhou em seu rosto.

— Tomei minha decisão para nosso benefício mútuo. Eu tenho minhas razões. Eu...

— Tenho certeza que você possui razões. Mas o amor requer fé, e muitas vezes sem razão. Apenas existe. — ele fez uma reverência. — Montrose preparou sua viagem de volta para amanhã. Você está de acordo?

Ela assentiu com hesitação, e Merrick se retirou, atraindo os olhares de todas as mulheres no salão.

Gwen se levantou.

— Sua covarde — ela a acusou em um sussurro áspero. — Você quer fugir para a mansão e deixar que a melhor coisa que já aconteceu para nós desapareça sem nem argumentar!

Charlotte piscou incrédula, pois nunca havia visto Gwen ser rude com ninguém.

– Isso não é verdade. Estou fazendo o que é melhor para todo mundo. Nós mal o conhecemos e sua história...

– O problema não é a história dele, mas a sua. Você tem medo de depender de qualquer pessoa. Você cuidou de si mesma e de todos nós por tanto tempo que já não sabe mais como permitir que outra pessoa diminua seu fardo.

– Você é jovem demais para entender, Gwen.

– Como viver com Montrose poderia ser pior do que a maneira como vivemos hoje? Mesmo se ele falir e, pelo que ouvi, duvido que isso aconteça, nós viveríamos na mesma pobreza que vivemos hoje, mas nós teríamos *ele*!

Levantando-se, Charlotte ergueu o queixo, lutando contra as lágrimas que já se acumulavam. Ela mal conseguiu dormir nas últimas duas noites, e a conversa com Lorde Merrick trouxe o caos para sua mente. Olhando ao redor, notou os olhares curiosos.

– Eu me recuso a continuar esta discussão enquanto tivermos plateia. – Ela se retirou do salão, com Guinevere seguindo logo atrás.

– Pense nisso, Charlotte. Pense no quanto nós estávamos felizes. Tom e Henry passaram a se comportar com um orgulho que nunca tiveram, porque Lorde Montrose nunca os fez sentir inferiores por causa de seus defeitos. Katie o adora. Até mesmo Ártemis não consegue deixar de gostar dele. – a voz de Gwen ficou sem fôlego enquanto ela perseguia Charlotte pelas escadas. – Não foi um acidente quando eu invadi o quarto dele naquela noite. Eu queria que ele encontrasse a porta secreta. Queria que ele descobrisse mais sobre você.

Charlotte parou de repente no andar superior, também com a respiração ofegante. Ela girou para encarar Gwen.

– O que você disse?

Gwen se apoiou no corrimão para recuperar o fôlego.

– Quando Tom e Henry me contaram sobre o conde, pensei que ele poderia ser a pessoa certa para você. Quando Katie me contou a história das jarras, comecei a pensar que talvez estivesse certa. E quando vi seu rosto corado com um brilho nos olhos, eu *sabia* que ele era a pessoa certa, e Ártemis concordava. Por que só você não consegue enxergar é algo que não consigo entender!

Chocada, Charlotte não conseguia dizer nada.

– Sempre admirei você, Charlotte. Por favor, não me faça perder essa admiração. – Gwen passou por ela e desapareceu ao virar no corredor, deixando Charlotte com o rosto cheio de lágrimas e coisas demais a considerar.

Charlotte puxou a cortina que cobria a janela e olhou para o cenário de inverno lá embaixo. Seu coração martelava em um rimo inquieto enquanto observava Hugh e Lucien Remington conduzirem suas montarias até os estábulos e os cavalos deixarem pegadas na neve.

Quando Hugh desapareceu de vista, ela se virou e olhou ao redor do quarto onde passara a maior parte das últimas vinte e quatro horas decidindo o que deveria fazer com sua vida. Sua bagagem já estava pronta e esperando na porta. Ela iria embora hoje e, assim que deixasse aquela mansão, sabia que não haveria volta. Entretanto, antes que isso acontecesse, estava disposta a fazer um último e desesperado esforço.

Ela descobriu uma coisa sobre si mesma durante a última noite sem sono, algo que deveria ter reconhecido há muito tempo – ela era uma covarde, assim como Guinevere dissera. Uma covarde que tinha medo de acreditar que alguém poderia gostar dela, cuidar dela e querer o melhor para ela. Entregar o controle sobre *qualquer coisa* para outra pessoa era algo muito difícil para Charlotte, uma mulher que sempre cuidou de si mesma sem ajuda de ninguém desde que nasceu. Mas ela era uma covarde que tinha mais medo de perder Hugh La Coeur para sempre do que colocar seu destino nas mãos dele.

Os ponteiros no relógio sobre a lareira se moviam com uma lentidão torturante. Durou uma eternidade até se passar meia hora. Quando finalmente passou, ela saiu do quarto e cruzou os corredores até chegar à ala da mansão onde ficava a suíte de Hugh. Parou em frente à porta, com as mãos tremendo, a respiração saindo em um ritmo acelerado. Antes que perdesse a coragem, Charlotte girou a maçaneta e entrou.

– Vá embora – Hugh disse rispidamente. – Não pedi nada.

Os olhos dela se encheram de lágrimas ao ouvir sua voz. Sentia sua falta, sentia falta da maneira como ele sussurrava na escuridão enquanto a abraçava forte na cama. Aquela voz suave e encorajadora, ou rouca e áspera, oferecia uma vida inteira de alegrias, e ela jogou tudo isso fora como uma tola.

Ele estava ao lado da janela, olhando para o jardim dos fundos. Estava sem o casaco e o colete, com seus ombros largos cobertos com uma camisa de linho branco e as poderosas pernas vestindo calças e botas. Por um momento, ela apenas absorveu a visão dele: a firme curva de seu traseiro, os cabelos bagunçados pelo vento, o gracioso arco do braço enquanto segurava a cortina. Charlotte sentia tanta saudade dele que pensou que fosse morrer. Mesmo agora, sua garganta estava tão apertada que ela duvidava que conseguiria falar.

Hugh olhou por cima do ombro e congelou. Por um instante, ela notou uma dor pungente em seus olhos negros, mas logo essa dor foi mascarada com a habilidade de um apostador experiente.

– O que você quer? – ele desviou os olhos.

Charlotte entrou no quarto e fechou a porta.

– Lorde Merrick me informou que você arranjou uma viagem até as Índias Ocidentais.

Hugh não disse nada.

– Ele disse que você pagou minha viagem e financiou uma expedição.

– Disse a você que a ajudaria sem qualquer obrigação da sua parte. – ele riu. – Mas, considerando sua falta de confiança em mim, deveria saber que você ficaria surpresa.

Ela mordeu os lábios e precisou de um momento antes que pudesse responder.

– Eu mereci isso.

– Não é hoje que você vai embora? – ele perguntou com frieza.

– Sim. Gwen e eu vamos partir em algumas horas.

– Façam boa viagem. – ele acenou com a mão se despedindo.

Charlotte ergueu o queixo. A raiva dele era culpa dela, e aguentaria com força. Ela pagaria qualquer penitência que Hugh desejasse se ele pudesse encontrar em seu coração a força para amá-la de novo.

Respirando fundo, ela se aproximou.

– Você não deseja se despedir de mim, Hugh?

– Já fiz isso.

— Você já disse adeus, mas eu não. Ao menos, não adequadamente.

Isso fez Hugh se virar. Ele havia removido a gravata, deixando o pescoço nu e revelando uma leve plumagem dourada na abertura da camisa. Seu olhar analisou Charlotte da cabeça aos pés. Ela não fez tentativa nenhuma de esconder seu desejo.

Ele soltou uma risada amarga.

— Ah, sim, não sou confiável e não possuo autocontrole, mas sei transar muito bem. Que alívio saber que sirvo para alguma coisa.

Charlotte estremeceu.

— Você é bom para muitas coisas, Hugh La Coeur. E sou a maior tola do mundo por fazer você duvidar disso.

Seu queixo ficou tenso.

— Não estou a fim dos seus joguinhos.

Ela se aproximou o bastante para sentir o cheiro dele, uma rica combinação de aromas de sua pele, de cavalos e da natureza lá fora. Hugh parecia ficar mais tenso a cada passo que ela dava; seus olhos estavam cerrados.

— Senti sua falta — ela sussurrou. Charlotte tentou segurar sua mão, mas ele se afastou apressado, uma ação que ela considerou um sinal positivo. Ele não poderia estar tão indiferente quanto parecia, ou não teria medo do toque dela. — Eu não acreditei em Glenmoore. Em nenhum momento. Ele simplesmente deu uma desculpa para eu fugir, como a covarde que sou.

— Vá embora — ele rosnou.

— Não posso. — ela sorriu triste. — Preciso de você, Hugh.

Sacudindo a cabeça, ele andou para longe.

— Não, não precisa. Você pode cuidar de si mesma; você não precisa de ninguém para resgatá-la. Quanto a mim, descobri que preciso me sentir útil. E por mais do que apenas o meu pau.

Ela voltou a se aproximar e pousou a mão nas costas dele, flexionando os dedos para sentir os músculos debaixo da camisa. Ele se contraiu, e ela se apoiou contra ele, confiando silenciosamente que Hugh não se moveria, ou ela cairia no chão.

— Eu preciso sim de você, e quero você. Hugh, você não sabe o tormento que sofri nessas últimas três noites sem você. Não é apenas do seu corpo que eu sinto falta. Eu quero a sua voz, sua risada, seu sorriso. Não posso passar mais nenhum dia sem essas coisas em minha vida.

– Charlotte. – havia um tom áspero em sua voz. – Não diga mais nada. Apenas vá embora.

Ela envolveu os braços ao redor de sua cintura, amando a sensação. Abrindo as mãos sobre seu abdômen, sentiu os músculos se movendo quando ele gemeu. Enterrando o rosto em suas costas, ela respirou seu perfume.

– Quero juntar o meu futuro com o seu, Hugh. Eu confio que você será o tipo de homem em quem posso me apoiar.

Os dedos dele se entrelaçaram com os dela, e então Hugh empurrou as mãos para longe, livrando-se do abraço. Ele se virou para encará-la, e seu rosto exibia uma expressão fria.

– Por que você está fazendo isso?

Não havia mais tempo a perder com orgulho ou medo.

– Porque eu te amo.

– Isso vai passar.

– Não quero que passe.

– Sinto muito, não sei mais o que dizer a você.

Charlotte estendeu as mãos para ele.

– Diga que você não sente nada por mim, e então irei embora.

Não houve hesitação.

– Eu desejo felicidade para você no futuro, mas meu interesse não passa disso.

Ela estremeceu ao ouvir aquelas palavras, que a machucaram profundamente.

– Você está mentindo.

Determinado, Hugh contornou Charlotte, depois passou pela porta aberta até a sala de estar. Seu corpo inteiro ansiava por ela e desejava seu toque, mas ele forçou-se a deixá-la para trás e a manter seu rosto impassível. Havia muitas coisas em jogo. Ela o havia abandonado muito facilmente por causa de apenas algumas palavras rudes de um homem que ela desprezava. Antes de se arriscar mais, ele precisava saber que ela estava sendo sincera. Precisava saber que não era apenas gratidão por sua generosidade que a trouxera aqui, mas o seu amor.

Ele serviu um drinque. E depois outro. Um momento depois, Hugh sentiu as pequenas mãos de Charlotte acariciando suas costas. Ele fechou os olhos e se permitiu aproveitar o toque. Quando as mãos dela agarraram seu traseiro e o apertaram, ele abriu a calça energicamente e livrou seu membro inchado; apanhou-o e começou a apertá-lo, precisando aliviar sua luxúria antes de voltar a encará-la.

Ele havia passado três noites sozinho no quarto, sabendo que ela estava perto, querendo Charlotte com uma necessidade infinita. Agora, sentir sua proximidade, como havia imaginado, era excruciante. Sua fome era poderosa demais, o desejo era grande demais. Se a provocação continuasse, ele não sabia se seria capaz nem mesmo do menor controle possível.

– Permita-me – ela murmurou, passando as mãos ao redor de sua cintura, apertando os seios com os mamilos eretos em suas costas. Quando agarrou seu membro com as duas mãos e começou a mexer, ele soltou a respiração entre os dentes, sentindo o prazer aumentar em intensidade. Ela encostou o rosto em suas costas. – Senti falta de tocar em você, de segurá-lo em minhas mãos.

– Sou o mesmo homem que era há três dias – ele rosnou, deixando a cabeça cair para trás e fechando os olhos.

– Sim – ela sussurrou. – O homem que eu amo.

Os quadris de Hugh começaram a se impulsionar ritmicamente nas mãos talentosas de Charlotte. Ela sabia como manuseá-lo, como agarrá-lo com firmeza, sabia a rapidez perfeita para levá-lo a um êxtase que apenas ela conseguia. Hugh começou a ofegar, sentindo o calor de seu desejo varrer seu corpo e tirando-lhe qualquer razão. Seu membro inchou e um gemido torturante escapou quando ele se preparou para gozar...

Os movimentos dela cessaram, e Charlotte deu um passo para trás no momento em que ele estava prestes a atingir o orgasmo.

– Maldita. – ele bateu o copo na mesa. Fechando os punhos, Hugh não conseguia parar a tremedeira que sacudia seu corpo. – Seu objetivo na vida é só me atormentar?

Charlotte deu a volta para encará-lo, com os olhos brilhando como esmeraldas e queimando de desejo.

– Meu objetivo é confortá-lo e satisfazê-lo, Hugh, para que eu possa provar meu amor e ganhar você de volta para mim.

Charlotte apoiou as mãos na mesa e pulou para sentar-se sobre ela. Acima do decote de seu vestido, os seios fartos estavam corados e cobertos de sardas que ele conhecia intimamente, pois já havia lambido e adorado cada uma delas.

Agarrando as saias, ela puxou a barra do vestido para cima, e a rapidez de seus movimentos febris denunciava o quanto ela o desejava. A extensão de suas pernas cobertas pelas meias foram reveladas primeiro, depois Charlotte abriu as coxas, exibindo os cachos vermelhos que abrigavam os lábios macios de sua boceta.

Hipnotizado por ela, Hugh diminuiu a distância entre eles, até que o suave aroma floral invadiu seus sentidos com uma potente familiaridade. Charlotte se inclinou para trás cuidadosamente até encostar os ombros na parede, levantando os quadris para melhorar seu acesso. Observando os próprios movimentos com uma fome voraz e profunda adoração, Hugh abriu os lábios dela com uma das mãos enquanto esfregava a pequena protuberância de seu clitóris com a ponta de um dedo.

Ela ofegou e arqueou as costas, impulsionando os seios na direção dele. Incapaz de resistir, Hugh se abaixou e lambeu seu pescoço esguio.

– Sim... – ela sussurrou. – Estou faminta da sensação de suas mãos, o calor de sua boca...

A pele dele estava queimando e coberta de suor. Hugh mal conseguia raciocinar, mal conseguia respirar. Movendo os quadris, ele se posicionou, molhando a ponta de seu pau com o néctar de Charlotte. Ela estava tão pronta que o primeiro centímetro penetrou sem qualquer esforço. A contração dela o recebeu e isso foi quase seu fim. Respirando pesadamente, agarrando suas coxas com força para deixar marcas, Hugh fez uma pausa e olhou nos olhos de Charlotte.

E esperou. Embora aquilo o estivesse matando.

As mãos de Charlotte se moveram para os ombros de Hugh e depois envolveram o pescoço, entrelaçando seus dedos nos cabelos de sua nuca.

– Eu pertenço a você, Hugh. Da maneira que você me quiser.

O coração dele parou antes de voltar a bater em um ritmo frenético, e as coxas tremiam com a necessidade de continuar, de tomar posse de Charlotte, seus braços doíam com o desejo de abraçá-la.

– Qualquer maneira?

– Esposa ou amante, não me importo. Apenas não me dispense. Eu te amo, Hugh. – ela o beijou, e ele gemeu. – Eu te amo – ela sussurrou de novo, suas lágrimas molhando o rosto dele e salgando o beijo. – Sinto muito por ter magoado você. Isso é tão difícil para mim, confiar em alguém... mas eu confio. Eu confio em você... e eu te amo tanto.

Cobrindo a boca dela com um beijo, ele apoiou suas costas e deslizou os quadris dela para a beira da mesa, arrastando o calor molhado de seu corpo sobre o pau pulsante até ele se enterrar totalmente dentro dela.

– Maldição – ele sussurrou, esmagando o corpo dela. – Quase pensei que você não viria atrás de mim. Fiquei com medo que fosse embora, e eu a perdesse para sempre.

– Nunca. Oh, Hugh... – a boceta dela se apertou ao redor dele. – Por favor...

Ele a ergueu e a carregou na direção do sofá, e cada passo o encaixava mais fundo no coração molhado e apertado de Charlotte. Quando mergulharam nas almofadas, ele tinha certeza de que morreria.

– Cavalgue-me – ele mandou, puxando as coxas dela e implorando para que se mexesse.

– Tire a camisa – ela disse.

Ele rasgou a camisa em sua pressa de se livrar dela, mas a recompensa valeu a pena. Charlotte se ergueu até ele sair quase todo de dentro dela e depois se abaixou de novo, envolvendo-o com seu calor sedoso e soltando um gemido que incendiou seu desejo. Ele se sentiu enlouquecido, selvagem. Queria agarrar os quadris dela e conduzir os movimentos, enterrando-se nela, até que a fome desesperada que sentia fosse saciada completamente. Mas, em vez disso, ele abriu os braços e se apoiou no sofá, sabendo que estava a poucos instantes de um orgasmo magnífico. Um orgasmo tornado ainda mais intenso pelo amor da mulher que o prendia de um jeito tão íntimo.

Agarrando os ombros dele para se apoiar, Charlotte começou um ritmo forte e rápido, batendo seu corpo exuberante sobre o membro rígido como se não pudesse ter o bastante. Suas pálpebras se tornaram pesadas, o êxtase inebriante flexionava todos os músculos de seu corpo, os dedos seguravam a madeira do sofá com tanta força que ela temia que fosse quebrar.

– Eu te amo – ele disse, com a voz rouca de emoção.

Charlotte vacilou.

Mas Hugh não.

Movendo-se rapidamente, ele a jogou sobre o tapete e a penetrou fundo. Seus movimentos eram fortes e decididos, seu olhar fixo sobre o rosto dela. A pele de Charlotte estava avermelhada, os lábios macios estavam separados, os olhos cor de esmeralda brilhavam de amor. Ela gozou com a respiração presa na garganta, as costas dobradas para cima, os tremores apertando o membro de Hugh até tornar difícil sua retirada, e os suaves sons de sucção preencheram a sala junto com seus gemidos de amor.

Hugh logo a seguiu, derramando-se dentro dela, inundando-a com sua alegria e seu amor em disparos tão devastadores que ele sabia que ela nunca mais seria a mesma.

— Você deve se casar comigo, Charlotte.

— Tem certeza disso? Não sou adequada para seu título.

Ele riu.

— Você é completamente adequada. E o casamento possui benefícios que você está se esquecendo de considerar.

Charlotte se aninhou em seu corpo e acariciou seu peito.

— Por exemplo?

— O leito conjugal.

— Ah, sim, uma cama. Isso seria ótimo. Talvez com o casamento, nós faremos lá mais vezes do que em outros lugares...

EPÍLOGO

Londres, Agosto de 1815

Sebastian Blake, o Conde de Merrick, subiu as escadas de Montrose Hall de dois em dois degraus. Ele bateu a aldrava e esperou. Um momento depois, a porta se abriu e ele ficou de frente com um mordomo corcunda que possuía o olho mais esbugalhado que já vira na vida. Sebastian piscou incrédulo, entendendo logo a razão de seu cocheiro ter voltado correndo e assustado para a carruagem.

– Sim? – o velho homem disse, com uma voz cheia de mau humor.

Sebastian entregou seu cartão de visitas.

– Eu vim buscar Lorde e Lady Montrose. Eles estão me esperando.

O mordomo ergueu o cartão na altura de seu olho estranhamente saliente, fez um esforço para ler as pequenas letras, depois baixou a mão soltando um grunhido. Então, deu um passo para o lado.

– Pode entrar, meu camarada. Vou informar ao conde que está aqui.

Ele se retirou, deixando Sebastian carregar seu próprio chapéu e fechar a porta sozinho.

Parando em uma porta aberta, o mordomo gesticulou freneticamente e disse:

– Espere aqui.

Entrando em um salão bem-arrumado, Sebastian franziu as sobrancelhas. O Conde e a Condessa de Montrose nunca ofereceram eventos sociais em sua casa, o que não era de se estranhar, já que tinham acabado de se casar. Entretanto, o resto da sociedade os considerava um casal misterioso, e a indiferença dos dois apenas alimentava os rumores de que eles administravam um lar cheio de bizarrices. Sem dúvida, o mordomo se encaixava nessa categoria, mas...

Um estranho som chamou sua atenção, e Sebastian ficou atento enquanto o som se aproximava e aumentava de volume.

No momento seguinte, uma jovem criada apareceu na porta, com seus magros braços carregando um lindo conjunto de louça chinesa que trepidava com violência. Ele nunca presenciara um espetáculo assim em sua vida. Cada item pulava e balançava, colheres batiam umas nas outras, xícaras dançavam sobre os pires.

Sebastian ficou atônito por um instante, depois se mexeu para ajudá-la. Teria que conversar com Montrose mais tarde sobre isso.

Ele definitivamente queria ser convidado para um jantar.

— A carruagem de Lorde Merrick já chegou — Charlotte disse, olhando para a entrada da casa pela janela do andar superior. Um segundo depois, braços quentes envolveram sua cintura, e a voz profunda de seu marido ronronou em seu ouvido.

— Você ainda está animada?

— Você está brincando? — ela girou no abraço de Hugh e encarou seu lindo rosto. — É claro que estou animada.

— Você parece pensativa.

— Sinto falta de Gwen — ela disse com um suspiro. — Sei que ela está se divertindo muito no colégio, mas mesmo assim...

Hugh beijou a ponta de seu nariz.

— Também sinto saudades dela.

Envolvendo os braços ao redor de sua cintura, Charlotte apertou-o com força.

— Muito obrigada.

– Pelo quê, meu amor?

– Por organizar esta caçada ao tesouro. Sei que você acha uma besteira. A boca dele se curvou em um sorriso que tirou o fôlego dela.

– E você não acha?

– Gosto de pensar que o tesouro existe.

– Você também gosta de acreditar na versão romântica da história. – as grandes mãos de Hugh acariciaram as costas de Charlotte e depois agarraram seu traseiro. – O que aconteceu com o seu pragmatismo?

Ela riu, sentindo o coração leve e cheio de amor.

– Eu nunca fui pragmática quando o assunto era você. – perdidamente apaixonada, ela se perguntou como pôde considerar viver sem ele.

Hugh a abraçou forte antes de se virar e andar até a bagagem, que já deveria estar no andar térreo. Ele estava se preparando para fechar um dos baús, mas parou de repente. Apanhando um pacote de papel marrom, lançou um olhar curioso antes de desamarrar o cordão. Um momento depois, sua risada calorosa preencheu o ar e aqueceu o coração de Charlotte.

– O que temos aqui? – ele mostrou um tapa-olho.

– Eu soube que a viagem é longa.

Hugh exibiu um sorriso no canto da boca.

– É verdade.

– E pode ser tediosa.

– Com você e eu sozinhos em uma cabine de navio? Nunca.

– Eu tenho uma fantasia – ela confessou, aproximando-se com um balanço nos quadris.

– Hum... Estou gostando dessa ideia. – Hugh jogou o tapa-olho no baú e agarrou Charlotte pela cintura.

Ela deu uma piscadela.

– Você vai gostar muito mais quando acontecer.

– Apanhe seu casaco – ele rosnou. – Quero embarcar imediatamente.

NOTA DA AUTORA

Os personagens de Calico Jack e Anne Bonny, mencionados em "A Duquesa Louca", existiram de verdade. Entretanto, o "tesouro" é completamente fictício.